所居

SUO JU

氿 红／著

河北大学出版社

·保定·

出 版 人：朱文富
责任编辑：王殊宁
装帧设计：王占梅
责任校对：姚萌萌
责任印制：常　凯

图书在版编目（CIP）数据

所居 / 沩红著. -- 保定：河北大学出版社，
2023.9
ISBN 978-7-5666-2227-3

Ⅰ. ①所… Ⅱ. ①沩… Ⅲ. ①长篇小说—中国—当代
Ⅳ. ①I247.5

中国国家版本馆CIP数据核字(2023)第194897号

出版发行：河北大学出版社
地址：河北省保定市七一东路2666号　邮编：071000
电话：0312-5073003　0312-5073029
网址：www.hbdxcbs.com
邮箱：hbdxcbs818@163.com
经　　销：全国新华书店
印　　刷：保定市北方胶印有限公司
幅面尺寸：170 mm × 240 mm
字　　数：262 千字
印　　张：17.5
版　　次：2023 年 9 月第 1 版
印　　次：2023 年 9 月第 1 次印刷
书　　号：ISBN 978-7-5666-2227-3
定　　价：49.00 元

如发现印装质量问题，影响阅读，请与本社联系。
电话：0312-5073023

目录

我心绪平静了许多，真心不想争吵，不想伤和气。因为那种状况已然板上钉钉驷马难追，没有转圜余地了，何苦再去纠缠激发矛盾呢？我喝口茶，若有所思地说：“中学课本里，有一首杜甫的诗，《茅屋为秋风所破歌》，其中有一句‘安得广厦千万间，大庇天下寒士俱欢颜’。”

“都读过啊。现在，何止‘千万间’，万万间，都空闲着没人住呢！”铮言揎拳拢袖，狠狠地骂道：“可是，我这个‘寒士’，多少年了，没房子，娶不上媳妇，他妈的，让我怎么‘欢颜’？”

“所以一定要掐紧了银根，不能再让资金瞒天过海涌进房地产啦！”

第二部　硕鼠硕鼠，无食我黍/103

我朝他会心地微笑，掩饰内心的喜悦和跃跃欲试，故作高深地扬了扬眉，所答非所问："嫂子的名字取自《诗经》，你不陌生。《诗经》里有首诗，上学的时候，都念过，有句'硕鼠硕鼠，无食我黍'……"

"对呀，让背诵呢。还有'无食我苗'，忘了，就记着这么一两句——噢，我明白了，你的意思是——'抓老鼠'。"

"英雄所见略同。"我点点头。

"好，干他！"铮言高高抬起手来，手掌比作砍刀的样子，狠狠地劈下去。

第三部　好雨知时节/213

好雨知时节，当春乃发生。杜甫这首著名的诗，念小学时，老师要求背诵，其意境可谓情景交融，目酣神醉。这春天，这春雨，这里的一切，多么美好啊！

站在这座直入云霄的写字楼的金碧辉煌的大厅中央，我遥望挑梁的大玻璃窗外的天空，淅淅沥沥飘下的春雨，那星星点点剔透若水晶的雨滴，撒播在自己春天般萌芽的心里。我发自内心地赞美！我断定，这必定是神赐的力量，再一次降临，就像那天我挥刀骗了那个王八蛋一样。神啊，你在激励我吗？——向前冲，不要踟蹰不前，迈开你的双腿，跑起来吧，勇敢地冲向心爱的人、冲向幸福！

第一部
安得广厦千万间

我心绪平静了许多，真心不想争吵，不想伤和气。因为那种状况已然板上钉钉驷马难追，没有转圜余地了，何苦再去纠缠激发矛盾呢？我喝口茶，若有所思地说：“中学课本里，有一首杜甫的诗，《茅屋为秋风所破歌》，其中有一句‘安得广厦千万间，大庇天下寒士俱欢颜’。”

“都读过啊。现在，何止‘千万间’，万万间，都空闲着没人住呢！”铮言攘拳拢袖，狠狠地骂道：“可是，我这个‘寒士’，多少年了，没房子，娶不上媳妇，他妈的，让我怎么‘欢颜’？”

“所以一定要掐紧了银根，不能再让资金瞒天过海涌进房地产啦！”

一

的确，我跟他们前世无怨，今世无仇。

的确，我不仅是出于对“经济警察”CPA[①]声誉的维护，更主要的，是因为金萱跟他们势不两立，对他们恨之入骨。为了一个乡下丫头，我居然想去养鸡养猪，舍弃自己CPA大好前程，申请的房子也差点成了水中月。也许有人怀疑我脑袋让驴踢了不转磨，拎不清轻重，捡芝麻丢西瓜。如果有人问我：你这么做，值得吗？我会坚定地、毫不犹豫地回答：值得！

我手里紧紧攥着的这张报纸，一直揣在裤兜里与我形影相随，已经被揉搓得皱皱巴巴的。报纸上刊登的一则消息，我虽然已能倒背如流，但我还是习惯性地用手掌轻轻地将其抚平，一个字一个字地读下去——

本报讯　18日18时许，西盛街新民社区发生火灾。火灾已造成2人死亡，6人受伤。

记者从区住建委宣传部门获悉，火灾起火地点和遇难者死因已确定，起火部位为起火建筑地下一层冷库，遇难者死因均系一氧化碳中毒。火灾排除人为放火嫌疑，起火系埋在聚氨酯保温材料内的电气线路故障所致。初步确定是一起重大生产安全责任事故。

金萱就是这次火灾的受伤者之一。现在她仍然处于昏迷状态，我只能隔着玻璃窗看看她，别的，我无能为力。大概有二十平方米的病房，虽然不是第一次来，但现在我忽发奇想，如果这是一套两室一厅的卧室，那该多好啊！可是，

---

① CPA：即注册会计师，其英文Certified Public Accountant缩写。注册会计师是依法取得证书并接受委托从事审计和会计咨询、会计服务业务的执业人员。经法律授权，其承办的审计业务覆盖社会经济各领域。例如，据《中国注册会计师法》，其可承办审查企业会计报表，验证企业资本，办理企业合并、分立、清算事宜中的审计业务并出具报告。据财政部财协字［1999］103号文件，其可对建设工程决算进行审核并出具报告。

这是ICU病房，金萱躺在病床上，正在接受救治，而不是在卧室里随心所欲，化妆、熨衣、读书，或与恋人网聊。病房里没有梳妆台，挤挤挨挨摆满了各种精密的医疗设备，与先进的技术及理念结合，尽最大可能将患者从死神手里拽回来。悬在半空像个电视屏幕的多功能心电监护仪，显示有关心率、呼吸、血压的指标数值，闪烁的光波拨动心弦；呼吸机操作屏下面连接着不停抖动的氧气管；从她身下伸出的管子顺着床沿通向不同的设备和容器，眼看着，心就揪紧了。我不忍多看，转身走回不远处的长椅坐下来。我相信人与人之间是有灵性感应的，金萱会感受到我正在她的身边陪伴着她，一定会的。我翻来覆去读着那条新闻，忽然，我想起来，今天还没有给金萱播放贝多芬的《F大调浪漫曲》，梅纽因说“音乐是有生命的，要用心去演奏，而不只是用手”。是的，我就是想用自己的心去唤醒她。

毕业后搬出校园，她说暂时过渡一下，住在那种地下出租房里。我对此持反对态度。虽然这样确实能节省一笔数目不小的租金，但那里面的安全隐患俯拾皆是，谁也说不准哪天会发生令人后悔莫及的事情。自己刚“北漂”到北京的时候，也曾短暂在地下室改造的旅馆栖身，对此有切身的体会。

“金萱，你在那家销售公司，至少也卖了两年房子了吧。怎么没有趁着优惠促销，给自己留一套呢?”

“哪里买得起噢！一两万，甚至十万八万一平米，我一年的收入，不吃不喝，都买不了一个卫生间。”

“哦，咱俩一起努力吧，攒够首付，让你们公司给个优惠价，咱们先按揭一套小户型的，过几年紧日子，再买个大面积的!”

根据政策，我申请了公租房，想着脚踏实地一步一步来，先有个不属于自己但能够遮风避雨的窝，等攒够首付，再拥有一个真正属于自己的港湾。真的，谁也甭诱导我为了全人类的什么伟大事业奉献一切，从某种意义上说，我的一切，就是一套产权属于自己的房子，这就是我们的远大理想，我们的人生奋斗目标。可是，就在为了实现这个目标奋力拼搏和热切期待的时候，火灾事故猝不及防地发生了。

医院是安静的地方，我将手机调成震动。虽然听不到梅纽因肩头那把小提琴发出的天籁般的声音，我仍然能够感觉到乐曲如同雄鹰正在高山之巅展翅飞翔，小提琴的旋律引领我向往壮丽的山河，又抑或步入玄幻的梦境。无论身处何地，耳旁都回响着天籁之音。你不由得屏住了呼吸，地球仿佛暂停了转动，美妙的音符就像飞溅的浪花，澎湃的波涛，涌进脑海。转眼之间，眼前却又展现一片绿茵茵的草原，伸向天边的巍巍高山。过了一会，旋律引起过往甜蜜生活的片段，如今的回想却闪现几丝忧伤。淡淡的愁绪忽而弥漫开来，就像早晨朦胧的雾霭，突然阳光泼洒，金色荡漾。一刹那，耳目所及的一切，荡然无存。这种感觉让我暂时隔断现实的残酷，在欢乐的天空永无止境地遨游。贝多芬是举世公认的旋律高手，而梅纽因则是二十世纪音乐史上“罕见的神童”，两强联袂，脍炙人口的《F大调浪漫曲》赢得听众“此曲只应天上有，人间能得几回闻”的赞叹，则顺理成章了。乐曲处处洋溢着舒缓、典雅、庄重、内敛的气质，给人以美轮美奂的感觉。

有一次，金萱好奇地问我：“我听说过梅纽因——Menuhin——小提琴家，名气大得不得了呀。你呢，叫梅钮英，难道说，你跟他，有什么亲戚关系吗？”

她的猜测当然是谬之千里。不过，当时我还是怔住了，过了会儿，忍不住笑起来，抬手戳着她的脑门反问道：“哈哈，你的脑袋里装着一台联想电脑吗？——人家Menuhin是拥有英国、美国双重国籍的俄罗斯犹太人，而我呢，中国汉族人。我俩，八竿子都打不着，怎么可能是亲戚呢？”

接下来我耐心地向她解释，我原来的名字叫梅英，英雄的“英”，不是原因的“因”。父母望子成龙，希望我长大了成为英雄吧。可是我曾经的梦想是做音乐家，不是英雄。那时候我还在念小学。大院里的邻居，有位农业大学的党委书记，他有个儿子喜欢拉小提琴，琴弦上跳动的音符如泣如诉、如梦如幻，令我痴迷、令我陶醉，于是就萌生了做个音乐家的梦想。当时父母对于我这个梦想不以为然，自然不会给我买一把价格不菲的小提琴啦。音乐家的梦想就在自己的眼前变成了一串美丽的肥皂泡，飘在半空，分分秒秒就破灭了。但我因此喜欢上了音乐。

上大一那年，跟同学们去成都杜甫草堂春游，在一览亭遇见个道士，夸我面相好，追着给我算命，不要钱。听他白活，说我五行缺金，命理学认为补金最好最简便的方法就是在名字里嵌进金的元素。我当然不信这种歪理邪说啦，就算是图个吉利吧，后来我在名字里加了个字，金字旁的“钮”，不是梅纽因的那个绞丝旁的。不过，我真的很喜欢他的小提琴曲。也许与他热爱东方哲学有关，在近五十年的演出生涯当中，他的琴盒里总是放着一本老子的《道德经》。这正是我特别喜欢的诸子百家经典之作。

“哈哈，原来你、你是让我给你‘补金’啊！”

“瞎说！刚认识你的时候，谁知道你叫什么，更不知道你姓‘金’啊？你可不能变成白眼狼——忘了我的救命之恩啊！”

她开玩笑说，她有个同学叫“程晓钰”，人长得贼漂亮，那个“钰”字也有金字旁。“要不，我当回媒婆，给你俩撮合撮合。不但补‘金’，还能补点‘玉’呢！”

“撮合你个大头啊！”我抬手给她脑门来了个栗凿。

哦，快两年了吧，曾经上演的那么一场令人热血沸腾的现实版英雄救美的传奇剧目！

想到这儿，我稍稍伸展一下僵直的身躯，往椅背上用力靠了靠，感觉到一种坚实。我闭目养神，想着愉快地再次回味一番自己与金萱天作之合的邂逅。此刻，手机突然急促地震动起来。

二

打来电话的是审计组的王铮言。他是老兄，奔不惑的年纪了，高个子，挺壮实，一头浓密的黑头发，像松针，看着就觉得扎手；他长方脸型，戴着一副宽边眼镜，显得有几分斯文。他两三年前就嚷嚷着要娶媳妇了，直到现在也没喝上他的喜酒。后来听说他老丈人发了话——没房子甭想把俺闺女娶进门。他为此天天发愁，地段好房型好的，忒贵，买不起；差点儿的又看不上。他比我年长几岁，具体多少，我总是记不牢，虽然每次搭伙去外地做审计项目订机票都要报各自的身份证号。他负责实施过一些重要的审计项目，客户比较满意，对他的专业能力评价挺高，他因此底气十足，不免有点儿傲气，说话的口气越来越冲了，不了解他的人，会感觉他有一点儿鲁莽。这次实施国务院审计署统一部署的保障性安居工程跟踪审计，信达国际会计师事务所及其工程公司都很重视，审计组高配，带队的项目经理不是他而是我。我隐约感到他心里有点儿不服气，暗地里较劲儿。

他约我一起吃个饭。现在，我俩就坐在距离地铁白石桥南站不远处的一家名叫湘水韵的餐馆里。这家餐馆门面很别致，四五米高的茶色玻璃墙，竖式的书法体金字招牌，现代气派十足亦不乏典雅气息。内部布置偏重实用，不浮华亦无简陋，圆、方桌搭配协调，摆放恰好的一株株绿植，摇曳满目清新。我俩选了一张靠窗的小方桌，可以看到街上来来往往的行人和车辆。过去这里车水马龙，是个熙熙攘攘的商业区，现在正进行升级改造施工，略显萧条。不过，抬眼看看周边雨后春笋般高耸的钢铁塔吊，可以预见，在不久的将来，这里仍旧是繁华之地。

“钮英老弟，你是不是发现了财政局什么问题?”两瓶啤酒下肚，有了点飘飘欲仙的感觉。铮言似乎有嘴无心地随口问了一句。

“哦，这——”我头脑还清醒。虽然在审计组内部互相不会刻意保守项目上的秘密，但我还是不想在没有掌握确凿证据前，向他透露有可能涉及违法乱纪的重大发现，怕万一出现偏差，或者抓不牢脱了手，被人质疑自己的专业胜任能力。作为CPA，在审计团队里，项目经理若没有过硬的专业技能，是很难立足发展的。特别是对于王铮言这样有很强业务能力的，说话更得留有余地。于是我打着马虎眼，反问一句：“这年头，权力部门，更何况是财神爷，哪个敢拍胸脯说自己没问题啊?”

“说的也是。”铮言没有继续追问，攥紧酒瓶子给我添满杯，扯高了嗓门：“钮英，你是兄弟，我、我看得出来，樊总特别、特别器重你，你一定前途无量！今年咱们部门那个晋升项目总监的名额，非你莫属啊！来，愚兄敬你一杯，干了!”话音未落，他端起自己的酒杯，仰起脖子，咕嘟咕嘟一气儿喝干净。

酒是好东西，它能让人忘记痛苦和忧愁。往远里说，孔子周游列国途中拜见老子。老子为其接风洗尘。孔子借酒浇愁发牢骚，老子劝他遇事要看宽、顺其自然，并向他灌输“清净自正、无为自化”“无为而无不为”的哲学思想。酒逢知己千杯少，不知不觉，孔子喝高了，一醉三日方醒，醒后悟出了“唯酒无量不及乱”的道理。老子告诫他“饮酒须不沉、不淫、不湎、不酗，微醺可矣”。回来后，孔子对学生说：“吾今日见老子，其犹龙邪！”往近处说，就说我吧，本来也是想借酒消愁的，每每在眼前闪现金萱在ICU病室里浑身插满管子救治的场景，我的心都在滴血。过后我再寻思，佩服铮言，他比我老练狡猾多了，我当时对他没有一丝一毫的防备。

我俩又干掉了几瓶燕京啤酒。我脑袋发热膨胀起来，醉眼蒙胧里看见铮言的大脸，像挂在门廊下的灯笼，被风刮得不停地晃来晃去。我现在迫切希望用自己出奇制胜的审计技巧压制他、镇住他，令他心服口服，于是就趁着酒劲儿，向他透露了财政局可能存在挪用安居工程专款的秘密。

那还是一个多星期前，天刮着大风，住建委派车送我们第三次来到财政局。我是带着助理审计员田园一起去的。她是个端庄秀丽的女孩，裹着一件浅驼色长款羽绒服，戴着乳白色围巾，显得高挑妩媚。她才迈出校门，但实习的时候就在信达北京总所审计一部所做年报审计，人很踏实，带队的项目经理对她评价不错。工程财务事业部总经理樊宁湘就把她留下来，这次特意安排她参加这个重要项目，并叮嘱我好好带带她，作为部门后备人才。

显而易见，我们上次留下的那份审计资料清单，引起了财政局的高度关注。上两次来都是荆科长出面，这次资金处的冯坤处长亲自接待。她避重就轻地解释种种原因，编排财政局没有开立银行专户的种种理由。她万变不离其宗，就是针对我们的清单，那份保障性安居工程专项资金银行专户的对账单，财政局提供不了。我明白，她是在绞尽脑汁设卡堵路，想让我们知难而退，不了了之。她这么畏首畏尾患得患失，更加坚定了我的判断：财政局挪用了保障房专项资金。

长条会议桌对面有几位副处长、科长正襟危坐。为首的这位冯坤处长年轻有为，长发披肩，气质高雅；被某个国际品牌的高档化妆品滋润保养的皮肤白皙光洁，泛起光亮，听说她就要提拔到万庄开发区分局任局长去了，那无疑是个肥缺啊。正是春风得意的时候，我们审计组这么一搅和，肯定不对她的胃口。

但是，可以看出来，她竭力在脸上堆砌笑容，压低嗓音。浸润在官场的雨露中枢，她自然明白，坐在对面的年轻人，虽然吃不上一口财政饭，完全靠着CPA专业能力在中介服务业的大草原上追逐猎物填饱肚子，但此时，他们还有一个令人避之不及的身份，就是国务院审计署委托的专业审计人员。在这节骨眼上，她告诫自己，千万不要往枪口上撞。

“前几年也来审计了，也都指出了资金沉淀问题，但没有像你们这次，要求提供这么多资料。”丰姿冶丽的荆科长插嘴说道，语气里夹带着一丝冷冰冰的嗔怪。

“哦，资金沉淀问题，上次写进审计报告里了，至今没有整改。”我装作没听出她话里挟带的不满，有意引开其注意力，举重若轻地说：“虽然国务院国发〔2015〕35号等文件，三令五申要求杜绝资金‘沉睡’。但是，我们从可操作性来看，这个问题，的确不是基层财政机关能解决的。”

冯处长赶紧接上话茬，双手摊开，无奈地说：“说的就是嘛，我们严格按照财政部财综〔2010〕95号文件，那份关于保障性安居工程资金使用的文件，从土地出让净收益中提出10%的住房保障资金。可是，安居工程，一年下来，实际上没有那么多资金需求呀！不趴在账上，你叫我们怎么办?”

“针对这个问题，我们准备在这次的报告里反映一下，建议不要一刀切。各位领导有什么好的意见，也可以反馈给审计组，这么多资金沉淀，不能发挥作用，太浪费了!”

“那就太好的！话从你们嘴里说出来，领导就认定客观、专业，能顶事，上面一定会认真研究。”冯处长激动地站起来，又坐下，端正一下身姿，笑容可掬地说：“谢谢审计组的老师实事求是，为我们基层说句公道话。”

“我们也感谢各位领导的支持！眼下，我们急需支持的，就是尽快提供安居工程资金的银行对账单。”

荆科长甩了下纤细嫩白的手，不满地抢白：“梅经理，上次我就屡次三番地解释了呀，安居工程资金没有开银行专户，没有专户对账单。”

冯处长盯着我，眼眸闪烁一丝异样的光，她扭头看了看荆科长喘着粗气不再说话，便放缓语气好言好语地说：

“哦，当然啦，没开专户，也不符合有关规定要求。这个问题嘛，如果审计组认为有必要披露，我们同意，写就写吧，写进报告。我们呢，尽快、尽快整改。”

“我知道没开专户，但资金总要存在咱们财政局的银行账户里吧——嗯，就是那家商业银行的账户吧。那就请提供那个账户的对账单吧。”

我假痴不癫地微微笑了笑，以平静的口气结束了这次财政局之行。

听我讲述那天去财政局的经过，铮言涨红着脸，瞪圆眼珠子；此时蓦地摇晃着脑袋，嘟哝着，佯装要吐的样子。

“嗨，我还以为你要演一出《了不起的盖茨比》呢，却是《阿甘正传》——你脑子进水啦！你、你要那个银行对账单，不就是个流水账嘛，顶个屁用啊？”

酒力在强拽我的脑髓，随风飘舞，我已经无法完全掌控自己的言行了。我能感觉到，铮言的内心里，对我这个自作聪明隔靴搔痒似的做法极其鄙视。

“怎么不顶屁用，你、你呀，你，老哥，还是 CPA 呢，你的脑子被狗吃啦？”我猛地一拍桌子跳起来，借着酒劲儿，冲他吼道。

被我这么一嘲讽，铮言受到刺激，腾地站起来，挺着脖颈对着我的脸，狠狠训斥道：“有屁用！你捋得清吗？那么一堆借贷、增减的阿拉伯数字，你怎么搞清楚哪些是安居工程的、哪些是其他财政专项资金……”

不等他说完，我抬手指着他的鼻子，嗤之以鼻地笑道：“我、我敢肯定，你，会计专业高才生，高等数学，你是靠作弊考过的，小学、中学，你、你数学肯定不及格——怎么捋不清？选准几个时点，就像是掐住蛇的七寸——跟年审抽查凭证差不多，不管哪个时点，只要账面余额低于保障性安居工程资金‘沉淀’总额，你就可以断定，他们，财政局，挪用了专款。先定了性，然后申请审计局延伸，再定量——”

“什么?!”铮言惊讶地张大了嘴，紧皱眉头，翻了翻眼睛。

“这是个‘绝招儿’！没错，错了管换!”我扬扬得意地拧了拧脖子，摆出不服就上的架势。

铮言愣了会儿，猛地晃了晃脑袋，酒劲醒了大半，眼光慢慢划过我的脸，一副恍然大悟的神态，兴奋地叫道：“对呀，时点、时点，某个时点的余额——

我怎么就没想到呢？钮英，老弟，你、你太厉害了！”

我高傲地仰起头，抓起酒杯一饮而尽，哐当搁在桌子上。铮言彪圆了眼盯着我，我的面貌映照在他的双眸上。哦，我猜，现在的我，在他王铮言的眼里，肯定威猛高大。虽说我没他个头高，1 米 76 的标准个；但我头发比他顺溜，右分，每天拿梳子拢得齐整，带队的 CPA，得注重形象嘛；高仓健的脸型，眉毛没他的重，稀稀疏疏，大双眼皮，眼睛比他的大比他的好看，像丹凤眼，但绝无一丝女人的风情；鼻子不够高耸，但呼吸通畅，唇线条理清晰如描画，唇稍厚，嗯，挺有感觉哟。平日，我喜欢在外套里穿件合体的西装，进屋脱掉外套，精神抖擞，挡不住的潇洒倜傥，就是一个字——帅。铮言敢跟我比专业，但不敢跟我比“帅”。哈哈，专业嘛，刚刚压过他一头，心里美滋滋的。

转念想起了荆科长，我撇撇嘴，咬着牙说道：“财政局那个狐媚精，荆科长，你猜她跟我说什么？——她说，几年前，有个副局长因为挪用资金被判了刑蹲了大牢——你能听出来‘话里有话’吗——她跟我说这些，是什么意思？”

“什么意思？那还用问吗——让你高抬贵手网开一面吧。屁股坐到局长的宝座上，多不容易啊，怎么也得脱几层皮吧。”

“网开一面，能这么跟我说话吗？”我攥紧拳头狠狠捶在桌面，“这是赤裸裸的威胁！”

“老弟，我弄不明白啦。这、这怎么是威胁呢？”

我当然不会因此质疑铮言的智商，他没有置身在那么一种语境之中，没有看到也就感受不到荆科长从牙缝里往外蹦字儿的那种阴阳怪气。我抹一把额头的汗，表现出幸灾乐祸的神态，有点歇斯底里地大笑起来。

“没错，就是威胁！老子吃软不吃硬。别怪我，是你们逼我，别怪我下手狠。挪用保障性安居工程专项资金，八九不离十，甭急，我会让你们束手就擒的。哈哈，冯处，如果是您大笔一挥，挪用了七八亿、十几个亿，您呢，就甭去开发区当那个小局长鞠躬尽瘁去啦，趁早把换洗的衣服搁行李箱里，准备去铁窗里头养尊处优去吧！哈哈哈……”

我很确定，铮言把我当时借酒撒疯说的一筐话，一字不落地印在了心里头。人呢，有时候，心里有鬼作祟，就好像在肠胃里添加了催化剂，合成一种酶，一眨眼就让酒精转化成了水，满脑瓜子呲呲冒汗，再去撒泡尿，他脑子就清醒活泛了。这个，有后面的事实做印证。过后我骂自己是猪脑子，怎么就没问问他为什么请我喝这顿酒呢。

我俩互相搀扶着跌跌撞撞地走出餐馆。路灯睁大眼睛，试图将夜色尽收眼底。一弯月亮挂在天边，像一把镰刀，磨得太光滑了，亮得晃眼。不过，那也是银样镴枪头吧，月牙的刀刃锈了，钝刀子割黑夜的肉，不知道老天它疼不疼。

若不是田园给我打电话，问我明天乘坐哪趟高铁一道回郊区农场，我俩说不定要在餐馆喝到打烊才会离开。那样的话，我就不是老子《道德经》里讲的“微醺”了，一定是郦道元《水经注》里写的酩酊大醉，得爬着回去了。

三

在北京靠南边的丰台区，我跟两三个“北漂”的年轻人合租了一套三居室，虽说快到房山了，但租金一分钱也降不下来。我住在朝西的那间，大概有 12 平方米，冬冷夏热。每月分摊到我头上的房租水电费两千多块，就像是从身上割肉，心疼呢。九号线地铁开通后，可以一趟车直达车公庄西路的白石桥南站，上班方便了。过去可是费老劲了，经常深更半夜回来，跟流浪猫似的。有时候在单位加班太晚，赶不上末班地铁，舍不得掏一百多的打车费，就躺在工位下的地毯上迷糊一宿。也仗着年轻，扛得住这份煎熬。那时候，心里头点燃着一盏明亮的希望之灯，照亮遥远的那套房子，虽然眼下看起来还是有点可望不可即，却像是一棵能够招来凤凰的梧桐树，高高耸立着；于是，心窝里，总有一股火热；每一块筋骨，坚韧有力，总有一股使不完的劲儿，就像森林里烧不完的柴火，把天空映照得红彤彤。照老话说，这叫日子过得有“奔头”。

是老杜给我开的门。他高个子，精瘦，像个刀螂。他大名叫杜志相，似乎是个立志奔着“学而优则仕”紧握权柄的宰相官职，却阴差阳错深陷“钱眼”囹圄，成了一位每个毛孔都往外散发着铜臭的“炒房客”。我们一直搞不清他在房屋中介公司的职位，他对此似乎也讳莫如深，尊称他“杜总”，他觉得别扭，甚至反感，我们就直呼他“老杜”，他倒觉得顺耳。其实他比我大不了七八岁。单从面相看，确有几分苍老；精神矍铄，一般是形容老年人的词汇，用在他身上，倒是很贴切。他已经有点秃顶了，眉毛就像拿毛笔蘸着淡墨画上去的一撇一捺，眼睛眯成一条缝，像是被胶水粘着，睁不开；鼻子如山脊，挺拔而坚硬，稀疏的胡子下面，厚嘴唇朝上翻卷着，好像跟谁都有说不完的话。

信达国际会计师事务所原来办公的华通大厦东边，主语国际那片楼宇的西南侧门脸房，挨着好几家房屋中介公司，据说老杜就在那里上班。他做中介，多半是幌子，或者说是“借鸡下蛋”，他手上有数不过来房子，闹不清哪些房子是他的，哪些是中介公司的，我们住的只是其中之一。他本人也不是每天住在那里。当时靠西的那间房子空闲着，正急着出手，恰好让我碰上了。

也许，人和人的差距就是一套房子，而人和人的阶层划分就是有没有几套房子。或许，我，还有你，与那些人生赢家比一比，一套房子就能决出胜负。

我头脑应该是清醒的，但有点昏沉，没办法去做其他事情。老杜正好悠闲地坐在沙发上看央视经济频道，于是索性就跟老杜聊聊房子的事吧。经过这段现场审计，也有些疑惑想跟他讨教。他不但是炒房赢家，还是实践出真知的房地产专家啊。

“老杜，你从几十万开始，炒房炒到几千万，太励志了，给兄弟传授点经验吧。”

每次说到炒房成功的经验，他马上眉飞色舞，神采飞扬，不厌其烦地给你宣讲他所经历的神乎其神的炒房传奇。

“OK，都是老皇历啦，但，不可否认，那的确是人生辉煌！我嘛，本来只是一个小机关里饿不死也撑不着的小职员，当时深圳房价刚刚开始出现异动的时候，我就敏锐地发现了商机，必须是‘敏锐’，呃，商机就是战机，千载难逢的发财商机，等同于稍纵即逝的战机！我呢，果断砸了铁饭碗，奔赴深圳专职炒房，得有冒险精神呢。先拿出几十万，首付，在福田买了第一套房子——严格来说，这是投资，说成炒房，有褒贬的意思，不准确。你做梦也想不到，没过多久，这套房子从 400 万涨到了 800 万。”

“没过多久，到底是多久呢？”我用力拧了拧僵硬的脖子，扬起脑袋，急切地想知道这个“多久”究竟有多长时间。半年、三个月、一个月？我倒不是想着自己去炒房子赚几百万，而是掐算着，自己会不会因为房价又一次上涨，又得延长积攒一年、两年的血汗钱，甚至让我实现拥有一套房子的目标，变成遥遥无期的黄粱梦。

“记不准了，那时候，哪儿有空儿掐算时间呢。”老杜端起茶杯咕咚咚喝了两大口，长长喘了口气说：“当时看到房价涨得这么快，就把老爸老妈名下的房子也都拿去做了按揭贷款，亲戚的指标也都借来买房。就这么着，几年下来，我反反复复，究竟操作了多少次？我也说不准，至少一二十次吧。到现在，几千万的盘，月供 20 多万，压力山大啊，压力太大！有时候，做梦都在降价、甩卖、套现。”

“哎哟，我的杜大哥，你太厉害了！”我情不自禁地从沙发上跳起来，可是，回头一想，他是不肯打折卖给我一套房子的，就像泄气的皮球重重地坐下来，沙发海绵有弹性，上下颤动着，令我昏昏然，暂时忘记苦恼，麻痹自己。哦，他老杜也没长着三头六臂，就这么玩了几个楼市周期就能身家超半亿啦?! 很多人看着眼红，心里塞满羡慕嫉妒恨。若仅限于此，你的人生如此平凡、平庸，也难怪了。看呀，两年暴赚十倍甚至几十倍，金融危机后的大放水，政策支持下的涨价去库存，如此快速的财富积累也只有中国的楼市和中国的股市才有可能实现，那些年，很多房地产的股价上涨超过十倍几十倍。回过头看吧，手握多少套房子分分秒秒就能跻身千万富豪之列。这些年，同学老友同事聚会，哪一个不谈论房子呢？只见炒房客们意气风发，指点江山，仿佛天下就坐在他们的屁股底下。

“哎，梅老弟，千万不要误会哟，炒到几千万甚至几个亿市值是完全可能的，但是，你得闹明白哟，几千万只是操盘的总资产，不是净资产，那里头，还有几千万是银行贷款垫付的。如果当时抛掉，利润嘛，两三千万，小意思啦。这个数，像你现在给资本家打工挣个月工资，一辈子肯定是拿不到的。”

“老杜，你别甩，还是待价而沽吧。肯定还会涨吧，房价？”

“别，千万别忽悠——国家政策，小孩子的脸，说变就变，又在调控喽。不像前些年，整天发文件嚷嚷，可是，调控的调子喊得越响，房子涨得越快。当然啦，也得看是哪个城市——所谓‘人生就像滚雪球，最重要之事是发现湿雪和长长的山坡’。我嘛，发现了‘湿雪’和‘山坡’，哈哈，老弟，这话说得挺有诗意吧。我可没你有文采，说不来，这是巴菲特说的，他是股神嘛。哈哈哈！”

“嗯，前些年，确实越调控越上涨，咱们穷百姓体会最深，琢磨不透，为什么会这样呢。”

老杜神秘地挤咕挤咕眼睛，此刻，他的眼睛好像睁开了。他用食指朝上指了指，“那个，嗯，有人屁股坐歪了，跟老百姓玩心思嚼舌头，那些搞房地产开发的资本大鳄，手上有更多的现房，有的媒体上却硬生生给国企扣上一顶垄断帽子，要求央企退出房地产市场，这个，‘市场经济’从何说起嘛！”

“哦，这太宏观了，琢磨不透，蛤蟆跳井——不懂——哎，老杜，从我的职业敏感性猜测，你们炒房，应该不会那么中规中矩；合规合法，只是口头说说吧？”

“哈哈，傻兄弟，这还用问，你们 CPA 的敏感性丢粪坑里了吗！噢，炒房，搁在合规合法的锅里，那不炒成黑乎乎的煤渣渣，哪儿还能捞出来大把大把闪闪发光的金豆子啊，还暴发个屁啊——那就是自投罗网找死噢！”

其实，他们炒房当中的一些歪门邪道，在我们平日的交往中，多少也听到过。但此时自己正在做有关房地产的审计项目，就格外感兴趣，希望能够从他这里来个“草船借箭”，出奇制胜。我蓦地蹿起来，拿起老杜的茶杯去净水器接满开水，殷勤地捧到他面前，“老杜，给透露点内幕，取点经，真正的理论指导啊，一定能给我做的这个项目添彩呀，说不定会修成正果呢。”

“哼，凡是内幕的事，都难‘修正果’，都是见不得阳光的。”老杜撇了撇嘴，厚嘴唇发出几声怪响。他并不情愿把炒房当中的那些并无技术含量的伎俩泄露给我，但内心的成功火焰又不停地烤炙着他，怂恿他，至少也要从自己的嘴里喷出点灼热的烟尘，多少让其成功散发些鲜嫩牛排的诱人香气。他放缓语调，慢条斯理地说，似乎在掌握着节奏，在话说出口之前在脑子里多转一圈，过滤掉“敏感词”。“其实，说说也无妨，毕竟都是时过境迁的事儿了。以后啊，我觉得，很难再出现那种炒房造富喽。”

“那，你赶紧说说吧，小弟洗耳恭听。”

“哈哈，不用洗耳，这些个，听着头头是道，其实呢，不过是雕虫小技，不干不净。”老杜是那种良心未泯残留些觉悟的人，他并没有囿于一己之私，对给予他暴富机遇的不法操作的政策及其制定者无原则地恭敬或膜拜。他喝口水，下意识地搓搓手，好像这样就能够洗干净手上的污秽。“我跟你说说，炒房客怎么利用金融杠杆达到个人的财富最大化的，其实也很简单，说白了是钻‘高评高贷’的制度漏洞，上演‘空手套白狼’的逆袭。一句话，用银行的钱来买房，甚至支付首付，用房租还房款。”

“‘高评’？怎么‘高评高贷’，那不是违法操作吗？”在以往的审计当中，我经常看到违规出具的评估报告，就是根据委托人的意图，随意操纵评估方法，高估或低估资产价值，以实现某种非法占有的目的。由于违法，有的评估师对此心有余悸，战战兢兢；但是，为了一份薪酬不菲的工作，往往也得铤而走险。为了自保，钻空子，给自己留有后路，他们故意在评估报告上盖名章，而不是亲笔签字。按照规定，这种没有评估师签字的报告，是不具有法律效力的。

“哎，钮英老弟，你可不是那个小提琴家噢，咱们看在眼里的，真实社会，从来都不会像音乐那么美妙——你，不要犯职业病啊！”老杜抬手用力推我一把，提醒我不要冒傻气。然后耐心解释：“什么是高评高贷呢？怎么才能做到高评高贷抵首付呢？你知道，过去很多楼盘首付都是可以分期付的，现在也有。高评高贷吗，就是在房屋买卖，在办理贷款的过程中，人为把房屋的评估价值往高里说，越高越好，简单说，就是评估师盖个章的事。当然，你也得有分寸，不能踩了银行默契的底线。房子价值高了，贷款额度也就水涨船高啦。”

“银行，那么多专业精英，不傻吧？银行会乐意，甘心情愿按高估的房产价值借钱给你？”

“哎呀，兄弟，那些年，是啥状况，你做审计的，心里该比谁都清楚吧，一切往‘钱’看嘛。乱七八糟，乱麻一团，捋不清。可是，一块金子，往里头一扔，金光闪闪，清清楚楚，谁都看得见，不走眼；摸得着，不走神。只要你有钱——哦，不是小钱，是成箱的，七位数吧，哦，不够，得八位数以上——你有钱，美女主动给你脱裤子，你信不信？银行不是慈善机构，它是企业，它也得赚钱啦。你可能不太关注，那些年银行信贷非常宽松，一宽松，就是你弄钱加杠杆的机会。这些年，我发现炒房的操作手法都是大同小异，包括炒股成功的人，都是很好地利用杠杆，唯一的区别就是加杠杆情况和操盘次数，次数越多，总资产就越大。说到底，我们要用最低的成本，最大限度利用银行杠杆赚钱，让自己手上的资产变肥。”

“这个杠杆，我能理解。我们审计 PPP 项目，突出的问题，也是这个杠杆。可以这么说，古今中外，凡是成功的人物没有不借用杠杆的。哎，老杜，其他的呢？还有哪些猫腻……”

“猫腻，哈哈，这是北京话，可不是褒义词噢，多着呢，比如零首付啦，哈哈哈……我有个朋友招呼了十多个亲戚朋友帮忙的，看到了吧，有时候家里人口多就是有优势，就像打群架，帮手多，不吃亏。看到了吧，老弟，赶紧找个老婆，趁着年轻肾不虚、力不亏，一口气儿生他三四个，别管他狗屁的计划生育！——你见过网上有人揭秘吗，当年那个起劲儿鼓吹‘计划生育’的专家，自己却啪啪鼓捣出了七八个崽子。”

“找媳妇，生孩子，做梦吧！——我，现在，结婚的房子还没影儿呢！”

说起房子，人生悔恨当初的人，十有八九。我就是其中之一吧。酒精还在我身体里肆意妄为，就像是房地产开发商地勘钻眼，把地球戳得千疮百孔，竖立起来一片又一片钢筋水泥的森林。我蜷曲在沙发角落，顺势溜下身子，昏昏欲睡，但脑细胞仍然活跃，不停地闪动着那一幕幕令人窒息的繁花似锦和昏天黑地。1998 年推动住房商品化改革以来的二十年，房地产投资对中国经济增长功不可没。当前房地产投资大概占到中国 GDP 的 10%以上，房地产及上下游相关产业对中国 GDP 的整体贡献大概超过 30%。地产和国运绑定了，赌房价就是赌国运。

房地产也成为我们财富最重要的积累形式，没有之一。房地产投资占到绝大部分家庭整体财富的近 70%，一二线城市更高。

这二十年，我们经历了三次房价大暴涨。2004 年到 2007 年释放住房需求的疯狂，2009 年到 2011 年四万亿放水的刺激，2015 年至今涨停去库存直驱金光宝顶。有人说得好，每隔几年，房价就是钱袋子的一轮洗劫，有人哭、有人笑、有人暴发、有人跌倒，相似的房价下，每一座城市上演着不同人生的命运悲喜剧。

一个在网上流行的段子：问，请列举败家的十大行为和兴家的十大行为。答，兴家十大投资之首是：在北京、上海、深圳等一些房价上涨非常明显的城市买房。而败家的十大行为是什么呢？卖房创业被列为第一。

那些年，我们因为年轻或者尚未成年，不知不觉中错过了买房的机遇，也就是错过了多少万，乃至多少个亿人民币！房子已然成为我们财富保值的坚定信仰！除了炒房，还有什么能让我们的财富飞速增长，同时钢铁般坚挺保值？

原来，百年一遇的金融危机。2008 年已经是十年前了。原来，东南亚的金融危机 1998 年已经过去二十年了！二十年，仿佛眨眼的瞬间，发生的一切仍历历在目，好像就在昨天——呵，二十年，那时候，一线城市的房价是一两千块一平方米，现在呢，是几万，甚至十几万一平方米。上涨了十倍几十倍上百倍。

这些年，能抛开同龄人跻身更高的阶层，大都是因为在这二十年中快速上涨的房价中持有多少套房子。这不一定是因为你有多聪明，那是你正好赶上中国房价上涨的周期而已。如果你不是炒房暴富，不是先下手为强逮着一套、两套，甚至更多……而是遇上自己银行存款增长总是赶不上房价涨幅，那么，你只能认命！

老杜伫立在自己描绘的那座胜利者的山巅之上激情难抑，嘴里还在唠叨："老弟，你知道吧，1991 年的日本模式，保汇率、弃房价，结果呢，日本的经济和社会崩溃了三十年，房价和股市一度暴跌 70%，三十年过去了，房价和股市最高才达 1989 年的 70%左右。现在，日本的 GDP 只有我们的三分之一。"

我心有不甘，往上纵了纵身体，挺了挺腰板，略带讽刺的口吻说："那时候，东京的房价在三个月内暴跌 65%，成交量陷入历史最低，很多按揭贷款买房的人纷纷断供，一夜之间很多因为买房成为千万'富'翁的普通老百姓，因为房价暴跌，一夜之间又变成了千万'负'翁，破产、跳楼、跳海，跟房地产相关的违法违规埋下来的爆雷，炸了。"

我不知道老杜是不是听出来我的话中有话。对于我的房租，他是不乐意少收一分钱，延期一天支付的。虽然，哥儿几个出去撮一顿，都是他抢着买单。

他关上电视，站起来，要结束我们这次对话。他扭头瞥我一眼，朝跟前凑凑，像一只刚过了油的大虾，躬腰仔细瞧了瞧我，确定我还没有睡着，胡茬子抖了抖，跟上一句说：“不瞒你，兄弟，现在，谁炒房，谁死！——你知道吗？日本有一处著名的森林，叫作‘自杀森林’。”

“听说过，那是因为地产泡沫破灭，许多破产的民众跑到那里去自杀，据说自杀人数已经有几万了，森林里到处是一堆堆白骨。”

“在马拉松比赛中，你想跑到第一的前提是必须跑完全程。哦，这也是巴菲特说的，他是股神！”

我眯缝着眼睛，借着灯光看到他朝他的那间宽敞的主卧走去，昂起头，努力显示出成功人士卓尔不群的姿态，但是，他掩饰不住他的步履蹒跚，似乎还有点儿趔趄。我也想回房间休息，明天还得早起往郊区农场赶呢。我吃力地撑起身子想站起来，但腿脚无力。我知道，这是因为酒精在我的血管里汪洋恣肆，而他老杜，不是因为酒，是因为毒。

这是不是一种吃不上葡萄说葡萄酸的心理，受到酒精干扰，我脑筋不灵光，说不清。

四

郊区宾馆，名字听起来土得掉渣，它可是名副其实的国有郊区农场独资的四星级酒店。

我们审计组食宿在郊区宾馆。宾馆是一座七八层的方方正正的乳白色建筑，裙楼挑起宽敞的大堂，蓝色玻璃装饰，像一片海，典雅气派；在二层中央竖立着某位著名书法家题写的店名。楼前有个广场做停车场，内部设施齐全，但不豪华。听说里面有室内游泳池，但我一直没能抽出时间去游泳，也就不知道它的具体位置。它之所以能评上四星级，我认为多少与它曾经是政府指定的接待酒店的身份有关。宾馆配属餐厅的厨师手艺精湛，佳肴美馔令人大快朵颐。不同于许多把利润最大化作为疯狂的追逐目标的企业集团委托的审计项目，这个国务院审计署的审计项目给予我们第一线审计人员的待遇比较人性化。

从宾馆走到我们现场工作的郊区农场棚户区改造指挥部，用不了一刻钟，节省了被审计单位派车来回接送时间，挺方便的。然而，总结多年审计经验，对于被审计单位来说，审计组越方便，他们就可能越麻烦。

这个项目进场前两天，我正在山东寿光，参与中国神华集团 2×1000 MW 电源工程决算审计项目，才来一周，北京造价三部的杜经理打电话给我，说有个重要审计项目，要求我当天返京。见我不情愿，她抬出了陈所长，说是他点的将。我最烦以势压人，撂话走不开。没过一会儿，我们事业部的总经理樊宁湘打来电话，我只得“遵旨”回京，第二天赶到这座城市，参加该市审计局的会议，安排落实国务院审计署全国统一部署的保障性安居工程跟踪审计。随即，信达国际会计师事务所与其旗下工程咨询公司组成的联合体，作为六家该市审计局选聘的专业中介机构，调派精锐骨干组建审计组进驻审计外勤现场。

临行前，樊总把大家招呼到小会议室，殷切嘱咐。她窈窕身材，黑亮的长发拢到脑后，干净利落、和蔼可亲的面容，极具亲和力。她生着典型的瓜子脸，皮肤光洁，下巴画个弧线，但不尖，凸显刚毅的性格；眼光柔和，有神采，亦有一丝冷峻。现在，她的眼光扫视审计组成员，与每一位的眼神轻轻碰撞，给予力量，同时也传递重托。她强调这个审计项目非同一般，六家事务所齐头并进，究竟哪一家专业技术精湛扎实，哪一家能够被委托方认可，最终取决于审计成果，那是摆在明面上，一目了然的。常言道人比人该死，货比货该扔。这次，没哪家事务所能滥竽充数，蒙混过关；究竟谁该“死”、谁该“扔”呢？还真有那么点命悬一线呢！另一方面，北京市人大会议已经做出决议，在通州区建设新的行政中心，即将大兴土木，各类审计业务无疑就是滚滚财源，对于靠市场生存的事务所，对之必然虎视眈眈，能不能引导其财源更多地流进我们信达的利润池里，你们这一炮能不能打响，对之将产生很大影响。也就是说，项目做好了，业绩斐然，这一炮越响，北京这边听得越清楚，就越可能被审计署认可，那样必然提升我们中标成功率，哗啦啦流过来的真金白银自然就会水涨船高啦。

她的话无形之中在我肩上压上了千钧重担。当然了，自己在信达国际摸爬滚打了这么多年，虽然也有过不知所措的苦闷和彷徨，时至今日，樊总既然将这副担子搁在我肩膀上，那说明什么呢，这就是器重啊。所谓士为知己者死嘛。更何况，在信达这些年，做了许许多多大大小小的审计项目，日积月累的经验，化成精钢和冶炼的炉火，为自己铸造了一柄锋芒闪耀的利剑。我有自信，利剑出鞘，剑锋所指，一定能够让我和我的信达国际团队所向披靡一往无前。因此，我和团队绝不会畏缩不前，压力和困难越大，反而更加激发我们迎接挑战的旺盛斗志。

王铮言当时撇了撇嘴，拍着胸脯喊道："樊总啊，有我呢，您就看好吧!"

樊总会意地笑了笑，勉励他和团队："好啊，铮言，这可是你的铮铮誓言哟。我相信你们！我在北京等着你们胜利的捷报!"

樊总心细如丝，她一定揣摩到了王铮言话里有话，他对没有让他负责这个重要项目心生怨艾，多少还有点对我的轻蔑和挑战意味。不过，他的话，也的确表达了信达团队做好这个项目，不负众望的信心和决心。

我们这个五人审计组，由两个注册会计师、一个注册造价工程师和两个审计助理组成。刚开始进驻审计现场，是在住建委办公楼，后来关注到郊区农场棚改项目涉及的审计风险事项比较多，又是唯一的棚户区改造项目，毫无悬念是本次审计的重中之重，于是就把办公地点挪了过来。分配给信达审计组的安居工程项目有十多个。十个手指头按跳蚤，一个也逮不住。所以，我们必须集中兵力打歼灭战。

按照法定程序，我们向郊区农场棚改指挥部出具了《审计通知书》复印件：

根据《中华人民共和国审计法》第十六条、第二十二条和第二十三条的规定和审计署统一部署，对与保障性安居工程相关的领导小组成员及市重大项目办、保障房中心等单位的本年度保障性安居工程计划、投资、建设、分配、运营等情况进行跟踪审计。必要时追溯到相关年度，并延伸调查勘察、设计、施工、监理、质量监督、银行等有关单位和个人。请各被审计单位予以配合，并提供有关资料和必要的工作条件。

棚改指挥部设在一栋临街的二层楼里。从住建委那边挪过来之前，我们已经来过两次。第二次来，郊区农场场长马耕耘、棚改指挥部主任梁百栋和总会计师伍鲜颢等，按照提前约定的时间来到指挥部会客室，与审计组进行了一次正式进场前的座谈，双方熟悉一下，同时了解一下基本情况。这时候，对于一位经验丰富、讲求技巧的项目经理，面对一个复杂而重大的审计项目，他必定要抓住这个被审计单位警惕性尚未提高，彼此面对面的机会，在不动声色之中进行一次火力侦察。

寒暄客套一番后，言归正传。

我挨着马耕耘场长坐在一个单人沙发上。此前看了些介绍郊区农场的资料，眼前这位马场长，是一位令人佩服的成功企业家。据相关资料，郊区农场历经了从“垦荒造地”到建成城市“副食品基地”、环渤海现代农业示范基地；随着场乡体制改革和企业集团化重组，由昔日的“国营＋集体”混合体制变成了区域型国有企业。尤其是在进入新世纪的十几年，在以马耕耘为首的领导班子带领下与时俱进，不失时机地提出了发展都市农业经济的经营战略，以优先服务京津顾及周边为导向，以土地资源为依托，以发展集约、节约、高效的可持续经济为宗旨，逐步形成了以都市农业、仓储物流业和食品加工业为主导的产业模块。他看起来言行沉稳持重，戒骄戒躁。老子曰：“为而弗恃，功成而弗居。夫唯弗居，是以不去。”对他还不够了解，尚不能断定他能否“是以不去”，但至少从表面看，他似乎做到了“弗恃”“弗居”，令人敬佩。不管你信不信，“面相”这个东西，多少有些道理。他不算是魁梧，中等个头，但很健壮；天庭饱满，额头绽出几道细纹闪着亮光；印堂开阔看上去气宇非凡，精气神十足；眼睛上方与眉毛下方之间宽阔，据说眉长且高的人聪明有智慧；眼角微微上扬，虽隐约几丝眼角纹，愈加显得通达谙练；鼻梁高挺，宛若山脊；下巴厚实、圆润有力，厚嘴唇紧紧抿起，嘴角留有一丝似笑非笑，谦恭仁厚，不怒自威，令人过目难忘。

笔记本上写着几条提纲，这是根据几天以来掌握的情况，粗略记录下来需要关注的问题。我先开腔，表面来看，我不过是照本宣科地向郊区农场诸位领导实施询问程序，其实，我在仔细辨别话里有话的弦外之音，同时也在察言观色。

“马场长，请问，咱们的棚改项目，跟政府部门签订服务协议没有?”

“这个嘛，”马耕耘下意识地环顾一下四周，犹犹豫豫地说：“这个，还没签协议。”

“这个事，市里也在催，还没立项，所以还没签协议。但是，规划书已经批了。”指挥部的梁百栋主任，开口解释。

我把眼光转向总会计师伍鲜颢。他五十来岁，头发稀疏，圆脸庞，保养得好，脸颊闪着亮光；屈指可数的几根眉毛，眼睛眯成一条线，看不清瞳仁，总是笑眯眯的。他十分注重仪表，西装革履，印花蓝色领带，显得挺精神。在他脸上、身上，有一股掩饰不住的凌人傲气。像他这样的财务负责人，在以往的审计实务当中，我是见多不怪了。毋庸置疑，他们的确是久经沙场的财会专家，能把会计报表上、账簿里的数字搓成一颗颗球状的物体，并富有弹性，就像乒乓球冠军那样在财务制度和会计准则的台板上打出一个个令观众喝彩、令对手望洋兴叹的擦边球。为此，他们很瞧不起未经企业长期实务历练年纪轻轻的CPA。在企业管理的大框架下，他们甘愿做幕后英雄，十分低调，避免惹火烧身。所以，他们只能悄然无声地举行大师般的自我加冕，一次次“对影成三人”地为自己的成功干杯。而在东窗事发的重大案件中，他们却又义不容辞地扮演悲剧角色，舞台上总是晃动着财务负责人的魅影，而且总是身体力行地抢先飞蛾扑火。没办法，他们知道的关于“钱”的秘密太多了。为了保全家人，往往慷慨就义般走上另一条道路。不过，国家授予注册会计师的权力十分有限，即使被审计单位存在确凿的严重的违法乱纪，我们压根也不想、也不能逼迫他们走投无路。况且我们从未被授权某种坚不可摧的神秘力量，依靠的，不过是自身专业胜任能力。

我问他：“伍总，咱们的棚改项目，资金是怎么筹划的？自有资金比例是多少?”

“按照国家政策，棚改项目自有资金跟房地产开发项目一样，也是20%。缺口嘛，银行贷款解决，享受优惠利率。”伍总带点地方口音，怕我们听不清楚，慢条斯理地说。

“你们跟银行签了借款合同了吗，或者授信合同?”铮言急不可待地追问。

“没、还没有。”伍总稍显局促，抬手摆了摆继续说：“我们的棚改项目，实施主体是城郊绿洲公司，筹资嘛，是城郊绿洲公司负责。”

“哦，那么城郊绿洲公司跟咱们郊区农场签订投资协议了吗?”我从安居工程统计表里看到过这家公司，知道它是实施主体，但还搞不清楚这家公司与郊区农场的关系。

“这个嘛，城郊绿洲公司就是郊区农场的子公司。”马耕耘抢先开口，然后叮嘱：“伍总，你把验资报告提供给审计组，让各位老师了解一下情况。”

伍总应了一声。这时候，传来一个清亮的嗓音，人们把目光转向说话的年轻人，他叫高陆川，是我们团队的造价工程师，来自造价三部。以前我们没有合作过，但冲着樊总对这个项目的高度重视，为团队配备的造价工程师肯定是个强手，所以他的专业能力无须质疑。他的年龄跟我相仿，是位浓眉大眼、身板结实的东北帅哥。他穿件灰蓝色夹克，敞着怀，袖子捋到胳膊肘，一看就是个干事利落的人。他翻了翻手上的本子，挪动一下身子，面对指挥部主任梁百栋。

“梁主任，按照政策，棚改是以小户型实现功能的，咱们的设计图纸批了吗？户型面积是多少?”

“这个没问题，我们严格按照政策办事。户型嘛，集中在两居和三居，两居75 平米，三居 90 平米。放心吧，绝对不超标。”

听梁百栋说得斩钉截铁，感觉他胸有成竹。他这个人，打个照面，就能让人脑子里冒出八面玲珑这个词。他身材瘦得像根高粱秆，脖子就像掰不直的榆木疙瘩，总是耷拉着脑袋，正像是秋天的农田里沉甸甸的高粱穗子，让人看不清面目。

这时铮言举起手上的软皮本晃了晃，好为人师地说道：“马场长、伍总啊，你们知道不知道，棚改工程可以享受贷款‘贴息’；还有呢，税费减免，土地使用税、城市基础设施配套费，都不用交……”

伍总四下里踅摸正安静地坐在角落里的两位财务人员，那位颇有气质穿着讲究的中年妇女是会计胡清雅，那位身材窈窕的漂亮姑娘是出纳刘旻。盯了几秒见她俩面面相觑不吭气儿，他喉咙里咕噜了几下，清了清嗓子掩饰自己的尴尬；然后挺了挺腰板，乍然斗立地喊道："啊，棚改，还有这么多优惠！怎么、怎么没听人讲过啊！"

审计助理常晴阳是个硬朗的山西姑娘，个头不高，但身材匀称，生着一张俊俏的脸，一笑两个酒窝，柔顺飘逸的短发，干净利落。她已经通过 CPA 考试专业课考试。我安排她坐在我旁边，她把笔记本电脑搁在腿上，随时准备提供给我有关项目的资料信息和数据。此时她伸手拽一下我的袖角，示意我看她手指的数据，悄悄说："梅经理，你看这——"我定睛一看，那是通过住建委上报的安居工程项目税费申报汇总表，我明白了她的意思，赞许地向她点点头。

不清楚"贴息"优惠，我倒不怀疑伍总说的是实话。因为第一次去财政局，就了解到财政上在本年度没有发生"贴息"支出，相关工作不到位，这也是本次审计需要关注的。但是，作为追逐利润最大化的企业的总会计师，谎称始终不了解相关税费优惠，令人顿生疑惑，难道这其中有诈？还是因心里不透亮进退失据百密一疏？

五

棚改指挥部只是个临时办公地点，我们在那里待了两天就挪窝了。

不过，我们没有白来一趟。在这里，我们与农场职工的不期而遇，最终让我们收割了又一片金灿灿的麦田。

起初，我之所以决定把现场工作地点搬到郊区农场棚改指挥部，是因为第一次来的时候，午饭后我随意在楼道里转了转，注意到有些办公室的门口贴着张 A4 纸，上面打印着某些与棚改不沾边的单位名称，觉得蹊跷。例如，商业区改造办公室、颐景园自住房项目指挥部，等等。这些办公室空无一人。感觉有些无关工程项目，在这里虚张声势，一股脑儿都给塞进了这个棚户区改造项目的皮包里，有点挂羊头卖狗肉的意味。事出反常必有妖，引起我的警觉。

搬过来第二天，我去梁百栋主任的办公室，见缝插针探探口风，若能寻见点蛛丝马迹，我们的工作就可以有的放矢事半功倍。他也是刚进屋，热情地烧水沏茶。我呢，客随主便，坐地炮似的，跟他佯装漫无边际地胡侃。当时审计组成员还在填鸭式学习审计署编纂的那本厚厚的《保障性安居工程跟踪审计常用法规汇编》，梳理住建委打包提供的一大堆保障性安居工程基础资料，还没有向郊区农场指挥部发出正式清单。他们还闹不明白我们究竟要查什么、怎么查，是不是像过去那样蜻蜓点水走个形式，熬够了时间抬屁股走人；或者胜任能力不足，眼力不济，分辨力差，厘不清黑白，两眼一抹黑屁吗查不出来。最后被授予一枚憋屈的"老太太上鸡窝——笨蛋"的勋章。所以，这时候，他们还缺乏防范意识，那根警觉性的弦儿还没有绷紧。

"梁主任，咱们郊区农场还有其他房地产项目吗?"

"有啊，你瞧，窗户外这条街，原来是农场的商业区，现在要升级改造，南方来的大老板，整个推平喽重建，大手笔啊。"他递给我一支烟，我摆摆手说自己不抽烟。他往嘴里塞进一根，犹豫片刻，咔嚓打着火机，深深吸了一口。手指轻轻敲着桌面，踌躇满志地说："您呢，人生地不熟，有所不知，街口那边有片空地，政府早就给了补偿款，一直闲着，干吗？那是规划的地铁站，基础刚冒过零米。往后不久呀，这一片是繁华的商业中心，您就看好吧。"

"噢，咱们还开发自住房项目啊?"

"这些年，国家政策往保障性安居工程倾斜，各种各样的优惠，在犄角旮旯卖不动的楼层安排几套……"他兴奋得呶呶嘴，好像一块肉叼在了嘴里。"那么多优惠政策，谁不争先恐后去享受，那不就是缺心眼儿吗!"

"这些房地产项目，都是哪家公司开发啊？嗯，我猜猜，一定是城郊绿洲公司。对吧?"

"兄弟，你说对了一半，还有其他开发商。不过，这里头猫腻老多啦……"梁主任戛然住口，诡秘莫测地挤咕一下眼睛，打起哈哈，"梅经理，喝茶，来，续上续上。"

我也顺着他的话夸赞道："这茶真香啊！好茶，武夷山的大红袍。"

"敢情，梅经理品茗高手啊！这是王场长从南方带回来的。平常，我舍不得喝。今天，招待您，审计专家，贵客嘛。"

“那就谢谢梁主任啦!”我喝口茶水，舌尖品味，甘醇甜腻，浓郁的香气沉浸肺腑，好不畅快。我随口问：“咱们农场在南方也有实业啊?”

“现在，农场吃饱饭就不错了，哪有实力往南方投资啊。合作方，南方过来的大老板，忒有实力呗！——他叫啥？叫、叫陈功退。你瞧瞧，这名字起的，与众不同吧。你说，这、成功了都，你干吗还要退呀!”

“哦，”我不置可否。但这个名字却记牢靠了。我猜，这个名字应该源于老子《道德经》的“富贵而骄，自遗其咎。功遂身退，天之道也”，有点意思。我岔开话题，继续探听，“棚户区改造，是利国利民的重大决策，但是，也涉及拆迁，咱们农场拆迁还顺利吧?”

“嗨，党和政府一心一意给老百姓谋福，可是，到头来，老百姓还是说三道四，一百个不满意、二百个不称心，穷横穷横的。我们具体做事的，更是被骂得狗血喷头。这年头，良心都让狗吃啦——都说‘拆迁款到，换辆霸道’。其实啊，几个刺头，才是真霸道。”

“刺头？你们怎么修理啊?”我参与过京沪高铁几百亿的征地拆迁专项审计，知道拆迁里头暗藏玄机，神出鬼没。但对于农场拆迁会出什么幺蛾子，真有几分好奇。

“对付刺头，就不能讲人权啦——人嘛，没人权，猪狗不如。哦，扯这些，见不得阳光，咱就甭往细里掰扯了。”

我们聊天的时候，楼下大门口传来吵闹声，乱糟糟的听不清楚。但我分明看到梁主任皱起眉头，脸皮抖了抖，显出厌烦和恼怒的神态。当时他看了看我，没发作，喝杯茶水，还是没压住火气，抓起桌上的黑色座机给门卫打电话，压低声音，口气严厉：“吵什么吵？赶紧让他们滚蛋!”

可以看出来，在这个指挥部里，梁百栋主任一言九鼎，说一不二，似乎已经是一种习以为常的自然规律。然而，就是从今天开始，那座无形的“雷峰塔”倾斜了、坍塌了，某种微妙的、势不可当的变化开始了。这实在是出乎某些人的意料。

那几个“他们”不但没有“滚蛋”，反而把王铮言当成了当代包公，擂响了伸冤鼓。

一阵急促而杂乱的脚步声，伴随着因义愤而变调的粗嗓门，越来越近，直奔二楼来了，然后拐向了审计组的那间大办公室。我和梁主任都愣住了，一时不知所措。后来听到“嘭”地一声关门声，我打了个激灵，忙向梁主任告辞跑回去，看看究竟发生了什么。

推门进去，只见铮言和两个身穿蓝色工装的陌生人站立在中央，激动的情绪还没有平复，这大冬天，他们的脸上竟然汗淋淋的。见我进来，铮言似乎有了依靠，用力一甩手，喊道：

“土匪！门口的保安，简直就是土匪！我，老子就是要帮他们说说理，出口气！”

看了看面前义愤填膺的几位，再环视屋里，几位同事也都站起来了。我盯着铮言彪圆冒火的眼睛，急切地问：“怎么了，发生什么事啦？”

“他们，哦，他俩，是郊区农场的职工，来这儿……”铮言因愤恨，话说得结结巴巴。

原来，刚才门口的吵闹声，是这两位农场职工想找梁主任讨个说法，把门的保安不让他们进来，动作粗鲁，发生冲突。铮言闻声趴在窗户上看热闹，看见保安狗仗人势欺负人，他气不过跑下楼去打抱不平。他指着保安，狐假虎威，咬牙切齿：“我是审计署委托来审计的，咋着，你敢妨碍我执行公务？立马报警，拘留你，信不信?!”他的那股狠劲儿，头发此时像刺猬，炸立起来；他个子又高，挺威猛，还真把保安给镇唬住了。趁着保安在那儿纳闷束手无策，他拽起农场职工就奔上了楼。

“你们，各位领导，你们真的是审计署派过来的审计组？”

“是啊，我们是审计组，来审计郊区农场……”

没等我话音落下，有位职工扑通跪在了地上，双手举过头顶，连连叩头，带着哭腔叫喊：“哎呀，青天大老爷呀，你终于睁眼啦！我们有救啦！”

“老胡，起来，赶紧起来。男儿膝下有黄金！咱们得有骨气！”另一个职工躬下腰用力拽他起来，然后仰头直勾勾地盯住我，眼眶里闪动希望的光，那么热切，烘烤着我的脸颊，就感觉无法抵挡的火烧火燎。他一字一板地问道：“领导同志，审计署派你们来，是查农场，是真查呀，不是走过场糊弄人——真查他们违法乱纪啊?”

“这位师傅，我们的确是受审计署委托的，来审计棚改项目……”

“嗨，啰唆什么?”铮言打断我的话，朝前迈一步，对着那两位职工，大声说：“你们有什么冤屈，说吧，我们给你们做主!”

我赶紧把铮言推到一边摁在椅子上，压低嗓音跟他说：做主！你能给谁做主？你有金刚钻吗，这就揽瓷器活啦？铮言翻了翻白眼，不吭气儿了。我转身赔着笑脸对他们说：“二位师傅，如果有什么冤屈需要申诉，请通过有关渠道反映。我们来这儿，只是审计有关农场棚改的事项。”

“棚改，我们告的就是棚改，里头有许多违法乱纪的事儿啊！你们，你们可要给我们做主啊!”刚才趴在地上的那位，拍了拍身上的灰尘，喘着粗气说。

哐当一声，门被重重地撞开，闯进来五六个凶神恶煞的保安，不由分说上来就拧住两位职工的胳膊，架起来往外面拖。

梁主任跟在后面，皮笑肉不笑地拱拱手，“梅经理，各位老师，对不起，惊扰了!”

铮言跳起来冲出门去，企图从保安手里抢人。我一把抓住他，任凭他发狠瞪着我，我就是不松手。这时高陆川也过来抱住他的腰，他动弹不得，徒呼奈何地长长叹口气。

“你们、审计署派来的，你们要给我们做主啊！听清楚，我叫栾文杰，他叫胡俊伟……”

从窗口传进来他们的求助声。

次日一上班，伍总和梁主任两人急匆匆找过来，跟我好言好语地商量，咱们去农场办公楼吧，那边宽敞；这儿忒狭窄，临街吵得慌，会计凭证撂这儿，我们也不放心。我思忖，他们是要给我们垒一道“防火墙”，隔断我们与农场职工的联系。倒也好，这个指挥部就是个空架子，资料都在农场那边。

实际上，他们这么做，是利令智昏，顾头不顾腚。在郊区农场肥沃的麦田里，谁有胆量修个奥斯维辛，把农场职工关起来与世隔绝？其实，我也不想节外生枝，按照审计方案落实必要程序，扎实做好这个棚改项目就得。我们不是审计署，更不是中纪委，无关的事儿，千万不能学“梁山好汉”路见不平一声吼，该出手时就出手。咱们几个，注册会计师也好，造价工程师也好，名声响当当，但是没有法律授权，有劲儿使不上，胳膊拧不过人家的大腿。

写了《汉书》的班固评价老子的《道德经》，说那是君人南面之术，而范晔在《后汉书》里给他兄弟班超写的传记里，写下了这么一句颇有英雄气概的名言，即“不入虎穴，焉得虎子”。一开始，哪个也料想不到，我们这么一挪窝，恰好应验了这句名言。

六

清芸，是郊区宾馆餐厅的一个雅间名字。在本次审计外勤期间，它扮演了一个审计组私人订制食堂的角色。

在这个雅间就餐，开始的时候，就是图个方便。穿过大堂走向客房的电梯，位于一楼的清芸雅间是必经之地。几天下来，每到饭点，我们几个不由自主就走进了这个雅间。后来习惯成自然，餐厅的服务员就给我们预留着这间。这是个 8 人位雅间，踩在软绵绵的蓝红相间的雕花地毯上走进去，环视闪着亮光的枣红色实木桌椅，房间被衬托得雍容典雅，逸韵高致。墙壁装饰着一幅用类似景泰蓝工艺处理的花鸟工笔国画，其中蓝色的孔雀、粉色的梅花、玉白色的奇石引人瞩目，更添几分温文儒雅的气息。

挪到郊区农场办公楼这边已经一个星期了，审计组的第一份取证资料清单已经发出去，可想而知被审计单位的神经正在一步步绷紧，不久就能从他们的言行举止中听到一扣一扣拧紧的咯嘣嘣的声响了。

今天晚餐后，我把大家留在清芸雅间里，想对今后现场工作再细化安排一下，提高效率，尽快出成果。之所以没有在办公地点，是防备隔墙有耳。这方面，我们有过教训。

吃饱了饭，听着我絮叨，大家却沉默不语。餐桌上的残羹冷炙，身不由己地慢慢旋转，一圈又一圈，就像是宇宙空间里的星球，不知疲倦，没有停歇。

“钮英，你什么意思呀，为什么安排我负责万庄开发区?”铮言对我的分工安排不满意，终于沉不住气，大声嚷嚷起来，“噢，郊区农场，你紧攥在自己手心里，眼看就钓上来大鱼啦，你吃肉，让我喝汤啊！”

“哈哈……”我被他的无理取闹逗乐了，指着桌子上仅剩下金黄色卤汁的椭圆形鱼盘，慢悠悠地说道：“瞧，这条清蒸多宝鱼，厨师拎上来，活蹦乱跳的，足有两三斤吧。大伙都看见了，哪个大嘴茬，两筷子挑走了小半条？”

“是啊，这条清蒸鱼，肯定是个特级厨师烹饪的，我还想起来雀巢咖啡的那句经典广告词——‘味道好极了’。哼，我都没捞着吃第二口，就被某人囫囵吞枣顺进肚子里啦！消化没，给我吐出来！”田园当然偏向自己的师傅，板着脸讥讽道，自己却忍不住咯咯笑出声来。

“甭瞎扯，我说的是工作！扯什么鱼、谁吃了一条半条的？”铮言梗着脖子。

“嘿，王老师您还记得吗，去年在承德，龙源集团的那个风电跟踪项目，就是您配合造价这边完成的，发现了不少财务方面的问题，客户挺服气，后来点名让王老师您去做培训呢。”造价工程师高陆川虽是理科生，但说话讲究，先扬后抑。既不惹铮言不悦，又规劝他听从项目经理工作安排，不要挑三拣四。“不过，在这儿，工作安排上的事，咱们还是让梅经理拿主意吧。”

“呵，高工，你说的是龙源集团黄土梁风电项目吧。没错，进场那天，客户在承德市中心的云山饭店接待的，也是这么一桌子菜，上的啥鱼？记不清了。”实际上那天没上鱼，铮言心里明白，他是找个台阶下，他也不想把自己搞成孤家寡人。

我笑了笑，这个王铮言，一个准“王老五”，没房子娶不上媳妇，有点魔怔了，没必要跟他争抢什么。他在审计技巧方面有两下子，是真功夫。我也要虚心向他学习，取长补短嘛。但是，所谓“思想决定行为，行为决定习惯，习惯决定性格，性格决定命运”，他性格上的不足，无形之中会拖他后腿。虽然他现在级别比我高，但不出两年，我肯定超过他的。我非常自信，所以不骄不躁。

我转身从电脑包里掏出笔记本，把工作要点和风险提示再给大家交代一下。

“下午，我在钉钉群里把工作安排表发给大家了。每个人负责哪一块，做什么，重要的风险点，表里头，我都交代了。大家照着信达业规落实程序，完成相应的工作底稿；发现问题，一定要取得充分的证据资料，要能够支持你的审计结论，这一点，千万不要大意，也不要拖来拖去，等到快离场了才去完善。那时候，来不及不说，因为双方摊了牌，从人家手里再去抠资料，就难了。你急，他不急。

“这两周看资料，了解到的一些情况，还比较零碎。但有几个问题，感觉比较复杂，咱们能不能解决掉，我觉得吧，对咱们最终能不能拿出叫响的成果、能不能让委托人满意，能起到决定性作用。所以我们不能平均用力，必须抓重点，目标清楚，责任明确。下来的工作，咱们分成两个小组，齐心协力，互相配合把各自手头的活儿做好。我和田园一组，负责郊区农场这边，捎带脚把财政局、住建委扫一扫。哦，咱们提前说好了啊，铮言和晴阳这组负责万庄开发区。同时，关注一下民政局那边，危房改造资金、廉租房租金。大家一定要注意，突出重点。你看，就这一张月报表，就涉及‘廉租房’‘公租房’‘经适房’‘限价房’‘定向房’，五类十多个安居工程项目，又涉及多个政府机关，不分主次，胡子眉毛一把抓，累死，咱也干不完，想拿出叫响的成果，就更难了。高工这边呢，根据方案要求，重点抽查招投标，关注质量、土地方面的合规性。财务这边，需要支持的时候，随时支援。”

“好的。梅经理，根据经验，工程施工普遍存在的问题，保障房也难免。比如招投标，肯定会有这样那样的问题；低价中标，施工当中做变更，虚报工程量；等等。”

“普遍存在的问题，肯定得抓，但不要投入太大精力。我的意见，要特别关注质量问题。虽然政策要求不能降低标准，可是保障房收益率相对偏低，这是客观事实，万一哪个开发商胆子大，铤而走险，偷工减料压低成本，那可是遗祸无穷的定时炸弹，损害了老百姓最根本的利益。”

“是啊，主客观条件都具备，目前的监管有漏洞，也有操作空间。好吧，我盯紧了质量问题。招投标相对来说，就是小巫见大巫啦，对于买房或租房的消费者，最关心、影响最大的，莫过于质量了，真能抓住问题，信达这一炮就算打响啦！”

“好，我们做工程财务审计这么多年，虽然也学了点工程知识，但还是皮毛。工程这块，毕竟是外行。高工，你根据审计方案，灵活掌握，信达这一炮，拜托啦。哈哈，你不要有压力啊!”

“放心吧，梅经理，我肯定尽力。各位会计师都是我的坚强后盾！咱们信达团队，就跟那几家事务所较较劲儿，来他个一鸣惊人!”

其实，我跟高陆川谦尊而光，并不是完全心口相应。因为在工程咨询公司这边配合造价师做全过程跟踪审计，甚至是竣工决算审计，相当多的造价师总有高人一等的优越感，作为注册会计师，我心里当然不服气，有时忍不住学着阿Q的腔调，在心里愤愤道：你那个造价工程师，能跟注册会计师排在一个档次吗？国家最难的资格考试你沾边儿吗？特别让人气不过的，是遇上个愚笨又闹嚷的造价师带队，屁吗问题查不出来，却颐指气使地催促会计师快马加鞭。

铮言安静地坐在椅子上，摆弄着手机，时而抬头看看我。脸色越来越难看，我思忖，他觉得我在羞辱他，故意撇开万庄开发区，晾着他。

“钮英老弟，梅经理，说了大半夜啦，这天都快亮了，对我的千叮咛万嘱咐呢，难道没有?”铮言沉不住气了，猛地扭过身，正面朝着我，凝视了几秒，压低嗓音问。

这次，我真的被他气笑了。我下意识地看了看手机上的时间，哦，都九点多了，的确不早了。

“王老师，您别急呀，我有一种直觉，咱们组，任务艰巨，一定很光荣呢。”晴阳提着茶壶绕着餐桌给各位添满茶杯，慢条斯理地说。

“嘿，小丫头，你还有直觉，第六感觉吧——你呀，这感觉用在谈情说爱吧，抖机灵；搁审计这儿，不好使。”铮言撇着嘴，冲着晴阳，“呵，不服气呢！那你说说看，直觉哪个‘艰巨’任务啦?”

晴阳坐回靠近门口的座位，抿了口茶水，翻开做了折页标记的笔记本，不慌不忙地说：“王老师，您甭急，我的直觉告诉我，梅经理可能已经察觉到了蛛丝马迹。他让我查了一位姓陈的房地产老板的信息。我通过国家工商信息网查了，发现这个老板不但跟郊区农场存在错综复杂的投资关系，而且，王老师，您猜，这位老板还在哪儿开发了保障房?”

“嘿，小丫头，你在说评书呢，还卖关子——我哪儿猜得到!”

“俗话说，远在天边近在眼前，哈哈，就在万庄开发区，他有保障房项目，不止一个，而且，就列在住建委最近一期‘月报’里，属于这次审计的范围……”

“啊！钮英，你——”铮言从椅子上跳起来，激动万分的局促样子。

我对常晴阳刮目相看了，她居然能从我交代的细小工作中领悟到重大问题的方向。我朝她微笑着点点头，表示赞许之意；然后，摆手示意铮言坐下来谈，“王老师、铮言兄，您呢，甭激动，请坐、请坐——坐下说。”

“哦，我有点受宠若惊呢，还是站着洗耳恭听，钮英老弟，哦，梅经理，赶紧耳提面命吧。”

“你呀，逗闷子吧——哎，你看过《建军大业》吧，就是为建军一百周年拍的电影，从网上能看到拍片花絮。”

“什么意思？梅经理，老弟，我有点儿糊涂，你不会是在自导自演一部审计大片吧。”

“叶挺的部队为什么被誉为‘铁军’？因为北伐的时候，他们第一个登上了武昌城头。”我受到那么一种慷慨激昂的感染，浑身火热，蓦地站立起来，就像是一名伫立前沿的指挥员，激发战士冲锋陷阵建功立业的豪情：“王老师、铮言兄，万庄开发区就是这次安居工程审计的‘武昌城’，我相信，你，还有常晴阳、高工，你们一定能第一个登上‘城头’，让委托人送给咱们一面‘铁军’的大旗!”

“嘿，咱们这面‘铁军’的大旗，就挂在12号楼迎门的咖啡厅墙上，那该多喜兴啊!”田园兴奋地叫道。

似乎是临战前的静默，在这个名字叫清芸的雅间里，如此安静，我们5个人，几乎能够聆听彼此心跳的声音。

突然间，我眼前一闪亮，心想：这时候播放贝多芬的《F大调浪漫曲》，岂不是“润物细无声”振奋人心吗？让我们这支信达审计团队，在轻松而欢快的氛围里，迈出挺进战场的铿锵步伐。

乐曲在房间里飘荡，灯光下弥漫起山川花海，我们正在向灿烂明天大步走去。

踏着音符，铮言转到餐桌的对面，拽起常晴阳，提高了嗓门说：“晴阳，咱们得好好干，别说是‘武昌城头’，就是北京的前门楼子，咱俩，赴汤蹈火也得爬上去——明年，过了春节，樊总一高兴，保准给你连升两级。我嘛，争取公司多给工程财务部一个名额，拿下项目总监。嗯，就靠这个项目了！”说着，他转身面对我，面带羞愧地低头弯腰鞠躬，嘴里念叨：“感谢钮英老弟关照，给我建功立业的机会！”

见他低头又在弯腰，我抢上一步扶住他，“嘿，老兄，神三鬼四，你这架势，准备鞠几个啊——我可承受不起！”

七

虽然学的是会计专业，但我打小喜欢军事，若不是第二轮因视力不达标被淘汰，我很可能被选拔到空军飞行学院。我读高中的母校保定一中可是全国响当当的空军飞行学员早期培训基地，说不定啊，现在，我正驾驶歼 15 在辽宁号航空母舰上练习起降呢。嗨，果真那样，我怎么可能这样整天与味同嚼蜡的会计数字肩摩毂击虚度人生呢！为了安抚自己无缘军旅的黯然神伤，我偶尔照猫画虎涂鸦几笔军事题材的小说，竟然也能在网上发表，百度上一搜，冒出一大串，点击量不算低呢。久而久之，我想问题和说话的时候，经常蹦出一些跟军事沾边的词语。

挪到郊区农场办公楼，说是“不入虎穴焉得虎子”，多少有点故弄玄虚典型化。不过，我们下车伊始，就逮了个“虎子”——城郊绿洲房地产开发公司。楼前挂着的一排单位名牌，虽然说不出哪个单位虎视眈眈令你惊悚，进而特别关注，但我们还是嗅出了异常的气味。这里，无疑已处于鸠占鹊巢的状态，当家做主的不是郊区农场，而是城郊绿洲。于是，我就来了一番运筹帷幄。我敢说，诸葛孔明在世也会为我跷起大拇指的。这绝非自吹自擂，咱不妨温习一下《后汉书》里的“班超传”。那是东汉时候，距今快两千年了。班超去新疆跟鄯善王搞公关实现两国睦邻友好。恰巧匈奴使节也来了，仇人相见分外眼红。匈奴从小吃牛羊肉，腮帮子有劲儿，大嘴叉，挑拨离间，竟把鄯善王说晕了。眼看功亏一篑，班超当机立断，决定除掉匈奴使者。可是匈奴兵强马壮，蛮干不行。这时他说了一句蹈锋饮血的英雄誓言，“不入虎穴，焉得虎子”。半夜月黑，班超兵分两路，潜入匈奴营地，听其号令，放火、击鼓、射箭。匈奴人大乱，我大汉勇士趁势冲上去砍杀，匈奴人死伤殆尽。此战震慑鄯善王，消除误解，跟汉朝修好，为咱们中国现在这个版图奠定了基础。

信达审计组，也是分成了两个小组，也都深入“虎穴”。而且，为了减少阻力让铮言他们顺利登上“武昌城头”，我在郊区农场来了个虚晃一枪的佯攻。过后，我都为自己的神机妙算沾沾自喜。其战果，可不局限于保障性安居工程，还在其他方面钓到了大鱼。

我们抛出一个乍看起来非常重大，实际上是个见多不怪无关痛痒的问题——郊区农场没有按照法定程序确定棚改工程实施主体。我们故意打草惊蛇，给他们发了一份《审计联系函》，里面煞有其事地指出他们违反了国家法规。这么一来，谁要是来个鸭子凫水暗中使劲，确实能从根本上否定郊区农场棚改项目实施主体的合法性，他们吃不了得兜着走。由此引起他们的恐慌，把他们的注意力吸引过来，全神贯注于我们这边。

我们取得两份郊区农场棚改工程实施主体的法律文件：

第一份，当地人民政府的会议纪要。该纪要记述：原则同意以政府名义授权城郊绿洲房地产开发有限公司为郊区农场棚改项目实施主体。

第二份，当地人民政府《授权城郊绿洲房地产开发有限公司作为郊区农场棚户区改造项目实施主体的函》。该函授权城郊绿洲房地产开发有限公司为郊区农场棚户区改造项目实施主体……组织实施该项目及市政基础设施建设等工作。

经初步审查，确定本项目是以政府授权而不是采取公开方式选定实施主体，其行为违反了国务院《关于进一步做好城镇棚户区和城乡危房改造及配套基础设施建设有关工作的意见》（国发〔2015〕37号）的规定。

《审计联系函》发出第二天，伍鲜颢总会计师、梁百栋主任就跑过来，给我出示了一份当地政府编号 700 的文件，解释说，郊区农场棚改项目的实施主体是在这个文件下发前就确定了的，不存在违规情况，希望审计组的老师，不要上报这个问题。

这份文件是去年 7 月份发布的，郊区农场棚改实施主体授权时间是去年 1 月份，之前之后，一目了然。他们这么一搅和，我脑筋有点儿转不动轴了，一时哑口无言。咋办？那份文件上确实白纸黑字写着“本实施意见印发前已经确定的棚户区改造项目实施主体，可作为政府购买棚户区改造服务的承接主体”。

他们两位趁热打铁，想着剩勇追穷寇，一举拿下。

“梅经理，老实说吧，城郊绿洲公司就是郊区农场的子公司，让自己人来干，心里头不会七上八下打小鼓，忒踏实。”

“是啊，梅经理，去年跟踪审计的也来农场了，哦，也是北京过来的。一月份市里关于实施主体的批复文件他们也看到了。他们压根就没提这档子事，这是不是也能说明这种政府授权的方式，不违规呀？”

“北京的，哪家事务所？”我听着觉得有点儿刺耳，面无表情地反问：“他们没提，我们提了——他们‘没提’，肯定没错；我们‘提’了，肯定有错——伍总，您是这个意思吗？”

“啊，不是‘错’，没‘错’——梅经理，别误会，真的没‘错’。”梁主任赶紧摆摆手，力图消除我的愤懑。

“其实吧，他们不提，真的说明不了什么，因为他们的审计结论不是标准。另外，谁能保证不出现疏忽，也许是……”

说者无心听者有意。怎么，难道你要拿其他会计师未必正确的判断，来阻止乃至制止我们做出正确判断的努力吗？虽然按照职业道德准则，同行之间不得互相贬低。但此刻，我想问一句，如果是一个“笨蛋”做出的错误判断，难道我必须把“笨蛋”的破面具捡起来扣在自己的脑袋上再出演一幕“笨蛋”的角色吗？我有一种被侮辱的感觉，心里头很不舒服。

见我沉下脸，伍总坐在那儿不吭气。我能猜透他的心思，他瞧不起我们这些年轻人，考个 CPA 一纸证书就来企业老财务面前耀武扬威，不知天高地厚，指指点点，这里“违反了准则”，那里“不符合规范”。眼前，他见我拿不出新的证据反驳，苍白无力的顽抗，不过是缴械前的挣扎。他当然懒得跟我白费口舌了。而梁主任显示出他八面玲珑的本领，拎着暖壶殷勤地在我杯子里添满水，把椅子拉到我跟前来，絮絮叨叨：

“棚改嘛，就是给老百姓谋福利，谁是实施主体，很重要吗？事实上，没那么重要嘛。最重要的是什么，是老百姓满意不满意。梅经理，你说是不是这个理儿？”

“哦，棚改就是为百姓谋福利。百姓的事，办得好不好，首先就是要看老百姓满意不满意。梁主任，您说的没错。”梁主任的温和举动渐渐软化了我内心的坚硬。

“这就得啦，城郊绿洲公司，是一家农场的全资子公司嘛，亲儿子呀，还有谁比我们更了解它呀？非得搞招投标的形式主义，万一中标的，是其他开发商，我们不了解。怎么办？职工最大的财产不就是一套房子嘛，改善住房条件就是他们最大的物质追求和希望。你说，梅经理，如果把农场职工最大的希望托付给别人，我们能放心吗？”梁主任确实在其位谋其职，他也许更透彻其中无法见光的奥妙，他追求一种四平八稳、滴水不漏的办事风格。他唇舌翻飞不停地给你讲：“你再瞧瞧，棚户区改造那几片砖木结构的低矮平房都拆光了，农场职工也没哪个反对嘛。你说呢，梅经理，这个问题咱就不提啦。如果在过程中，存在哪些做得不够规范的，需要改进，别留情面，老师们尽管指出来，你放心，我们保证立马整改，不过夜！”

真能耐啊，我的确从心里佩服他了。梁主任他说的确实头头是道啊，动之以情晓之以理。我没办法跟他辩白，不置可否，坚持己见的地基却在崩塌，我不可能挺立在原地不倒下。我相信手上一定能抓住其他重大问题，于是琢磨着，索性放弃这个问题，顺着梁主任递过来的杆子溜下来得了，别搞得一败涂地不可收拾。

就在我举棋不定的当口，田园走过来，就像是汉献帝一句“说曹操到曹操就到”，她这个“曹操”救驾来了。她面无表情地瞥一眼梁主任，轻声对我说：“梅经理，我去年《经济法》考了 80 多分呢，还没忘干净。我记得，有规定说，下位法是不能违背上位法的。梁主任他们拿来的 700 号文，是市政府下发的，虽然有‘印发前’的时间界定，但是，‘印发前’并不是‘无法可依’啊。而且，这个‘可依’的法，是上位法呀。”

“对啊!”刚才我一时蒙瞶，经田园提醒，茅塞顿开。我一拍桌案站起来，眼光投向伍总，故意提高了嗓门：“二位领导，我们《联系函》写得清楚，依据的是国务院第 37 号文啊，那可是 2015 年颁发的，是在 700 号文‘之前’发的呀。”

“这份市府 700 号文，如果与国务院 37 号文存在不一致的规定，应该以 37 号文为准。不管市政府下发了多少号相关文件，按照《立法法》，对于 37 号文的规定，只能遵循，不能违背。”田园嗓音朗朗，掷地有声，令对手望而却步，就像是在阵地前沿布置了一道鹿砦。

“哦，是这样啊，那么，我们回去再研究研究……”梁主任无计可施，还想用拖延战术。

由此看来，他们心里本来也是敲着小鼓，是来胡搅蛮缠碰运气的，没想到，以前被他们屡试不爽的计谋，被我们一个小姑娘给识破了。倘若放弃，就很难再拾起来了——田园立功了!

为了挽回自己刚才仓皇失措的面子，我心里发狠，想着把伍鲜颢总会计师绷得像铁皮一样的脸再给他锉一层碎屑下来，给他一点颜色。我故意大声赞扬田园，借题发挥，指桑骂槐。

“田园，你真棒! 刚才两位领导引诱我陷进了天门阵。没想到，你是穆桂英在世啊，一下子就给破了。哎，你哪儿来的降龙木? 让我猜猜——哈哈，咱们会计师事务所就是个人才炼钢炉，各种人才，就像拔钢筋，成捆成吨的，十八般武器样样精通。你说牛不牛!”

“好，好，年轻是最大的资本，你们牛!”伍总垂头丧气，站起来蹒跚地朝门口走。

梁主任不见黄河心不死，有股坚韧劲儿，他皱紧眉头，咧咧嘴：“梅经理，咱们今天不做结论，啊，不做结论，还可以商量嘛。”

我没接他的话茬，而是冲着伍总的背影放声道：“二位领导，预先申请一下，到时候麻烦安排啊——过几天，我们想去走访棚改拆迁户啊。”

只见他俩匆忙的身影，没有听到他们的回应。

经验传递给我一个直觉，我猜测，八九不离十，不仅仅他俩，还会有若干位，从今天开始，如果不服用安眠药，想睡个囫囵觉将是一件十分困难的事儿。

八

楼是盖出来的，牛是吹出来的，信达国际的名气是干出来的。

真不是吹牛，信达审计团队的手上，攥着金刚钻。

“哇塞，600多平米嘢，北京朝阳中央别墅，也就是这么个面积。在棚户区里头，那不就是那个什么词、什么词嘛，哦，叫作鹤立鸡群呀!”

听到田园惊喊，我并没有感到丝毫的惊讶，因为这只不过是一个约定俗成的或贯彻契约精神悖论的细节问题罢了。我对之早已经见多不怪习以为常。要知道，我参与了京沪高铁几百亿的征地拆迁审计，还做过那么多国家重点工程、跨世纪工程建设项目，无一例外都涉及拆迁，被拆迁的土地里头，深深浅浅，大大小小，无一例外都埋下了足以摧毁方圆几百、几千米，甚至多少公里以内有生命或无生命物质的爆雷。如果谁能够拍着胸脯说“哪个工程、哪块宗地里头干干净净，绝对找不出来哪怕一根头发丝那么细小的爆雷构件”。那么，不必跟刘慈欣确认，我直接就敢指天发誓，他肯定是一个被太阳系外头的某星系大爆炸轰到地球上来的外星人。

也许以往经历的形形色色的审计、检查，传递给郊区农场及其相关的单位、部门一个不完全或者有偏差的信息，甚至是误导。即使我们这次安居工程审计是审计署统一部署的，但因为是跟踪审计，往年也实施过，他们或许由此认定是一种“例行公事”吧，所以没有给予应有的重视。这从他们给审计组安排的工作地点即可窥豹一斑。那是位于这栋四层办公楼一楼的一间健身活动室。房间倒是很宽敞，里面有个乒乓球台子，他们给搬来几把椅子摆在四周，就成了我们的临时办公室。他们解释说，隔壁就是财务部，方便查找会计资料。

针对郊区农场棚改工程的相关审计程序，就是在这间健身房里展开的。

的周末，你不觉得最应该做的“正经事”，就是来这里尝鲜吗？

一颗颗草莓红艳欲滴，初绽芳容。在这个冰冷的冬日，能吃上一捧带着露珠的新鲜草莓，绝对算得上舌尖上的享受，在这个绿叶如海、草莓如霞的风景里，度过一个轻松愉快的周末，势必舒缓你紧张的工作压力，赋予你巨大动能。还犹豫个啥呢，走呀，一起去郊区农场采摘园，让这个荒凉的冬天焕发出春天般的色彩与活力吧！

“金萱，周末休息吗？过来吃草莓吧。”

“快春节了，我们哪儿还有休息天！那只能是梦想的好日子啊！——哦，吃草莓啊，哪儿来的？客户还给你们送草莓吃啊！”

“不是客户送的，这个农场有个挺不错的草莓采摘园。”

“哦，还真有点馋呢。不过春节前这段时间，正是商品房销售旺季呢。——要不，我倒休一天吧。”

“好啊，说定了啦——早点起床，坐第一趟高铁。咱们不见不散啊！”

一天没歇，连续工作了两周，我想应该让大家歇口气儿了。信达审计团队即使一天工作10多个小时，一星期工作7天，委托人也是按照合同约定，按照每天8小时，一星期5个工作日结算审计费。这个周末让大伙休息一天吧。我打电话约好了金萱。当天晚上在清芸雅间吃饭的时候，我把在网上看到的那篇新闻广告转发给大家，提议这个周六去郊区农场的草莓采摘园休闲一天。除了铮言，其他人都兴高采烈地响应。

铮言说他想回北京陪陪日思夜想的未婚妻。我告诉他，我把女朋友叫来了，星期六一大早的高铁。我劝他把未婚妻也叫过来，凑一块儿，人多热闹。时间嘛，一天打个来回，绰绰有余，即便赶不回去，也正合了你的心思嘛。让高工来我房间凑合一宿，给你们腾“洞房”，春晚都讲究提前来个预演，你也预演一回“新郎”，美得你屁颠屁颠吧。到时候，你俩奉子成婚，没房子咋啦，你就是占山为王的土匪，你老丈人啊，和尚的脑壳——没发喽。他却拧着脖子非跟我掰扯个丁是丁卯是卯，狠狠地反驳道，你不也叫来了女朋友吗，“洞房”，是给你自己准备的吧？我心平气和地跟他讲，老兄，兄弟我不急，而立之年刚冒头呢。铮言大哥，你得抓紧，无毒不丈夫，非常情况下，就不能按常理出牌。他“呸”一口，鼓着腮帮子说，得了吧，我比你帅多啦，再说了，俺媳妇早就是拴在裤腰带上的“北京烤鸭”，飞不走啦。兄弟你呢，再不抓紧，稍微一晃荡就奔四啦！小心让美女一脚给蹬喽。

我俩贫嘴，他那股认真劲，逗得大伙笑得前仰后合，眼角挤出了泪花。大伙欢闹着就把这次“冬游”的行程定了下来。

星期六那天，天上飘起了雪花，把树木装扮得就像是一个个身披婚纱的新娘，天人感应，便勾起我们内心那股热切思念，盼望早点见到心上人。

我和铮言去高铁站接两位美女。高陆川和田园、晴阳先到采摘园排队占好位置，周末呢，恐怕人多挤不进去。

我们四人颠簸一路赶到采摘园，从车窗里看见他们三个欢天喜地在打雪仗。我们顿时一个个摩拳擦掌跃跃欲试。不像城里的道路，落在麦地里的雪融化不了，一片白雪皑皑的景象，与日常满目的黑灰色的楼宇、道路的色彩相比较，太美了，带有一丝寒气的清洁空气，洗涤着肺腑，叫人感觉到透心儿的爽快。

跳下车，我们迫不及待地跑过去参加战斗。一边忙不迭地蹲下身快速捧起积雪十指用力攥紧，一边扫视寻找攻击的目标，两眼瞅准喽，甩起臂膀用力扔出去。由于力量不同，雪球在空中划出高高低低长长短短的抛物线，飞向目标。雪球也有它的秉性，如果软碰软，打在衣服上，雪球软绵绵的摊成一小片；如果是硬碰硬，打在脑袋上，雪球会炸开，银白色的雪一刹那飞溅起来，无比惊艳。

审计人，平常的工作，多半是坐在座位上两眼盯着电脑屏幕，活动少，肌肉很少硬邦邦的，难说健壮。一阵雪球飞舞，欢笑和惊喊声此起彼伏，浑身上下热气腾腾。大家都气喘吁吁，脸颊、双手冻得通红。我站在原地不动，大家也停下手，眼睛不约而同朝麦田靠公路一侧的一长排塑料大棚望过去，那就是草莓采摘园。

“高工，怎么在外面疯啊，里面还有地方吗?”我扭头冲着高陆川喊，嘴里冒出的哈气形成白色的薄雾。

“地方多着呢，咱们进去，摘草莓吧。我跟老板说好了，咱们七个人，给个优惠价呢。”高陆川拍了拍手上沾着的雪，朝这边快步走过来。

“来吧，不打不相识。高工，她叫金萱，刚才给你一个大雪球爆了头。好像是姜子牙说的，最毒不过女人心。高工，有女朋友吗，得小心啊！”

“哈哈，这位美女是嫂子啊，你下手够狠的，把我打傻了不要紧，对梅经理可得温柔点儿哟！”

“呵呵，高工啊，抱歉，我真没准星，蒙的，不偏不倚，就砸在你脑瓜上了——哦，梅钮英在车站给我买了个驴肉火烧，特香，热量高，没想到手上一下子就有那么大劲儿了——哎，疼不疼啊？”金萱常年在房地产销售公司，见识了形形色色的买房人，不认生，落落大方；她嘴皮子功夫过硬，让人瞬间产生亲切感。

“不疼，没事。在工地待久了，我们造价工程师的脑袋也沾上点儿钢筋水泥的脾气，硬棒结实着呢！”

“嘿，那对恩爱夫妻呢？”我四下里踅摸，看见远处铮言拉着未婚妻朝这边连跑带颠，便冲着他俩扯起嗓子喊：“铮言老兄，你俩，真是懒驴上磨屎尿多，磨蹭啥呢？”

铮言的未婚妻来事务所找过他，我们打过照面，但不熟悉。她的名字可是磨耳根子多了，叫隋艺芳，听着挺高雅。铮言对之吹乎得神乎其神，给大家普及国学，说那名字取自《诗经》里最棒的一句诗“在水一方”，谐音，寓意深远。可是她的打扮和举止看着有点土气，不像是来自省会石家庄的。今天她穿着一身长款的浅紫红色羽绒服，烫卷的蓬松头发，仿佛是夜色里泛着月光的苇塘，她身板架子大，两只大脚往两边撇着，像一只奔向水塘觅食的鸭子。来的路上，我问她，管你叫嫂子，还是……她马上接上话茬，不忸怩，爽爽快快地说，叫我“芳姐”吧，让人听着不太老。

“嗨，你们傻等干吗，先进去啊？”到了大伙跟前，铮言见各位都面带微笑目不转睛盯着他媳妇瞅，被几道火辣辣的眼光聚焦，隋艺芳有点不知所措，面带羞涩，一个劲儿往铮言背后躲。铮言骄傲地瞧了瞧心上人，转脸冲着几位皱起眉头，扯起嗓子：“你们，有没有礼貌啊！信达入职培训给你们讲过礼仪吧，都忘光啦？赶紧着，叫‘嫂子’！”

田园、晴阳两个小姑娘挽着胳膊，瞪圆眼睛上下打量，呲咪呲咪笑着，喊道：“嫂子好！”

高陆川在深山老林荒野的艰苦工地做过监理，胆子大，脸皮厚，嬉皮笑脸地往前凑，左看右看，嘴里念念有词：“我得瞧仔细，分清这个那个，谁是谁的。今儿晚上，千万不能进错了房、上错了床。”

“这臭小子，在工地上没学了好，吃喝嫖赌样样在行。”铮言抬手阻止高工继续往未婚妻跟前近乎，用讥讽的口气问：“嘿，你这是，隐蔽工程旁站呢，用不用给你拿个皮尺量一量？”

“王老师，您别，我可不敢量！”高陆川往后仰了仰身子，捂着嘴忍不住笑，“我们造价师量个水泥结构长宽高，有点误差可容忍，没啥风险。可是，什么‘臀围’啦、‘胸围’啦，手头没准儿，还得王老师您亲自下手……”

“嘿，你这小兄弟真没正行啊！”隋艺芳抬手指着高陆川，脸扭向我，一本正经地说：“梅经理，你得管管，甭让他走到邪路上去！”

“哈哈，芳姐，逗嫂子，正经事儿，没那么邪乎！——走了，走了，别在这儿穷哨啦。摘草莓去喽——”我在铮言的后背推一把，牵起金萱的手，往大棚那边走。

棚里棚外两重天，一阵温热潮湿的气息，夹带着一丝丝沁人心脾的甜香扑面而来。一片片绿色弥漫双眼，仿佛春天的腿脚正踩着哪吒的风火轮，飞也似的越过雪花装扮的寒冬，一股清风吹过，春天已经把刚才还置身冬天的人们紧紧拥抱，令人感觉格外温暖。

手上拎着塑料篮子，我们顺着栽种着草莓的田垄鱼贯而行，一边采摘，一边说笑。

茂密的翠绿叶片下面，好像是跟我们捉迷藏，一颗颗草莓在那里静悄悄地等待。携手心爱的人在这隆冬的荒凉里开辟出来的一片春色中徜徉，心里油然而生一种无以名状的幸福，浑身每一个细胞，都在尽情歌唱。我想，铮言也感同身受吧。你看，草莓鲜红色的心状果体，宛如一颗少女的心，仿佛在怦怦跳动，传递着热爱和深情。哦，芳菲的少女，以它的稚嫩和纯洁，向你诉说火一般的爱恋，又像与你低垂耳语，告诫你青春的短促和珍贵，催促你深深地呼吸妙龄的馨香。我们拿着采摘园提供的小剪刀，轻轻地剪下带着绿色叶梗的草莓，生怕损害它的娇嫩和爽滑的肌肤，轻轻放在篮子里，有的还粘着水珠儿，红红亮亮地闪耀，晶莹剔透，此刻的每一分钟似乎都添加了一把红彤彤的柴火，温暖而热烈；与此同时，田垄上行走的人们与果篮，看起来就像是赏心悦目的春色倒影；河水潺潺流淌，隐约传来水花清音，犹如乐符轻扣心田。波兰作家伊瓦什凯维奇在《草莓》中这样写道："它是那样的香，那样的甜，真是一种稀世的佳品！它那沁人心脾的气味，在我的嘴角唇边久久地不曾消逝。"

快乐时光总给人一瞬间的感觉，就像庄子说的那样"若白驹之过隙"。

采摘前那场雪仗几乎已经把早餐的卡路里消耗殆尽，现在每个人的肚子都在咕噜噜叫。大棚不远处的路边有几家农家院子，我们准备去那里吃点粗粮和大锅炖菜。

"各位老板，这就走啊。"在紫禁城里头待久了，内心深处的地域优越感作祟，我们这些外乡人说起话来多多少少也撇了点儿京腔。有位老板模样的，见我们要走，认定我们是来自首都北京的白领小资，钱袋子鼓棒，所以还想从我们兜里再拽出几张钞票，抬手指点着，热情地推荐景点："看到没，那边的玻璃房，那里头有一片甘蔗林，那可是亚热带的稀罕物，这大冬天，南方都见不着。各位都是北方人吧，我敢保证，只要你们进去，肯定轧一身绵白糖才肯出来——太好玩了。"

听他这么颇具诱惑的宣传鼓动，几个女孩子都蹦着跳着要去钻甘蔗林、轧白糖。

"蔗糖，吃多了长肥肉，美女胖了，可就嫁不出去啦！"高陆川一本正经。

"我们不怕！再说了，有那么多进口国产的减肥药呢，用不着你瞎操心。"几个女孩异口同声。

毫无悬念，我们肯定要百分之百满足美女的向往，不可能让她们失望。在农家小院填饱一肚子真真假假的绿色有机原生态的饭菜，我们又一头扎进了那片甘蔗林。这一天，真是玩嗨了，不知不觉夜幕已经降临。

我们站在路边等着返程的公交车，这时候突然有人冲着我们跑过来，到了跟前立定，借着灯光仔细瞧了瞧，惊喜地叫道：

“嘿，我跟他们打赌呢，保准儿没看错，果不其然，就是你们，审计署的，来检查我们农场棚改的。”

铮言也认出了对方，咧开嘴笑了，上前抓紧那人的手使劲儿抖了抖：“师傅，是你啊，你在采摘园上班呢?”

十

“你急什么，我芳姐晚上赶不回去了，这叫‘天作之合’，多好啊，这就是我给你俩布置的‘预演’剧目啊！正合你铮言兄的心思吧——哎，嫂子，哦，芳姐，你说是不是?”

“钮英，你们胡扯啥呢？啥意思呀，没听懂。”隋艺芳疲倦了，把头靠在铮言肩上迷糊。

“我跟你嫂子，虽然因为没房子，还没举办‘洞房花烛夜’的仪式，可是呢，我俩那也是老夫老妻啦。‘预演’舞台还是让给你老弟嬉耍吧。”

“哈哈，梅经理，你看王大哥多诚实，你呢，别摆‘童子功’的花架子啦。咱们审计人，火眼金睛，一眼识破。”高陆川在一旁敲锣边，嗤笑道。

“吹吧，你就，你给我识破一下……”

车轮子在一个坑洼里猛地颠了一下，话头戛然而止。大伙累了，懒得说话，车厢晃来晃去像儿童的摇摇椅，都想趁着赶路的空档打个盹。

光顾着疯玩了，把她俩还得赶回北京的事儿给抛之脑后了。上网一查，还有几趟车，只是回到北京也得零点以后了，首都治安虽不能说夜不闭户，但安全还是有保障的。可是，总有点让人不放心，也许内心深处的那个欲望变幻成战鼓，咚咚地敲着，叫你心里挠痒得难受，就想着舍生忘死地向前冲过去，把旌旗插到巍峨的城头。于是就说咱们先回宾馆吧，下来再做打算。

到了宾馆，大家直奔清芸雅间，简单吃了顿晚饭，起身回客房，就想冲个热水澡倒头就睡。可是，刚站起来，这才注意到今天多出了两个“累赘”，一下子为了安排住宿犯了难。高陆川腿快，二话不说，跑到前台要求再开一间客房。

服务员说，抱歉，今天客满，没房了。他不死心，在那儿死皮赖脸地磨叽，说七楼那间总统套房肯定空着呢，我睡地毯，保证不上床，你们就收个普通双人间的价呗。值班的这位女服务员叫文琴，生得娉娉婷婷、标致漂亮，我与她初次碰面，觉得她的眉眼之间与金萱有几分相似，后来每次见她，她都热情打招呼，因此对她颇有几分好感。她在前台岗位，遇见没话找话搭讪不要脸的男人多了，也认定高陆川是来无理取闹的，没好气儿地白他一眼。但她知道这伙每天提着电脑包进进出出的是审计局给买单的客人，她不想惹麻烦，就闭上嘴不再理睬他。高陆川觉得没趣，怏怏不乐地回来。

田园、晴阳两个小姑娘挺仗义，热情地邀请道："两位嫂子如果不嫌弃，就到我俩房间里挤一挤，凑合一宿吧。"

"你俩啊，嘴上一套心里一套——怎么，不服气？你看，你们嘴上叫'嫂子'，实际上呢，却让'嫂子'跟她们的如意郎君两地分居啊！还以为是学雷锋呢！傻呀，傻的忒可爱！"高陆川鄙夷地撇撇嘴，觉得她俩脑子简单得不可救药。真不知道她们怎么做审计。你脑子里没一点儿鬼点子，肚子里没几根花花肠子，你怎么去透视被审计对象的曲曲折折并且把它们一根接一根地捋直溜啊？

"哦，高工，还是你们工程师对房屋结构比较敏感。我们呢，整天跟阿拉伯数字打交道，眼睛都花了，真傻了。"田园下意识地抬手揉揉眼睛，附和道。

高陆川一听美女赞同，来劲儿了，一脸皮笑肉不笑的嘎样儿，试探地问道："哎，会计师美女，如果不嫌弃呢，能不能让我过去挤挤凑合一宿啊？"

"嘿，哪能这么没正经呢？"隋艺芳觉得这位面皮白净挺斯文的工程师，说话有点不着调了，她见铮言和我都不开腔，便转脸指着高陆川，不满地训斥："你这个兄弟，往人家大姑娘屋里挤什么挤，你、你不能打歪主意呀。"

"嫂子哟，我的主意没歪，我是想、我是想借用一下她们的卫生间，里头有个大浴缸，铺上被子，跟卧铺差不多……"

晴阳心直口快，愿意成人之美，满口答应："那好吧，坐火车卧铺，上下左右，不也是男男女女啊！碰上个没脸没皮的，在你对面，他也敢脱得只剩一个裤头。"

"高工，你得保证哟，一晚上憋在里头，不许出来。"田园似乎不太情愿。

“算了，你们都别吵吵了。”我忽然想起来金萱只倒休了一天，明天虽然是星期天，她还得上班呢，不像铮言的未婚妻在银行工作，能舒舒服服享受公休日。所以我决定还是送她到高铁站，赶回北京去吧。于是，我打断他们的争执，一锤定音道：“我这就送金萱去高铁站，她明天还得上班。铮言兄，你跟芳姐去我房间吧，两米的大床，当‘预演’的舞台够宽敞了。我去跟高工糗一宿。”

不料芳姐不乐意，她嚷嚷道：“都说你们男人惜香怜玉，可是，你这个梅钮英，还是个带队的头目呢，心却这么狠，让我金萱妹妹大半夜回去，你放心，我还不放心呢!”她伸手挽住金萱的胳膊，示威似的挺起胸膛喊道：“咱们就是不走了，既然能一大早赶过来，为什么不能一大早赶回去呀。必须让他们男人重视咱们，不然，等过了门，小媳妇那就更难当啦。”

“芳姐，没事，你不用担心。我住的地方离火车站不太远。”金萱赶紧帮我打马虎。

铮言一甩手，大声说：“她俩住宿的事，不属于工作，钮英你别给我下指示，我是不是大哥？是，那我说了算——这么着，就委屈一下高工吧，让他腾地方，我跟我媳妇入‘洞房’。钮英，你那张大床，留给你自个儿‘预演’用吧。”

这张大床的确够宽敞，但是我还是觉得它有些挤窄。

金萱手里端着茶盘，里面装满了红灿灿的草莓，她依靠在床头的大枕头上，手指捏住一颗草莓，送到我的嘴里，然后再给自己一颗。她那红唇抿住草莓的样子，十分美艳而性感，我几次冲动着就想扑上去，却不忍心打搅了她品尝草莓的如意。

“我特别爱吃草莓，不然的话，我真不想请假。嘿，你别自作多情哟，我才不是想你呢！——你知道吗，这时候倒休一天，可能影响年终奖呢!”

“那你就多吃点，但也不能吃太多，剩下的，明天你都带回去吧。”

“哎，钮英，我知道你喜欢音乐，那么童话呢，你喜欢看吗?”

“童话，说不上喜欢不喜欢。那是糊弄小孩子的。不过小时候，肯定也读过一些啊，比如安徒生的《皇帝的新衣》，虽说是童话，思想挺深刻呢。还有，

《卖火柴的小女孩》，读着，心里挺难受的。”

“你可别说童话糊弄小孩子！那么，我喜欢看，就没脑子啦？嗯，你有偏见。童话，多么美妙啊！——我有时候就想，如果能活在童话世界里，不用为了奖金、房子发愁，也不用没黑没夜地工作，那该多好啊。”

“老子的《道德经》说，‘五色令人目盲；五音令人耳聋；五味令人口爽’，童话也许会让人产生某种麻痹精神、脱离实际的虚幻吧。”

“虚幻？嗯，也许吧。我爱吃草莓，当然是因为它甜美爽口好吃啦；另外嘛，可能跟我读的格林的童话有关，有篇童话，《森林里的三个小仙人》，你听说过吗？”

“没印象，应该没读过。哪儿来的三个小仙人，跟草莓有什么关系？”

金萱依偎在我的怀里，慢慢咀嚼着草莓，唇齿间散发出一股清香，叙述着一个善待他人必有福报的故事——那是个寒冷的冬天，狠心的后妈让继女穿着无法抵御严寒的纸衣服去雪地里采草莓。女孩说：大冬天，哪里能长草莓啊。继母却恶狠狠地说：快去，采不满一篮草莓，就不要回来了！她只给女孩一小块硬面包，心想，这个比自己女儿漂亮的女孩一定会冻死、饿死的。小女孩只得挎上篮子出去了。外面冰天雪地，满眼白茫茫。她多么希望有一间房子帮助她抵御风雪严寒啊。她走进森林，忽然眼前出现了一所小房子，里面还有三个小仙人探头向外张望。她向他们问好，走进屋。女孩坐在炉子旁暖和快冻僵的双脚，然后吃点面包增加体力，她还得去找草莓呢。小仙人也想吃点面包。她毫不吝啬地掰了一半面包给他们。小仙人问她这么冷到森林里来做什么？她流着泪说，我继母让我去采草莓。小仙人递给她一把扫帚，让她把后门的雪扫一扫。女孩照吩咐去做，把房子后面的雪扫干净。

“你猜，小女孩看到了什么？”

“什么？嗯，让我猜猜看，小女孩是去找草莓的，会不会是草莓？”

“对啦！满地都是鲜红鲜红的熟透了的草莓，她高兴极了，摘了满满一篮子。”

“哦，我希望哪天我也能碰上三个小仙人，送我一把扫帚，把咱们未来的房子的前前后后也扫得干干净净，每天都给你摘一大盆新鲜的草莓！”

我们紧紧拥抱着，沉浸在童话中的女孩于冰天雪地里寻找草莓的情境当中，向往美好的未来，有房子、有扫帚、有草莓。

我们感受到对方皮肤的温存、心的怦跳、急促的呼吸……再一次捧起你的脸庞，热吻，再一次端详，贴近再贴近，物质的力量已经无法阻挡热爱的精神力量渐渐地将彼此融化到对方的骨肉里去。

十一

铃声骤然响起，我一个激灵撩起被角，迅速抓起手机用力按键，铃声戛然而止。房间里重归寂静，窗外还是黑黢黢的，天色还没有透出一丝光亮。

金萱慵懒地翻了个身，脸转向了我。她微微翘起的嘴，似乎在挑逗，可爱又调皮，我情不自禁低头去轻轻吻了一下。我本想唤醒她起来洗漱，还得坐高铁赶回北京呢。但见她睡眼惺忪的样子，不忍心叫她，心想就让她再迷糊十分钟吧。他们销售公司周末通常都是十点才开门营业，应该不会迟到的。

我已经没有睡意，起身倚靠在床头，拧开台灯，扭头凝视金萱，深情端详。有几缕暖色的灯光照射在她的脸上，更加显得妩媚动人。乌黑的长发蓬松散乱在脑后，灯光下浮现朦胧的金色氤氲，有一绺飘落在粉白圆润的脸颊上，被微微翘起的嘴唇粘住了，像一条被朝阳染成橙色的山坡上潺潺流淌的小溪，夺人眼眸，沁人心脾；开阔的额头，两道修剪了的浓浓的眉毛泛起柔柔的涟漪，弯弯的，像是夜空里皎洁的上弦月。眉毛下面睫毛挑起，小巧笔挺的鼻梁，鼻孔嘘噏，红唇歙动，似乎还正沉浸在娓娓动听的美妙童话的讲述之中。

她玉琢般的肩膀露在外面，我拽了拽被角给她盖上，用力有点猛，脱手打在她肩膀上，“啪”地一声，她被惊醒，猛地坐起来，双手紧紧抓住我的胳膊，喊道：“几点啦？我要迟到了！你，钮英，你为什么不叫醒我啊？”

“哈哈，金萱，我记得，第一次见到我的时候，你也是这样，冲上来，一下子抓住我的胳膊，不松手。”

“哦，是吗？嗯，你总在说那是什么见义勇为，是你这辈子最伟大的壮举呢。”

“哈哈，我真的去查了《北京市见义勇为人员奖励和保护条例》，照条例上的说法，见义勇为就是为保护国家、集体利益或者他人的人身、财产安全，不顾个人安危，与正在发生的违法犯罪做斗争的行为。我当时就是‘不顾个人安危’，保护了你的‘人身’安全啦。条例明确说，‘对见义勇为人员应当给予奖励’，我真的有心申请奖励呢，多少凑点首付啊。可是，你这头犟驴，就是不配合。嗨!”

“你呀，为了买房子，跟王铮言大哥差不多了，都得魔怔了。哪天你看看《维多利亚一号》，让这房子逼的，我都想学何超仪呢——哎，快点吧，迟到了，扣奖金，春节就得咬手指头啦!”

盥洗间里传来哗啦啦的水声，玻璃门上闪动着金萱妙曼的身影，不禁勾起我的回忆，第一次与金萱的邂逅，还真有点惊心动魄呢。自己就是在那场突如其来的“英雄救美”的活剧里，扮演了一位引以为自豪的英雄角色。

快两年了吧，那是一个春雨淅沥的晚上，当时我带队实施中铁建房地产集团的专项审计，凯旋回来向总部汇报的那天，晚餐后，客户也想给我们放松身心，就带我们去 KTV 飙歌。在一个很大的豪华包房里，一帮子年轻人尽情歌唱，吼着嗓子、扯着嗓子。我知道，大家是以这种方式排遣工作的压力，这次连轴转对该集团六个省区的房地产项目实施现场审计，团队的每一位都累得筋疲力尽了。

炫幻的灯光、震耳欲聋的音响，把我们带进了一个暂时脱离残酷竞争的世界，仿佛借助着酒力几步迈进了桃花源，行走在阡陌交通之上，耳盈鸡犬之声，不知有汉，无论魏晋，因此也不知道会计科目、会计准则，更不知假账、小金库……暂时的全身心疲沓沓地松弛，也让我们这些有点矜持、有点傲气的 CPA 们迸发出热情，还真有点可喜可贺。这种“秀”仿佛裹着一件冠冕堂皇的外衣，虽说实际上是满足个人的表现欲，幌子却是娱乐大众——我是唱给你们听的，又不收钱，连卖艺都算不上，所以，你们一定要给我捧场。表面看，此时宣泄式的歌唱，这番劳动，似乎比审计更容易得到尊重。

这就是 KTV 的游戏规则，即使你感觉对方唱得惨不忍闻，你都会情不自禁兴高采烈地给他鼓掌，都必须一脸诚恳地赞誉他的艺术天赋，哦，你呀，就是一只百灵鸟呀!

我们又喝了两箱百威啤酒，跌跌撞撞地走出歌厅的大玻璃门，本来客户叮嘱我们在雨棚下等着，我却耳目失聪紧跟着他们走到了停车场。

“你们怎么这么不讲理啊？我说不去，就是不去!”

尖厉的叫声传过来，吓了我一跳。定睛一看，从一辆商务车上跳下来一个身材窈窕的女孩，她衣衫不整，由于极度的愤怒，她整个身体都在颤动。这时，一个健壮的男人从车上钻出来，嘴里好言好语劝说着，猛地伸手抓住女孩的手臂，不由分说就往车里拽。

“你怕什么？陈老板跟你们老板是老相识啦。”

“我说了不去，就是不去，你松手!”女孩怒叱着，拼命想摆脱男人的手掌。

“金小姐，不要敬酒不吃吃罚酒啊。”男人威胁道。

“我们卖的是房子，不是身子！请你自重点，松开手。再不松手，我喊救命啦!”

“姑娘，何苦呢——你卖一辈子房子，也买不起一套房子，跟着我们陈老板去开开心，马上就能过上荣华富贵的生活，一辈子衣食无忧。”

“荣华富贵的生活，我当然想啊，但是，我不想靠这种方式……”

春雨越下越大了，雨点落在停车场上的汽车顶棚上，发出嘁嘁喳喳的声响，好像有许多人在低声呜咽，也像是一种怒火中烧把空气灼烤得渐渐爆裂。目睹活生生展现在自己眼前恃强凌弱的丑陋一幕，我的酒劲儿霎时就醒了，脑袋却一下子滚烫起来，义无反顾地冲了过去。

一道凶猛的黑影扑过来，把那个男人吓得朝后退了几步，想躲避致命的打击。女孩趁机甩掉那个男人的手，转身一下子抱紧了我的胳膊，我能感觉到她因极度的恐惧和愤怒，周身都在不停地颤抖。

那男人看清楚我是一个身材并不魁梧的年轻人，镇静自若起来，狗眼看人低吧，没把我当回事，随口说一句：“嘿，你，别管闲事啊!”说着他伸过手来拉女孩。

我义愤填膺，这里是共和国首善之地，你们胆大包天不讲王法吗？我劈手狠狠地打掉他的魔爪，没等他痛苦的叫声落下，我提高嗓门质问："她已经清楚地告诉你了，她不去。你为什么非要人家去啊，到底去哪里啊？你讲不讲道理啊！"

车上又跳下来两个男的，其中一个扑上来不由分说揪住我的衣领，猛力晃了晃，我身不由己地前仰后合。他的手劲儿很大，我在他手上就像拎着一只鸡。过后我确定他是个专吃保镖饭的家伙。他恶狠狠地吼道："你管什么闲事？你他妈找死啊！"

头发上的雨水抖落进我的脖子，凉冰冰的，我浑身打了个冷战。此时我冷静下来，但没有胆怯，抬手也紧紧拽住那人的脖领子，不甘示弱，咬着后槽牙反问："你他妈说谁找死啊？我看你是活腻歪啦！"

旁边那个男人，张牙舞爪，二话不说，举拳击中我的面门，我冷不防被打了个趔趄，若不是那个保镖拽着我的脖领子，我一定要仰面栽倒了。鼻血一下子就流下来了，一股血腥的气味充斥在我的呼吸里。我头顶上的怒火腾地蹿起来，就像是火山爆发，我身体里亡命的细胞一刹那被激活，膨胀起来，就要爆裂。我想我是得益于会计师的脑子，缜密而周全。现在，我虽然几乎疯狂得孤注一掷去拼命，但我脑子非常清醒，我知道，以我一己之力仅仅依靠蛮力对付他们三个，那肯定是无悬念地一败涂地；我必须竭尽全力干掉其中的某一个，震慑其他两个，才可能反败为胜，掌握主动权。于是，我瞋目裂眦，盯住给我一拳的那家伙，他正好背对着敞开的车门。我将满腔的怒气冲出嗓子眼，发出令人肉跳心惊的大吼，挣脱掉保镖的手，衣服刺啦被撕裂了，我不顾一切地扑上去，双手化作钢铁的老虎钳，死死掐住那人的脖子，就想咔嚓拧断他的脖子、掐断他的咽喉；凭借惯性的力量我顺势将他从车门仰面按倒在车舱里，不等他缓过神儿来，我抡起拳头对准他的满脸横肉重重杵了几拳。耳朵里回荡着他的惨叫，我已经弯曲右腿将膝盖顶住他的裤裆，毫不犹豫地压了下去，立即，整个停车场回荡起杀猪般的嚎叫。

从初中、高中，再到大学，每一次遭遇无法妥协的打架斗殴，这个致命的绝招，都会让我屡战屡胜，一路凯歌。我知道，这个给我一拳的男人，其战损率超过60％，绝对崩溃，失去了战斗力。

俗话说，横的怕愣的，愣的怕不要命的。我就是那个“不要命”的。那两个男人呢？我刚才的一扑二打三压的连贯动作，不超过十秒，他们被吓傻了，呆若木鸡。无疑，他们及其雇佣他们的背后老板，都是“要命”的，所以，在这种狭路相逢的短兵相接中，因为不能实施诡计，来不及去找替死鬼，所以他们虽然貌似强大，但在我这个“不要命”的面前，霎时渺小如沙粒，绝无胜算，只得落荒而逃。

“梅经理，怎么了？这是……”客户听到这边叫喊打斗的声音，听出我的声音，寻声跑了过来，看见我们动了手，不知道究竟，瞪眼站在那里，不敢贸然靠前，急切地叫喊。

客户的两位司机膀大腰圆、气势汹汹，对他们也形成了震慑。我的同事们也闻声赶过来，徒弟易鹏看到我脸上的血迹，一下子就急眼了，从地上操起一块砖头，四下里踅摸，恶狠狠地叫喊：“谁欺负梅经理啦？他妈的，老子一砖拍死他!”

那几个见我们人多势众，不敢轻举妄动。

这时，旁边的一辆轿车放下车窗玻璃，有个人说话，嗓音宽厚阴沉，让人有一种压迫和恐怖感觉。他再一次问道：

“金小姐，晓钰就在车上呢，你不跟她一起去吗?”

“陈总，我不去，您就别逼我啦!”女孩带着哭腔。

“好吧，强扭的瓜不甜。我不勉强。你好自为之吧。喂，你们几个，上车，咱们走。”

这位陈老板神闲气定地说，刚刚发生的你死我活的打斗全武行，他好像压根没有听见，也没有看见。

“哎，他们就这么走啦！不成!”眼睁睁看着他们上车，关门，车子徐徐开动。我突然想阻止，还想跟他们论论理，却被客户的毕经理拉住了，轻声劝慰我说：“算了，梅经理，咱没吃亏，你膝盖上的功夫，那小子真有个好歹，你赔不起。”

“哦，是啊，梅经理，现在黑社会猖獗，咱别惹事。”易鹏也冷静下来，“哐当”把砖头扔在地上。

“她呢，她——那个女孩在哪儿?”

刚才谢幕的这个剧目，序曲的那位主角呢，我就是为了她才挺身而出，扮演了一出“英雄救美”的活剧啊。大伙浑然不知，愣在那儿盯着我，神色忧虑，担心我被那几个流氓打得神思紊乱了。易鹏上前抱住我，急切地问：“梅经理，哪个女孩？我是易鹏啊，你认得我吗?”

“在那儿，她在那儿呢。”我终于发现了那个女孩，她蹲在一辆车前头，抱头痛哭。

那个女孩，就是金萱。当时，她正在大学读营销专业，作为从贫困山区走出来的大学生，她体恤父母供她衣食的辛苦，很少与同学们结伴假期出游，大部分都是到那家房地产销售公司勤工俭学补贴家用。我们俩就是这么认识的，从此相识相爱，走到了今天。

十二

这些与金萱的甜蜜往事都已是回忆。每当想起，我心里都会滴血，因为，我知道，这些美好，很难再现！金萱，我心爱的金萱，她还躺在医院里，那不是卧室，是 ICU 病房。

那天晚上，我和铮言都称心如意了，预演了一回“洞房花烛夜”，却让高陆川在盥洗间里睡“卧铺”，我俩从心里觉得对不住他。次日早餐的时候才听说还发生了个令人啼笑皆非的小故事。原来高陆川躺在那个硕大的玻璃钢浴盆里，才切身体会到，将其与火车卧铺相比，谬之千里。身子躺不平，像只油煎的大虾，跷着脚丫子，躬着脊背，太窝憋了。难受得睡不着，又不能辗转反侧。熬到半夜，他实在忍受不了，索性抱着被子蹑手蹑脚离开客房，去了郊区农场的办公楼，在那间健身房的乒乓球台子上睡了一宿。可是，晴阳她俩疯玩累趴了睡得沉实，压根儿不知道他走了啊。早晨听见闹铃响就去敲盥洗间的门，却听不到里面丝毫响动，她俩也不敢造次硬闯进去。晴阳说差点把尿脬憋爆喽。吃饭的时候，晴阳跟高陆川不依不饶地闹嚷，你一句他一句，大家就像是免费听了一场德云社的相声，笑得前仰后合。

采摘草莓之后，没过一星期，火灾猝不及防地发生了。从此，忙碌的工作，是我心里最有效的止血钳。只有取得审计成果的一刻，我才能感受到些许的舒心。

那天跟铮言在湘水韵餐馆喝酒，周一早晨跟田园乘同一趟高铁返回工作现场。高陆川给我打来电话，我感到了久违的心情舒畅。他呀，简直就是我们这个信达团队私人订制的造价工程师，咱指哪儿他就打到哪儿，有的放矢，不负众望，逮住了涉及保障房建造的严重质量问题。

“梅经理，我这里遇到了点儿阻力。”高陆川给我打电话，压低了嗓音，口气里有一丝惊喜，还有一丝惶恐。

“怎么了，高工？别着急，你慢慢说。”

“我、我发现这边保障房的混凝土有质量问题，检验报告涉嫌造假，施工单位对我威逼利诱……”

“混凝土有问题，严重影响房屋质量，绝对是重大问题——高工，你手上拿到证据了吗，有多大把握？”

“八成把握，至少吧。我关注了好多天，就怕拿不准，所以一直没跟你提，应该不会出现重大偏差。”

“好，高工，你太棒了！这样，你先顺着他们话，应承着，话别说死，关系别闹僵，稳住他们，千万不能让他们狗急跳墙，毁灭证据。”

“好的，梅经理，你放心吧。”

夜长梦多，事不宜迟，我第二天把郊区农场这边工作跟田园交代一下，就忙不迭赶往万庄开发区，就想立即置身保障房施工工地，眼见为实。

铮言、晴阳去万庄开发区现场工作也有一段时间了。我耐住性子，先到开发区行政服务大厦去看望他俩。刚迈进大厅，感觉有点异乎寻常，突兀的是，大厅中央位置竟然布置成了房地产开发商的商品房展台。只见一位娉娉婷婷的美女朝自己款款走过来，我开始以为是位售楼小姐想向我推销房子呢，赶紧转身朝电梯方向快步走了几步，却又感觉那个售楼小姐面熟，于是停步扭头看了她一眼。

哦，程晓钰！她是金萱的同学，就是那天跟着陈老板走了的那位。的确，过去她只是一个普普通通的售楼小姐，现在，她可是小有名气的房地产销售公司的老板。其实，她原来是什么样子，我已经没什么印象了。眼前的她，笑容是那么甜美，让人情不自禁地愿意与她靠近攀谈，当然了，如果她向你推销产品，你束手就擒慷慨解囊的概率肯定不会是零。虽然老话说“情人眼里出西施”，但我还是不得不承认，她程晓钰的花容月貌，甚至盖过金萱，至少不会逊色吧。有那么一种吸附男人魂魄的气质，在她婀娜身姿里的每一个细胞上炫耀；尤其是她的那双眼睛，黑黑的瞳仁，似乎可以万箭穿心，一眨眼的工夫俘虏与她对视的男人，能够让他身不由己地屈膝跪倒在她的石榴裙下。

“哦，程、程晓钰，你是晓钰，好久不见。你怎么在这里……”

“钮英大哥，你一进来我就认出你了。”

突然碰见程晓钰，在行政大厅的房地产展台旁，我多少露出点窘相，一时不知道跟她寒暄几句什么合适，便撩了一眼旁边的展台，随口问一句：“怎么，你在这儿卖别墅？政府不是下发了文件，开发区这边不许盖别墅了吗？”

“这个啊，梅经理，虽然金萱经常跟我夸你们CPA，号称‘经济警察’，专门查账，审计违法违规的事儿。但对于房地产，我敢说，你呀，还摸不到脉。就是放手让你们来查，估计也查不出什么来，哈哈哈！”

过去，她的笑声是那么爽朗悦耳，但此刻，她的笑，却像掺杂进了某些异样的音质，尖利刺耳，令人心惊。

以前跟金萱一起，跟她有过几次接触，总有点似曾相识的感觉。自从那次喝醉了酒稀里糊涂跟着那个房地产开发商陈老板过了夜，她就像换了个人，说她自暴自弃，也许不准确，因为她似乎有明确的目标和方向，把自己当成了商品，但绝不做还珠买椟的生意。没过多久，她摇身一变，成了一家房地产销售公司的老板。

还是从金萱那里听到的。那位陈老板也是看走了眼，没想到一夜风流，竟让一个在校女大学生给拿捏住了，万般无奈之下，豪掷千金给程晓钰注册成立了这家公司，专门代理其开发的商品房。当然了，他是不甘心的，毕竟是老奸巨猾，一个反手，也把程晓钰调教得老老实实服服帖帖，至少表面看起来是这样。

“你拷一下，也做个备份吧。千万不要跟别人说呀!”金萱告诫道。她让我听了程晓钰给她的一段口述录音，为的是防备陈老板给她下毒手。

“萱，你是我的闺蜜，一进学校，咱俩就无话不说，这个录音，拜托你给我保存好了，万一我哪天遭遇了不测，肯定是他陈功退害的。你就把录音交给警察。”

“晓钰，你没发烧吧？你在说什么啊，什么不测，谁要害你？我听不懂。”

“《维多利亚一号》，你看过了吧？萱。”

“看了。看网上的评论，说这部电影抓住当前青年的痛处，找到一个口子去释放暴力，把血腥做卖点，才不是为了买不起房子的穷人伸张正义。”

“我也觉得，何超仪虽然杀得痛快，可是，受害者，都是无辜的——该杀的，是‘陈功退’这种人！——有时候，我真想当一回‘何超仪’。”

“别瞎想了，你。哎，晓钰，你刚才说谁要害你?”

“你听听这个，就明白了。其实，现在，我什么都不怕。既然让他陈老板睡了玩了，什么狗屁的贞操，滚他妈的蛋吧。老娘破罐子破摔了——那也得震天响，不能稀里哗啦闹不出个屁大的动静。”

“陈老板，今儿小妹妹伺候得您忒舒服吧?”

“哈哈，你啥时候成了小妹妹啦？嗯，舒服，忒舒服！比那些妖精强多了，够味!”

“那，陈老板，陈大哥，那个，公司注册的事儿……”

“怎么又提这——不是说好了吗？给了你一笔钱了，你爱买啥就买啥，随你，只要你高兴。可是，开公司嘛，太操心费力啦，哪能让你这样的大美人受那份罪——你呀，你就别动那份心思了。”

“不嘛，我就是要当个女企业家，女强人！再说了，你给的那几个钱，花一个少一个。”

“哈哈，好，我的心肝宝贝。有想法、有野心，你呀，不愧是我的女人!”

“那就说定啦——给我注册一家销售公司吧，专门卖你的房子，你得给我打折噢。”

“不要太贪！你不怕贪多嚼不烂，噎死吗?”

“呵，谁嫌钱多啊。你说个痛快话吧，这个公司你给我注册还是不注册?”

“怎么，晓钰，跟我上过几次床，肌肤亲传，染上老子的坏脾气啦？你在跟我讨价还价！实话告诉你吧，给你几个零花钱，没问题，但你不能得寸进尺，不然我一脚就蹬了你!”

“嘿，陈老板，老娘还真要跟你讨价还价呢！——那天晚上，你趁我醉酒，你、你……”

“什么你、你的——没错，我搞了你。呵，没想到你还是个处女，老子艳福不浅。”

“你那是强奸！——你忘了，你跪在地上央求我不要报警，还许诺我……”

“嗨，当时心里头，真觉得对不住你——谁想到你、你他妈还是个处女啊！有点儿上头了嘛，就那么嘴皮子一碰，许诺你了——什么，许诺你什么了?”

“陈老板，你个缩头乌龟王八蛋，你别得了便宜卖乖跟老娘耍赖——我也明白告诉你，不给我注册公司，我就去法院告你强奸，告诉你，我亲戚里头可有好几个法官检察官……”

“嘿，真邪门了！小丫头片子，威胁老子是吧——你可别惹火了老子，我道上的朋友办了你，就跟碾死个臭虫一样。”

“你甭吓唬我，不好使——老娘贱命一条，陈老板你随要随给。咱们把丑话说在前头，您呢，房地产大鳄，享受不完的荣华富贵，为一个弱女子去冒吃枪子儿的风险，到时候后悔，可没地儿买药。我，程晓钰，就是一贴狗皮膏药，粘上你了！今儿老娘就讹上你了!”

“好好，服了你了，算你狠！好吧——我的心肝宝贝，消消气儿……”

就这样，程晓钰没等毕业，摇身一变成了令人羡慕的女企业家。她曾力邀金萱加盟联手打造一家她梦想里的房地产销售王国，可是，一提那个陈老板，金萱心里头就疙里疙瘩，有个解不开的心结，就一口回绝了，但两人一直保持着大学时期的那份友情。

十三

铮言他们的办公地点，被临时安排在开发区行政服务大厦6楼的一间会议室。这是一间环绕形状的大房子，迈步走进去的一刹那，让人有一种置身于深圳国贸大厦49层观光厅的错觉。在那里，邓小平曾经登临俯瞰深圳、远眺香港。它就像臂弯一样的弧度缓缓蜿蜒的一面墙，不松不紧地搂抱着你，落地通联的大玻璃窗，房间里犹如露天，特别敞亮。我真的想象不出来，作为政府行政机关，这么一种艺术性的设计，除了浪费空间，多花纳税人的钱，能有什么实用价值，仅仅是在美观上企图与悉尼歌剧院接轨吗？你把钱用在保障房上面，或者少收点土地出让金，哪怕一分一厘，多少降低一点房价不好吗？哦，对了，作为审计人，多少沾染点职业病——我不禁联想到某些腐败回扣比例是与投资总额成正比的。他不折腾出些新奇和亮点，一次又一次的修改概算追加投资，怎么能自圆其说呢。

知道我今天要过来，铮言他俩似乎有些准备，长条会议桌上摆放了许多资料，层层叠叠，整整齐齐。昨天吃晚饭的时候，我跟他说明天要去高陆川那个工程现场看看，可能先到你们那里站一下，他当时的眼神里好像有一种异样的光倏地闪烁。这时候见我走进来，他就像老友重逢，兴奋地从椅子上跳起来，小跑着迎了过来。

“钮英，你、你来啦？”他说话有点结巴。

“咱们是信达的同事，我不是客户啊。哈哈。你这是，怎么了？干吗这么紧张啊？”

我见他局促紧张的神态，觉得有点好笑，抬手跟他打招呼，笑呵呵地问道。

到了跟前，铮言竟然一把抱住我的胳膊，然后握住我的手，用力摇晃着，盯着我的眼睛，傻呵呵地笑。蓦地，他扭头瞥一眼常晴阳，大声说："晴阳，你可不要多嘴呀！咱们瞧好了，看他梅钮英经理，究竟是不是'叶挺'。"

"谁是'叶挺'啊？叶挺，他可是我们保定军官学校的高才生。"我随口说道。

晴阳嘴快，赶上一句，"梅经理，你忘啦——你说过呀，我们一定能登上'武昌城头'呢！"

"哦，"我想起来了，前一段，在清芸雅间布置工作的时候，我是说过铮言他们"一定能第一个登上'武昌城头'"。当时多半是激励铮言，至少还没有奢望在这么短的时间里，他们能够冲破烽火硝烟，真的登上"城头"。于是，我以调侃的语气问道："怎么，铮言，王老师，你们抓到大鱼啦，撒网了吗？"

"嗨，上游在农场那边，有大鱼，也让你们截留啦，哪里还轮得上我们抓呀！我们呢，捞几条小鱼小虾，勉强交差混口饭吃吧。"铮言撒开手，扭身一屁股坐在椅子上，一副泄气的皮球样子，但让人看起来有点装模作样。

我没理会他，就当作是他为了争功有点儿歇斯底里的表现吧。我随手拿起一份文件，随便翻了翻，用眼光扫了扫，并没有认真去看内容，径直问他："铮言，开发区这边没遇到阻力，还比较配合吧？"

"嗯，挺配合的。梅经理，你刚才拿的，是份合同，你再看看呗。"

铮言的话语让你感觉到他的胸有成竹。哦，难道，他们真的登上了"城头"，抓到大鱼了？他这是请君入瓮啊，哈哈，好你个王老师，来俊臣，好歹毒啊！

"再看看——不过一份合同吧，有什么特别的地方吗？"我伸手再拿起这份文件，已经没有刚才的轻飘飘，不知不觉就感到它是大象上磅秤——真有分量了。

老子的《道德经》认为一切起点，在于表现的欲求。只要一表现，一切都闹腾起来。他原话是这么说的，"上礼为之而莫之应，则攘臂而扔之。"意思是说，"上礼"主张有为，也要表现作为，得不到回应，就会伸出胳膊要人服从。而此时的我，铮言想"表现"，而我的"回应"却有些缓慢或拖沓。于是乎，他不等站直身子，弯曲着腿脚扶着桌面挪过来，一把夺过合同，哗啦哗啦翻找页码，找到了关键的地方，忙不迭地指点着，压低嗓子说：

“梅经理，合同这么长，你这么一页一页地翻，猴年马月也看不见——瞧吧，‘武昌城头’的砖缝里长出了一棵‘长白山人参’——你瞧仔细喽！”

呵呵，什么“长白山人参”？我被铮言的一惊一乍的言行给逗笑了，当时就以为是他在故弄玄虚，想掩饰未能发现重大问题，登上“武昌城头”遥遥无期的落寞和不甘，并未察觉其中真的隐藏着惊天的秘密。

白纸黑字的合作框架协议，是有关在两块宗地上进行商品房开发，城郊绿洲公司与另外三家公司签订的，这几句条款仿佛也受到了铮言情绪的感染，被挑动得身不由己，蹦跳起来，闪入我的眼帘——

未经丙方事先书面同意，任何一方及项目公司在其经营当中，均不得以任何方式和形式向特定或不特定法人及自然人，体现与PA有关的任何品牌。

“PA”！我的脑细胞飞速地旋转，寻找这个似曾相识赫赫有名的公司标识。为什么刻意隐瞒这个品牌呢？但是，一时间，我还是不能将其与“武昌城头”联系起来。

铮言噻地站立起来，自信而高傲，满面春风，就像是一位凯旋的将军——哦，他，难道就是这次审计署安居工程审计之战即将威名远扬的“叶挺”将军吗？

“钮英，梅经理，你不觉得这句话太重要、太有分量了吗？”

“哦，这句话，是啊，为什么、为什么——我想起来了……”

“没错，这是一家著名的公司，现在，也开始经营银行业了。”

“这个丙方，”我急促地往前翻动协议的页码，急不可待地追问：“深圳联鑫投资管理有限公司，它的投资方是谁？”

“是一家PA旗下的子公司，”晴阳抢先开口道：“可是，我不明白，这么著名的公司，它的这家子公司，为什么注册在一所民居。”

“民居？你是说联鑫投资公司注册地址，在一所住宅，不是写字楼？”

“噢，钮英，你别急——”铮言平静了许多，稳稳地坐在椅子上，双手比画着解释道：“我让晴阳查了，还是个初步判断。这个联鑫投资公司，注册地址在深圳的琴湾路 7 号 A 栋 302 室，从百度地图上看，那是个居民小区，不是 CBD。”

我脱口而出：“影子公司，为了倒账……”

“没错，我也这么认为。”铮言搓着手，摩拳擦掌的样子。“联鑫公司根本没有实质性的投资经营业务，就是一个资金流的‘三通’。”

“那么，资金流，来去方向——给谁注入资金？你们查了吗？”

“就是给你们郊区农场棚改啊，跟你们有资金往来啊！”

晴阳心直口快。她打开天窗说亮话，可能不合铮言的心思。我现在多少醒悟过来，铮言还想卖卖关子，由此更加凸显他们取得的重大成果。另一方面，也可能手里掌握的证据材料，还不够充分或攥得不够紧。

一开始，我怔住了，这里是万庄开发区啊，一竿子能打到郊区农场吗？

“与农场有资金往来？什么钱？”

铮言摆出诲人不倦的样子，循循善诱道：“钮英，你还记得咱们跟农场领导第一次碰面会吗？——当时我问他们，跟银行签了借款合同没有？伍总推说筹资的事由城郊绿洲公司解决，没有正面回答。”

“是的，有这么回事。他们没有跟政府签协议，风险大，银行应该不肯借钱给它。”

“对啊，所以，目前判断，他们来了个‘曲线救国’嘛——”

“铮言，你是说引入深圳的这家 PA 投资人？”

“可是，投资这么大，深圳联鑫投资公司的钱，又是从哪儿来的呢？”晴阳一直没想明白，质疑道。

铮言抬手指戳着晴阳，恨铁不成钢，“你呀，跟你讲过多少遍了呀——那个王思聪，帅吧，80 后，花钱跟流水一样。他自己能挣多少钱？你别忘了，他老爸是万达的老板啊。联鑫公司嘛，同样的道理啦，它也是个‘富二代’，他爷爷是开银行的，储户的钱，取之不尽用之不竭啊！”

“我，我还是想不明白。”晴阳一副老实巴交的样子，令人心生怜爱。“我们进场填鸭式学习国家有关房地产政策法规，都是严格控制资金非法流入房地产；《商业银行法》白纸黑字写得多清楚啊——商业银行不得向非自用不动产投资或者向非银行金融机构和企业投资——虽然，表面上看，是孙子投资的，可是，孙子是拿着爷爷的钱投的啊，不还是爷爷投的吗？这、这也太小儿科了吧？蒙谁啊！”

“蒙不了谁，所以他们才特意要隐瞒嘛。”我随口说道。

“你呀，还是太年轻，记性不差，背条文头头是道。”铮言无奈地拍了拍桌面，两眼直勾勾地盯着晴阳，苦口婆心地劝勉：“你呀，小丫头，你得补补哲学，读一读《资本论》。虽然读了会计硕士，但是，干咱们审计这行，光靠会计学知识远远不够。你先把马克思这段话背下来，背得滚瓜烂熟刻骨铭心喽。哦，那段话怎么说来着——”铮言忙不迭抓起手机查找，然后提高嗓门拿起腔调念道：“一旦有适当的利润，资本就大胆起来。如果有百分之十的利润，它就保证到处被使用，有百分之二十的利润，它就活跃起来，有百分之五十的利润，它就铤而走险，为了百分之一百的利润，它就敢践踏一切人间法律，有百分之三百的利润，它就敢犯任何罪行，甚至冒绞死的危险。”

晴阳的确是个可爱的女孩，尚未沾染世间尘渣，白璧无瑕。只见她灵机一动，迅速翻开自己的工作日记本，掩饰不住地兴奋喊道：“是呀，王老师，他们有份股东决议，说得清清楚楚——哦，项目总收入 27 亿，总成本 16 亿，利润 11 亿，嗯，含税哟——哇塞，利润率超过了百分之四十！为了利润，他们真敢‘铤而走险’啦？——怪不得，国家的法规形同虚设呢！原来，法律只对不敢‘铤而走险’的老实人管用呀！”

耳听铮言朗朗咏诵马克思至理名言，我内心感慨万千。是啊，资本，利润，人类经济社会发展的一对引擎，同时又是一对欢喜冤家！人类社会的一切喜怒哀乐、泾浊渭清，讨流溯源，似乎都能在这里找到根源。晴阳说的没错，国家三令五申严禁银行业向房地产投资，如果全国的银行都像 PA 那样暗度陈仓、巧立名目，资金洪水猛兽般涌向房地产业，房地产热怎么可能降温，房价怎么可能降下来?! 尽管叫喊降低房价的口号声如雷鸣，撕破了嗓子，调控房价的文件连篇累牍，多如牛毛，也只能徒唤奈何、无济于事。房价就像是捆绑在了奔月的火箭上，眼看着噌噌往上蹿，已经不能用涨到天上来形容啦，而是与月亮试比高了。这样一来，害苦我们这些买不起房子，娶不起媳妇的年轻人了！金萱遭遇的火灾，其根本原因不也是房子吗？我、我对这些寄生在中国飞速发展的经济肌体里面，尤其是房地产业里面的魑魅魍魉真的是深恶痛绝，恨不得“饮其血，啖其肉”！

“哎，铮言，我记得嫂子、隋艺芳，就职的那家商业银行，就是 PA 在北京的分行吧？”我忽然想起来，不等脑子转弯，郑重其事地问道。

铮言不禁打了个冷战，脸皮抽搐着，皱起眉头答非所问：“什么，钮英老弟，你说的是哪家银行？——哦，钮英，你、你是不是听那个犹太人的 F 大调被迷惑了，糊涂了，想象力的存货积压，需要做减值准备啦？”

十四

“再说一遍，我不同意！”

宴会散了，回到郊区宾馆客房，就觉得头重脚轻，我一头扎在床上生闷气，酒劲儿在暗中角力，令我昏昏欲睡。

一阵急促的电话铃声吵醒了我，是审计局负责监督本次审计的王宁处长打来的电话。她见我一直绷着脸不高兴，很关切，打来电话好言相劝，让我针对财政局挪用安居工程专项资金问题的追查适可而止。我一听，火冒三丈，腾地从床上跳下来，就像一头笼中的困兽，在客房里快步转着圈，不停地甩动着胳膊，就想一拳杵到空气的撞针上头，轰的一声，来它个翻天覆地的爆炸。

“梅经理，你消消气儿，气大伤身呢——你听我慢慢讲嘛。”

电话筒那边，王处长细声慢语，不急不躁，没有依仗她的身份以势压人，针尖对麦芒似的教训我、批驳我，她这样反而让我对自己的粗鲁感到不好意思，于是停住脚步，做了几个深呼吸，把一腔怨怒之气吐出来，捻灭心中熊熊燃烧火焰的灯芯。眼眸上闪现出王处长的娇俏的容貌。她三十五六岁，有个上小学的儿子。虽然老家在内蒙古，从小吃牛羊肉多，但身子娇俏伶俐，长发飘逸，戴着一副窄边眼镜；嘴唇不厚不薄，上唇常常翘起一点点，几分调皮，更觉得美，抿着，若含苞欲放的百合；开口笑时，若一弯明月。

“哦，对不起，王处长——”

“嗨，梅经理，我也得向你说声对不起。现在很多事儿吧，真不是我们这些基层的能够做主的。”王处长不见回话，按照她的思路绕个圈子往下说：“《红楼梦》你读过吧。一开始，贾政在江西任职粮道，他也想做个好官清官，还发布告清查粮米折损，可是他不知道，这么一来就堵了手下人的财路，差役消极怠工，日常工作都没法干了。后来李十儿劝他，如今当官的，清官反而经常出事，贪官却步步高升，跟着老爷干事的都得养家糊口，得给点儿好处，才肯出力气。这时候，贾政也得面对现实，只能睁只眼闭只眼……”

做审计日久天长，我平日也关注一些历史典故和时事新闻。我听得出来，王处长在借用《红楼梦》“第九十九回　守官箴恶奴同破例　阅邸报老舅自担惊”的故事，给我普及“官官相护”的入门知识。于是就顺着她的话茬，虽然还是没有好气儿，但语气缓和了许多。

“王处长，我把您和刘局长比作贾政，不知道合适不合适。可是，您真的不怕哪天收到刑部的邸报吗？薛蟠杀人，杀人偿命——不怪别人，正是他的亲戚，是贾政害的他。”

“现今，有谁能没见着棺材就落泪呢？另外，李十儿还说了一句话，大概意思是说，就是查实破了案，也还有官官相护，低头认个错，最多形式上给个革职处分。熬上一年半载，差不多都能官复原职。”

“是啊！”我叹口气，似乎认可了这种官场潜规则。但内心里那个“邪不压正”的职业道德女神用她犀利的眼光凝视着我，令我再一次振奋精神，绝不退步，也绝不接受这种见不得阳光的无耻信条。于是，我义正词严地说：“总有一种侥幸心理作祟，以为东窗事发，总有人‘官官相护’，大事化小小事化了。可是，您在审计局，应该看得更清楚、更透彻——十八大以来，反腐倡廉深得民心成效显著呢。”

“的确是这样，可是，什么事，都不可能一蹴而就，都得循序渐进不是？”

电话那边沉默了一会儿，王处长用一种央求的语气说："梅经理啊，听说关汉卿是你们保定人，他有出戏里有这么一句话，'你都官官相为倚亲属；更做道国戚皇族'。你说，我们财政局、审计局，坐在一个衙门口里头，抬头不见低头见，领导都发话了，让我怎么办？梅经理啊，你就体谅体谅老姐吧！"

"王处长，嗨，怎么说呢！"我内心矛盾重重，刚刚的昂扬斗志一下子颓唐了，正如中学课本里《曹刿论战》讲的"再而衰""三而竭"。但我还是不甘心，狠狠地撂下一句话："王处长，你说，十八大以来，落马的官员，何止千万，其中有多少就是被'官官相护'害的？"

"是啊，'亡羊补牢''挖疮割痈'的道理谁都懂。可是，到了现实当中，一旦发生到自己身上的时候，真找不出几个能够身体力行的。"

从电话筒里听得很清晰，王处长长长叹了一口气。

几个小时之前，我正在跟铮言他俩讨论如何抓牢 PA 这个重大线索，抓住这条"大鱼"，并进一步查证有关违法违规扰乱国家安居工程政策，把信达国际的旗帜插到"武昌城头"。此时，却被王处长的一个电话生拉硬拽到了财政局。在那里，财政局与审计局双方开了个审计座谈会。审计局分管政府专项业务的刘副局长被请过来。我作为被委托事务所现场负责人，应邀参会。

一通虚情假意言之无物的客套之后，就是打着官腔拐弯抹角小心翼翼地敲打着一个心照不宣的问题。我这才恍然大悟，我居然是一个隐形的"当事人"，或者更确切地说是"肇事者"。我当然听得出来，这个所谓的座谈会，是他们架起来的一口锅，要把我们正在步步紧逼欲追查个水落石出的财政局挪用安居工程专项资金问题蒸软煮烂，直至烹饪成一盘味美肉鲜的"河蟹"。我心里有气，但作为一个中介机构的专业人员，却不敢造次。面前的这些局长、处长、科长，大大小小的官员，对于信达国际会计师事务所今后承揽该市政府审计业务，哪一位都可能是一言九鼎的财神爷。不仅为自己，更是为了信达国际，绝对不能得罪啊！我只能硬着头皮坐在角落听着，面无表情一言不发。

会后，王处长热情地拉我一起去吃饭，我以为是小范围吃个便饭，便坐上她的车。等到车开出这条大道，街上的景致越来越陌生，问她去哪儿，她才神秘地一笑，跟我说咱们去参加财政局安排的宴会，改善伙食，补充蛋白质。她那种口吻、神态，反映出她复杂的内心，愤懑，在她胸中充盈膨胀。她手把方向盘用力点了点头，自言自语道："不吃白不吃，吃了也白吃。"

"你们，一个财政局，一个审计局，堂堂的政府重要机关，位高权重，这么明目张胆地吃喝，不怕违反'八项规定'吗?"

王处长扭脸瞥我一眼，意味深长，嘴角一抿，一丝微笑，真的很美。她摇了摇脑袋，无可奈何的神情，"梅经理，你们注册会计师做审计，满世界飞来飞去，比我们审计局的见多识广吧。有句话，叫作'上有政策下有对策'，没听说过？——不怕！怕，又能怎么样？我说了算吗？这就叫'身不由己'——从众吧，法不责众，不怕！哈哈，还有一句名言做安慰剂呢——'出淤泥而不染'嘛。喂，这次宴会不在审计范围之内哟。"

这家私房菜馆，没人领进门，你是寻觅不到它的踪迹的。宽敞的宴会厅装饰得古色古香、富丽堂皇；菜肴八珍玉食、琳琅满目；官员们觥筹交错，欢声笑语，气氛热烈。

酒桌上逢场作戏的排面，我观摩多了，心情正陷于郁闷的泥潭，我无法拔出腿脚参与到其中。官员们身不由己表里不一的表演，令人作呕，我不去看，一个人默默地坐在那里，埋头看手机。他们眼睛里似乎也没有我，我倒是躲个清净，没有人敬酒，我也无须向谁敬酒，献上言不由衷的阿谀奉承。

其实，我心里明镜儿似的，知道他们为什么视我为无物。因为这次审计署安居工程跟踪审计的报告，是由作为督战队的地方审计局出具，审计结论的决定权并没有掌握在奋战一线的被委托事务所的注册会计师手里。所以，即便在财政局挪用专款问题上我们坚持原则寸步不让，只要搞定了审计局，他们就能高枕无忧毫发无损。

国酒茅台，不喝白不喝。我自斟自饮，内心深处有个鬼魅怂恿我，去吧，不择手段，占有或损毁他们的财富，来补偿你因失去查证财政局挪用专款这一重大审计成果的损失。另一方面，我记得老子《道德经》里有句"天乃道，道乃久"至理名言及其中国酒文化哲学的浸润，酒乃催动人的灵感与激情、激发人的意志与力量、唤醒人的精神与潜质的天作之物；饮酒是人类回归自然、亲近自然，追求天人交感、精神会通的哲学境界的高雅文化行为。酒也特具"水与火”的阴阳理念与辩证法则。酒，形似“水”，其性柔也，“老子观井，上善若水”，老子借水之柔性谈人性本真与处世之道。“酒水”虽柔却充满刚烈之火，亦柔亦刚。

“嘿，你们，存心想灌趴下我们刘局长是吧？这杯酒，我替刘局喝了。”

听得出来，这是审计局挂着这次主审虚衔的邸科长公鸭嗓子的声音。我不由得抬眼瞥了瞥他。他个子不高，微胖，比我大不了两三岁，将军肚却已经腆起来了；头发梳理得油光可鉴，戴副黑边眼镜，看不清瞳仁，眉毛稀疏；斧凿的脸颊，与体态不够协调；他一直都是穿一身笔挺的西装打着领带，里面穿了件绛红色的羊绒衫。他的嗓音有点怪，经常走调，像个阴阳人。此时他脱掉了西装，羊绒衫袖子捋到肘弯，一副慷慨激昂，愿为知己者死的架势，一扬脖子把满满一杯茅台酒灌进肚子里。

我心里在笑，笑邸科长是个小丑。因为他就像契科夫笔下的变色龙。审计团队刚进驻住建委的时候，他诚恳地向我们讨教怎么查证虚假合同等审计技能，如此好学上进虚怀若谷给我们留下很好的印象。前一段，为查实一笔安居工程专项拨款，跟着我去财政局。财政局开始不肯提供相关资料，他撂下狠话，今天必须提供，否则他就不走了。当时他给我的印象，真的是一位铁面包公的光辉形象，有这样的政府审计官员，贯彻落实党和政府的反腐倡廉政策措施就更有保障了。当时，在我眼里，他甚至周身都在熠熠闪光。可是，刚刚结束的座谈会上，他似乎已经揣摩透了领导心思，抑或提前打好了招呼，黑白脸演戏，没有跟我们实施现场工作的注册会计师交换意见，他居然违反审计法，自作主张，当场应承下财政局的不当要求。“他呀，得抓住一切机会往上爬啊。呵呵，变色龙，可以理解！”我在心里嘲讽道，同时也像是在自嘲。心中有个魔鬼在逼问自己，你，为什么不能成为变色龙？难道你是色盲！

“哟，邸科长，您真是好酒量啊。来，小妹敬您一杯，祝您官运亨通，平步青云！”

这是财政局那位八面玲珑的荆科长甜腻腻的声音。我懒得正眼看她，眼角的余光扫过去。呵，此刻的她，还甭说，真是一个大美人。座谈会之后，来参加宴会之前，她应该回办公室又换了一套新行头，孔雀蓝镶着金边的长裙，与飘逸的卷发搭配，她整个人宛若山巅的云彩；她重新描了眉化了妆，婀娜妩媚，光彩照人。但是，她现在的举止却流露出几分令人齿冷的妖冶。

恭维、吹捧；心照不宣的哑语，低三下四的殷勤，实在让人心神不宁如坐针毡。我点开手机里存储的《F大调浪漫曲》音频，想让优美的乐曲抚慰自己恼怒不安的心。可是，不知道怎么回事，调到了最大的音量，洪亮的乐曲声，就像是一道冲破乌云的闪电，倏地照亮夜幕里的宴会厅，人们好像被孙行者施用了定身法术，一下子都停止言谈和举止，都向我转过脸来，凝神屏气、侧耳倾听。

曲调多么优美、旋律多么流畅啊！每一个人，似乎都感觉到了贝多芬内心涌动的情思、心路，一路花香，丰富多彩的内心世界飘扬在优雅音符的怀抱。人们的心跳跟随梅纽因琴弦的舞动，返璞归真——回顾刚刚迈出校园时候纯真的浪漫故事，那儿有憧憬，但没有房子的烦恼。你听，丰满的和声与优美如歌的旋律令人久久沉醉其中，默默地享受着幸福甜蜜的感觉。如此亲切，使人浮想联翩，仿佛眼前展现一幕幕浪漫奔放的画面，触手可及——哦，梅纽因，他肩头那把小提琴特有的优雅琴声，给作品披上了一件梦幻般的闪亮大氅。

足有一分多钟，人们醒悟过来。而我，也在慌乱中安定神志，手忙脚乱地狠狠按住了音频按钮。乐曲戛然而止，整个宴会厅就像是一下子被抛上天空，上下左右空空如也。

“噢，各位领导，这位是信达国际的梅经理，就是他关注到了……”邸科长缓过神来，再次介绍我，以解除面临的窘态。但他突然卡壳了，他意识到如果把我作为“肇事者”在这里示众，也许会收到鲁迅笔下《示众》的奇效，场面的尴尬不仅无法消除，反而添一笔讽刺。那样一来，各位领导，不就成了令鲁迅先生痛心疾首的“看客”了吗？而“看客心态”是鲁迅对国民劣根性一次伟大的发现和深刻的概括，看客心态对国家、民族、社会乃至个人的危害十分严重，是国民劣根性的渊源。难道说，领导们，周身上下仍然长满了“劣根”的须须吗？他一时哑口无言。

王处长适时出来解围。她说：“这位梅经理啊，尊姓大名叫‘梅钮英’，世界著名的小提琴家梅纽因，他俩名字谐音。刚才播放的音乐是贝多芬的作品《F

大调浪漫曲》，就是梅纽因演奏的。梅经理非常喜欢，经常播放。听起来，的确十分优美。”

“梅纽因啊，他最大的成就之一是演奏贝拉·巴托克的小提琴独奏奏鸣曲。在巴托克身上，梅纽因找到了和他一样的深情和悲怆的特质。”坐在首位的刘局长看来也是音乐爱好者，对于梅纽因不陌生。他倒是没有官僚的做派，说起话来随意且有亲和力。他接着说：“梅纽因一生好像都处在矛盾之中。他是几十个社会正义事业的直言不讳的支持者，同时也渴望独居生活，在那里他可以忽略社会的关注，只关注音乐的历史和他自己的角色。”

“不会吧？”我似乎遇见到一位音乐的知音，不与他对话，失之交臂，损失也许比财政局挪动专款的问题还要大。于是我接上刘局长的话头，“在二战期间，他为盟军演奏了500场音乐会，后来返回德国为刚从集中营中解放出来的‘囚犯’演奏。他非常热情地用自己的音乐天赋奉献社会，怎么会渴望独居，还有那么大的矛盾呢？”

“呵呵，梅经理，其实，我也是从媒体了解一点皮毛，咱们随便聊聊，不必太认真，啊。”刘局长友好地朝我点点头，过了片刻，有点冷场，他突然举杯大声说：“来，咱们为了梅纽因的女婿干杯！”

围坐在硕大的餐桌四周的官员们一个个目瞪口呆，不知道这个“女婿”是谁，也不知道为什么要为他干杯。但看见刘局长举杯干了，大家在脸上挤出笑容，迷迷糊糊喝掉了杯中酒。然后，每个人，每一双眼睛，都齐刷刷地看着我，满脸疑惑。他们或许在想，这个梅经理，三十岁左右，女儿都结婚啦，早婚早育吗？婚姻法规定，男的，二十二周岁才能办理结婚登记啊。未婚先孕？不到十岁？——在座的各位，学历都在本科以上，可是，这道算术题，戈壁滩上找泉水——难极了。

看到大家荧惑不解的神情，刘局长冲着我说：“梅经理，你来给各位解释一下吧，这个‘女婿’是怎么回事。”

“首先申明一下，这个‘女婿’跟我没有一点关系啊！”我喝进肚子里的茅台，差不多有三四两了，有几分醉态，就想借酒撒疯，浇一浇胸中块垒，逮着机会来点指桑骂槐，也好消解气闷。于是，我晃晃悠悠地站起来，眉飞色舞，口若悬河："傅雷，都知道吧，大翻译家。但是，很多人，只了解《傅雷家书》，却不知道巴尔扎克《人间喜剧》的译者是谁。现在，很多人把《傅雷家书》作为教育宝典。这本家书，虽然是傅雷写给儿子的书信摘编，但涉及内容广泛，严肃中透出亲切，深刻却不脱离日常，既充满一个长者的人生智慧和经验，也细数了青少年成长的迷茫与欢欣，饱含着为人父母的情感和责任，充满了对子女炽烈而深沉的爱与期望。这些书信，看似平淡的家常话，如山间的一缕清风，令人回味。这是一对父子，更是一对知己和良师益友，那种心灵和精神上的共鸣、映照，让人羡慕不已。"

"梅经理，你说的，上世纪也许能诓骗一些不明事理的人，但现在，纸包不住火的事实，透露出来，看法，也就因人而异了。"财政局的冯坤处长扯着尖锐的嗓子，试图以权威的勘误表形式更正我的说法，"家书之所以诞生，傅雷在遗书里交代得很清楚。新世纪了，再说'家书'是什么教育宝典，是不是有点荒谬呢?"

我没理睬她，但思路受到影响，便顺着她的话题往下说："《傅雷家书》重新编选出了新版，以傅聪的生活为主线，全面展现了傅聪的成长历程和心理变化。脉络清晰、不枯燥，流畅易读。——傅雷的这个儿子傅聪嘛，大名鼎鼎呢，被誉为中国的'肖邦'。这一点，我不认同。为什么呢？咱们看看肖邦，他不仅弹琴一流，还是伟大的爱国者。当时波兰被沙俄、普鲁士、奥地利三国瓜分，肖邦流亡巴黎，但他思念自己的祖国，留下遗嘱要把自己的心脏送回波兰安葬。所以肖邦有两座墓，一座在巴黎，一座在华沙，那里安葬着肖邦的心脏。"

"哦，是啊，这个傅聪，就是梅纽因的女婿，不过他们也没能白头偕老吧。"刘局长清清嗓子，接上我的话头说："上世纪五十年代初，国家公费派他到波兰留学，参加第五届肖邦国际钢琴比赛获了奖。那时候新中国千疮百孔百废待兴，穷得叮当响，没钱啊，让你挪用，你也是挪空气。哪儿像现在，动不动就几个亿几十亿，没了踪影。外汇，更少啦，他傅聪留学波兰，学的还是对国家建设没有立竿见影作用的弹钢琴，多幸运啊！比咱们现在去美国哈佛大学镀金难上百倍!"

刘局长瞄了我一眼，截住话头。我会意地一笑，挪开椅子，缓步围绕着大餐桌边走边说："……大概是 1960 年，他跟梅纽因的女儿弥拉结婚，婚姻持续不到十年。不过，梅纽因挺欣赏他。从傅聪那里，梅纽因感受到了中国文化。他在自传里写道：傅聪向我们介绍了另一个民族，另一种思维，另一种生活方式，展示了人类历史的根基之一。"

刘局长锐利的眼光照射在邸科长消瘦的脸上，盯得他背若芒刺坐立不安。过了会儿他才习惯地清清嗓子提高嗓门问："邸科长啊，你在清华大学读工程硕士，快毕业了吧？你说说，你们那些高才生校友，有多少留在国内，为国家建设做贡献啦？"看到围坐在四周的几位名校毕业的干部面面相觑，刘局长也没有刻意去讥讽他们，接着说："巴尔扎克说得好，有些罪过只能补赎，不能洗刷。不少媒体和大 V 别有用心，罔顾历史事实，以偏概全，不负责任、无原则，给年轻人造成了一种非常不好的引导……近二三十年，自费的不说，公费留学生滞留欧美不归，竟成了时髦风尚！无数用中国人民血汗钱浇灌出来的智慧之花，就这样被发达国家免费收割采摘走了！"

"哎呀，咱们在酒桌上，干吗总说这么沉重的话题呢！"荆科长尖利又带有隐隐柔媚的嗓音，此时的她仿佛是一朵酒精催熟了的花蕾，更加楚楚动人；与此同时，妖冶的性情更多地暴露出来。她挥舞着纤细嫩白的臂肘，大大咧咧地说："说点儿花边新闻吧，来点荤腥，逗大伙开心一笑——你们瞧，傅雷可是个大情种呢！我念给大伙听呀……张爱玲还写了篇小说《殷宝滟送花楼会》，讽刺负心汉……"

我停步在荆科长身后，站了很久了，此时忍无可忍大声吼道：

"荆科长，请你尊重傅雷先生，说话不要这么轻薄——他，至少是一个爱国者，一个伟大的翻译家！"

背后突如其来的一声吼，吓得荆科长一个蹦高，从椅子上跳起来，椅子咣当倒地，要不是旁边的邸科长眼明手快扶住她，她肯定要人仰马翻了。

她定睛看到我彪圆了双眼瞪着她，一时不明就里，挤了挤脸皮挂上一丝惨淡的笑意，结结巴巴地说："梅、梅经理，你、你怎么了，你跟傅、傅雷先生沾、沾亲吗？"见我愣愣地站在那里没搭话，她的胆子陡然壮起来，抓起手机在我眼前一晃，说："这可不是我造谣污蔑，网上随便一搜，千百条，你听听这位网友怎么说——他说‘进一步了解，对家书不再感冒……况且连受益人从来不置可否，可见这种家教也不过如此’。”

“胡说！放屁！”我怒不可遏，举起右手用力劈下去，吓得荆科长闪身躲到邸科长身后。我怒视着她，咬牙切齿地说：“对于一个爱国者，他‘不置可否’，不是很正常吗？他有什么资格‘置否’！”

十五

老子《道德经》里，有句非常有名的话：“祸兮，福之所倚；福兮，祸之所伏。”

查证财政局挪用安居工程专款，被我视作目前关注到的本次审计最重大的违法问题，现在，却被一座挪不动的大山挡住了去路，我很清楚，即使2000多年前的愚公在世，他也移不走这座山。因为这座山不是因地壳运动形成的由岩石土壤堆积而成的山，而是一座由人性的弱点和贪婪堆积而成的山。它真的移不动。这算一个“祸兮”吧，自己为此郁闷了好多天。我绞尽脑汁，也找不出究竟是哪里疏忽透露了风声，没等到拿到证据，哪怕就那么一点点。财政局先下手为强，一拳就把我揍趴下了。我手里没攥着证据，就好比手无寸铁，赤手空拳，毫无胜算。面对这座山，我能怎么办？认头吧。老子说“祸兮，福之所倚”，好啊，这句话能够鼓舞人画大饼“充饥”，让人不会因为遇到挫折失败，就气馁颓唐，一蹶不振，而是乐观地面对未来，奋起直追。可是，这“福”迟迟未来，又一个麻烦找上门来了。也许《西游记》说得对：“福无双降，祸不单行。”但是，我不信邪，我不会是那个念紧箍咒的唐僧，我一定要做一个筋斗十万八千里的孙行者。

上周四，部门秘书给我打电话，说有我的一个街道居委会寄来的快递。我思前想后，我跟街道有什么交集？也许，是有关公租房申请的事吧。周五我乘早一班高铁赶回北京去公司取了快递。没错，果然是由街道转来的区住房保障管理部门的不予备案通知单——

梅钮英：

根据北京市公租房管理规定，经审核你不符合北京市公租房规定的申请条件，现不予备案。

不予备案原因：

申请人不符合规定的标准。

申请人收入不符合规定标准。

申请人在京工作持续时间不符合规定标准。

如不服本通知，可以自收到本通知书之日起60日内向本区人民政府或者北京市住房和城市建设委员会申请行政复议，也可以在三个月内向本区人民法院提起行政诉讼。

当时我的脑袋嗡地膨胀起来，头大了。这究竟是怎么回事！这个公租房，三四十平方米的栖身之地，那就是我和金萱人生路上的一个闪耀金光的里程碑啊。它寄托了我们对于未来太多太多的美好向往。为什么、你们为什么要把它毁灭呢?！就凭这么一张轻如鸿毛的纸吗？我绝对不答应！不答应！走，去行政复议！走，去跟王八蛋们对簿公堂！

那天晚上我拎回去一箱啤酒，关在自己那间逼仄的小屋里借酒消愁，我真想痛痛快快哭一场。老杜喊了我几次，我也没有理睬他。毕竟是啃过书本见过世面的CPA，我还是静下心来稳定情绪，认认真真把北京市相关政策文件理顺了几遍，非常确定，通知上的“原因”，没有一条能站住脚，自己的申请没问题。

星期一，我跟田园说晚点到农场，让她按照清单先点收审计资料。

一大早，我直奔挂牌在区住建委楼下的住房保障管理部门。赶到那里还不到8点，大玻璃门前面的铝合金推拉门打开了锁，推上去了，但保安堵着门口不让进。

耐着性子站在门口等着，8点多，保安总算侧开身，门外已经集聚很多办事的市民，呼啦一下子涌进了大厅。我手脚麻利，排号挺靠前，没等多久就叫到我了。

坐到窗口前的圆凳上，里面接待的是一位三十岁左右的女士，相貌端庄。我和颜悦色，语气里带着恳切，甚至有那么一点似有似无的哀求：“同志，我的公租房申请不予备案。麻烦你给看看，是不是哪里搞错了；如果是哪个资料不符合要求，我马上回去补充资料。”

“你好！”那位女士礼貌地向我打招呼，然后接过我递过去的资料，翻看一下，一只手快捷地敲打了几下电脑键盘，瞥了我一眼，面无表情，拢起资料递出来，嘴里轻松地说：“系统里显示的原因，与通知一致。”

“同志，请你再看看，那几条原因，会不会搞错了啊？我提交的资料都是严格按照规定准备的，不会少了什么的，我也签字保证啦！资料如有虚假，负法律责任。”见她就要结束的样子，我急了，抬手用力把资料往里推。

女士一松手，我推力过猛，资料一下子撒了满地，女士无奈地俯身捡起来，在桌子上戳整齐，再次递给我，心平气和地说：“这位同志，我们这里不负责核实资料。你如果不服，可以按照通知上写的，行政复议或行政诉讼。后面还有许多人等着办理呢，请你配合我们工作！”

我回头看到后面确实有好几位排着队，急不可待的表情。我们 CPA 可不搞胡搅蛮缠，北京话那叫“跌份儿”。我的手颤巍巍地接过资料，不忘说声“谢谢”，起身让开窗口来到阳光直射进来的南窗前的排椅坐下来。怎么办？复议、诉讼，拖个一年半载，结果即便对自己有利，这批配租房早分光了。再说了，我得上班挣钱，哪来的闲空在各个衙门口或法庭跑来跑去啊？

我腾地从排椅上站起来，不锈钢的排椅猛然颤悠了一下，惊吓了其他人，向我抛来惊诧的目光。我一副睥睨群雄、目空一切的样子，大步走向楼梯口。通向电梯前的玻璃门旁站着个保安，没等他开口问，我掏出一张纸在他眼前晃了晃，他似乎看到了几个关键字，用一种敬慕的眼神看着我潇洒地拽开门走了进去。给我壮胆的那张纸是一份审计通知书，盖着红艳艳的区审计局的大印，挺能唬人。这是我负责实施的区里一个经责审计项目，通知书夹在工作记录本里，被我草船借箭蒙混过关。

有间办公室挂着科长的牌子，门虚掩着，我轻轻敲了敲，里面传来“请进”。我推开门，缓步走进去。

“你是……”办公桌前坐着一位四十来岁的男士，疑惑地打量着我。

“哦，张科长，你好!”我看见桌上的名牌，满脸堆笑地解释：“我是公租房的申请人，上周收到咱们不予备案的通知，刚才楼下的女同志看了资料，说系统上没问题。我，我想请领导再给看看，是不是哪里弄错了。”

“噢，是窗口让你上来找我吗？同志，你请坐。”

这位张科长没有跟我正颜厉色推三阻四，我心里乐啊，真心感激十八大以来官场越来越清明，官僚作风吃不开了。所谓“权为民所用、情为民所系、利为民所谋”——这句话真正说到老百姓心坎上了。

“哦，张科长，你看看吧。这些申请资料都是按照规定准备的，很齐全，怎么会不符合标准呢?”我想自己的从容，让张科长误以为是窗口叫我上来的，类似情况此前应该发生过。我误打误撞弄假成真，直接把申请资料摊在桌子上。

对于我这个不速之客，张科长也不好撵，装样子也得装呀。不过，一看他就是从基层干上来的，手不生。只见他一手拿着通知单，一手从资料扒拉几下找出对应的资料，迅速复核，似乎心里产生了疑问，抓起座机，“喂，小李吗？有位叫梅钮英的，他的公租房申请不予备案。你再查一下，谁审核的，到底是怎么回事?”

“啪”的一声，张科长把话筒放下，看得出来，他有点不悦，他歉意地朝我点点头，没说话。等了两三分钟，座机铃响起来，他抓起来，不由分说责问：“是谁？这么马虎，不负责任！——噢，是这样，没说为什么吗？好吧……”张科长慢慢放下电话筒，似乎有些沉重。他有点垂头丧气的样子，丝毫看不出刚才那种盛气凌人。毕竟久经官场锤炼，转眼他又对着我笑容满面，他心里应该有了解决问题的腹案了。

“哦，梅先生，”他手里抖了抖通知单，发出清脆的响声。他的口气里夹带着一丝金属的坚硬和冰冷，不容置喙。“你不是北京户口吧，这就是申请人不符合标准啊。”

“张科长，不对吧。”我急了，掏出笔记本，指着上面摘录的政策条文据理力争：“公租房申请人要求是北京户籍，那是老皇历了。后来廉租房、公租房并轨，2015 年住建部下发 212 号文，特别强调‘降低新就业无房职工和在城镇稳定就业的外来务工人员申请公共租赁住房和廉租住房的门槛’，北京市的规定修订了，我有资格申请啊。”

“哦，说的也是啊。”张科长有点抓耳挠腮，盯着眼前的资料，猛地他抬手指着我兴奋地说：“你瞧，你是注册会计师，不是金领也是白领吧，收入不符合规定标准吧，这点肯定吧。呵呵，小伙子！”

过去总是听说不法商贩面对执法人员胡搅蛮缠，现在，这位公务员，不也是胡搅蛮缠吗？我哭笑不得，但不敢闹僵，耐心向他解释：“张科长，正因为我是注册会计师，才是北京市急需引进、留住的人才啊——根据北京市《关于优化住房支持政策服务保障人才发展的意见》，我享受人才优惠呢，落户积分呢；别说公租房了，我都可以申请经济适用房。”

“是吗，注册会计师，也是北京急需的人才？”张科长不置可否。

在多年的执业生涯当中，我深切地感到不论各行各业的普通打工者，还是政府机关的公务员，对于注册会计师、造价工程师等中介机构对于中国经济社会发展的非凡贡献知之甚少，甚至一无所知。于是，我趁机给他普及一下基础知识。我耐心细致地说：

“张科长，您知道吗，国家可是有专门的《注册会计师法》给我们撑腰呢！我们注册会计师行业每年服务企事业单位超过 420 万家，掌握着大量第一手企业信息和数据。您知道吗，注册会计师能给企业提供信息，帮助企业发展，对企业的经营状况进行分析和预测，给企业的决策提供辅助，合法合规办理税务理财，帮助企业开源节流，还能帮助企业制定合理的预测，帮助企业的领导者制定发展目标和规划……注册会计师被誉为‘经济警察’，对于经济健康发展，起着非常非常大的作用……”

培根说，若是失去耐心，便失去了灵魂。张科长应该熟悉这句话吧。我承认，我的 CPA 赞歌跟悦耳动听不沾边。但我佩服他，作为官员，还是一个京官，能这样毫无怨言听我这个无名之辈的絮叨，就冲这个，我就祝愿他步步高升。老子《道德经》说“是以圣人云：受国之垢，是为社稷主”。

耳郭里回荡着 CPA 赞歌噪音，他漫无目的地翻看着资料。突然，他眼神倏地一亮，嗖地拽出一张纸来，盯着我看了会儿，嘴角一丝微笑，然后拍了拍桌面，截住我的话头，斩钉截铁地说："梅先生，小伙子啊，你的这份劳务合同，用工单位在上海嘛。"他如释重负地往椅背上一靠，笑眯眯地盯着我，似乎在说，怎么样？人算不如天算，我胜出一局，你可以走了吧。我手上一大摊子事呢！

我一下子蒙了，怎么可能呢，我应聘、面试、入职都在北京啊，怎么可能跟上海的用人单位签合同呢？我一把夺过那份合同，皱着眉头看了会儿，"扑哧"，我笑出了声。尽量压低嗓门："张科长，您看仔细啊，这家公司名称虽然有'上海'两个字，但注册地址在北京海淀区啊，跟信达国际会计师事务所一个地儿。跟您说吧，我们是集团化的大型中介服务机构，子公司孙公司，四世同堂，都是一家人！"

"什么，你说什么？"张科长举止有点狼狈，失去刚才的儒雅。他紧紧盯着那份合同，拿起来又放下，束手无策。不过，毕竟经历的场面多，坎坷仕途磨炼出善于总结归纳敷衍了事的应变救急功夫。一两分钟后，他指点着申请表上的年月日说，"小梅啊，我马上得去开个会，咱们今天不扯了。你的申请啊，是在北京市 13 号文下发前提交的，不能拿这个文件做标准。这事呢，需要再研究研究，你先回去，等等啊……"

十六

"铮言，一会他来了，你叫他'老杜'，千万别叫'杜总'或者'杜老师'。"

我俩今天提前下班回北京，先去所里办点事，然后到湘水韵餐馆，找了一张把角的四人位餐桌，坐下来泡壶茶，耐心等我的房东杜志相。他平日工作就在街对面，今天遇到点麻烦事，未能准时到场。他给我发了信息表达了歉意。喝了口茶，我突然想起来，叮嘱铮言，怕他过分尊崇，喊出什么冠冕堂皇的尊称来，反而惹人家不悦。

上周二在清芸雅间吃过晚饭，铮言把我叫到宾馆大厅里，坐在沙发上刚要开口，却见那位长相与金萱颇有几分相似的文琴，正站在前台注视着我俩，他慌忙站起来拽着我走出旋转门，靠在墙边，神秘兮兮地跟我说：

“钮英，老哥拜托你一件事，你一定得答应，还得办好喽！”

我诧异地问：“什么事啊？你如果让我把前门箭楼给你改装成婚房，你杀了我，我也办不成啊。”

“老弟，那么着，还装修什么婚房啊，直接钻小盒子里头永垂不朽吧。——哎，我跟你嫂子商量好了，我俩做出一个石破天惊的决策……”

“卧槽！你两口子这是要投资创办哪家央企集团，还遵照‘三重一大’啊！哦，‘石破天惊’，你俩咋不‘嫦娥奔月’啊？”

“甭瞎扯！说正经事呢——我俩筹划了，就在郊区宾馆那条街上，那个叫什么什么、嗯，颐景园小区，买套房。旁边规划有地铁站，直通高铁站，来去北京挺顺当。”

“行啊，你俩忒神了！我怎么压根就没琢磨呢。前几天还差点儿为了申请公租房‘大闹天宫’呢。”

“你呀，就是琢磨，你俩也买不起——老老实实在公租房里‘蜗居’吧。”

“噢，也是的。你跟嫂子攒钱比我们年头长，嫂子在银行，收入高……”

“我们就是拿不准，对咱们来说，买房的事大如天呢——你那个房东不是炒房专家嘛，我想请你跟他说说，看能不能给个高见。”

老子《道德经》里说：“甘美食，美其服，安其居，乐其俗。”即所谓“安居乐业”。安居才能乐业，乐业才有美好未来！这句话的道理，难道需要爱因斯坦的智商才能理解吗？安居，是人权！人之为人的一种权利！老鼠还有洞，人也必须有房子住，这是生存必需的权利！而且这个权利得以保障，绝不应该是“奇货可居”的高价商品。可是，现在这个房价，对于老百姓来说，买房，真正是天大的事。半辈子、一辈子的血汗钱，甚至还得让老爹老娘掏出养老钱，一股脑砸进去。这事必须办得稳妥万无一失啊。万一出个闪失，跌了跤，恐怕一辈子也爬不起来喽。

“嗨，我还以为什么大不了的事儿呢——就这？没问题。等哪天吧，请他吃个饭，两杯酒下肚，搞定。”

“那就先谢谢老弟了！到时候，让你嫂子多敬你几杯喜酒。”

我不假思索就答应下来。过后感觉有点轻率了，有点后悔。事前没跟老杜打声招呼，人家乐意不乐意管这档子闲事啊。不过，回头跟老杜一说，他挺给面子，没一句叽歪，立马就答应了。

这不，今天周五，前两天就跟老杜约好了。一起吃个饭，边吃边说，就把事情办圆满了。

姗姗来迟的老杜，一个劲儿作揖赔礼。搞得我俩很不好意思，他今天有点憔悴，遇到的麻烦一定颇费脑筋吧。我们也不问具体，互相谦让着点了菜。铮言带了两瓶梦之蓝。他也参与了京沪高铁几百亿的征地拆迁专项审计，当时在苏州指挥部做试点工作的时候，客户都是安排这个牌子的酒水，喝顺口了。

老杜没酒量，被铮言好言好语恭维得喜上眉梢，连干了三杯，立马脸红脖子粗了。他是个务实干事的人，一摆手，喊停，催促道："钮英啊，不是有事吗，咱先说事，等事办好了，你哥俩把我灌得烂醉，等闲千万里，道在亦无妨。快说、快说——"

我转头盯着铮言，过了会儿不见他开口，就用胳膊肘顶他一下，有点儿不耐烦地说："铮言，哑巴啦？刚才殷勤过了头落下后遗症，不会说正常话啦？"

"噢，哪能、哪能呢。"铮言忽地站起来，双手捧着酒杯往老杜头顶上一横，肝脑涂地地叫道："老杜，我敬你一杯，我先干为敬，你随意——"

"嗨，这哪儿跟哪儿啊？"老杜见铮言忠肝义胆的架势，不好无视，也举杯晃一下在嘴唇上碰了碰，催促道："钮英说你准备买房，想听听我的意见。那就说说，什么情况。说事、先说事，不喝酒了。"

"好、好，老杜——"铮言坐下，把酒杯搁桌上，定定神，说："我们这次审计项目的外勤现场那边，据说要规划做环渤海一体化的示范区，地价飞涨呢。距离我们住宿的宾馆不远，有个新开发的小区，我想在那里买套房子，当婚房用。"

"你说的一体化示范区，确有传闻。我的信息应该比你灵通。"一说到房子，老杜神采飞扬手到擒来，还真有个专家的派头。他撇了撇嘴，发出奇怪的声音，似乎有关房子的事都不在话下，给人一种居高临下的压迫感，"现在买，肯定能增值，主要还得看现价是多少，匡算一下上涨空间，值不值。"

我听着有点异样，房子做婚房，增值不增值又能怎么样？你总不能为了拿到增值部分的现金把房子卖了，跟媳妇卷起铺盖搬到大街上去住吧。转念一想，这也许是他老杜这种炒房客的惯性思维吧，他们从来不去费心思考虑房子是一种用来“住”的商品，因为在他们脑壳上铭刻的生存法典，房子最主要的功能是“炒”。

“老杜，我不可能卖了这套房子，我更关心的是——”铮言也感觉出自己的思维与老杜的有点儿拧巴，赶紧捋顺方向，“就是和周边的房价对比，有没有可能吃亏，也就是多付款。”

“我大概了解的情况，你说的那个地域，房价应该在万把块一平米徘徊……”

“对，就是这个平米单价，老杜，你真是灵通啊！”铮言情不自禁伸手拿起酒杯，马上又放下把手缩了回来，就像是被烟头烫着似的。

老杜搓搓手，跃跃欲试，用力摇了摇脑袋，遗憾地说：“我是没精力，银根收紧，资金实在倒腾不开，不然的话，我真有心去那里盘下一两栋，等不了三年五年，就可能翻着跟头涨啊——平米不到一万块，空间太大了，知道吗？北京五环外，都破五啦！”

铮言听得眼馋得就要流口水了，也学着老杜搓搓手，一脸的舍我其谁的慷慨，然后再一缩脖子，小心翼翼地低声问道：“嘿，我脑袋灵机一动呢——老杜，你看有没有这种可能，就是我从那边买套大面积的，然后你帮我‘炒’出去，然后从北京这边不要偏僻到燕山脚下，再买套小面积的——哦，我和媳妇睡觉腿脚能伸直喽，就行、就行啦。”

“嘿，这兄弟行，一转眼就收了个高徒啦！哈哈！”老杜喜笑眉开，扭头瞅我一眼，意思是说，你给我带了个对手来啊。然后，他抬手拍了拍桌面，高声道：“你有潜质，只是生不逢时，‘炒房’的黄金期已经一去不复返了。不过呢，一套婚房，投入不大，扛得住，可以试一试……”

“怎么‘试一试’？”铮言迫不及待地追问，身不由己地站起来，弯腰凑近老杜。

见老杜抬头盯着铮言，有点儿费力，有点儿不适应。我一把拽住铮言的肩膀让他坐下。

老杜分明是咬着后槽牙，一字一板地说："去买最大面积的户型，越大越好，只要你能拿出来首付。"

"我拿得出来！——我能享受最大幅度折扣的优惠价……"

铮言突然住口，扭脸神情慌张地看着我。我诧异地看着他，心想，怎么了，接着说嘛，盯着我干吗？沉默了会儿，铮言似乎从刚才的某种窘迫里勉强走了出来，为了掩饰，他抓起茶杯咕咚咚喝光，但我注意到他拎起茶壶倒水时，手在微微颤抖。我不由得皱起眉头寻思。

"啊，你能享受优惠！那么，必须试一试哈！一买、一卖、再一买，掐准点儿，野心甭胀，咱不赚，打个平交——老弟，凭咱这些年成败历练，给你个定心丸，成！这不是对着砚台梳妆，有影！"老杜等了会儿，见铮言戛然而止，不说了。他能理解，房价优惠的事，里面包裹着太多的猫腻，见不得阳光。沉默是金。所以他不去究问，真走到买卖那步棋，你必须拱卒，必须和盘托出，给我一五一十交代清楚。他便随口调侃一句，想打消一下尴尬气氛："优惠，不容易啊，现在这房价，坚挺得比黄金还硬棒，怎么，这个开发商是你们的审计对象吗？"

"不、不，不是。"铮言打了个激灵，忙抓起茶杯咕咚咚喝了几大口，然后拧了拧双肩，平复心中的忐忑，故作镇静，下意识地瞥了我一眼，但显然在躲避我的目光，他直勾勾地盯着桌上的菜盘片刻，然后抬头看着老杜咬紧牙关说道："跟我们审计没关系，真没关系。优惠嘛，随口说说，促销广告上说得天花乱坠的，不能当真。我们、我们全家、噢，发动全家凑钱，首付款，不成问题。"没等话音落下，他慌张起身快步走向洗手间。

我嘛，不是吹牛，这么多年，大大小小的审计项目，也算是千锤百炼了。铮言的异常言行引起我的警觉，刚才老杜的一句"开发商是你们的审计对象"，就像春天唤醒萌芽的春风，也唤醒了我的智慧的花苞，瞬间激活了我脑子里的CPA敏感花园，一片姹紫嫣红。然而，临阵磨枪的节骨眼儿，我却犹豫了。老子说："天之道利而不害，圣人之道为而不争。"铮言婚姻大事因为房子已经拖延多年了，为了解决房子，即使采取的手段存在某些不妥当，难道就能判定他违背“天之道利”吗？我为此跟他争执，是不是有悖“圣人之道”？转念再想，作为‘经济警察’的CPA，其职业操守绝对不能有丝毫动摇，有所丧失。如果谁违背职业道德，必须受到谴责和惩处。这么想着，我身体里那股不甘心失败的顽抗力量开始蠢蠢欲动起来，浑身燥热，就想着马上把事情搞得水落石出，刻不容缓。

我给老杜茶杯添满水，起身不慌不忙去洗手间。拐个弯，我没有照直往前走向洗手间，而是找了个不碍服务员走动的地方倚着墙等着铮言。我无法想象我俩会引发一场怎样的火药味十足的冲突，我不想让老杜看我们的笑话。

也许是一种心理作用吧，不管你多么焦急，左等右等，也不见铮言从前面挂着洗手间铭牌的拱门里走出来。其实，本来就没过几分钟。他终于走出来了，双手用力甩着水滴，我想，他应该是以此来调整心情。他一抬头忽然见到我在不远处站着，他停住脚扭转了一下身子，但马上又转身径直走过来了。他心里一定是自忖，若这般躲避我，就等于不打自招。

等他走到跟前，我反而有些不自在了，好像犯错的不是他，而是我。我本想单刀直入直奔主题，可是现在话到嘴边却不知道如何说出口，他心里应该跟明镜儿似的，做了这么多年的审计，一丝一毫的蛛丝马迹，在我们CPA敏锐目光之下，无论是他，还是我，洞察秋毫绝不是犁地甩鞭子吹牛。他也不跟我犯话，反而是我友好地伸手搭在他的肩膀上，若无其事地并肩走回餐桌。

孔子说：“吾恐季孙之忧，不在颛臾，而在萧墙之内也。”而我，输给财政局也就罢了；做梦也没有料到，居然稀里糊涂又在“萧墙”内跌了一跤，再输一局。

转念再一想，我输了吗？我扪心自问。我绝不甘心！不，我没有输！我是正义的，虽然，眼下，财政局这个正面阵地丢了，内部这面‘萧墙’也被捅出了一个大窟窿，但这不能证明我已经完全输了。输赢未定，我要杀他个回马一枪，乘胜追击。哈哈，节节败退的，应该是荆科长，是内鬼……

心里运筹帷幄，似乎多了份底气。当着老杜的面，我不想跟铮言撕破脸皮，也就不好直截了当，于是采取拐弯抹角旁敲侧击。

“我刚应聘信达国际来北京上班的时候，在雍和宫那边租了间平房，晚上加班10点多坐二号线回去，沿着安定门大街往东走，眺望对面那一幢幢高档住宅，心里头别提有多羡慕啦。可是，久而久之，我发现一个奇怪现象，就是看不到几扇窗户有灯光。”

“哈哈，钮英，你又在忧国忧民啦?”老杜不知底细，跟上一句：“中国楼市的房屋空置率高达20%以上。北京嘛，特别是三环里，甚至高达50%。这不是什么秘密。”

“那为什么房价还不停地往上涨呢?! 是哪个王八蛋存心让老百姓买不起房子?!”铮言义愤填膺地问。

“国家天天都在调控啊! 当然啦，前些年，越调控，房价越高，有人屁股坐歪了，没坐在老百姓这边。自从上头有话说‘房子是用来住的，不是炒的’，这房价上涨速度就赶不上火箭了。这点，我的感觉肯定比你们精准，虽然你是什么CPA，倒腾数字的。”老杜不以为然地随口说道：“房价降不下来，各地方政府算个‘屁’，因为房子的存量不在政府手里，在开发商资本家手里紧紧攥着呢。哦，当然，我们这些现房投资人手里头嘛，多少也有一点点啦，那不过是九牛一毛。”

我心绪平静了许多，真心不想争吵，不想伤和气。因为那种状况已然板上钉钉驷马难追，没有转圜余地了。何苦再去纠缠激发矛盾呢? 我喝口茶，若有所思地说：“中学课本里，有一首杜甫的诗，《茅屋为秋风所破歌》，其中有一句‘安得广厦千万间，大庇天下寒士俱欢颜’。”

“都读过啊。现在，何止‘千万间’，万万间，都空闲着没人住呢!”铮言揎拳拢袖，狠狠地骂道：“可是，我这个‘寒士’，多少年了，没房子，娶不上媳妇，他妈的，让我怎么‘欢颜’?”

“所以一定要掐紧了银根，不能再让资金瞒天过海涌进房地产啦!”

“哦，钮英，你是说那家银行，隐身投资房地产的事儿，是吧?”

铮言此时像个做错事被老师叫到办公室训斥的小学生，可怜巴巴地看着我。我恻隐之心不觉一动，没有直接提财政局挪用安居专款那档事儿，其实，我已经察觉到，挪用资金不排除暗度陈仓流进了房地产项目。但又感觉到身上有那么一股趁热打铁的力量，怂恿我，去，抡起磅锤砸下去。

“嗯，那只是一部分，还有呢，财政局的专项资金一旦失控，危险性更大。那样一来，国家汗牛充栋的调控政策，不仅是废纸一张，还拿去擦了屁股，臭不可闻……”

“不会、不会，不可能！钮英，你疑心太重，犯了职业病了。”铮言做贼心虚欲盖弥彰，不等我往下继续说，截住我的话头，辩解道：“财政专项资金，层层把关，怎么可能失控呢？”

眼看着跟前这个过去在审计战场上并肩战斗所向披靡，维护经济肌体健康正气凛然智勇双全的卫士，一下子蜕变沉沦与蠹虫、与腐败分子沆瀣一气，寡廉鲜耻为其振振有词地充当起了辩护士。我心里头一直被财政局挪用安居工程专款问题压抑的怒火，犹如地壳里的岩浆，在此刻一刹那翻腾喷涌。我猛地一拍桌子跳起来，眼前闪过荆科长那狐媚的身影，抬手指着铮言，怒叱道：

“王铮言，财政局荆科长，那个妖精灌了你几两猫尿，啊？你竟然出卖审计机密——你必须说清楚，不然咱们去信达国际惩戒委员会……”

“喂喂，梅钮英，你们不是在做安居工程、棚改审计吗？怎么还扯上了财政局？——不能这么胡说啊，不能侮辱人家女同志啊，什么‘妖精’，一派胡言乱语，呸呸！”

被老杜杵了一拳，我愣住了，蹿火苗的脑袋瓜子也冷静些，转脸眯缝着眼睛荧惑地盯着他。过了片刻，我才下意识地晃晃脑袋，嗯，在呢，没有被砍掉，便试探地问：

“怎么，老杜，你俩认识？”

十七

岂止认识哟，我俩的关系，亲密无间；和铮言跟她那个未婚妻几乎一模一样，若说有点差异，那就是：他俩因为买不起房子还没正式结婚；而我俩，是因为房子太多没正式结婚——没错，被你梅钮英辱骂的荆珂卿科长，是我没过门的媳妇。

说来话长，我杜志相一肚子苦水不知道往哪儿吐。以前没跟你钮英老弟念叨，那是因为我俩那些个丑事吧，比炒房的那些猫腻更见不得阳光。你别怪我不交心城府深，我呢，也不怪你骂她不文雅太难听。

当年我去深圳炒房，承蒙命运之神眷顾，赶上“炒房”黄金期，干得顺，那真叫海风一吹都满大街回荡着“恭喜发财”，震耳欲聋啊！那叫个顺，接连淘到第一桶、第二桶，若干桶金，我有点飘飘然。自己原来在机关做小职员，对于“官商勾连”有着深切的体会和领悟，腰包鼓了就寻思着铺设更宽敞的财路。怎么铺设？我反反复复现场勘察好的地块，通过各种关系瞄准了主管部门各个关键岗位的主办，甚至底下的小喽啰们，与他们建立一种行走在法纪边缘的微妙关系。只要能在“用兵一时”的紧要关头，给我顶上一两分劲儿的，隔三岔五的，我就请他们吃饭娱乐一条龙。

那天晚餐酒足饭饱后，我陪着几个负责规划的去唱歌——你不可小觑规划哟。有的时候，搞规划的能够让一个前途无量的楼盘病入膏肓，也能够让一个奄奄一息的楼盘起死回生。有过买房经历的，大都会碰到一些让人郁闷，甚至义愤的事情。买了房子装修好搬进去住不了几年，你会发现小区布局跟售楼处看到的模型有许多不同的地方。比如原来的一大片绿地花园，压根就没栽一棵树，没种一棵草，眼睛里看到的，如果是一所幼儿园，这算好的，相对完善了小区功能，反而能增值呢。最令人无法忍受的是，冒出一栋、两栋新的高层住宅楼，把它后面本来视野开阔阳光明媚的那栋楼，遮挡了个暗无天日。这些变化，都得层层报批审核，咱不去较真是不是合规合法，这一趟手续办下来，得费些功夫，这时候一言九鼎的是谁？就是规划。我们炒房的，如果能预先知道施工图纸将来可能被怎么改来改去，就能趋利避害，掉不进坑里，稳赚不赔。

“救命啊，救命啊！”

服务小姐步履轻盈，引导我们鱼贯而行，走向预订的 KTV 包房。突然从我们路过的一个房间里传来求救的呼喊。

北方有句话，叫作酒壮怂人胆。我们几个都喝了不少酒，正是胆肥的时候，不约而同出手相救，演一出英雄救美。这可不是演戏，是真刀真枪地干呢。我们破门而入，里面黑灯瞎火的，服务小姐机灵，立即找到开关，打开了大灯。

我一眼就看见有个壮汉把一个女人按倒在沙发上，女人的衣裙已经被撕碎，男人几乎赤裸着，就要霸王硬上弓。我看在眼里，酒劲儿醒了，胆气还壮着，心想在这光天之下明目张胆强暴民女，太猖狂了！这里是中国深圳特区，不是世界强奸之都啊！我一个箭步过去，也不知道哪儿来的力气，飞起一脚把壮汉踢翻在地，他躺在地上喘着粗气，爬不起来了。他们男男女女七八个呢，呼啦上来就要招呼我，幸亏我们里头有个小伙子是部队侦察兵退役的，出手放倒俩，其他的不知底细，不敢靠前了。双方对峙了会儿，保安来了带走那帮人，打斗才平息。那个女的衣衫褴褛，半裸着，我脱下 T 恤递给她，说，套上吧，拽拽，当个超短裙，遮遮羞。

歌厅的经理来到房间，向我们致谢，送了一个大果盘。我们当时真的有那么一种从未有过的置身于这个光怪陆离的世界里所具有的正当与合法性，就觉得胸前沉甸甸的，缀满了正义和荣誉的勋章，每一个人都觉得自己是个名副其实的英雄。那天我们唱歌唱得特别痛快，不知不觉又干掉了两箱金威。

过后我并没有把这件事放在心上。过了几天，突然有个女人给我打电话，声音好甜美。她说自己是那天在歌厅被我救了的人。原来我 T 恤的口袋里有名片，她因此找到了我，也算是天缘奇遇吧。我们就这么相识了。开始并没有预料会与她陷入爱河，我家里有糟糠之妻啊。有句话，用在我身上也许不太合适，但道理是相通的，就是“英雄难过美人关”。你见过她，你说，她美不美？我被她的美貌弄得神魂颠倒，她那时候给我的感觉，的确是非我不嫁。于是，我就回家跟妻子办了离婚。心里头真觉得对不起她啊！为了安抚我内心的愧疚，我给她留了一笔钱，她这辈子花不完。

随着时间的推移，彼此接触多了，了解多了，我才意识到她其实是妥妥的一个由《非诚勿扰》上那个说出“宁愿坐在宝马车上哭，也不愿坐在单车上笑”的拜金女克隆出来的，对于物质享乐追求，甚至有过之而无不及，与之相联系，虚荣心特别强。她因为在学校时陷入 P2P 校园贷恐怖泥潭不能自拔，长年拆东墙补西墙背着债务，这才迫不得已偷摸着到歌厅挣外快，但她还留有最后的尊严，不为金钱出卖贞操，只是陪酒陪唱陪笑。但是，来唱歌消费的，哪里管你有没有底线，在他们眼里，到这里讨生活混饭的，都是一路货色。他掏钱，按质论价，公平买卖，想买你身上的哪块肉，你都得毫不犹豫地切下来搁到他嘴里。

她对我好，一来确实感激我那天出手相救，二来因为我有点本钱，可以依靠。当时，我劝她不要再去夜店挣钱，她说背着一身债，靠工资猴年马月也还不上。“多少?”我清楚记得当时自己问她的口气，真他妈豪爽啊！好像太阳底下，只有我一个人能够浑身发出灿灿金光。我没有丝毫踌躇，就把她的债务一次性全部还清。

突然有一天，我接到一个陌生男人的电话。他说话倒没有阴阳怪气，直截了当，挺痛快，也挺惊悚。他说你那天在歌厅踹了我们大哥一脚，现在大哥还没恢复过来，给你一周时间准备好一百万，今后咱们各走各的阳关道，井水不犯河水。不给，后果你自己掂量。

我吓得差点儿尿了，当时没喝酒啊。虽说凡是在江湖上混，挣了点钱的，多少跟道上的马仔混个脸熟，但关系远未达到两肋插刀。跟她一说，脸唰地吓得惨白，花容失色，浑身颤抖，我紧紧抱住她让她感受到我的力量，我猜想她肯定又想起那天在歌厅受到的不堪回首的凌辱。那时候还没有开展打黑除恶专项斗争，黑社会猖獗啊，从香港雇凶跑过来砍人，深圳这边也只能眼睁睁看着凶手逍遥法外，没办法到香港将罪犯绳之以法。刑事司法合作，被那帮戴假头发的阻挠，你只能望洋兴叹。她是有高远目标的，冒这个险，不值得。她建议投奔北方的亲戚。这不，她亲戚一官半职，也肯用力，当然啦，我也舍得拿钱给她开路，她被安排到财政局混口饭吃。那边市场小，我来北京也算如鱼得水，彼此虽不遥远，但也是牛郎织女的生活。

不是我爱屋及乌吹捧她啊，她的确很聪明，如果学中医，说不定能跟屠呦呦那样获得诺贝尔奖。她毕业后轻松考上了公务员进了机关。到了这边的财政局，钱，比关羽的青龙偃月刀砍头还麻利。没多久，给她提了个副科长。尝到了坐在衙门上头被趋炎附势蝇营狗苟之辈恭维殷勤的甜头——这种权力分泌出来的甜蜜毒素是不是对女人更有诱惑力？由此促使她产生了危险错觉，似乎能成为二十一世纪的武则天。她倒是不跟我玩阴谋，不绕弯子，直接跟我说，咱们先不结婚了，有了家的累赘，不好施展——她要干吗？她要选择一位能被她利用当梯子的“唐高宗”。现在想想，一个女人，对“权力”动了心思，比拜金可怕多了，再加上她天生娇艳妩媚，简直就是一个尤物。亲身经历的故事，一页一页地掀吧，他妈的，我觉得阿拉伯的《一千零一夜》跟她比，都没她的经历精彩。我呢，角色太尴尬，太他妈憋屈难受了。你甭用那种眼光看我！我习惯成自然了，不否认，我脑袋上的头发不够长，就像这华北平原春天返青的麦苗，纯正，绿油油的。

财政局原来的那个局长薛仁礼，不能说人家没本事，但是他能提拔出任GDP最高的那个城区的区长，有我一半功劳，是我拿了一套好房子做投资啊。当然啦，这不可能是我自己心甘情愿去做情敌的股东。是她呀，她说用钱，我就得乖乖地给啊，怎么可能跟记流水账似的问清楚啊，其实，咱也不敢多问。自从跟薛局长不清不楚，她变得有点不认识了。跟我，那事也少了。一次我去找她，她居然说没空，让我立马回北京，甭烦她。我气不过，当夜在宾馆叫了个小姐发泄。没想到，她从天而降啊，带着警察破门而入，逮了个正着。这下完蛋了，底气给泄干净。我在她面前，彻底抬不起头来了。而她在我面前，更是高山仰止说一不二。

也邪乎了，我就是离不开她，就是控制不住自己，心里一直揣着跟她幸福生活的那股火热。巴菲特说的，如果你不能控制住你自己，你迟早会大祸临头。我不信。

有段时间你注意到了吧，在我屋子里，到处放着各种版本的《红楼梦》，我的确在研读。有一次，我心血来潮，让路边的算命先生给她断名字。不得了！先生说她让《红楼梦》里的秦可卿附体了，你看她的名字，“秦可卿”——“荆珂卿”，真有点若即若离隐隐约约——那位先生劝我，“赶快离开她吧，不然会有血光之灾降临！”我的心已经缀在她的心口上了，精神也寄托在她头发丝里，我不信邪，当然不信算命先生的信口雌黄啦。但是，这并不妨碍我从《红楼梦》里寻找点什么。

你说啊，最怪的是宝玉，因为他的表现，实在有点离谱。书里说：宝玉在梦中听见秦氏死了，连忙翻身起来，只觉心中似戳了一刀的不忍，哇的一声，喷出一口血来。

侄儿媳妇死了，宝玉作为叔叔为什么会这么痛苦呢？咱们看脂批，甲戌本侧注有这样一段：“宝玉早已看定，可继家务事者，可卿也。今闻死了，大失所望，急火攻心，焉得不有此血。为玉一叹!”宝玉当时是个十来岁的小孩子，他有童子功能看出家运兴衰？其中，宝玉是作者曹雪芹的化身嘛，看透了这一点，就能够理解宝玉的彻骨心痛了，秦可卿的死，整个家族再无希望，对于宝玉的打击，足够让他吐血了。刘心武说宝玉跟秦可卿有私情，那是胡说。

再说贾珍。贾珍的表现更离谱。先是“贾珍哭得泪人一般”。脂批说：“如丧考妣，此作者刺心笔也。”贾珍真的跟秦可卿有私情，这就是“爬灰”的来历，这份私情不管是纯粹的肉欲也罢，还是真“情”也罢，总之这份感情让贾珍头顶悬了一把随时都可能掉下来的剑。这个“哭”，是真心之哭，是痛心之哭，也是解脱之哭。当众人问他后事如何办理时，贾珍道：“如何料理，尽我所有罢了。”脂批说：“尽我所有，为媳妇是非礼之谈，父母又将何以待之。”这就坐实了贾珍确实与秦可卿有染，恶奴焦大骂的“爬灰”也确有实情。

这些都是老杜在后来的一段时间里，断断续续跟我念叨的有关他与荆科长的过往。俩人有点像扮演着“农夫与蛇”寓言故事的活剧。我不觉有几分同情老杜了，住在一起，虽然不是天天见面，但看得出来，他的脸色越来越憔悴，行动越来越迟缓。我心想，这个妖精太无情，对老杜的打击太大了。后来结合自己的经历，似乎有些参悟，自嘲：你一个小小 CPA，不要自不量力妄称看到了天空，其实，你只不过是一只井底之蛙。你根本无法理解和感受权力的诱惑。

“哎，钮英，荆轲是你们保定人，是吧?”有一天，他没头没脑地问我。

“是啊，荆轲刺秦王，舍生取义，留名千古。”

“哦，风萧萧兮易水寒，真的很悲壮啊。”

“怎么了，你提他干吗？那是 2200 多年前的事儿了。”

“嗨，我想啊，如果她的名字少一个‘卿’多好，那就是‘荆轲’啊——为什么、为什么后面多了个‘卿’呢?”

“我给你百度一下，看看这个‘卿’有什么说法——嗯，甲骨文的‘卿’，字形像两个相对席地而坐的人，面对一个装满食物的瓦罐之类的食器就餐。即所谓‘两人对食为卿’。”

"'对食为卿'！她，难道她要吃了我吗？——钮英，你说，我是不是得了什么妄想症了——我想起了鲁迅小说《狂人日记》里的'吃人'……"

十八

信息时代的媒体真厉害啊！我们在现场工作了那么长时间，才寻觅到一点点蛛丝马迹。而他们，轰隆隆，几声爆破声响过之后，第二天洋洋洒洒几千字的专题报道就在报纸上刊登出来了。消息灵通人士实在是无孔不入啊！

我不禁畅想，哪天CPA也能这样"无孔不入"，审计就真的能够对那些违法违规者起到震慑作用，也许就能最大限度地让那些自觉不自觉地伸出将不当利益据为己有的贪腐之手自觉地收缩回去。当我读到这篇新闻通讯时，它已经被多家媒体转载了，在社会上引起不小的轰动。该文标题是《6栋保障房因质量问题被责令拆除》——

记者从市住建委获悉，在审计署跟踪审计中，审计人员发现，由舜时房地产开发有限公司建设的万庄开发区保障房项目8栋住宅工程出现混凝土试块强度不符合设计要求的问题。后经专业机构检测和专家论证，确定不能满足结构抗震要求。为确保结构安全，满足住宅使用功能，决定拆除其中6栋，另外两栋楼加固。这是我市保障房建设中首次出现的因质量问题拆除的案例。……混凝土一般都用在建筑的结构部位，也就是承重部位。如果混凝土强度不足，严重的会导致整栋楼倒塌，而较轻情况下的强度不足，则有可能导致楼体外墙出现裂缝、渗水、隔音效果不好等情况，最大隐患还会导致房屋抗震级别不够……

在房价畸高的当下，政府承担责任大力提供经适房、公租房等保障房，帮助众多中低收入者实现"住有所居"的梦想。然而，该项目曝出的严重质量问题，不禁让人担忧。住房所用混凝土强度不达标，导致建筑存在抗震隐患，这是人命关天的问题。这些还未建成交付使用就成危楼的保障房拆除，是对违规者的警告，更是政府就保障房质量对公众的承诺，体现了政府对公民生命财产安全的负责。

文中提到的“审计人员”，就是我们信达团队的造价工程师高陆川。毫无疑问，在这次审计署统一部署的安居工程跟踪审计中，信达国际团队首建奇功!

那天去开发区，本来计划是去高陆川做现场检查的那个建设工地，进一步查证有关混凝土不达标问题。我是顺道去看一眼王铮言和晴阳，却凭空冒出两个没想到。一个是在大厅邂逅程晓钰，一个是他俩抓住了那家商业银行投资房地产的重大违法线索。当时真的热血沸腾啊，这个问题看似表面平静，不见一丝涟漪，可是，一旦抓到确凿证据，那可是要激起千层浪，掀起翻江倒海的波澜啊！你想啊，国家千方百计收紧银根调控房地产，银行却暗度陈仓用储户的钱源源不断给房地产输血打气。怪不得国家调控口号喊得震天响，房价疯涨的太阳照常升起呢。原来如此啊！太严重、太恶劣了！于是，一心想着找到突破口，将这家商业银行一举拿下，就把高陆川给放了“鸽子”。可是，没等我们拿定主意，就被审计局的王处长拽过去参加座谈会以及后面的宴会。从宴会回到宾馆跟王处长在电话里争吵了一阵，也都心平气和了，心照不宣形成一个共识——那就是，无论作为审计局处长的她，还是作为会计师事务所 CPA 的我，都只是胳膊，谁也拧不过大腿。

稀里糊涂丢掉了财政局这条大鱼，我怎么能甘心呢，于是，更加希望能在高陆川这里来一个“鱼跃龙门”。

吃一堑长一智，吃了财政局的哑巴亏，在高陆川这边就愈加小心翼翼，决不能再出现闪失，让对方棋高一着抢占先机。第二天晚餐后，没喝酒，脑子清醒，思路清晰，我把高陆川和铮言留在清芸雅间，一起商量怎么才能抓住这条涉及保障房质量问题的大鱼，保证不脱手。

等服务员收拾好餐具，高陆川就焦急地报告现场不利形势，若按照前两天的状况来要求，难上加难，他应付不了，还恐怕辱没了自己的声誉。他抱怨：

“梅经理，这两天，更难了。我是寸步难行，专门给我安排了一个‘助手’，形影不离。”

“多好啊！施工现场，没少去，确实有危险。免费给你当保镖，多一双眼睛，多一分安全。哦，要是戴眼镜，就多了四只眼。坑坑洼洼不算啥，到处翘着电缆头，弱电没啥，要是遇到强电调试，碰上，细皮嫩肉的，一眨眼，黑不溜秋，碳化了。”铮言还不了解高陆川即将从另一个方向猛攻“武昌城头”，胜利在望。他接上话头调侃。

“你说的也太恐怖了，传出去，施工单位更招不上人了。”我笑眯眯地看着高陆川，语气轻松但隐含着激励的鞭策和赏识，“八仙过海各显神通，咱们高工是九仙，不就是个保障房工地嘛，小菜一碟，一个猛子就渡过去了！”

美国哈佛大学的威廉・詹姆斯教授在对员工激励的研究中发现，如果受到充分激励的话，员工的能力可以发挥出80％—90％。我的激励立竿见影，促使高工自愿放弃“留一手”，全身心地融入我们这个以CPA为主角的团队中来，不保留，不观望，不做两层皮。

高陆川咧嘴乐了，信心百倍地说：“还甭说，咱手里的证据就够他们喝一壶了。”

“那么，进一步收取证据，还有没有可能？”

“很难了。这么说吧，如果不采取特别手段，凭咱们中介机构，应该是没戏了。”

“你手里的证据，能不能支持结论？——或者说，能不能促使审计局做出进一步追查的决定。”

“咱们直接做出审计结论，觉得还欠点。”高陆川没有盲目乐观，实事求是地说：“但是，手上的证据，应该可以让审计局认识到问题的严重性。”

铮言听得云山雾绕，瞪着眼睛问：“高工，怎么，你那里发现了什么大问题？”

“噢，”我这才意识到铮言还不了解情况，便扼要跟他交代：“高工发现了混凝土质量问题，已经引起开发商警觉，取证出现了困难。”

铮言一听涉及质量问题，无疑又是一个重大成果啊，兴奋地跳起来，挥着手喊：“既然已经打草惊蛇，还犹豫什么？——赶紧向审计局提申请吧，强行突击取证，搂草打兔子一窝端。千万别让他们毁灭证据，闹个竹篮打水一场空。”

“毁灭证据，可能性倒不大。”高陆川胸有成竹，从专业角度分析道：“不像财务，报表、账簿，这些证据，纸质版的、电子版的，一把火，烧个一干二净。工程建筑，就说混凝土吧，浇筑在基础结构、隐蔽工程里头，地桩打下去老深，一栋一栋的楼，戳在地上几十米，一目了然，哪能说没了就没了，烧不掉、搬不走嘛。”

“那，也得提防他们走旁门左道……”铮言停住嘴，扭头看了我一眼，表情有点说不出来的不自在，然后叮嘱高工：“开发商，你也知道，舍得拿真金白银打通关节，上上下下，没有蹚不开的路，别等到他们在上面活动周全了，咱们费死劲儿，也是瞎子点灯白费蜡喽。”

“对，铮言这个提醒太重要了。”我一拍桌子站起来，心里翻滚着苦楚，却又不能在这个场合把财政局的事和盘托出。我转动脑筋研思，这时服务员把水壶送进来，我沏上茶，坐下来缓缓地说：“得想个办法，缓兵之计——千万不要搂草，让兔子安心吃草吧……”

高陆川一愣，然后心领神会地笑了笑，试探地问道：“梅经理，你的意思是给他们放个烟幕弹，先稳住他们，不要狗急跳墙?”

“嗯，假痴不癫，这可是三十六计里的妙招儿啊。”铮言赞许地点点头。

“好，咱们就这样……”我一锤定音。

第二天，我和高陆川结伴来到施工现场。那里有好几个地块都在盖保障房，工地上一片热火朝天的建设景象，一栋栋高层住宅楼拔地而起，真的就像是雨后春笋。看在眼里，你就会情不自禁地从心底发出由衷的赞叹：安得广厦千万间，大庇天下寒士俱欢颜!

项目公司的负责人早早就迎候在工地大门口了。门两侧特意插上了彩旗，门框上头拉上了红色横幅，上面用胶带纸粘着一溜墨迹未干的大字“热烈欢迎审计领导专家莅临指导工作”，搞得像市委书记来视察似的。我们倒不至于因此受宠若惊，因为这种阵势，见多了，麻木了，明白那是表面文章而已，千万别当真。知晓这是被审计单位请君入瓮的把戏，谁信谁就等着被人家在背后戳着脊梁骨骂“傻瓜”吧。你本来是个中介机构的专业打工仔，人家会不知道？只不过委托方来头厉害，不敢怠慢你罢了。我对此琢磨过，觉得应该将其归于

"感情投资"范畴，因为每当遇到这种情况，你总会从心底油然而生一种或多或少的舒适感；甚至让你不知不觉地产生一种飘飘然的幻觉，有人因此会不由自主地高昂起头来，有一种莫名的"派头"，虚拟中过一把"官"瘾。人家如此重视你，看得起你，彼此沟通起来就融洽许多，需要时，你的手就不会重若千钧，轻轻地抬抬手，手下留情嘛！甚至不排除有些人因此失守职业道德底线，不觉中被麻痹缴械了。

昨晚高陆川就打了电话，跟他们说，我们这个审计小组的组长明天要去现场转悠转悠，咱们施工方面，我也关注了几个问题，但吃不准，请我们领导过去指导一下，把把关。梅经理他呀，绝对是行家里手。

我们被热情地迎进布置好了的会议室，虽然是临时彩钢简易房，但里面窗明几净，温暖如春。长条桌上摆放着果盘、茶水、香烟。在迎宾小姐指引下，我俩找到印着自己名字的名牌前落座。

"梅经理，热烈欢迎啊，你百忙之中过来指导工作，我们这儿，真的是蓬荜生辉啊！"

说这话的，是一位三十多岁的男人，看着精明强干，壮实的体格，中等身材，身着一身合体的蓝色工装；他方脸庞，浓眉，厚唇，嗓音宽厚。他面前的名牌印着"李述作经理"，刚才进门前一一介绍过了，也递了名片，但我未能每个人都记住姓名。现在拿眼光扫一下对面正襟危坐的几位，大概就对上号了。

出于礼貌，我也客套一句："谢谢各位领导对我们工作的支持！眼见为实，看到工地争分夺秒地建造保障房，你们为那些无房户改善住房条件，劳苦功高啊！"

"哪里哪里，梅经理您过奖了。我们就是盖房子的嘛，应该做的、应该做的。"李述作说着，给旁边瘦高个子有点驼背的质检部主任黄嗣业丢了个眼色。

黄主任心领意会，黑黑的眉毛往上抖了抖，他倒是爽快人，不绕弯子，直截了当："梅经理，这些天，高陆川工程师在这里从早忙到晚，特别辛苦，特别敬业，我们呢，赶工期抓质量，一天到头忙得四脚朝天，照顾不周。实在抱歉！"他朝高工欠了欠身，接着说："高工关注到几个工程质量问题，实事求是，我想向您汇报一下……"

“这个，不急。”我大大咧咧地一摆手说：“高工跟我已经汇报过了，我今天来呢，就是百闻不如一见，到现场看看，我觉得不会有什么大问题，小问题呢，干工程的嘛，咱们也就心照不宣不往细里掰扯了。”

高陆川朝对面友好地点点头表示谢意，诚恳地说：“李经理、黄主任，我嘛，关注的问题，也是套用过去做的矿山、铁路工程的经验。保障房工程，我还是头一次接触，可能不太对路，所以拿不准。这不，请我们梅经理亲自过来帮我把把关。”

“呵，看得出来，梅经理那肯定是专家，火眼金睛，如果存在问题逃不过您的法眼!”李述作瞪圆了眼睛吹捧，好像这样才能吹得起劲儿，才能带出风声来。

我没谦虚，只是摆了摆手避免他们轮流恭维浪费时间。看到他们都闭嘴，洗耳恭听的虔诚样子，我摆出一副郑重其事、专业缜密的学究样子，侃侃而谈：“年初，我去哈萨克斯坦，对‘一带一路’标志性工程阿斯塔纳轻轨实施专项审计。我到的时候，咱们混凝土搅拌站还没有建成，施工用的混凝土，直接从当地采购。哈方是欧标，我们怎么可能用中国的那个2000技术规范、053试验规范去生搬硬套呢。轻轨那是架在空中的，质量标准比住宅高多了，那质量照样棒棒的。所以，高工跟我说起混凝土，我一开始就觉得有可能谨慎有余了。这应该不会是先入为主吧?”

“哦，‘百年大计　质量第一’。质量，再怎么谨慎，都是应该的。”李述作紧绷的脸松弛下来，露出笑容。

“是啊、是啊，高工是为我们着想啊!”黄主任夸耀高工，同时又不能否定了我的“谨慎有余”，拿捏得恰到好处。他说：“一旦质量出了纰漏，我们几个，还不得去坐大牢啊！呵呵，特别感谢梅经理对我们的信任和理解!”

高陆川在旁边催促道：“梅经理，要不，咱们去现场看看吧——”

按照我俩提前的商定，我们沿着李述作经理引路走的方向，奔向那几栋已经封顶的保障房。走走停停，指指点点，偶尔也假模假式地敲几块混凝土仔细观察……

李述作他们非要留我们吃饭，说已经订好了饭店。我们推辞说，今天得赶回北京，单位有个会议必须参加，否则影响年度业绩考核。他们也就不好勉强，就说派车送你们去高铁站吧。对此，我们已经做好了后手，铮言从开发区要的一辆霸道越野车已经在门口等着呢。坐在车上透过窗口见他们恋恋不舍地向我们招手告别，我心里有点不是滋味。但保障房质量大如天，心要硬，所谓“小不忍则乱大谋”啊。

我们直奔住建委。王处长和邸科长平日坐镇在4楼会议室，运筹帷幄，督查各家事务所、各审计小组现场工作。我们等不及电梯，三步两步奔上楼，气喘吁吁。昨晚我们就拟好了这份《关于立即对开发区B、C区地块保障房工程进行质量检测的审计建议书》。刻不容缓，刚才在车上，我们又根据今天的情况进行了几处修改。现在，我们打印出来，郑重地签上名字，当面交给王处长，并对她提出的几点质疑进行了说明和解释。她跟邸科长轻声商量了一下，果断做出决定，当场给主管刘局长拨通了电话。

建议书写道：

根据《保障性安居工程跟踪审计实施方案》有关“审查工程质量安全管理方面”“抽查范围包括审计年度开工、在施、基本建成项目，抽查比例应不低于全部项目总量的10%”的要求，信达审计组对万庄开发区安居工程实施了相关程序，通过实地查看和核实监理报告、施工图、验收报告等方式，审查有无未按照工程设计图纸和施工技术标准施工，包括用不合格的建筑材料、建筑配件和设备，以次充好或偷工减料……

我们发现：B、C区地块建造的保障房存在混凝土不达标的严重质量隐患（已取证资料见附件）。鉴于按照目前情况，以通常手段难以进一步查证相关违法违规情况。现根据《中华人民共和国审计法》第三十九条、《中国注册会计师职业道德守则第1号》第二条等法律之规定，同时遵照本次跟踪审计“各审计组要及时反馈工作中遇到的各类问题，做到上情下达，下情上知，若遇到或发现重大事项，须在第一时间向上汇报”的要求，信达国际审计组现将上述涉及安居工程质量的重大事项报告并建议立即采取相应措施，对该地块保障房工程实施全面质量检测、检查。

十九

“这次病人的烧伤感染面积比较大，说实话，的确有一定的生命危险。但是，目前看，最危险的时期过去了，各项生命体征都已经趋于平稳，还是乐观的。”

“赵大夫，求您一定要救我姐啊，她可是好人呢——我不能没有姐姐啊！”

“放心吧，我们会积极地对症治疗。希望家属不要过分焦虑。”

金萱的主管大夫耐心安慰着金茂，然后朝我点下头转身走进了病房。

本来这天审计局邀请我参加开发区 B、C 区 6 栋保障房因存在质量严重隐患进行爆破拆除的现场报告会，面对众多媒体的镜头闪光灯，那可是一个人的高光时刻，也是给信达国际添光增彩的时候。审计局提供后勤保障服务的刘科长开车已经停在宾馆楼下。

可是，刚吃了早饭，在北京一家互联网公司做程序员的金萱弟弟金茂，突然给我打来电话，他在那头一把鼻涕一把泪，哭喊着：“梅哥，你快点来呀，我姐伤口感染啦，医生说，这次有生命危险啊！”

“怎么回事？”我耳郭里嗡的一声，脑子一片空白，身子就像给钉在原地，纹丝不动。愣了一两秒，我醒过闷来，冲着手机大喊：“说呀，医生是怎么说的？——你、你赶快给我复述一遍——”

“哦，医生说，这次感染，发生得很突然，面积大，如果控制不住，会引起并发症，会、会导致器官衰竭、衰竭……”话筒里传来呜呜的哭泣声。

我不再追问，不等待，拔脚跑回客房，眼睛迅速一扫，外套、充电器等，一一抓在了手里；立时三刻，转身跑下楼冲出门口，直接上了审计局接我去参加报告会的车。没等刘科长开口，我急切地对他说：“刘科长，辛苦你一下，送我去高铁站。”车子快速开动起来，我又给高陆川打电话，告诉他我在回北京的路上，金萱病情出现危险。刘科长的车送我了，你们几个叫辆出租去吧，跟王处长解释一下。

看着赵大夫的背影消失，我又缓步走向隔着玻璃可以看到金萱的地方，生怕吵醒她。从网上我看到过有关ICU的介绍，在这里都是负压层流病房，24小时空气消毒，每位医护人员进入都需要更换隔离衣。住进ICU的病人，都是重病人，各种生命体征不稳定，脏器功能正在衰竭或正在从衰竭中渐渐好转的，任何细小的突发情况都会夺走生命。里面的医生，大都是一专多能的骨干精英。由此可见，ICU病房，这是一个让人绝望，同时也给人希望的地方。在这里更容易直面死神，同样也更容易创造奇迹。

“金萱，你已创造了生命奇迹，相信在你身上，一定还会创造新的奇迹。春天就要来了，不会很久了。我想，春暖花开的时候，你会笑靥如花，从ICU走出来!”

我默默地念叨着，努力将目光拽回来，循规蹈矩般，转身走到不远处的长椅上，坐下来，掏出手机，给金萱播放《F大调浪漫曲》。我闭上眼睛，在想象中沉浸到那动人而美好的乐曲中，或用心听曲，或浮想联翩。

这首浪漫曲以旋律优美著称。用贝多芬自己的话来讲，他这是“用痛苦换来的欢乐”。当时他的耳聋已很严重了，再加上失恋更添一份痛苦。乐曲开始，梅纽因独奏小提琴随着弦乐的伴奏，呈现华丽无比、犹如夏夜的喧嚣里冶炼而出的宁静，闪烁的主题，委婉的抒情，屡屡回旋，经过装饰或伴奏声部的变化，推动情绪的演变与发展。乐曲继续在形式多样地舒展、转调，再次回归主题。曲尾部分，在平滑如锦缎的渐慢、渐弱的气氛里给予听众梦回他乡丰富而悠远的想象空间，令人回味无穷。

“金茂，走了，咱们走吧。”我估摸着时间，播放两遍了，站起身，抬手拍了拍身边的金茂，感觉他原本就单薄的身板，更显瘦弱了。

金茂是个挺帅气的小伙，比姐姐小两岁。他没动窝，心不在焉地翻看手机，嘴里说：“再陪我姐一会儿。”

我拉他起来，叮嘱道：“回去吧，在这儿耗着没意义。你呢，别总是熬夜，影响身体。工作上的事，赶早不赶晚。走吧。”

“哦，”他应声站起来，扭头朝病房看了看，但没有再走过去。

坐上风驰电掣的高铁，窗外的麦田已经返青，透出朦朦胧胧的绿色。华北大平原眼看着将迎来又一个丰收的夏粮归仓的季节。

此时我的心似乎被铅坠着，沉甸甸的，倒不是担心金萱的病情，而是她目前的医疗费快要捉襟见肘了。那家引发火灾的企业已进入破产程序，资不抵债，老板跑路，后续治疗的费用没着落了。毫无疑问，这压力必然搁在自己的肩上。金萱父母在山里耕种几亩薄田，供姐弟俩出来念书，那点家底，早就山穷水尽了。老人身上再经不住负重了。虽然这次度过危险，今后也不保准不会再感染啊。还有，赵大夫今天提了一下，说出院康复后，还需要有个整容的治疗过程，这都是我身上绝不缺斤少两的负担啊。我能逃避吗？不能，必须勇敢地去面对，去义不容辞地承担！

真是越渴越吃盐啊，这房子八字没一撇呢，辛辛苦苦积攒下来的买房子的钱，可能都要扔到整容医院里喽。我内心自嘲，同时宽慰着自己，这世上没有过不去的火焰山，好好干吧，争取今年能升到项目总监，年底绩效奖金能涨不少呢。听说工程公司就要更名为“技术股份公司”，这倒不是信达国际六亲不认，要把工程公司从“家谱”里除名，而是为了在新三板上市。哦，上市，这关我屁事，我手上又没有一张原始股票。却因为满足上市条件，工程公司各方面工作进一步规范，一线员工最直接的体会，就是报销发票的审核越来越严了。有时候，某个项目的报告都出了，审计费也进账了，相关的差旅费报销还在第N次驳回重新报批审核的路上跌跌撞撞。——噢，对了，近几年出台了新的发展政策，鼓励业务骨干回家乡创立分公司，发挥天时地利人和优势，打拼一片新天地。当前，环渤海经济一体化迅猛发展，努把力，去抓住属于自己的时机。到时候，能拿分红。房子嘛，首付，就不会很吃力了。

心里头想着，有了奔头，身上不觉增添了一股劲头，精神振作起来。

放眼看去，一片一片的楼宇，就像是金箔般闪亮的阳光下灌满浆拔穗成熟的麦子，只等收割机开过来收获了。哦，好快，就要到了。此时，手机接收到信息的铃声响了两下，是高陆川发来的报告会视频，我饶有兴致地捧在手里观看。

随着几声震天动地的轰鸣，那几栋被拆除的住宅楼顷刻在镜头里消失，留下一团团浓重的烟尘，升腾翻卷，遮天蔽日，久久不散。

哦，安得广厦千万间，这一转眼就失去了多少间呢？我喃喃自语道。

第二部

硕鼠硕鼠，无食我黍

我朝他会心地微笑，掩饰内心的喜悦和跃跃欲试，故作高深地扬了扬眉，所答非所问：“嫂子的名字取自《诗经》，你不陌生。《诗经》里有首诗，上学的时候，都念过，有句‘硕鼠硕鼠，无食我黍’……”

“对呀，让背诵呢。还有‘无食我苗’，忘了，就记着这么一两句——噢，我明白了，你的意思是——‘抓老鼠’。”

“英雄所见略同。”我点点头。

“好，干他！”铮言高高抬起手来，手掌比作砍刀的样子，狠狠地劈下去。

一

“我把话撂这儿，你们如果拒绝国家审计，今天还不提供资料，厚生集团，就得给我滚出本市房地产市场！未完工的项目，全部停工！”

负责本次审计协调工作的住建委陈副主任，失去了往日儒雅的风度。他胖乎乎的圆脸上，鼓起一个个疙瘩肉，他中等个头，身材敦实，站在会议桌前头，像一座铁搭，威风凛凛的样子；此时，他彪圆了眼睛盯着厚生集团子公司舜德公司的项目经理李述作，怒气冲冲地一拍桌子，吼道。

李述作吓了一跳，下意识地缩了缩脖子，赔起笑脸，诺诺地说：“陈主任，您呢，别动火，我去、去再请示请示，您稍等稍等——”

审计局邸科长听说今天要来舜德公司的母公司厚生集团设在本市的办事处，直接跟大老板洽商解决提供审计资料的问题，他觉得这是一次既没有危险又能堂而皇之吹嘘下基层上前线的天赐良机，就自告奋勇抢着过来。他挂了个“主审”虚衔呢，没人能拦阻他。此时，他走到李述作跟前，上下打量了几眼。他公鸭嗓子今天显得特别低沉，像是从墓穴中敲响棺材板子传出来的声音，令人不寒而栗。他一字一板地送上“勿谓言之不预”的警告：

“去跟你们老板说明白，让他想清楚，如果拒绝配合审计，不光是陈主任让你们滚蛋，失掉市场的问题，还会失去很多。比如，冻结你们的银行账户，不限于本市——哦，这个集团办事处的大门，也会贴上封条。”

不怪陈主任怒发冲冠，厚生集团拿下了本市包括安居工程在内的多个房地产开发项目，对本次审计，其子公司舜德公司居然拒绝提供相关资料，对于国务院审计署统一安排的跟踪审计如此胆大包天目无法纪不予配合，几番沟通被推三阻四置若罔闻。该集团所属子公司舜时公司，刚刚因保障房质量问题被强制注销，项目部经理李述作毫发无损，凭着自身专业能力，转身又来到舜德公司任经理来了。面对陈主任亲自登门当面阐明利害，他仍然摆出一副死猪不怕开水烫的架势，企图虚与委蛇蒙混过关。

原来，高陆川在审查施工合同时，发现舜德房地产开发公司承建的六郎村自住房项目存在签订阴阳合同的问题。他们察觉到风险，做贼心虚，只提供了第二份合同，经与财务支付账册对照，这是真实的，但是，好说歹说，他们就是不肯提供第一份合同，初步判断涉嫌签订阴阳合同，可能涉及非法转包、偷漏税金、套取资金等违法行为。

那天晚餐时，高陆川愤愤不平地说起这件事，我和田园正忙于捕捞郊区农场棚改的大鱼，身处激流险滩，不敢掉以轻心。对于工程涉及的问题，除非能够初步判断为重大问题的，比如被爆破的那 6 栋保障房出现的质量问题，我不会去碍手碍脚。我带团队做项目，在管理方面的老习惯，就是给予团队同事自由发挥的广大空间，不事无巨细地做过多干涉，整天价问这问那，况且工程这块的钢筋水泥混凝土，自己也不是内行，何必母猪鼻子里插葱装象呢。由着团队成员各自八仙过海各显其能，依靠自身具备的胜任能力，挖掘潜力，发挥主观能动性去寻求突破。就像是攻城略地，你必须放开了手脚，让各级指挥员通过细致入微的实地勘察、侦查，找到防御薄弱或城墙坍塌的地方打开突破口杀进去，而不是龟缩在城墙下紧拽着他们纸上谈兵踽踽不前。做了大大小小上百个审计项目，接触了成百上千的企事业单位，不配合的被审计单位，虽说不多见，但也不是绝无仅有。谁没点儿脾气呢，更何况房地产业挣钱多，根子硬的自然也多。

可是，接下来的几天，高陆川的愤怒越来越强烈，吃饭时总是唠唠叨叨，那家项目公司似乎真的让他动了肝火，他的情绪显得急躁易怒。的确，这几天眼瞅着他眼红、面赤，精神状态有点萎靡不振。

我开始是奔着关心他这个人，并不是特别关注他手头的那份阴阳合同。我叮嘱道："高工，不要为了工作的事生气上火啊，想办法慢慢来——"

铮言作为团队的大哥，也劝他说："嗨，高工，咱都炸了 6 栋楼了，论成果，肯定超过其他几家事务所了，不缺一份合同那几张纸，相对于混凝土，忒轻啦。呵呵。"

河北有句谚语——好心当作驴肝肺。过后自己思忖，高陆川他不但是被那家施工单位搞得窝火暴躁，很可能对我一直未对这份阴阳合同给予重视也心存愤懑。就这么又气又急给折磨的，脑筋转弯遇到了沟坎，逆向旋转，误解了，没把我俩的话当作关心他，反而听出了刺耳的音符，觉得我们两个 CPA 有意讽刺轻鄙他这个造价工程师——瞧你那小家子气，为了一份轻飘飘的合同纸，失魂落魄啦？哦，咋的，还不服气！炸了 6 栋楼，功劳都揽到你一个人身上了？看看你，踌躇满志目空一切……

只见他忽地站起来，瞪圆眼睛，眼珠子像是枪膛里的子弹，恨不得扣动扳机，给面前这个说风凉话的干巴巴的瘦脸钻出来两个血窟窿。“忒轻？王老师，你的话忒轻飘飘了吧！——好，你们看着办吧，我是没咒念了。蔡瑁迎刘备，好话说尽，坏事做绝——我是好话说尽，‘坏事’一点儿也不敢做……”嘴里嚷嚷着，高工弯腰拎起电脑包，从里头掏出几张纸，甩在餐桌上，转身踢开椅子朝雅间门口走去。

大伙儿看着一时都有点蒙，咋回事儿？等缓过来，高陆川已经拉开了门，就要迈出去，我忙不迭地冲着距离门口最近的常晴阳喊：“快呀，快把高工拽回来!”

听着门外一阵执拗声，高陆川最终还是被拽回来，坐回原位，他气鼓鼓地低头赌气不看我们。我觉得好笑，逗他一句：“高工，你今年几岁啦?”

“啊，我，今年，虚岁 29 岁啊——怎么啦?”被我冷不丁问了个非专业问题，他倒是能积极回答，而且精确到“虚岁”。

看着高工一本正经地回答，大家都乐了。我接着逗他：“29 岁？不对吧，2.9 岁差不多，该进幼儿园，念小班了——瞧你，小孩子脾气闹得挺专业呢。”

高陆川脸上发烫，拿手背抹了抹，不好意思地憨憨地笑了。

“好啦，这哪儿像炸了 6 栋楼的英雄啊！看那天，你高工往前面背着手一站，相机镜头啪啪一个劲儿响，你呀，简直就是一座山呢，多么、多么器宇轩昂啊!”晴阳跟高工在开发区一个战壕里并肩战斗了一段时间，关系更熟络，似乎还有一丝异样的情义，舌头灵巧，话头赶趟。她提着茶壶给他倒上水，嘴上貌似不饶人，却让人听着温馨顺耳，“赶紧喝口水，压压火气，看你，还跟梅经理耍起小性子了。”

“呃呃，高工，我说陆川呢，”铮言毕竟年长几岁，带队经验丰富，更清楚维护团队凝聚力的重要性。他语重心长：“有问题、有困难，咱们商量解决办法，不兴撂挑子！——跟你说呀，咱们信达国际的团队，绝不搞‘窝里斗’！”

高陆川赶紧顺坡下驴，咽下口中的茶水，应声道：“不搞‘窝里斗’，不斗、不斗。”

晴阳、田园两个小丫头看着高陆川与刚才金刚怒目的他判若两人，认真乖巧地殷殷作答，捂着嘴咯咯地笑。

这么一折腾，歪打正着，倒是迫使我对此事关注起来，心里不禁问“高工手里攥着的，究竟是大鱼还是小虾呢”？我没有去拿他刚才摔在餐桌的几张纸，抬眼盯着他，问：“高工，你说说吧，怎么回事？”

“哦，是这样的，梅经理——”说起他手上的专业活计，他立即来了精神，驾轻就熟。他拿起桌上的纸张，底气十足地说：“这是份土方施工合同，施工方发票开给了舜德公司，没有开给总包方，总包方出具的承诺书晚于发票开具时间，此前的发票却开给了发包方——我判断，这个项目的土方工程还有一份合同，也就是我们常说的‘阴阳合同’。”

“跟他们要银行账了吗？对照一下有关土方工程的支付凭证，也许能找到其他佐证线索。”我想，只要银行支付明细与发票对应不上，就基本确定存在另一份合同了。

“对啊，”铮言也微皱眉头，跟上一句：“再跟凭证核对，看收款方名称、账户是不是跟合同上写的一致，如果不一致，他们签阴阳合同，八九不离十。”

“银行账，我倒是要了，也看不大明白，只能简单对照一下。”高陆川表情局促，怯生生地低声说：“可是，我、我没带回来——明天吧，我拿回来，查账，你们是专家……”

“给的是复印的银行账，没拷电子版的？”晴阳问了一句。

“先看看再说吧。”铮言一挥手，他看到高陆川有点局促，怕给他增加压力。

“好，明天吧，想着拿回来。”环视一下，刚才笼罩在这个清芸雅间上空的紧张而无措的不和谐氛围已消散，小小的冲突，处理得妥当，倒是能增进团队的凝聚力，混凝土强度从 C20 提高到了 C25 了。我想调节松弛一下大家的情绪，也借此推广一下家乡文化软实力，就接着高陆川刚才的话头说：“《三国演义》，大家都耳熟能详吧。刚才高工说‘蔡瑁迎刘备’，刘备是我们保定人呢，号称西汉中山靖王刘胜之后。金缕玉衣，知道不？那可是国宝级文物，就是从刘胜的墓里挖掘出来的。”

“还有个‘长信宫灯’。古代照明烧动物油脂，污染空气。这灯啊，设计巧妙，像火电厂烟囱里的GGH①，高科技。它将宫女的袖管与身体连接形成烟道，烟灰顺着宫女的袖管飘进体内，避免烟尘弥漫室内。巧妙吧！当年美国的基辛格博士夸呢，他说‘中国早在两千多年前的汉代就已经有环保意识，了不起’。”铮言似乎做过功课，如数家珍。

我赞许地点点头，继续讲：“《三国演义》里有个‘飞跃檀溪’的精彩故事。说的是刘备到荆州，刘表热情接待。刘表想废长立幼，被刘备劝阻。刘表的后妻蔡夫人因此忌恨刘备，就让她弟弟蔡瑁杀刘备。蔡瑁设宴请刘备，埋伏杀手——这就是‘好话说尽，坏事做绝’。有个叫伊籍的人，密报刘备，蔡瑁要害他。刘备骑马逃跑，却被前面一条叫檀溪的河挡住了，跑得快啊，刹不住，人马都掉进河水里。蔡瑁追上来，就要万箭齐发。刘备悲愤地大叫：‘的卢的卢，今日妨吾！’突然，这匹马神了，它以雷霆万钧之势腾空而起，一跃三丈，直上对岸。”

“嗯，这匹马，真是神奇！”铮言接上话茬，卖着关子说：“马的名字叫‘的卢’，刘备情急之中喊‘妨吾’是啥意思，知道不？《三国演义》里写的，这马啊，眼下有泪槽，额头生白点，虽然是千里马，但会妨主，谁骑谁死。书中写死了的，就有张武和庞统。”

“可是，这匹‘的卢’马救了刘备呀。”田园细声慢语地自问自答：“为什么呢？我觉得吧，因为刘备代表着当时正统正义的力量，这神马帮助好人——我们能不能比方一下，高工手里的这份合同啊，就是那匹‘的卢’马，高工呢，你就是刘备，现在就等着你喊一嗓子‘的卢的卢，今日妨吾’——”

“哈哈！”晴阳忍不住“扑哧”笑出声来，拍着巴掌响应道：“是啊、是啊，

① GGH：英文Gas Gas Heater缩写，是用于高温烟气脱硫工艺的换热器，该设备采用国内外90%以上火电厂采用的湿式石灰石-石膏法烟气脱硫技术，既可以回收高温烟气的热量、节省能源，又可以保证脱硫塔的正常工作、减少水消耗，同时提高脱硫塔的脱硫效率，降低对大气的二次污染。

高工，你、你快喊呀！我喊不顶用……”

“嘿，你俩，小丫头，拿我开涮是吧？”高陆川受到欢快气氛的感染，同时受到了启发，笑嘻嘻的表情里带着点儿嘎杂子，他用商量的口气说：“常言道‘无毒不丈夫’，各位给参谋参谋——我先提出个问题，谁给个答案——咱们审计为了谁？”

“这还用问吗！《注册会计师法》第一条不就说了嘛，还不够明白吗？”晴阳撇着嘴，心里埋怨，我们还尊称你“高工”呢，高你个头啊，你就是个矬地墩子榆木脑子。她眯缝着眼，就像学生背课文：“咱们审计就是为了维护社会公共利益和投资者的合法权益，促进社会主义市场经济的健康发展呀。”

“具体到眼下的安居工程跟踪审计，应该说，是为了维护那些买不起房子的老百姓的利益。对吧？”田园联系本次审计，具有针对性。

“嗯，没错！这么说，咱们肯定是代表正义一方啦”高陆川满意地点点头，向两位美女抛个媚眼，接着说：“这个‘坏’呢，我认为就像一把双刃剑，好与坏，看你砍谁，砍好人是‘坏’，砍坏人就是‘好’——咱们砍那些损害老百姓利益的王八蛋，为什么不能‘坏’？咱们也学学蔡瑁，给他来个‘坏事做绝’！”

二

哈哈，“坏事做绝”！对于那些胆大妄为、目无法纪，损害了那些买不起房子需要政府提供保障房的老百姓切身利益的违法者来说，我们这次做得真够“绝”的。

我们首先把政府相关部门的火拱起来，切断政府官员与开发商双方苟且交易的渠道。不能再出现财政局那样，审计局悄然无声中被“收买”，把信达团队卖了，我们还蒙在鼓里。

第二天吃晚饭的时候，一个个没精打采的样子，今天的工作量大，特别费脑子，脑力跟不上劲儿，瘫成一坨子泥巴，聪慧的神经细胞，在里面行动迟缓，人也就有点痴傻呆茶。在这个清芸雅间里头，只见各顾各的狼吞虎咽，就想着赶紧填饱了肚子回客房冲个澡，缓解一下疲惫的筋骨。昨天晚餐时频繁出现的“刘备”“的卢”等关键词，似乎变成了敏感词被屏蔽了，了无踪影。直等到站起来抹嘴要走了，高陆川才突然想起来，掏出几张银行明细账复印件递给我。说实在的，当时我仍然没有对此给予足够的重视，只看作这是现场工作中一个需要我这个项目经理给予助以一臂迈过坎坷的非专业问题。所以我没有马上展开去看，接过来就要塞进电脑包。这时铮言伸过手来，说：

“钮英，你别吃独食，我拍个照，回去也溜上一眼，说不定能学赵云，一枪挑了张武，给高工牵回来一匹‘的卢’马呢。”

“呵呵，你怎么不说牵回来一匹‘赤兔马’啊?”

“咱打不过吕布啊!”铮言拿手机拍好，把那几张纸递给我。

“好，教员讲的，虚心使人进步。现在，咱俩，谁也打不过吕布。努力提高吧，等打败了吕布，再去挑战曹孟德!”

大伙想起来昨晚的趣事，一阵嘻嘻哈哈，出了清芸雅间走向电梯。在客房，信达国际自湖南进军首都北京时就传承至今的一种敬业精神，涵养而成的自然而然的工作习惯，我们都会自觉加上一两小时的班，归整当天的工作，捋顺接续工作的条理，由此使得第二天的工作做到心中有数、有条不紊。

有人说，饭后一支烟，赛过活神仙。而对于脑筋飞转了一整天的审计人来说，饭后一个澡赛过活神仙。若再来杯茶，那差不多就是“皇上驾到”!

回到客房，不等喘口气，烧上水，抬脚奔盥洗间，哗啦啦一阵，裹着浴巾，端起茶杯，我快步走到大床跟前，把杯子搁在床头柜上，四仰八叉撂倒在床上，钢丝床垫颤巍巍地晃动，紧闭双眼，一瞬间的天旋地转，浑身上下每一根筋骨、每一块肌肉不约而同齐刷刷地松弛下来，那舒坦劲儿啊，甭提啦。

CPA 使命担当啊，不敢在床上多懒十分钟。我告诫自己，懒惰，你会因此废了。人就是这样，好逸恶劳乃其本性。一旦卸掉奋斗的筋骨，人呢，与行尸走肉没啥区别。老子《道德经》里说“天下难事，必作于易；天下大事，必作于细”。我习惯性地在心里默念着，鞭策自己：起来，就从眼下的事情做起！我一骨碌坐起身子，躬腰伸手把扔在床角的电脑包拽过来，从里面找出高陆川带回来那几张纸，倚在床头查看舜德公司的银行账。

约莫半小时过去了。我像一尊石雕，倚在床头纹丝不动。这个时间里，我的脑壳里一刹那空白一片，一刹那又拥挤不堪。忽然，我的眼前出现一片海，远眺，一片海市蜃楼隐隐约约，时隐时现。我走进幻觉里了吗？不，现实中最真实的景象令人极度紧张兴奋进而产生某种错觉或幻觉。经过沉淀，浑浊渐渐清澈，我看到水面之下的汹涌暗流。

我跳下床，抓起保暖内衣迅速套在身上，趿拉着拖鞋开门走向铮言的客房。哐哐，我没按门铃，捏紧拳头捶门。铮言跑过来给我开门，他似乎也经历一场惊骇，面无表情地盯着我的眼睛足有十几秒钟，然后默不作声地转身走进房间，重重地坐到床上。

我跟着他走进去。这是个标间，跟我那间单人客房的结构都是一样的。进门是过道，左手侧边是盥洗间，走进去豁然开朗，大约有 15 平方米，地上铺着蓝灰色地毯，两张一米二的单人床，靠窗放着一张棕红色的写字台，前面有个椅子；挨着桌子有个立式茶水柜，里面摆放着一套精美的玻璃水具；每天服务员会放上两份免费的立顿袋茶和雀巢咖啡；还有两份碗面和一些坚果之类的小食品。柜子底下有个小型冰箱，里面有饮料和啤酒。因为住宿费大都由委托方或被审计单位支付，为了不增加其负担，信达国际有不成文的规矩，凡是在房费外另计结算的，都不要去动。即使加班饿了，想吃个泡面，也是去超市买。正巧碰上高陆川去街上走走，他说去吹吹凉风，降降心中的火。

站在椅子旁边，我看着铮言，他也看着我，默默不语。

“英雄所见略同!”我先开口问。

“‘今天下英雄，惟使君与操耳’!”

铮言如此古典式的回答，令我一时愣住了。煮酒论英雄的故事，是《三国演义》的经典章节。官渡之战前，掌控朝局的曹操摆酒宴试探刘备是否有称霸天下的野心，说出这句话来，刘备当时惊慌失措丢掉了手中的筷子，但最终还是巧言瞒过。我不是刘备啊，怎么会受到惊吓呢，高兴还来不及呢!

我俩不约而同咧开嘴放声大笑起来，哈哈哈！铮言从床上蹦起来，展开臂膀抱住我，我俩的心，仿佛贴在了一起，更加有力地怦跳，几乎就听到两个胸膛组成的共鸣的音箱奏响欢乐颂。

“等等……”我一挫身往自己房间跑。

“你，干什么去?”

“拿茶杯去。”

等我端着茶杯回来，铮言正披上外套准备去我房间。见我又转身进来，他甩手把外套扔到床上，嘟哝道：“你，钮英，找这麻烦干吗？我过去不得啦。”

“你是大哥呢！怎么好让你跑来跑去呢。”

“哼，嘴头抹蜜！我看是太高兴了，把脑子烧糊涂啦——就这么几步，说什么‘跑来跑去’，你以为，我是小老鼠呢。”

“嘿嘿，铮言大哥，您呢，可不是‘小老鼠’，是‘大英雄’！——哎，曹操和刘备，他哥儿俩‘煮酒论英雄’，咱哥儿俩来个‘煮茶论英雄’!”

“好啊!”铮言兴致勃勃，摆出了架势，电壶里的水不烫了，他通上电重新烧。他抓起自己的茶杯，跟我的杯子碰一下，发出清脆的响声，他仿佛步入了1800多年前的曹操的“小亭”，进入了舞台角色，一扬脖子把里面半杯茶水连着茶叶一股脑倒进嘴里，呛得他使劲儿咳嗽，这才发觉这不是酒啊。低着头跑进盥洗间把茶叶吐出来，又咳了会儿，才抹着眼角的泪水走出来，自嘲道：“乐极生悲！滑稽滑稽。”

“幸亏不是刚沏的茶，不然比67度衡水老白干还烫呢。”

他坐到床上，我坐在椅子上，眯缝着眼睛，互相对视着。似乎捅破窗户纸那一刻，透射而来的耀眼灯光会穿透瞳孔，点燃视觉的神经，所以都显得十分紧张而焦虑。

铮言终于说话了，他的嗓音有点哑，好像还有一片茶叶粘在嗓子眼。

“这条大鱼，足有百十来斤重吧!”

“几千斤重，是条大鲨鱼，尖利的牙齿要吃人呢。”

“哦，大白鲨?”铮言思绪飞扬，若有所思。他想起了斯皮尔伯格执导的《大白鲨》，慢慢讲述故事梗概：“艾米蒂岛，暑期度假小镇，在近海出现了一头大白鲨，好几个游客被它吞进了肚子里。一名警长，在一名海洋生物学家和一位职业鲨鱼捕手帮助下，决心猎杀这条鲨鱼……”

“我们不能等到这条鲨鱼吃了人，才下决心猎杀它，事不宜迟，得马上动手!”

三

第二天上午8点多，舜德房地产开发公司的项目经理李述作自驾车优哉游哉来到施工现场，刚走进办公室，高陆川随后而至，表情严肃地递给他一张A4纸，上面密密麻麻地打满了字。他一开始没当回事，把那张纸扔在桌子上，坐下来先打了两个电话，催问施工进度。后来，见高工一直站在那儿没走的意思，就想快点打发他走，硬着头皮一目十行地撩了几眼。看着看着，他绷直了身子紧紧倚靠在老板椅上，认真读起来。他反复看了两三遍，高工站在那儿，居高临下观察得仔细。李述作的脸皮抖动起来，眼珠子瞪圆了，他火冒三丈了。高陆川心里乐，但紧紧绷着脸，憋着，绝不露出一丝得意。

这是一份《注册会计师与治理层的沟通函》——

舜德房地产开发有限公司：

我们接受委托，对贵公司六郎村自住房安居工程项目进行审计。……根据《中国注册会计师审计准则第1151号——与治理层的沟通》的规定，在审计工作期间，我们需要就以下事项与贵管理层进行沟通。

审计中，我们注意到，上述安居工程在合同订立、资金来源和技术服务等方面可能存在与国家及地方、行业法律法规相抵触的现实风险。根据审计组工程师现场工作及其与贵公司工程技术人员的接触了解，同时结合实地观察，我们认为，为了维护贵公司及今后业主相关利益，保障上述安居工程顺利施工并交付使用，有必要排除我们认为存在的风险，否则上述风险有可能面临行政处罚，甚至勒令停工的重大风险，势必造成贵公司难以估量的经济和商誉损失。为此，根据《审计法》第三十六条、第三十七条规定，我们向贵公司提出以下建议：

一、请在三个工作日内，向审计组提供有关施工、借款及技术服务合同、工程进度款支付台账及结算资料；财务账册及凭证、银行账及对账单等（详见附件一）。

二、安排一次审计组与贵公司的沟通会，就审计组工程师所关注的专业技术问题进行必要的澄清和解释，以此推动对上述安居工程可能存在触犯法律法规隐患的进一步排查（审计组参会人员名单详见附件二）。

三、近期安排审计组对上述自住房安居工程施工工地进行现场勘查，并请安排相关技术人员陪同（审计组参与人员名单详见附件三）。

鉴于审计组工程师曾提请贵公司提供部分审计资料，但至今尚未提供的事实，审计组督促贵公司切实履行相关义务，及时交付资料、安排会议及现场勘查，否则贵公司须承担《审计法》第四十七条规定的“被审计单位违反本法规定，拒绝、拖延提供与审计事项有关的资料的……阻碍检查、调查、核实有关情况的……依法追究法律责任”的责任，与此同时，审计组将建议主管部门采取必要措施。

“高工，你们，这是给我下‘最后通牒’吗？”

“咱们又不是两国交兵。什么‘最后通牒’，哈哈，从何说起呢。”

“什么意思？”李述作捏着《沟通函》在手里掂了掂，似乎仍未感觉出来这张纸上面的文字有什么分量。他起身走到高工面前，气急败坏地指着后面的一行字，“‘采取必要措施’，这不是威胁吗？这不是衅起萧墙吗？你们——”

“我们也是受人之托，你们不给资料，我们无法完成任务，怎么交差？只能向委托方实话实说，人家不采取措施，你以为跟我一样，跟你客客气气恳求你呀？”

“嘿，你们还真别拿着鸡毛当令箭！《审计法》，呵呵，依法治国，叫得震天响，到头来，还不是人说了算！去吧，去吧，别吓唬我，不好使！”

“不好使？那就试试吧。有句话，‘骑驴看唱本走着瞧’——”

李述作盯着高陆川，满脸的蔑视。他想这么冷眼盯着他，如果他知趣儿，就该灰溜溜地滚蛋。可是，他不明白，这个刚来时有点可爱，没过两天有点讨厌，再过几天被怼得没脾气的家伙，怎么一夜之间就从郊区宾馆的电热壶里炼成了 275 MPa 钢筋，硬邦邦、冷冰冰，简直就是一个愣头青啦！你再看看，再看看他，他居然一屁股坐在沙发上，跷起了二郎腿，摆出不给个明确答复，老子今儿给你坐地炮的架势。眼珠子上不停地晃悠着二郎腿的影子，他心里头觉得自己王八钻灶炕憋气又窝火，胸口里有股气顶上来，硬生生堵在胸口，他想吐，但又不想在这位工程师面前出丑，硬挺着，厚刀对斧头看看谁硬。他的脸色越来越难看，由刚进门时的满面红光变成了蜡黄。

猛地，李述作双手抓紧了这一份《沟通函》，狰狞的面孔，举起双手在半空，似乎就是要让这个姓高的工程师将他的这个“壮举”牢牢铭刻在脑海里，他停顿了片刻，双手用力翻腾着，把这张从物质角度来称量的确是轻飘飘的纸，撕得粉碎。然后，一翻手腕甩掉手中残留的纸屑，仰起头狂笑起来。

想要捕获这条大鲨鱼，不被咬断一条腿，更不能被吃掉，就必须想个十拿九稳的好办法。我们注册会计师和造价工程师，一年到头，大部分时间就是屁股坐在椅子上，眼睛盯在电脑上，哪儿有时间锻炼身体呀，大部分是大脑发达身体羸弱，细胳膊细腿，缺乏爆发力。如果手眼没有延伸的凭借，甭说扑腾几下，一眨眼，就被鲨鱼吞进肚子里了——这是昨晚我和铮言欢欣雀跃之后，冷静思考形成的共识。怎么办?

等我俩商量出个大概眉目了，高陆川溜达回来了，听我们一说，颓唐的精神一扫而光，揎拳拢袖，就想马上去找那个处处给他使绊儿的李述作经理，甩给他一个脸色看。他也从工程专业角度提出了很好的建议。我们合计好，先给舜德公司点把火，烧得旺旺的。然后，掌握着时机，拿捏好、利用好官员们建功立业表彰晋升的心理，再把审计局和协调部门住建委的火也点燃，双方不存在调和抹稀泥的可能，借力打力果断出手，将舜德公司严重违法的事实坐实抓牢，争取再摘个一鸣惊人的审计成果。

也是被迫无奈，才用这种“损招”。前一段时间，针对郊区农场某些领导谎报拆迁房屋补偿面积，我们曾向审计局提出向有关机构调取卫星影像的申请，一直泥牛入海。“官官相护”吧，似乎有那么一种无以名状的默契，让你无可奈何，却又找不到义正词严的支点。阿基米德说“给我一个支点，我就能撬起整个地球”。我也会说“给我一个支点，我就能撬起整个官场”。这个“支点”，根本不存在嘛，所以才敢说大话。其实，根深蒂固的，还是官本位思想作祟，没人敢真刀真枪地跟当官的干仗，除非他是个傻瓜二百五。我们只好搞迂回战术，说起来不太光彩的“曲线救国”吧。我们还是对“官官相护”心存忌惮——这次对付舜德公司，面对的强劲对手，不仅是“官官相护”啦，对手可是有实力的开发商啊，他能拿金子铺路啊！所以，必须首先断了官商“握手言和”的邪路。怎么断？一方面让彼此对立起来，扎起双方友好沟通的藩篱。《三国演义》里攻城略地，城墙外面都挖了条护城河。这差不多吧。另一方面，巧舌如簧，把拿破仑那句话“不想当将军的士兵不是好士兵”，不厌其烦地在他们面前灌输，如雷贯耳余音袅袅。尤其是对邸科长这样一门心思往上爬的芝麻官。只有审计局、住建委官员的利益跟信达团队的利益结结实实绑在一起了，而且绑得紧紧的，确定不会出现祸起萧墙，遭背后打黑枪，我们才能无后顾之忧迅猛出击。

历史上，楚汉相争的时候，有个著名的“半渡而击”战例。说的是刘邦和项羽争天下。当时楚军驻守成皋城，汉军围攻，屯兵汜水岸边，相持已久。项羽欲领兵击溃彭越，解除后方之危。临走时，他叮嘱大司马曹咎，汉军若挑战，你切勿出城交战。项羽一走，刘邦便下令向楚军挑战，一连五六日，汉军在城下辱骂、挑逗，曹咎被激怒，忘记了项羽的叮嘱，打开城门渡过汜水，扑向汉军。当楚军渡至汜水中流，汉军全力出击，射杀楚兵。楚军大败，曹咎拔剑自刎于汜水岸边。

现在，高陆川拿着我们一纸《沟通函》挑战成功，李述作被激怒。当然啦，他不会知道，就在他撕碎《沟通函》的那一刻，他已经成为舜德公司的“曹咎”。此时此刻，我们几个注册会计师、造价工程师，摩拳擦掌，只待一声令下，“半渡而击”。

四

住建委陈副主任亲自带队，审计局邸科长和我们审计组的几个，今天乘坐三辆车，绕行城外环线避免堵车，直奔厚生集团办事处。这就是我们的“半渡而击”。

李述作经理撕毁《沟通函》的同时，他几乎就把舜德公司给埋葬了。坑，土地使用权是免费划拨的；墓穴，是他亲手挖的。

当然，高陆川“城下”挑战的时候，我们几个也没有袖手旁观，无所事事，“坏事做绝”嘛，也是紧锣密鼓地忙乎。首先，三天期限一过，我们立即向王处长、邸科长汇报了舜德公司在安居工程建设过程中可能存在严重违法的情形，特别强调，如果能够取得确凿证据材料，很可能在本地区，甚至在整个房地产领域内产生近乎五级以上地震的影响力，对于净化规范安居工程，乃至地产市场的积极作用，必将掀起房地产业健康发展的崭新一页。这些词语，无疑可以刺激若干官员内心里的那杆称量“业绩”“功勋”的秤。当时，我就观察到了邸科长异常兴奋，他毕竟挂着个“主审”的虚衔，一旦因此成就一番事业，那功劳簿上一定要浓墨重彩写上他邸科长一笔啊。只要有空缺，一纸任命，副处长说上就上啊！你几乎就眼看着他的每一根头发丝就像是斗鸡的羽毛，乍立起来；眸子上分明闪烁着一束幽幽的蓝光。他整个人就像是《自然世界》电视片里趁着夜色匍匐逼近猎物的野兽。

下来搞定住建委，我运用了“四两拨千斤”的招数，手到擒来。咱们中华民族崇尚智慧，常以小胜大，以弱胜强。“四两拨千斤”就是一个例子，本来是概括中国武术“尚巧善变”的技术特色。太极拳《打手歌》里说“任他巨力来打我，牵动四两拨千斤”。就是顺势借力，以小胜大。你看，太极拳的推手，凡加引化劲于对手动作上，诱其落空，或者先化后粘，逼使对方陷入不利地位，或者以横拨直，以直拨横，改变对方劲力方向。等等。

前两天，我来到陈主任办公室。他热情地给我烧上水，品茗畅聊。

“梅经理，来来，尝尝铁观音。您在深圳工作过，铁观音一定喝得不少。但这个牌子的，您不一定尝过，绵柔清雅，不一样。”

“抱歉啊，陈主任，郊区农场那边忙得一塌糊涂，拖了好些天。”

“都忙，都忙。劳您大驾辛苦跑过来，真不好意思！——哦，听王处长说，您在北京申请了公租房，是吧？如果有需要，说一声，一个系统的，递个话，不费事。”

“啊！”我惊讶地盯着陈主任，他看着我有点儿吃惊的样子，皮笑肉不笑地眨眨眼、撇撇嘴，意味深长。我似乎有醍醐灌顶的感觉，脑子里浮现出那天在住房保障管理部门跟张科长的软磨硬抗。心里寻思，难道是他？无孔不入啊！我隐约中看到一个名为真诚“人情”，实为肮脏“交易”的怪兽在眼前不停地晃动，令人惴惕。

住建委作为房地产业的主管部门，安居工程当然也在其管理职权范围内，也就自然而然地被列为本次跟踪审计对象。而且，对于住建委相关安居工程工作的检查，恰恰又被分配给了信达国际团队。他们的业务量并不大，但点多面广，比较烦琐。

老子《道德经》里说：“民之从事，常于几成而败之。慎终如始，则无败事。”在这个世界上，只要做事，就会有不圆满、不达标，甚至出现错误。因为很少人能做到自始至终的“认真”和“谨慎”，特别是当手头的工作按“堆”来计量的时候。住建委衙门虽大，但其公务员也是凡胎肉身，当然也不例外。我们实施审计程序，发现了一堆大大小小的问题。例如，未按照国家有关规定制定保障房管理制度，未设立保障房专项资金账户；未按时足额收取公租房租金，而收取的租金又没有及时上缴财政；公租房租金补贴发放时间滞后；专项经费支出不规范等，不一而足。

陈主任叫我过来，很热情，居然主动开口提出帮助我申请北京公租房。我想，他不是冲着我这个人来的，是冲着那些对于住建委来说，不大不小，够他们喝一壶的审计问题来的。前段时间，我和田园抽出一周时间集中精力现场落实住建委、民政局有关安居工程审核程序。离场后向其发出审计底稿，其中有一份涉及3亿元回购公租房的专项资金，从住建委账户经开发区国资办转账到大鑫房地产开发有限公司。我在底稿里详细列出了相关事实——

1. 从该公司取得实收资本明细账，核实财政拨款记账情况。……7 月银行 0069 号凭证，收开发区国资办增加注册资本 30 000 万元……。

2. ……检查 7 月银行 0069 号凭证，收开发区国资办增加注册资本 30 000 万元；附件预算拨款凭证，据 108 号文“专项用于我区本年度公租房回购项目”……

3. 据向该公司财务了解及检查银行明细账，为项目建设和土地租金申请增加资本金 5000 万元已全部使用，20 000 万元使用 1500 余万元；30 000 万元没有使用。

4. 取得回购合同。12 月 15 日、20 日，该公司分别签订两份房屋收购协议。收购海梓嘉园和依悦家园，总价款 2 亿元。

这笔 3 亿元的专项拨款一分钱都没花，而且与签订的公租房回购合同对资金的需求相差很大，我脑海里一个闪念，与财政局挪用专项资金问题搭上线，啪啪地打出耀眼的火花来。当时为避免打草惊蛇，暂以“闲置资金”作为审计结论。财政局那边已经化险为夷，放不上台面的事，知道的人当然越少越好，陈主任应该不清楚，所以他还在煞有介事地试探着从我这里直接抹平此事。虽说“官官相护”，但欠下的人情，那可不能赊账当老赖，否则落个坏名声，今后在官场行走就会举步维艰。可是，涉“官”的人情债成本高不说，没有不透风的墙，风险也大。而我呢，一个中介机构的专业人员，不跟官场掺和，还情的成本低廉，风险小。我明白，财政局的问题都能“官官相护”画句号，如果逼急了陈主任，他如果也请求审计局“护”着呢，再去那家私房菜馆喝几瓶茅台，不照样把我晾一边儿吗？有了财政局的前车之鉴，我怎么可能再给自己一个机会去说“早知如此何必当初”呢！还不如将计就计，做个顺水人情，抱紧了西瓜，芝麻丢了就丢吧——我寻思，集中兵力打歼灭战，把舜德公司的重大问题抓紧坐实。于是，我顺水推舟就把这个问题当作了“拨千斤”的“四两”。

“嗯，陈主任，您这铁观音，真香，味道纯正。”我咂摸着茶水，赞不绝口，也是为了接下来的洽谈营造气氛，铺垫一下。

“肯定是好茶。市场上买不到。”

“哦，市场上没卖的，您自己去茶树上摘的?”我突然想起来那天在梁百栋主任办公室喝过的大红袍，饶有风趣地说：“据说武夷山有两棵大红袍古茶树，上千年了。每年拍卖，几十万一两呢。不知道铁观音，有没有千年老茶树。”

“哈哈，我怎么可能去摘呢？梅经理，你真幽默。——我听说，福建安溪那边有千年的铁观音。”

“您说，这茶市场上买不到？我猜猜，这茶，是不是郊区农场马耕耘场长送您的?”

“嘿，真让您猜对了！梅经理，您不愧是财务专家，能掐会算啊，哈哈!”陈主任起身给我续上茶水，交代：“马场长没瞒我，他是借花献佛，是一位南方开发商送给他的。”

“陈功退?”我脑子倏地闪现出这个神通广大的神秘人物，浑身冒出鸡皮疙瘩，一时间身上居然冒出细细冷汗。倒不是受到什么惊吓。我有一种隐隐的预感，但目前还摸不着脉。

“好像是这个人。怎么，梅经理，你们熟络?”

“不认识，也是听别人提起过这个人。我不是第一次喝他送的茶了。”

今天跟陈主任谈得很融洽，万事俱备只欠东风。我告辞回农场，刚要迈出他的办公室，耳边忽地响起来王处长说过的那句话，“不吃白不吃”。这就是来自社会实践的人生哲学课程吧。如果是数学公式，如此推理，“不用白不用”这个公式，应该也是成立的。嗯，过了这个村就没这个店了。等到信达国际团队离场，今后即使跟他陈主任在大街上擦肩而过，人家也未必认得你哟。恰在此时，眼前闪现出铮言那张踌躇满志、还有那么点幸灾乐祸的脸，我不再犹豫，停住脚，转回身，郑重地说道：

“陈主任，我在北京确实申请了公租房。但好像有点麻烦。哦，那个住房保障管理部门，有位张科长，您认识他吗?”

陈主任希望我留下来一起吃个便饭，我婉言谢绝了。他见我起身往外走，便跟上两步，说我开车送你回郊区宾馆吧。此时，听我突然提到张科长，他身子往后仰了仰，一时怔住了，都是鬼精，眼睛眨巴两下，马上心领神会地微笑道：

“哪个张科长？——哦，这个人，不认识。不过，我可以找他们主任。”

五

大会议室里靠着落地玻璃窗的一角，放置着一台一人多高的欧式木雕座钟，时针默默无声地旋转着，已经转过了中午 12 点钟了。终于听到一阵脚步声，李述作总算回来了，后面跟着一位四十多岁、体型像个门墩、颇有气质的男人。李经理走到陈主任面前，一哈腰，回头介绍道：

“陈主任，这位是厚生集团负责北方业务的副总经理，刘明式先生。”

“呵，您好、您好，陈主任，有劳您大驾光临，辛苦了！李经理跟我说了情况。这到了饭点儿了嘛，这样吧，咱们呢，先去吃个便饭，车已安排好了，咱们走吧……”

陈主任出于礼貌，伸手拉一下刘副总的手，摇摇头说：“吃饭就免了，我们就想马上拿到审计资料。李经理跟你说清楚了吧？”

“噢，这个，这个，肯定说清楚啦。”

刘副总挺尴尬，他没料到会碰上钉子，刚才挂在脸上的笑容，现在就像是揭不掉的纸条贴在脸上，憋屈难受。他瞪着眼珠子给李述作使眼色。李述作赶紧跟陈主任磨叽，说了许多好话，陈主任雷打不动，不去吃饭，说你马上去把审计资料拿过来，资料到手我们立马走人。实在没法通融，李述作只好先给自己的上司找个台阶下，凑到刘副总跟前商量：“要不，这样吧，咱们叫外卖吧——节省时间，领导们风尘仆仆地赶过来，出去吃饭，有点儿累。”

“那也好、也好。陈主任，那您稍等等——”刘副总抬手向陈主任做个揖，扭头溜了。

半个多小时后，李述作带着几个员工拎着几大包塑料食品袋急匆匆走进来，把餐盒放在桌子上，他瞅瞅陈主任，又找见邸科长，点点头说：“陈主任，邸科长，各位领导，凑合着先垫一垫。咱们晚上啊，刘总正式设宴请各位。”他见陈主任面无表情一言不发，知趣儿地退出会议室，回手把门带上。

坐在那儿憋闷，也很消耗体能，大伙儿早就饿得肚子咕咕叫了。见李述作身影闪退，大伙儿就像饿狼一样，呼啦朝猎物围上去。“嘿，不错嘛，吉野家的肥牛套餐。”“还有咖啡、饮料呢!”

会议室里顿时传出风卷残云的狼吞虎咽的声音，就像是走进了牲口棚，牛马嚼着草料豆料，咔嚓咔嚓，带出一阵欢快的节奏。我突然想起来，为什么不给大伙播放《F大调浪漫曲》呢，缓解内心的郁闷，增加食欲，多吃点。李述作他们挺细心的，多买了几份，恐怕这帮饿狼吃不饱啊。哈哈，吃吧吃吧，“不吃白不吃”嘛。

悦耳的乐曲渐渐成为主角，取代了飘荡在会议室上空的咀嚼的声响。浪漫曲旋律优美至极，让人感到十分的亲切，使人浮想联翩，仿佛眼前展现一幕幕浪漫奔放的画面，令人神往。梅纽因肩头那把小提琴特有的优雅琴声，更给作品蒙上一层梦幻般的色彩。

吃了饭，人就像是汽车加满了油，身上立马有了力气，精力充沛。于是，在优美的乐曲中，我抬眼环顾这间足有七八十平方米的会议室，它紧挨着大厅前台右侧的闸门，应该不是公司召开重要会议的地方，因为这里保密性差。一面墙都是玻璃的，外面是一片修整得很好的园林，花草树木应有尽有，错落有致，看着很惬意舒适。长条会议桌摆在正中央，在前面，有一个白色的幕布垂下来。在其右侧是门口，左侧墙角放着座钟，在座钟和幕布之间有个电视架，上面安装着一台50英寸的平板电视机。电视上面有个摄像头，我注意到，摄像头闪着光亮，好像是开着的。难道我的职业病犯了吗？我有意跟身边的田园闲聊了几句，然后抬头随意地观察会议室的上下四周。

高陆川此时正站在电视机前面，我跟他打声招呼，“走，去方便一下。”

我俩在卫生间前面的过道站定，我四下张望，确定没有其他人。

“高工，会议室里有摄像头，我们的一言一行都被监控了。”

“没错，电视机上头有个摄像头，我一进来就注意了。我刚才是有意挡在前面……”

“还有，不止一个，房顶上还有——我想跟你商量，这事吧，别告诉陈主任。当官的，手上有权，上纲上线，闹大了，怕扰乱了咱们的计划。咱俩回去，就当啥都没看见，没这档子事儿。”

“好。哎，梅经理，他不义我不仁，要不，咱们，给他们使点儿‘坏’……”

大概下午两点来钟，李述作笑呵呵地走进来，看他如释重负的样子，就像是从风箱里逃出来的老鼠。在他身后，有几位管理人员，他一一介绍，这位是工程部经理，这位是财务总监，等等。人，给你们带来了，具体要哪些审计资料，直接跟他们说吧，立马给整理好送过来，保证一分钟都不耽搁。

这回李述作真的是一言九鼎，说到做到。不久，高陆川就从工程部经理那里拿到了阴阳合同的另一份。他兴奋地喊道，没错，就是阴阳合同！

财务这边，杨总监跟我们啰唆半天，终于送来一份纸质版的银行明细账，几份合同。但似乎还想软磨硬抗，挤牙膏似的提供资料，而且不给电子版的。看得出来，他们在采取蘑菇战术拖延时间，也许是企图在晚宴上使出某些花样招数，平息这场冲突。不过，这回，与他们狭路相逢的是信达国际的精英团队，这阵仗，真的不是棋逢对手的形势，而是狐狸同虎斗——不是对手。

这次陈主任亲自带队，邸科长压阵，对舜德公司的兴师问罪式的现场突击，其主角是我们信达国际团队，眼瞅着步步为营，节节胜利——李述作硬不起来了，有点儿服软，至少表面上看，确实在忙前忙后地全力配合我们的工作。

这时候，李述作满脸媚笑地给陈主任、邸科长溜须拍马。瞅着杨总监去拿资料的空隙，我故意挑逗他，一来给高工出口闷气，二来探探对手虚实，挫挫其锐气。

“李经理，今天提供了不少资料，回去看过了，我们可能还会写一两份沟通函。请问，你还撕吗？如果撕，就不写了，双方都省点劲儿。你说是不是？”

“哦，不敢撕啦，再不敢了。上次真不知道那是重要文件。罪过、罪过啊——不瞒您说，梅经理，我写了份道歉书，模板是从网上下载的，让您见笑，但检讨是深刻的。这段忒忙，还没得空儿快递给您呢。”李述作假模假式地在身上摸索。

高陆川得理不饶人，怼他一句：“哼，再给你们写沟通函，你想撕都撕不动，想看都看不懂——我拆个竹架板，在上头烙甲骨文……”

见好就收吧！我想，拖下去，磨到了吃晚饭的时候，李述作这回不一定带着门墩刘副总一个人来了，如果领来几位专业公关的妖冶佳丽，英雄难过美人关，他陈主任能不能经受住诱惑，这是未知数啊。他要是屁颠屁颠去赴宴，刘副总、李经理再甩出心狠手辣的暗器“飞镖”啥的，反败为胜，咱这边闹个前功尽弃。得嘞，见好就收吧，今儿。

我故意提高嗓门冲着两位领导报告：“陈主任、邸科长，我们这儿接收了不少资料了，就目前的资料看吧，初步判断，应该也没什么大问题。高工，你那份阴阳合同——”

高陆川闻声站起来，手里拿着那份合同纸，在手上抖了抖，感觉轻飘飘的。他嗓门洪亮地说：“他们提供了另一份合同，我看了，这种情况在建筑行业司空见惯，见多不怪了。也看不出有什么大问题。”

“那么，咱们今天就到这里吧，还有些没提供的资料，让他们赶紧准备整理——手头这些，一时半会儿的也看不过来。”

别克商务车转个弯儿开上环城大道，加大油门飞驰。我扭头看一眼高陆川，彼此心有灵犀，我俩会心一笑。

六

“什么意思？钮英，你把我王铮言当傻子啦，两眼瞎啊？——你跟高陆川去卫生间嘀咕半天，在车上眉来眼去——先说好，甭瞎扯！中午我是吃了肥牛。这就染上疯牛病，脑袋里都是海绵啦？”

陈主任懵懵懂懂，当了我们的一杆大“枪”，身先士卒直捣厚生集团巢穴，兵临城下逼迫其提供审计资料，看起来短兵相火药味呛鼻子，这不过是我们预设的舞台之上的戏剧冲突而已。所以，今天脑子不太累。回到宾馆，时间还早，大伙先回客房歇口气再下来吃晚饭。我口渴得厉害，跟杨总监磨嘴皮子蒸发了许多水分，进屋先烧壶水，沏茶补水。可是，没等水烧开，就听到有人粗暴地砰砰砸门，鼻子里似乎闻到一股火药味。我快步走过去开门，却见铮言怒气冲冲地站在门口，劈头盖脸朝我嚷嚷了一通。

哈哈哈！我被铮言这般兴师问罪给逗笑了，一把拽他进屋，哐当关上门。

“我看你脑子里不是海绵，是海水，齁咸——你真傻啦！嚷什么，不怕隔墙有耳吗？”

“哦，我生气嘛。你快给解释解释，为什么背着我，你俩……”

“背着你？你王老师火眼金睛，眼睛跟雷达屏幕似的，有什么能背着你啊！”智者也不免百密一疏。我猜，铮言没有察觉摄像头，这倒不是他专业经验的欠缺，是因为他坐在我的对面，背对着电视机方向，客观条件制约。他这么一闹，倒是给我吃下一颗定心丸。铮言都没看出破绽，监控室里乃至监控录像里，我和高陆川的言谈举止，应该不会被发现什么疑点。我故意挑逗：“你说说，我们能背着你干什么？”

“你俩就是背着我干了什么勾当！见不得人吗，不让我知道？”

“我问你，铮言，你真不知道？”

“真不知道——你，钮英，对我保密是吗？你，你信不过我！我、我是不是跟樊总申请，离开审计组啊？”

我一把抱住他的肩膀，压低声音：“那个会议室里有摄像头监控，你赶快回忆回忆，今天在那里说了些什么，有没有泄密！”

“泄密！”铮言失声惊叫起来，挣脱我的手，就像一只惊弓之鸟，浑身都在颤抖。一朝被蛇咬十年怕井绳，他对此有点儿过激的条件反射，亦属正常。

上次为了铮言在郊区宾馆旁边买房的事，约老杜在湘水韵餐馆吃饭，给他出谋划策。他不小心说漏嘴，被我抓住，怒斥他违反注册会计师职业道德，发狠要到惩戒委员会举报。直到不欢而散，他就是一匹没戴过笼头的驴——嘴硬，不认账。

当时，我真是气疯了，万万没想到的事，自己带的团队里竟然出现内鬼奸细。我不是没动脑筋，闪念过想法，真打算跟樊总说一声，您赶紧把铮言调走吧，这位爷，不仅考了 CPA，还向孔乙己讨教了真经，“偷书不叫偷”——什么，偷什么偷？嗯，我不好说——我实在下不了狠心，去惩戒委员会告发他泄露审计机密。可是，我发自内心的恐惧，挥之不去。由于内部泄密，不知道会有多少条辛辛苦苦摸到手、抓到手的“大鱼”，给你来一个蹦跳，逃之夭夭。我，我们这个信达团队还忙乎个啥呢？到头来，竹篮打水一场空，你说，有啥意义！

那天喝酒不多，但气恼加上酒精作用，脑子乱哄哄的，炸裂般的头疼，听老杜唠叨了会儿他和荆科长的浪漫故事，回房间一头扎在床上迷迷糊糊睡着了。快凌晨的时候，被电话铃声惊醒。一看是铮言打过来的，回拨，却关机了。我这才注意到他发过来一条短信——

“钮英老弟，老哥对不住你！事已至此，无法挽回，我无话可说。只是想让你理解我的苦衷，千万不要砸了我在信达国际的饭碗；你呢，也不要生气，伤身体。真没办法啊，被这破房子逼疯啦！脑子晕，给你写了封邮件，心里乱糟糟的，啰啰唆唆，有些话说得刺耳。你就当老哥心在流血、在诉苦、在说疯话吧。”

哥是人吧？人，是巢穴居住的动物。房子，是人的巢穴。有房，才能成家立业，安身立命。人是要在房子里居住的，居住的权利是人的最基本的权利之一。可是，哥买不起房子，多少年过去了，也没把你嫂子娶进门。都说青年人是国家的未来和希望，特别是接受高等教育的。当他们充满理想，带着憧憬和希望离开学校迈出校门，走向社会、走向生活、走向未来的时候，房子，这记闷棍，把一切打了个粉碎。哥要结婚，可是房子，六个钱包（我跟你嫂子的、两边老人的）支付首付，所剩无几，一家六口喝西北风吗？还得生娃娃呢。让人怎么活？有人无耻地把房价和白菜价机械类比。太不要脸！白菜价有涨有跌，房价呢？跌过几成？白菜价类比房价，那就不是单单指“好房子”了，那是所有开发商盖的房子，无论给富人住的，还是给穷人住的，房价一律该涨！果然房价涨了又涨。不要脸的人，首先都有无耻的道德缺损在做他的“底裤”。这二十年，房子都是开发商在干。所以，他们就以为离了它们，谁也别想住上房子！谁住房子都要从他们那里买！铁价不二，绝不松口，而且只涨不降！他们才有不要脸的胆子，也就敢做恶狼养活恶狗——高房价。那些住进违章房子的人们，也是被高房价逼进去的。你的金萱不是差点儿把命丢了？

做房奴吧，按揭贷款抵押偿还，难道不是罪恶吗？有次去东北做项目，客户招待，我亲眼所见，从黑熊身上抽胆汁，太他妈残忍了。而房贷，不就是从人身上抽血吗？未来日子里，我跟你嫂子每天一睁眼，第一眼看见的是房贷利息单，直到耗尽了青春，走向暮年。不敢生病，不敢失业，不敢生娃。这样的话，哥有快乐、幸福、希望吗？

虽然老丈人说过话，没房甭想娶他丫头。多半也是气话。咱自个儿也得争气不是。没房，怎么去迎亲，把你嫂子迎到哪里？对，租房，也是一条路。你申请公租房多久了，有影儿吗？那房子，他妈的也不是给老百姓盖的！市场上租，你肯定知道，网上说，一线城市一居室，房租占收入六成以上，北上广深更高。合租吧，也得30%以上。咱哥儿俩有亲身体会吧。安得广厦千万间，大庇天下寒士俱欢颜。这句诗，你常挂在嘴边，聊以自慰吧。

牢骚归牢骚，我当然知道十八大以来，国家动真格解决房子的事，不像过去那样空喊口号，调子越高房价涨得越快。“房子是用来住的”，这话说得多实在，深得人心啊！可是，哥要是等到房价降了，再买房娶你嫂子，哥头发都白了，你嫂子生孩子都难了……

给钮英写好邮件，点击发送，关上电脑。铮言躺在床上辗转反侧，难以入眠。在脑海里浮现出一幅幅相关记忆的影像，揿下快退键，恍恍惚惚，将他带回当时的生活场景之中。

期盼无望的现实，让人多少产生出来一种莫名的精神依归，将希望寄托予神灵。我王铮言没有入教，虽然每次路过北京西四缸瓦市教堂总有人塞给我入教的宣传册。我觉得，财政局的荆科长，就是上天特意给我派来的仙人。

上次，与钮英在湘水韵餐馆喝酒，我采取激将法，不动声色地从他嘴里窃取了他正在查证财政局挪用安居工程专项资金的审计机密。也就在此前的那个星期日，老婆隋艺芳跟我说，今天有个重要的客户来北京办事。

“哎，铮言，你说奇怪不奇怪，人家来趟北京，不去行长家，不去主任家，偏偏要到我这个大头兵家来拜访。我跟她说，我哪里有家啊，房子没影呢。合租的房子，多不方便啊，怎么好意思请您来寒舍呢。”

“有什么奇怪的，客户嘛，套套近乎来点儿感情投资，好办事嘛。不是有求于你，就是有求于你的部门——总之，黄鼠狼给鸡拜年，没安好心。你得提防着点儿。”

“瞎说！你不懂银行啦。银行，外人看起来，高高在上，就像个北京皇城根儿大爷。其实不然，大爷，孙子，我们都得当——这个荆科长，可不是一般的客户，奶奶级别的。我们是孙子，得上赶着求人家。”

“不就是个地方财政局的小科长吗？能有多大能量，还成‘奶奶’了，吹吧，你就。”

“嘿，人不可貌相，海水不可斗量。别看是个小科长，看她办事说话的凌厉劲儿，那些处长、副局长都得看她脸色。在那边——就是你现在做审计的城市，她呀，肯定是个厉害角色。”说着话，老婆在简易衣柜里挑件鲜亮的衣服，嘴里接着说：“多一个朋友多一条路嘛。听说那边呀，要新建一个国家级经济开发区，规划有高铁、轨道交通，一应俱全。相比燕郊，前景更好吧。咱们可以考虑在那边买套房子，来回交通方便。我在拐角的大鸭梨订了个四人位，请她吃个饭，先打听一下。她肯定掌握不少内部消息，没准儿能帮咱们实现买房梦想。”

“哦，但愿吧，但愿这位荆科长是个活菩萨，来给咱俩扶贫‘买房’！”

我被老婆的话误导了，以为这位荆科长是个靠家庭背景上位的其貌不扬的半老徐娘。当我在餐馆里看到一位穿着水晶紫长裙的女士优雅地走到桌边，老婆给我介绍说，这位就是“荆科长”。我一下子呆住了，什么叫“沉鱼落雁”，她就是啊！什么叫“蓬荜生辉”，眼前就是啊！我见她仪态万方地伸过手来，我赶紧双手抱住她细嫩柔软的手，六神无主，久久做不出松开手的决定，然后几乎听到嗖的一声，我把手缩了回来。我眼神的余光察觉到了老婆的脸正在发生地壳变化。

老婆性格开朗耿直，不喜欢绕弯子，寒暄几句就直奔主题："荆科长，听说你们那边要建新的开发区，规划挺前卫，是吧？"

"是有这么回事，就在原来的郊区农场那边。大片的好地啊，拆迁不费劲儿。不过，还在规划阶段，还没有正式报批。"

"那么，能批下来吗？不会又整出个天津滨海新区吧？"

"批下来，没问题。消息灵通的，已经开始在那边跑马圈地了。有的商品房都封顶了。"

"噢，真要是能批下来，规划又好，我还真有心在那边买套房子。到时候，也能请您到家里坐坐了……"

"我说呢，挺奇怪的，你在北京上班，怎么关心起那边的开发区呢。原来想买房啊——没问题，艺芳啊，只要你决定买，我一手给你包办了。市里的、开发商那里的，全部优惠，一个都不能少，必须让你都享受喽。"

"啊，太好啦！您啊，荆科长，您就是我们的活菩萨啊——铮言，来呀，举杯，咱们敬荆科长一杯吧！"

放下酒杯，荆科长微微一笑，转脸朝向我，"王铮言老师，其实，我早就知道您了。"

"哦，我、我今天第一次见您啊，原来没有、没有见过面吧？"我瞥见老婆疑神疑鬼的神色，心里头发急，说话结结巴巴。

"哈哈，看你紧张的，艺芳你刚才说什么来着，哦，我是'活菩萨'嘛，又不是'害人精'。"

"对啊，荆科长，你不会是认错人了吧？"老婆惴惴地问。

"我确实是第一次见王老师。但是呢，你们这次保障性安居工程审计，有个叫'梅钮英'的，我见过他多次了……"

"对呀，梅钮英，这次审计的项目经理，他是当头的，我兄弟——他嘛，很厉害。"我忙不迭地在自己与荆科长之间挖出一条楚河汉界。

"确实很厉害。"荆科长意味深长地笑笑，非常甜美。她问道："王老师，您跟梅经理一定很熟，关系也不错吧？"

"我们是兄弟，关系嘛，没得说——"我是 CPA 脑回路啊，脑筋转得那个快，风驰电掣都跟不上——我立即警觉起来，摸门儿了——这个荆科长，今天很可能是有备而来。她拜访的对象，根本不是我老婆隋艺芳，而是我，王铮言。我想，财政局是钮英分管的，是不是有什么重大违法线索被钮英给瞄上了？以往的经验，但凡被他锁定的目标，仅靠自身力量，很难逃脱。

当时我百思不解的是，她荆科长怎么打听到我跟隋艺芳的关系，又是怎么知道我正在参与她那边的安居工程跟踪审计呢？回来后，老婆帮我一起分析，她说有一次荆科长给她打电话，咨询一个有关开立账户合规性问题——她们财政局跨区在我行开过几个户头，后来有的注销，但至今还有两三个。老婆很耐心地给她讲了许多银行专业知识，话里话外就带出了我正在参与那边的审计，荆科长多精明啊，几句话，就刨到了我们审计组的根底啦。听老婆这么一说，我才恍然大悟，原来如此。

“有个事儿拜托，王老师——”荆科长居然抬手给我作揖，谦恭的样子令我心里产生一种惜香怜玉的冲动。她一字一板郑重其事地说：“这些年，财政局有点儿沉淀资金，放在商业银行做理财，艺芳在这儿嘛，她是理财专家。这次审计，梅经理好像挺关注，看起来非要查出点事儿来。我呢，想请王老师了解一下，梅经理究竟想怎么样？目前，他进展到什么程度了，也就是说，从你们审计角度，是不是已经可以下结论了，结论会不会上纲上线？当然了，王老师您是审计专家，经常签保密协议，我们今天说的话，要对梅经理保密呀；还有，我认识你夫人，对梅经理，也得守口如瓶哟。”

“噢，这——”我目怔口呆，一时不知如何是好。说实在的，我真的被荆科长温香艳玉的外貌给迷惑了，不忍心让她作难，就想一口答应她。可是，转而再一思忖，后脊梁不觉冷风飕飕，不得了啊，这可要违反职业道德啊！我作为信达国际的业务骨干，一个久经沙场的 CPA，我怎么可能不清楚这其中的利害呢！答应了荆科长，严重起来，可能要吃官司、坐大牢，身败名裂啊！

再扭头见老婆睁大眼睛瞪着我，好像是催促我快快答应，又像是流露出一丝醋意。

“你倒是说话呀！”老婆急得眼泪都快流下来了，抬手狠狠拧住我的胳膊，留下一大块瘀青，过了很长时间才消失。

我还是无法确定老婆的本意，生怕伤了她的心。话说回来了，荆科长美若天仙，与我何干？情急之中，我随口说道：“荆科长啊，这事吧、这事，等等，我考虑一下……”

回来后，老婆跟我一通河东狮吼：“你呀，你呀，铮言，认识你这么多年，我怎么就没看出来，你、你是个死脑筋、闷头驴呢！”

原来她的本意是让我痛痛快快地答应荆科长，但是当着荆科长的面，她又坚守着绝不能因房子让自身价值不名一文的尊严，不肯直说。其实，没费眨眼工夫，她就被荆科长的“全部优惠”给俘虏了。她就感觉到突如其来地受到一阵巨大无比的吸引力，就像坠入了大河中流的旋涡，身不由已地沉落下去，她不惊悚，也不叫喊，因为她坚信从此坠落下去的地方肯定有一栋属于她和她家的房子。所以即使赴汤蹈火，她也视死如归。后来她果真这么对我说，远远的，她真的已经看见了那栋房子，甚至都在想着怎么装修，怎么安排房间，一定要买张一米八的大床，腿脚随意伸展开来，宽宽绰绰地睡大觉；嗯，还有呢，我的梳妆台、老公的写字台，等等，放在哪间房子里好呢……

瞎猫碰到死耗子——歪打正着。难道说，好事让我给碰上了？老天开眼了啊！我这么稀里糊涂的一个“暂停”，却紧跟着播放出来最嘹亮的《小确幸》“光阴静静淌/慢慢来欣赏/总能偶遇久违的愿望”——当晚，荆科长打来电话，虽然没有催问拜托我的事，但是分明看到了她的身影，就站在那里，顶天立地；又像是一场拍卖会，她最后一次举牌，报价决胜，木槌敲下。她跟老婆说，回去后没耽搁一秒钟，她立马跟那边定位高、在搞内装修的颐景园的开发商联系了，给你们留一套位置最棒的大房，打个跳楼价，再比照本市引进人才的优惠条件，等等，七扣八扣，哈哈，就当是买了棵大白菜吧……

我心惊胆战。不为别的，因为老婆隋艺芳！她跟荆科长通话后，凝视我的目光，好似万箭穿心。我想，如果我不答应荆科长，放弃颐景园的那套大房子，她肯定判决我逆理违天，是虐杀老婆和未来她肚子里的胎儿的十恶不赦的刽子手。照她的脾气秉性，那必定是“立即执行”——我能不能活过那个夜晚，都是个未知数。

七

显而易见，我和高陆川在会议室里放出的烟幕弹，麻痹了厚生集团办事处的决策人。他们觉得，既然“没什么大问题”，那么，也就没必要这么小心翼翼小题大做了。过去遇到过各种各样的检查审计，大都是“雷声大雨点小”，虎头蛇尾。那些审计组，别看派头不小，大都是酒囊饭袋，就知道聚焦表面的程序合规性和会计规范性问题，重大问题压根儿看不出来；偶尔碰上个眼光敏锐的，几句话蒙骗不了，沉下脸怼几句，下来再意思意思，他也就见好就收了。以往屡试不爽的招数，再加上侥幸心理，促使他们做出了错误判断，与其以强硬态度拒绝提供审计资料，面临丢失区域市场的现实危险，不如顺其自然，以柔克刚，改变态度，积极提供必要的资料，争取平稳度过这次审计的暴风雨。即使查出些无关痛痒的小问题，也无须动用总部公关力量，无非是花钱买路过关卡吧。前段时间的“炸楼”，令人惊恐万状，至今心有余悸。但那毕竟涉及“百年大计”的质量问题，而且通过施展金蝉脱壳、移花接木计策，成功地将主要责任推卸给了混凝土公司，检测公司擦点儿皮外伤，舜时公司注销，一了百了。目前涉及舜德公司的这些合同、银行收支等等，哪个也上升不到“百年大计”的重大风险吧？但愿那个姓梅的项目经理说的“没什么大问题”，就是这次兴师动众前来问罪的一个“毛毛细雨”的注脚。

利令智昏，以至于他们的自我感觉太好了，太没有自知之明了。企图蒙混过关，必然在我们突如其来的检查下，措手不及。老子曰：“勇于敢则杀，勇于不敢则活。此两者，或利或害，天之所恶。孰知其故，是以圣人犹难之。天之道，不争而善胜，不言而善应，不召而自来，绰然而善谋。天网恢恢，疏而不失。”那些欲壑难填“损不足以奉有余”的违法者所做的那些见不得阳光的丑恶与罪恶，不需要太久时间了，他们很快就要被正义力量驱赶到金箔般闪亮的炽热阳光下暴晒！

从厚生集团那个会议室回来没两天，李述作经理和杨总监亲自带人，乐呵呵地抱着资料箱子，按照清单目录把资料送过来。虽然还不是很齐备，但基本可以形成比较完整的证据链了。团队的五个人现在都回到郊区农场的这间健身房。按部就班各司其职，紧锣密鼓有条不紊地推进各项审计程序。回来的那天晚上，铮言跑过来对我“兴师问罪”，等他确信我们没有隐瞒他什么，他也没有说什么泄密的话，这才放心大胆地回客房。

熟能生巧嘛，这话有道理。独自一人，我倚靠在床头喝杯茶，脑壳似乎突然被茶水的那股香气熏得仿佛是一朵绽开的花，倏地想起“厚生集团”，这个“厚生”，怎么就觉得跟哪个地方、哪个哲理、哪个人物……存在某些牵强附会的，却又觉得那么自然而然的联系。的确，冥冥之中，有个想法，跟什么联系着。上学时只觉得唯物辩证法枯燥无味，走进社会后，随着实践的丰富，才明白，这门学问是一把多么锋利的社会解剖刀啊。其联系的观点，就是事物之间以及事物内部诸要素之间的相互影响、相互制约和相互作用的关系。唯物辩证法认为世界上一切事物都不是孤立存在的，而是和周围其他事物相互联系着的，整个世界就是一个普遍联系着的有机整体。而联系具有普遍性、客观性、多样性、条件性、可变性。因此，主张用联系的观点看问题，反对形而上学孤立的观点。

我默默回想着有关联系观点的课本知识，随手打开《道德经》电子书，随意翻阅着，突然眼前一亮，随口吟咏了一段原文：

> 出生入死。生之徒十有三，死之徒十有三。人之生动之于死地，亦十有三。夫何故？以其生生之厚。盖闻善摄生者，陆行不遇兕虎，入军不被甲兵。兕无所投其角，虎无所措其爪，兵无所容其刃。夫何故？以其无死地。

读原文，念中学时，自己最烦的课程之一就是文言文，基础不好，自然不能完全理解其内涵，懵懵懂懂的。于是，我往下翻页，去查看译文——人始出于世而生，最终入于地而死。属于长寿的人有十分之三；属于短命而亡的人有十分之三；人本来可以活得长久些，却自己走向死亡之路，也占十分之三。为什么会这样呢？因为奉养太过度了。据说，善于养护自己生命的人，在陆地上行走，不会遇到凶恶的犀牛和猛虎，在战争中也受不到武器的伤害。犀牛于其身无处投角，老虎对其身无处伸爪，武器对其身无处刺击锋刃。为什么会这样呢？因为他没有进入死亡的领域。

“生生之厚”！我默念了七八遍，恍然大悟，“生生之厚”，难道“厚生”源于此吗？屈原《九章·怀沙》里面写道：“变白以为黑兮，倒上以为下。”颠倒黑白，难道你就可以肆意妄为？上苍对你徒呼奈何，任由你猖狂而不会招致杀身之祸，就可以颐养天年了吗？

我下意识地抓起手机，“田园，还没休息吧？辛苦一下，加个班——你上网查一下，厚生集团的背景和股权结构，最好把它的子公司也搞清楚。什么企查查、天眼查，尽可能利用网络资源，需要付费的，打钱别犹豫，啊。下来你想着找张发票，报销。”

那边就听见田园清脆的带着一丝丝甜的嗓音：“好勒，梅经理，保证完成任务——没事，不辛苦！明天上班交卷，您一定要给我打一百分哟！”

“呵呵，好！”我微笑着放下电话，忽然心头涌上一股热流，嗯，这丫头，挺可爱！

第二天吃早饭的时候，我注意到田园呵欠连天，眼饧骨软的样子，心里不觉有些后悔，昨晚上不应该那么晚了安排她额外的任务，心里不觉油然而生怜爱的情愫，关切地问她：

“田园，昨晚是不是加班很晚啦？”

“没，没事，梅经理，待会儿啊，我肯定能按时交卷。”

“她没说实话，电脑啪啪直响，大半夜了都，吵得我都没睡踏实。”晴阳埋怨道。

“别听她的，我才没有干到那么晚——”

“梅经理一声令下，田园赴蹈汤火在所不辞，有句话，叫什么来着——士为知己者死，后面还有啥，哦，女为悦己者容——只要是梅经理安排的事儿，田园拼了小命儿，也要做得十全十美。这个，是我这段以来的一个工作总结。”

铮言支棱着耳朵，听出点异样的味道，叮嘱晴阳：“喂，小姑娘，你这，话里有话啊！不许胡猜疑哦！什么叫‘悦己者容’啊?”

“叫你胡说!”田园涨红着脸，攥起拳头捶了一下晴阳。

樊总看好田园，她在北京审计一部的年报审计实习表现给樊总留下了良好印象，觉得她是棵好苗子，可以作为工程财务事业部后备梯队给予悉心培养。临行前特别叮嘱我“好好带带她”。我带过的“徒弟”不少，大都跳槽去了其他企业独当一面，这是行业特点，或者说是潜规则。你一次成功的跳槽，晋升速度会提高两三倍。可是，令我郁结不畅的是，越是精心“带”的，分别时的痛苦就越大。所以进场以来，我并没有特别眷顾她，任由她自己去发挥其专业胜任能力并挖掘其潜力。按部就班尽职就好，我对她的要求不高。她自己呢，也是默默无闻踏踏实实完成每一项安排的审计程序，按时拿出相关工作成果或结果。而她昨晚熬夜加班完成我临时交代的这个任务，竟让我大吃一惊，从心底对她刮目相看了，在心里不禁背了一段老子《道德经》的名言：“不自见故明。不自是故彰。不自伐故有功。不自矜故长。”

吃好早餐，我们几个拎着电脑包不紧不慢地溜达到郊区农场的办公楼。田园拿着钥匙开门，大家进去找到自己的座位，从电脑包里掏出电脑，这时候，田园已把乒乓球台子上的大插线板总电源打开，大家给电脑插上电源，打开电脑。一天的工作就这么毫无喧闹地开始，各忙各的了。

听到一阵打印机走纸的声响，又过了几分钟，田园手里捧着一张图，兴冲冲地走到跟前，信心十足地对我说：

“梅经理，您看，我昨晚的作业，能不能给个及格的分数?”

“这是什么？——哦，这是股权树形结构图……”我接过这张图，一时惊讶得张口结舌。

“对呀。梅经理，你昨晚交代的，把厚生集团的股权结构查个底儿掉——这个，就是在网上查的全部信息的归纳汇总基础上……”

铮言远远瞅着这张图颇有些新奇，挪蹭过来，仔细端详，猛地一拍桌子，把大家吓了一跳。他大叫道：“哈哈！田园小姐，你忒不地道啦，这，你这‘底儿掉’——你，你这是把人家的底裤都给脱掉了呀!”

“王、王老师，您、您说什么呀，我听不懂……”田园急得小圆脸涨得通红，像一朵刚刚绽蕾的月季花。

我忙打圆场，皱着眉瞪一眼铮言，安慰田园说：“没什么，王老师想象力太丰富了，用词不当——”

“嗯，”田园这才平静些，转头对我说：“网上查询的信息量太大了，怕您一下看不明白，我就编制了这张图，一目了然。嗯，跟厚生集团存在股权投资关系的，几十家呢。”

“哦，不错、不错，的确一目了然。——嘿，这家舜德公司，全资子公司哩，咱们还需要再搞个亲子鉴定吗?”铮言称赞道，加了句调侃，掩饰自己的尴尬。

这张股权投资结构树形图，有5层，据田园说，往下还有。密密麻麻的全资子公司、控股子公司、参股公司，合营企业等等，几十家，如果把网上信息一条条列出来，的确会看得一头雾水。平常人，理顺半天，也未必能理出个头绪。而这些，她田园仅仅用了多半夜，从网络查询、脑子里“栽树”、再把一家家公司、企业条分缕析，按照投资关系确定位置及其树叶、树枝的身份功能一一粘贴上去。这，这需要一个什么样的大脑以及具备一种怎样的筛选、拼图本领啊！

晴阳也凑过来，搡了一把铮言，不满地冲他怼道：“王老师，您今儿总说风凉话，搞什么亲子鉴定啊！”她转脸盯着图，嘴里啧啧称赞：“哇塞，田园，佩服死你了，你太细心了。网上的信息浩如烟海啊，你是怎么精准定位的啊，查了个‘祖宗八代’。我开始也查过，跟你的比，太粗糙了——哦，还搞出这么一张图，这、这都赶上《清明上河图》啦！”

听晴阳这么一说，我顿感手里真的是捏着一幅价值连城的艺术品，沉甸甸的，久经风霜，纸张有点儿脆，耳边缭绕起嘎嘣嘣碎裂的声响。这绝不是赝品，是最美丽的会计师用心、用责任绘制的“艺术品”！我下意识地将图轻轻放在乒乓球台面上，小心翼翼地铺展开来——这是由几张A4打印纸粘贴拼接起来的图，胶水粘贴的地方还没有干透，浸出的潮气凹凸起几条皱折，就像是水中的涟漪，清凉爽目。内心的赞叹与赞美，扭动我的脖颈，眼睛不由自主地转向田园。嗯，是啊，只有这么美丽的女孩才能制作这么美的结构图。

“哎，梅经理，您看图啊，别总盯着我看呀!”田园被我盯得不好意思，脸红耳赤，真的跟一朵盛开的花儿一样，娇羞可爱。

高陆川慢慢踱过来，拿着工程师的专业腔调，倒是听起来有趣味长知识。他慢悠悠地说：“听说过‘宫女魅影’吗，各位会计师？据专家说，出现‘魅影’现象是因为故宫的墙面都是由朱砂粉刷的。而朱砂中含有一种化学物质：四氧化三铁。四氧化三铁具有导电性，所以当故宫的墙面被雷电击之后，四氧化三铁就会折射出曾经的影像。”他歪着脑袋凑近田园，眯缝着眼睛，一惊一乍道：“你呀，田园，昨晚上一定是看电脑太久了，化妆品里好像含有四氧化三铁吧——看呀，田园，你的脸上啊，闪啊闪啊，我、我看见了，嗯，真的看见了——厚生集团‘四世同堂’的魅影!”

“哎哟喂，你、你吓死我啦!”晴阳一只手捂住心口，另一只手伸展开巴掌狠劲抡过去，拍在高工的脊背上，“嘭”的一声。

“你，晴阳，下手这么狠，心都让你拍掉了!”高陆川疼得一咧嘴，喊道；再瞄一瞄晴阳，恼不得、打不得、哭笑不得，怏怏地躲一边儿喘气儿去了。

“哈哈，好呀！谁叫你装神弄鬼，吓唬人!”田园解气，乐了，拍着巴掌，“那心，掉进肠胃里，直接消化了吧。嗯，心头肉，‘据专家说’，富含微量元素呢。”

“啊，对啊，看图、看图，我——”我一个激灵，猛转头，把眼光收拢，想要有的放矢，目光聚焦的一刹那，我脱口喊道：“陈功退!”

八

“你，李经理，你这是干什么?”

“梅经理，一点儿小意思，您别客气——”

“请你把手收回去，不然我可要报警啦!”

“哎，梅经理，这没什么。——你们做审计的，这种情况见得多了吧!”

“见得是不少。怎么，你的意思，见得多，我们就能见钱眼开来者不拒；收受被审计单位的钱财，就能顺理成章心安理得?”

李述作经理经过多年房地产行业历练，用钢筋水泥盖起来的房子可谓春回苗圃，拿钱铺出来的路也是一眼望不到头。看见钱财，眼睛放光，表面上却假模假样地推辞拒收的，最终都会被他三下五除二地搞定。所以他心里也把我这个梅经理看成了一路货色。这世界上，没有人能够经受住金钱诱惑——这是他们的处世信条和行动指南。他嘴里念叨着，手上用力就要往我口袋里塞。“多说无益，还是这玩意儿说话最实在、最顶用——来吧，梅经理，不过是小意思，真的，小意思，下来咱们再……”

“停！收回去，收回你的手！李经理，现在还是好说好商量，别逼我跟你翻脸!”

我腾地从椅子上跳起来，甩手把李述作的手打到一边去，那张蓝色的似乎闪烁着一轮金光的银行卡飞起来，在空中画了条弧线，啪地掉在地上。他慌慌张张捡起来，望着我，无可奈何地摇摇脑袋，悻悻然把银行卡揣进兜里。

见他收起了银行卡，我才放心坐下，脸上的怒气渐渐消去，但无论如何也露不出笑意来。今天下午，我们早点回客房，约好待会儿再去吃晚饭。他李述作掐着点儿，我刚刚冲个澡沏上茶，躺在床上，他就来敲门了。他倒也痛快，没有拐弯抹角，带上门就从兜里掏出了一张银行卡，往我手上塞。吓了我一跳，作为CPA，必须遵守职业道德守则啊。我告诫自己，他手上拿着轻轻薄薄的卡片，绝无可能在我梦想的房子上添砖加瓦，那是一条毒蛇，咬你一口就可能让你命归西天!

毫无疑问，随着审计组连续发出几份资料清单，即将形成的审计证据链的另一头钩索，眼看着就要勾上舜德公司及其母公司的“核心利益”中不可见光的堡垒一角，两者之间，即将突破咫尺天涯。他们感觉到了一丝末日的冷风吹来，内心深处已经在瑟瑟发抖了。于是，他们又开始软磨硬抗不再提供资料。但是，有上次住建委陈副主任亲率“敢死队”冲锋，一举拿下其前沿阵地，令其魂慑色沮。他们又不敢明目张胆地拒绝。怎么办呢?

沉默了会儿，李述作看来这次径直来找我，是身负不辱使命的任务，完成不了，他回去是无法交差的，将会危及他在公司的地位，甚至被踢出管理层。

等着缓和一点气氛，看得出来，他拧了拧脸皮肌肉，分明咬了咬后槽牙，试探地问：

"梅经理，您呢，真的，特别令人敬佩！不向企业伸手，做到了'不拿群众一针一线'，按章办事。——听说您在北京那边申请了公租房，现在这房价，确实涨得有点儿离谱——不过，公租房，成家立业的，那、那不是面具店里失盗嘛，哦、哦——您说，是不是？"

"那就请你们开发商慈悲慈悲，把房价降一降吧——"我的心怦怦急跳，头绪如麻，也不好将他视为寇雠，俗话讲伸手不打笑脸人，开口不骂送礼人嘛。便顺着他的话茬，但没有去咬他放出线上"死要面子活受罪"的鱼钩，而是反唇相讥。

"嗨，梅经理，你不了解啊。买房的吧，总是在想象中把我们开发商描绘成一副'吃人不吐骨头'的凶神恶煞，怪罪开发商把房价给绑在了火箭上，向太空发射，一个劲儿往上蹿，够不着地儿了。其实呢，我们有多难，有谁知道啊！您知道吗，土地出让金就占了房价的30%，有的甚至高到了50%，大头早就让政府拿走了，给我们开发商剩下的利润能有多少？就这么点儿肉渣渣——忙乎半天，挨骂受累，最后还不是给政府打工嘛。"

这种传言我听得多了，一时半会儿的，不知道他们到底是怎么个算法，更搞不清楚其中的诡秘。房地产开发商，政府，这一对欢喜冤家。究竟是谁拿走了房地产开发的超额暴利，剥夺了老百姓的住房权利？谁是那个万恶不赦的吸尽了老百姓血汗的吸血鬼？

"别把开发商说得那么可怜、无助，好像就是个逃荒要饭的叫花子。"我心里的强硬柔软下来，但还是不愿这样就认可他的辩白。"《财富》杂志上白纸黑字印着，中国入选的五百强，有将近10%的企业，都是搞房地产的，你怎么解释？"

"这个嘛，梅经理，题目太大了，太宏观，不是咱们底下干活儿的能闹明白的，咱也不用瞎操那份心。"李述作无言以对，岔开话题，见我这时对他不那样横眉怒目，便朝我挪了挪身子，压低声音说："听说梅经理是保定人，离天津挺近的——我们在天津那边最近开发了一个别墅区，留了几栋，内部供应。如果梅经理有兴趣的话，热烈欢迎您莅临指导，过去走走，随便看看——"

"NO，打住！"我一摆手，表情不带一丝欺诳，对此，我真的没有哪怕一丁点儿的兴趣，"别墅？——你白给我，我都不要！"

"为什么？"李述作不解地问，一脸的迷茫，"我们又不是白送您，也就是多给点折扣、优惠什么的，跟行贿受贿一丁点儿都不沾边儿。您就一百个放心吧，出不了任何差池！"

听他这么说，我心里油然而生苦楚。都说注册会计师端着镶金边儿的饭碗，老皇历啦，那是上世纪九十年代的往事了。自从允许欧美四条狼[①]窜进国门，美其名曰，提高竞争力，锻炼国内高质量的30万CPA大军。可是，决策者没有看清楚四条狼后面国际资本垄断的隐形之手。从那以后，国内事务所的CPA，其实就是码数字砖头的工地民工。哪有什么高工资"肉糜"喂养你哟！

我神情暗淡地回道："受贿？那得蹲大牢了。跟我发生不了交集，别提它。就说物业费吧，别墅的物业费，我啊，恐怕都掏不起。"

"嗨，这也叫事儿？"李述作似乎听到"吱扭"一声，推开了一扇门。他兴奋地一拍腿站起来，然后又坐下来，低声但吐字清晰："物业公司，不就是开发商的子公司嘛。一句话，免单，终身免费，那不是嘴皮子一碰嘛——哦，不放心，70年后，怎么办？"李经理又掏出银行卡，就要塞过来，"这里头，足够您交一辈子物业费了。"

"再说一遍，你再拿这玩意儿，我可真的报警了！"

"好、好，梅经理，绝对尊重您的意见，让这玩意儿在您面前永远消失。"

"李经理，我上次跟你说过，这次安居工程审计是审计署统一部署的，劝你们不要莽撞。除非你们的后台门子的硬度超过螺纹钢。不然的话，你们继续要横、耍赖，撞在枪口上拿你们做典型，那时候，没人能保你过关，关门大吉吧！别不见棺材不落泪。听不听由你！"我苦口婆心地劝道。

---

① 欧美四条狼：指世界著名的四家会计师事务所：普华永道（PWC），总部位于英国伦敦；德勤（DTT），总部位于美国纽约；毕马威（KPMG），总部位于荷兰阿姆斯特丹；安永（EY），总部位于英国伦敦。据中国注册会计师协会《2021年度会计师事务所综合评价百家排名信息》，本次入榜的会计师事务所共有105家，上述四家事务所总收入占比30.95%；在其中就业的执业注册会计师5173名，仅占全国97563名的5.3%。

那天看明白了田园精意覃思绘制的股权结构图，一眼就盯上了金字塔尖上的那位董事长。失声喊出了他的名字，心里暗暗叫道：不是冤家不聚头啊！上次李述作带人送来不少审计资料，我心里涌出一些感慨：企业也不容易啊。于是，就劝他几句，希望他们能配合，尤其是到了收尾阶段，针对审计发现的问题做出切合实际的结论，双方交换意见，更需要他们积极而真诚地给予配合。作为CPA，靠企业吃饭，无心整死哪家企业。弄垮了开发商，就能解决心心念念、难于上青天的房子问题吗？当时说到激动处，随手拿过来一张纸，挥笔写了几句话。跟李述作说，如果方便，回去给你们大老板看看，希望他能回心转意，别做鱼死网破的傻事，尽力配合本次审计圆满收官，补缴点儿税金、滞纳金，皆大欢喜。

我在纸条上写的就是《道德经》上的那句话——出生入死。生之徒十有三，死之徒十有三。人之生动之于死地，亦十有三。夫何故？以其生生之厚。我的意思是“生生之厚”是一种人为的不当的死法，即使颠倒过来，如果方法不当，执意找死，谁也无法侥幸，照样活不了，意思是劝他老实点儿，别“找死”。

“哦，差点儿忘了，梅经理，这是我们董事长给您写的回信——”说着，李述作从包里翻出一个印着颜体书法“厚生集团”漂亮LOGO的专用信封。

“董事长，谁呀？”

“陈功退董事长——”

“噢，”我想起来，上次让李述作捎回去的那张纸条，当时的确说了声“给你们大老板”，想着劝和、收手。希望能把这次审计圆满结束，不想扩大战果了，怕消化不良，怕反噬，也怕自身染上什么疑难杂症，体无完肤，反而去请对手来妙手回春。因为随着对厚生集团提供资料的深入分析，越发感到审计证据的链条越来越盘根错节错综复杂，甚至在想象中，又与财政局纠缠到了一根藤蔓上。我不敢想象追查下去会是一种怎样的结局，我真的怕失控，更怕成了掉进风箱的老鼠，两头受气，两头不是人。

我恭敬地接过信封，心里头七上八下，有几分好奇，有几分期盼，也有几分忧惧。说实在的，我是多么希冀能够从这封信里读到与自己盐梅相成的文字啊！我抽出一张叠得整齐的纸，撕开封签迅速展开捧在手上定睛一看。哦，这不像是信嘛，不是想象中的谦谦君子的长篇累牍，只有几个字，手写的，硬笔字很漂亮，但不知是不是陈功退本人亲笔所写。

那几个字是："民不畏死，奈何以死惧之。"

稍微怔了一下，我想起来，这句话也来自老子的《道德经》，字面意思是：当老百姓为了某一项追求，不再怕死了，那么统治者用剥夺其生命的方式来威吓人民，就起不到任何作用了。其寓意是告诫为政者要用适合百姓的方式来治理天下，不能总是以刑罚恐吓百姓，而要以真正让百姓爱戴的方式来治理天下，即所谓：得民心者得天下。

真的是好心当成了驴肝肺！这个陈功退虽然名字取自《道德经》，但是，他应该没有真正领悟、学透其哲理精神。他把我抄给他的那句话，认为是一种居高临下的威胁和狐假虎威的挑战。所以，他如法炮制，也从《道德经》里摘录了这么一句回击我。我暗暗地诘问：你，能代表"民"吗？请问，你是哪个"民"？仅仅目前审计组掌握的证据，就足以判定你是一个彻头彻尾的与民为敌的罪人，是靠民脂民膏养肥的蠹虫、野兽、王八蛋！你居然还有脸自称为"民"！放你妈的狗臭屁！

见我目光呆滞一言不发，李述作关切地问道："梅经理，你、你没事吧？——董事长写了什么？"

"哦，我没事。"我如梦方醒，装出若无其事的样子，其实心潮翻滚。我把那张纸递给他，随意地问："你看看，是陈功退写的吗？"

"嗯，看着像是董事长写的。他的书法，据说有相当的水平、上档次。哎，他还是什么书法家协会的副主席呢！"

"上次我写了一句话，让你捎给他，你是怎么跟他交代的？"

"我？我这个底下当兵的，哪儿有机会单独跟董事长说话啊——我请刘副总捎过去的，他去北京开会。我啥也没说。"

"那么这句话，什么意思，你能给我解释一下吗？"

"这句话，听说过。也有一句话，叫'愣的怕横的，横的怕不要命的'——简单说，不怕死，就啥都不怕了。梅经理，您说，我的理解靠谱吗？"

"我不是让你自己解释这句话，是从董事长角度来解释。哦，你见不到他——但你对他的性格什么的，总有些了解吧?”

“那肯定的，董事长，在我们集团那儿是神一样的存在!”李述作不是装出来的，是发自内心的崇敬和膜拜。他眉飞色舞道：“跟您说吧，集团上下，没有不佩服董事长的。他是白手起家啊，挖河沙卖给包工头——当然啦，水浒里‘吴用’那样的高参，他跟前不止一个哟——他一步一步发展起来，您说，他能没点儿本事吗?”他抖了抖手上的那张纸，似乎暂时步入真实的生活情境之中，不再伪装，也许董事长，加上这几个字赋予他能量，激发其勇气。他睥睨眼前的困苦，不再唯唯诺诺，敢于实话实说。“至于这句话嘛，表达得明白无误，就是说：你们审计的，别吓唬人，我们不接受威胁，要杀要剐，随你。”

“李经理，你认为我写的那段话，是威胁吗?”

“您写的那几句话，我真没看明白。不过，记得有不止一个‘死’字。审计嘛，查查账，为什么提到‘死’呢?我心里其实挺别扭的。这不就是‘威胁’吗?否则没法解释这个‘死’字。所以，董事长就这么回复你，说我一个‘亡命徒’，怕啥?跟王朔那句话‘我是流氓我怕谁’差不多吧——这么多年，真没见董事长怕过谁!您想啊，做到这份儿上，哪个不是黑白两道通吃啊!——梅经理，我斗胆劝您一句，你们呢，包括陈主任、王处长，怎么折腾都是胳膊，董事长发威，你们谁也拧不过厚生集团这条腿。”

“李经理，我也斗胆问你一句，你这么说，是不是‘威胁’?”

话赶话的，我俩针尖对麦芒，彼此有着自己真实的性格禀赋，顺着情节推进，似乎都没有察觉，就较上劲儿了。

李述作甩手把信扔在桌子上，趾高气扬，还有点儿歇斯底里，“梅经理，我干吗威胁你呢，咱们都是干活儿的。但是，您总是这么咄咄逼人，非要说，我这就是威胁，那也无妨，你们能怎么样?!也不过冯小刚的‘一声叹息’罢了。哈哈哈!”

我的头发一刹那被点燃了，血往脑瓜顶上冲上来。我们依据国家法律，接受委托实施审计，你们，被审计单位，凭什么威胁我们?我们凭什么要接受你的威胁?我抡起手掌，啪地拍在桌面那张纸上，怒不可遏，语气却带着一丝嘲讽，问道：

"陈功退，你们董事长，属螃蟹的，无法无天，横着走路是吧——他就是二十一世纪的盖世英雄吕布，谁都打不过他？你，李述作经理，是他胯下的赤兔马?"

"我不是马，董事长也不是吕布。吕布因为貂蝉毁了一世英名，嗨，听说董事长现在也被……"李述作被窗外射进来的汽车灯光晃了一下眼睛，幡然醒悟，心想，自己身临其境的，不是厚生集团总部院墙里面董事长说一不二的一亩三分地啊。这是在哪儿啊，你来这儿干什么？他的脸色刷地白了，结结巴巴地说："哦，梅、梅经理，咱、咱们这是央视《百家讲坛》、易中天侃三国是吧，跟、跟审计没、没关系吧?"

"为什么没关系？当然有关系!"我出法驳案，气冲斗牛。我抛弃了适可而止的想法，下定决心，不但不接受"威胁"，还必须以绝对的专业力量兵临城下，给予厚生集团攘肌及骨的威胁。俗话说，不给你点儿颜色瞧瞧，你不知道马王爷有几只眼。我要说，不给你拿出真功夫练练，你不知道CPA的胳膊能拧断大象的腿。我咬紧牙关狠狠地说："甭急，咱们唱、念、做、打慢慢来，演一出《审计演义》！当官的，先不提。我、王铮言，我们信达国际团队，就当在保定涿州'桃园三结义'了。来吧，三英战吕布，看谁是胳膊、谁是腿——跟他陈功退，大战一百回合！谁后'退'一步，谁是乌龟王八蛋!"

九

常言道，三个女人一台戏。现实当中，爱掐尖儿的两个就够。这不，田园搞出一张厚生集团的股权结构图，被我激赏有加，她在团队里，就像一颗冉冉升起的新星，光彩夺目。晴阳看在眼里心里直痒痒，多少还有点儿酸，因为她总觉得田园举止言行有那么一点儿恃功矜宠。她坐不住了，铆足了劲儿要争个竹帛之功，也让这个信达国际团队，乃至在事务所、工程公司，都要对她刮目相看。其实，她大可不必，她和王铮言老师在开发区成功登上"武昌城头"，斩关夺隘，早已战功赫赫。

“您瞧呀，王老师，我开始就怀疑这个‘六郎村’。您呢，却讽刺我说，‘晴阳，你那敏感性的触角就像八爪鱼，逮着啥都缠住不放呀，放手，赶紧放手吧，那是块石头，没营养，甭浪费时间哟’……”晴阳大嗓门，显然是故意让大家都关注她。

“咋啦？你这一惊一乍的。”铮言一个激灵，眼睛从电脑屏幕上挪开，双眸转向晴阳，不悦地问。

“王老师，您还记得不，当时高工关注到阴阳合同，咱们就合计，去六郎村项目现场看看，眼见为实。可他李经理，一拖再拖，现在还没去成。”

“记得啊，那时候不是忙着银行的事儿，没腾出空儿吗；回到这儿，资料太多了，看不过来，还没来得及去呐。”

高陆川听见了，在一旁搭茬道：“这个李述作，开始时守口如瓶，多给半张纸都不肯。等到咱们去趟集团办事处，就像闹了水灾，满眼都是白花花波浪似的成堆资料，看得眼花缭乱，有点儿找不到头绪，这些天，紧着捋顺，还真把现场勘查这事儿给忘到脑后了。——确实，我也有察觉，他呀，压根不想让咱们去现场，故意拖着。”

“嗯，我呢，向田园同志学习，也从网上挖地三尺，查它个祖宗八代——你们猜猜，我挖出了什么宝贝？”

“哈哈，还‘宝贝’呢，你不会挖出了一棵三星堆神树吧。”铮言揶揄道。

“王老师，您说的，哪儿跟哪儿啊，三星堆在天府之国呢。咱们这儿是环渤海好不。”

“难道是雍正皇帝第三份遗诏？他留下的两份遗诏，让儿子乾隆稳坐江山63年。雍正皇帝陵墓在保定易县的西陵，在环渤海圈圈里吧。”铮言看来真的下决心在这里安营扎寨生儿育女了，十分关注了解周边的人文历史环境。

我被打断思路，抬眼看了看晴阳踌躇满志的样子，心里有点好笑，催促她：“晴阳，你卖什么关子啊——你是北京天桥乐茶园里说评书的吗？快说——”

“嗯，”晴阳心里其实就等着我开口，刘备遇孔明——如鱼得水呢。她一甩黑亮的头发，正襟危坐，字正腔圆：“六郎村，远在天边近在眼前，它的位置就在郊区农场！”

“啊，为什么、为什么标注成‘六郎村’呢?”高陆川惊叫起来。

晴阳看来是备足了功课，她对照着电脑上下载的内容，摇晃着脑袋吐字清晰地讲解道：“六郎村呢，是个古战场。宋朝那会儿，杨家将里的那个杨六郎，在这里买了许多膘肥体壮的牤牛，摆了个牤牛阵，大战辽军，打了个大胜仗。这个村呢，因此得名。后来建郊区农场，合并撤销了好些自然村，六郎村从此在地球上消失了。这些年，地方上，绞尽脑汁找经济增长点，一个劲儿挖掘旅游资源，沾点儿历史事件、名人的老地名，都学会了遁地功，纷纷从土地里钻出来，起死回生了。这个六郎村，网上就能搜到。”

“嗯，现在旅游业时髦啊，绿色产业，挣钱不费劲儿。山东阳谷跟临清相距一百多里，为发展旅游业，都打起《金瓶梅》的主意，为‘潘金莲’争风吃醋，一个建起了‘金瓶梅’文化区；一个打出‘金瓶梅’故乡的旗号。‘西门庆’，这个千夫所指的大流氓，也摇身一变成了历史文化名人，‘香饽饽’啦。”铮言气不忿儿地说。

“太无聊了。我倒觉得，恢复‘六郎村’不错，至少有利于爱国教育吧，比那些不分青红皂白，一心向钱看，好多了。跟国家倡导的价值观也一致。”高陆川附和道。

“事出反常必有妖。”我没有表现出惊讶，也没有参与他们对村名字面以及相关的旅游资源开发的讨论。但在心里想着，“陈功退”，这个当下的“西门庆”，若干年以后，会不会也成为“历史文化名人”呢？这段时间，一直纠结着堵在心口的那个拿不准放不下的疙瘩，仿佛是春天的脚步踩过的麦田，渐渐解冻，浸润蓬松起来。是的，我更加坚定了对此“先入为主”的质疑。我问：“晴阳，你还记得我交代你的一个任务吗?”

“记得，这边的商业区开发，有可能被挤进了棚户区改造工程了。”

“原来如此，掩人耳目。这也太小儿科了吧。”高陆川嗤之以鼻。

铮言若有所思，“不得不佩服，他们做得很严密啊，至少我们从这么多资料里，没发现墙上的蜘蛛网、草原上的脚印。”

“也就是蒙骗、应付上头走马观花的检查，当地的相关部门，瞒得过谁呀，都是心照不宣，谁都清楚其中裹着的猫腻，没谁傻了吧唧去捅破这层窗户纸，得罪了开发商，给你穿个小鞋，那些小科员、科长们，以后就难有倪萍大姐的好《日子》喽——房地产开发商的能量，不是火电、水电能比的，得核电的千兆瓦。”高陆川感慨道。

“高工，拿着手头的平面图，咱们自己能不能去看现场?”我一时拿不定主意，问道。

“应该没问题，地块名称隐瞒了郊区农场，具体开发的项目，小区名称，应该能跟现场对应起来。我们对农场周边也有大概印象了——比如那条商业街、地铁站，还有我们住的宾馆，现场建筑物，谁也不能随便挪动。可以做参照物，纠正偏差。”

“再利用百度地图 GPS 定位，加个双保险——”

晴阳真是一个学习模范，她把田园传授的网络查询技能学得驾轻就熟，并能做到百尺竿头，更进一步。

“好。田园，你给指挥部的梁百栋主任打个电话，请他明天给咱们安排一辆车。”我环顾大家，多少都有点儿鸠形鹄面，这阵子真够忙乎的，仅仅看资料，数据信息堆积，脑子被挤压得快成花岗岩了，两眼冒金花，工作效率降低，难达事半功倍。于是就想着借此出去放放风，缓解一下疲劳，来个一举两得。

“他要是问去哪儿，怎么说?”

“就说随便转转，兜兜风。——哦，对了，你跟晴阳、高工一起琢磨琢磨，分项目，编制现场勘查表。这次没有项目公司的人做向导，要避免漫无目的地瞎逛，要做到有的放矢。”

“好嘞!”田园清脆的嗓音，听起来那么悦耳动听。

哟呵，多久啦，这段忙得四脚朝天，没顾上给大家播放《F 大调浪漫曲》。我在电脑上播放，音质更好，一阵优美的乐曲响起，大家不约而同地将眼光从电脑屏幕上收起，或仰头闭目养神，或眺望窗外，静静地享受天籁之音的赏赉。

都说贝多芬的弦乐作品拥有高贵、孤独的气质，不去抓你，不去挠你，不去向你抛媚眼，怀着真诚，只等你有兴趣主动敲开这扇门，然后坐下来静静欣赏……这首浪漫曲的旋律非常深邃、完整、简洁，同时具有向外扩张的内在力量，富有优雅、美丽而健康的气质，完全可以消解你的疲惫、焦虑、恍惚与不确定性……在小提琴与乐队的不断对话中，感受到被包裹的温暖和温柔之下强大的独立精神，没有乐队或小提琴压倒一边的倾斜，乐队与小提琴的相互衬托让人感到这是一种外形体量相差较大、但是精神完全平等的对话。

"哈哈，铮言，哝，你看——"我在脸上尽力挤出微笑的皱折，示意铮言抬头往上看——这座巍峨气派的小区门楼上，几个鎏金大字。此时在我内心翻涌着羡慕、嫉妒、愠怒等等感触搅拌而成的酸甜苦辣，我知道此时自己的表情很僵硬，不知就里的，会感到莫名其妙。我问他，又好像在自言自语："是不是有点宾至如归的感觉?"

"颐景园!"铮言脱口念出来，一瞬间，他凝固了，不过，这表情倏忽即逝，他反应机敏，心领神会，皱了皱眉头，对着那几个大字用力点点头，像是认亲。他转脸看我，目光碰撞的一瞬间，他惭愧地低下头，快步走开去。

看了他的电子邮件后，我决定放他一马，没有向所里惩戒委员会告发他，也没有向樊总反映，但我心里还是有些耿耿于怀，而且心有余悸，深知如此包庇，自己也是作奸犯科。我扪心自问，我是对他好，在保护他，还是在伤害他?为此，心里头总搁着个甩不掉的思想包袱，就是想用某种不伤筋动骨的方式让他付出点儿代价，给他这次违反职业道德的行为打个烙印，警告他，若任由野马脱缰，等待他的必将是加倍的惩罚，甚至毁掉一生。

按照勘查表，做了必要取证，填好表格。我们迈步走进一套样板间，过过眼瘾。

"哇塞，好漂亮的房子嘢!"晴阳兴奋地叫唤起来。

"太漂亮了，哎，客厅好宽敞，哦，那是厨房，也好大呀！……"田园也是目不暇接，赞不绝口。

"还有呢，这飘窗多亮堂、多漂亮呀!"

我接上话茬，谆谆告诫道："去年在广州，央企房地产集团的专项审计，我发现开发商利用飘窗'偷面积'。这是惯用伎俩，公开的秘密。这些年，因为'偷面积'引起的法律诉讼越来越多。'国 15 条'出台了，打击'偷面积'又多了个武器。可是，谁愿意打官司呢，赢不赢，放一边，谁赔得起工夫啊！以后，你们买房啊，对于‘飘窗’这类表面看着光鲜靓丽的，多留点心眼儿，不然，不知不觉，一两个平米，几万块就没了。”

“你俩啊，记住，干得好不如嫁得好，一定要心明眼亮，找个能买得起房子的帅哥。”铮言恢复了常态，驱逐了盘踞内心深处那个房子的魔鬼，使他内心坦荡，再无坎坷羁绊，一马平川的畅快。他又拿起好为人师的架子，循循善诱道：“只要嫁得好，几万块，不差钱。”

“王老师，照您这么说，我嫂子，心不明、眼也不亮啦?”晴阳反唇相讥。

“嘿，小丫头，你这是‘窝里斗’啊，咱们可是一个战壕里的，你别忘了，在开发区，咱俩可是冒着枪林弹雨并肩战斗，一起登上‘武昌城头’的。”铮言无言以对，也不好在这儿实话实说啊，不过近在咫尺的房子，给了他欢欣鼓舞的勇气，他不由得抬手打个响指，踌躇满志地说：“面包会有的，房子也会有的——你嫂子，她呀，名字来自《诗经》，那肯定是心明眼亮啦。晴阳啊，你敢不敢跟我赌一把，不出两年，我保证让你吃上我和你嫂子的喜糖!”

“好啊，好啊！我先恭喜啦！——我才不跟您赌呢，万一输了，哪怕赔一平米的买房子的钱，我也赌不起。”晴阳由衷地欢喜，拍着巴掌，她当然想象不到王老师买房当中的“暗箱操作”。

“王老师，您买房子啦！太好了!”田园也为之欢欣雀跃。

有房子多好啊！能够明媒正娶老婆了，可以光明正大地生娃了！我们，谁不为铮言买了房子高兴呢！发自内心的，因为，我们之中的任何人，都面临买房子这个最大的人生忧愁和困难，为别人买了房子而高兴，也就是预祝自己能够顺利买到房子。

站在敞亮的飘窗前俯瞰小区，绿化工程基本结束了，错落有致的树木、草坪、水系沟渠和小桥甬道；竟然还建了个泳池，虽然没有蓄水，但自上而下看去，贴着蓝色的马赛克的泳池，就像挂在天空的一弯明月，晶莹剔透。远处有座建在假山上的亭台，可以远眺小区内外的风景。临近门楼的地方，有一片冒出几个四边形尖顶的欧式建筑，应该是配套的幼儿园。这个小区定位颇高啊。我在心里赞叹，心想，自己什么时候才能攒足了买房的钱，在这种配套齐全、环境优美的小区里面买一套房子呢?

我转身看到高陆川站在窗户的另一侧，聚精会神地观察，看样子就想把小区里的每一个角落、细节尽收眼底。“高工，看房子，结构、墙面、防水、门窗……你的老本行，专业啊，怎么没听你念声，评头论足，干吗这么谦虚啊?”

“哦，我、我没什么可说的，真的。”高陆川看起来心事重重，却无意向谁倾诉，扭头快步走出这间卧室去客厅了。

看好样板间，沿着小溪边的甬道溜达到大门口，坐上车，来到地铁站口。该站的土建施工已经结束，露出地面一两米的混凝土构筑物，像是战斗堡垒，虎视眈眈。放眼过去，可以看到我们住宿的郊区宾馆，相距不到几百米。地铁站前面就是改造升级之中的商业街，虽然很多店铺因施工影响了生意临时歇业了，但临街店铺的尚未拆除的琳琅满目的招牌、霓虹灯，特别是那片已经凸显庞大体量正在进行外装修施工的综合购物广场，不禁令人回想往日的繁华景象以及想象竣工重新开埠后的车水马龙游人如织。

高陆川铺开了一张平面图，比画着，晴阳、田园在一旁做些记录，然后，他们拿着手机从不同方向，在商业街上来来回回地走来走去，对照一些建筑物、构筑物拍照取证。

商业街的道路也在翻新改造，还剩下最后一道工序——铺沥青。此时只见两辆越野车不约而同地开过来，在他们跟前停下来。梁百栋主任、李述作经理分别从车上跳下来，快步走过来。

“哎呀，梅经理，你们怎么也不说一声啊？我也好安排人陪你们指指道啊。”梁主任似乎有点埋怨。

“是啊，梅经理，你这么搞突然袭击，打得我们有点儿措手不及啊。”李述作忽忽不乐。

铮言爱答不理地瞭他们一眼，说：“我们这是放放风，顺带脚搞点儿副产品。”然后，他转头继续看高工他们在不远处一边拍照，一边在勘查表上做记录。

“副产品，啥副产品?”梁主任有点儿紧张，前言不搭后语地说道：“咱们这儿，都是钢厂的产品，全是硬货。”

“是吗？我看不见得，”我故意挑逗他一句，一语双关，“梁主任，您瞧，那个招牌，卖豆腐的，豆腐炖骨头有软有硬哟。您说，这条商业街改造，是骨头，硬货，那么，棚改工程就是豆腐了，您是这么个意思吧?”

“哈哈，我看这个比喻挺恰当——”铮言拍拍手，走近前来，语气里带着讥讽：“啃不了骨头吃豆腐——欺软怕硬。”

梁百栋有点儿蒙，他一时没听出来这两个干审计的话里话外的袅袅余音，就像是卖豆腐的合了筐，不知道哪块对哪块，吭吭哧哧地回道：“啊，梅经理，你真会开玩笑，哈哈——别说，那家豆腐，做得的确不错，远近闻名呢。”

李述作毕竟年轻，阎王爷嫁女——鬼精，脑际瞬间一个闪光，他眼看着梅经理他们剑锋所指，一道寒光扫向“颐景园”。但他还是有点儿慌不择路，开口就说：“梅经理，颐景园是自住房，不是商品房。咱们肯定按照批复的图纸施工，没有半点儿马虎。”

“噢，自住房?”我闻声盯着他，看得他心里发毛，心里说，你们糊弄假洋鬼子呢，自住房？那块地皮本来是安置农场职工的，你们通过不正当手段，七弯八拐暗度陈仓，改成了自住房保障房工程，你果真诚心诚意建保障房也好啊，可是，你们睡在棺材里伸手——死要钱，贪心太重，只在几个夹层卖不动的角落安排了些保障房，就顺理成章把小区做成了商品房啦。我面无表情地抬手指了指颐景园的北侧说：“那边有几排房子，不太像是工厂的车间，李经理有兴趣带我们去看看吗——甭担心，我们只是过过眼瘾，买不起，影响不了你们公关部门的业绩。”我明知那是几排连体别墅，而且根据经验，其大部分业主都不是市场上不确定消费者，嘴里却不挑明，故意跟他打哑谜。

李述作浑身打了个冷战，他知道，人家审计的都来现场看了，还跟着造价工程师，要想瞒天过海，那是从河南到湖南——难上加难啊。他稍微思虑，开口接上话茬：“各位专家如果感兴趣，我能做主，最大的优惠折扣，啊，给自己，给亲戚买，都行。”

“不买，不买，放心，不为难你，李经理。待会儿签个字——”我撂下在那儿打愣的李述作，瞥一眼神情黯然的梁主任，眼光伸向远处，寻找高陆川他们几个人的身影。

李述作没有强词夺理跟我们打马虎眼，我心里轻松了一些，同时油然而生感慨。嗨，市场经济嘛，哪家企业，无论私人的还是国有的，都得一心一意朝着利润撒丫子奔跑啊。剑走偏锋，歪门邪道，挣了不该挣的钱，责任也不该一股脑推卸到企业头上，政府各个职能部门，各专业监管的，都去哪儿啦？莫非"躲进小楼成一统，管他冬夏与春秋"，在那儿排别墅里喝酒、搓麻、泡妞啦？这不是企业的错！至少不能让企业负全责！几千年封建史，老百姓也好，企业也好，"父母官"叫顺嘴了，孔子死了2500多年，没人较真三纲五常了。其实，哪天创造财富的企业与吃铁杆庄稼的官员之间的"辈分"颠倒过来，才符合中国社会主义市场经济的纪纲人伦。在这里，暂且罔替。前几年，湖南卫视从韩国MBC电视台引进《爸爸去哪儿》这个亲子户外真人秀节目，收视率比较高。据说，之所以引进这档亲子节目，是因为都市的快节奏生活使父母和孩子间很难有机会共享天伦之乐，"节目并不是为了秀一下'星爸'和'星二代'的生活八卦，而是为了给80后父母们展示出一部生活教育百科全书"。我们不妨在此提个两会的预备议案：请央视或哪家卫视创新一档"儿子"是企业、"爸爸"是官员的亲子节目，回答一下有关企业的《爸爸去哪儿》了？让千千万万的企业真正享受到儿女被爸爸呵护疼爱的那种"天伦之乐"。

说话间，高陆川他们几个按照勘查表上的项目、要求，完成拍照、丈量、记录，走了过来。

大老远的，高陆川就嚷嚷："李经理，你什么时候赶过来啦？我正想给你打电话呢。"

往这边走近些，田园甜甜的嗓音，就像春风拂面："梁主任，您也来啦。您太忙了，怕影响您工作，没约您一块来踏青。"

"你们，你们这是'踏青'吗？简直是在'蹚雷'嘛！"梁主任有点儿恼怒。

其实，这都是我们预先写好的"台词"。现场勘查表虽然经过我们实物核对、拍照取证等程序，填写完整，但如果没有被审计单位相关人员的签字，是不具有审计证据的证明力的。怎么才能让他们签字呢？这次我们可是没有经过他们安排，自作主张"擅自"前往现场勘查啊。后来一合计，此事须智取，不宜强攻。根据经验，现场勘查表，既然冠以"现场"，那么就要尽量在现场签字，面对现场客观事实，眼见为实，即使有心拒绝签字，他内心也无法给予足够的抗拒力量，身处被动，我们掌握主动，相对比较容易一举拿下。一旦离开现场，就可能遭遇推三阻四的麻烦。眼前一张纸，没有任何压力。所以，我们决定，到现场后，就跟现场管事的直接亮明身份，这样一来，你甭急，自然而然有人会替你及时通风报信，签字的人，就会不早不晚地赶到现场，与我们不期而遇。此时，我们递给他一支笔，请他在勘查表上签字。他也许会犹豫片刻，甚至大呼小叫不签，但最终面对现场客观存在，再施加雕虫小技，他最终不得不签下自己的尊姓大名。

梁主任的恼怒影响到了他配合审计的积极性。田园把有关商业街的勘查表放在汽车玻璃窗上签上自己的名字，然后递给梁主任。

“这个，”梁主任闪烁其词，“梅经理，我现在不能签字，得拿回去，向马场长汇报一下，是不是需要经过场长办公会议出个决议啊。”

“您是指挥长啊，这条商业街的改造工程，属于您的职权吧——农场的组织结构图，分工写得很清楚啊。”

“不行，不行，我不能签——”梁主任把脑袋摇晃得像个拨浪鼓，“哎，高工，你看看，上面留了这么多专业符号、术语，是你写的、画的吧？——我也看不懂啊！”

高陆川伸手接过勘查表，扫一眼说：“梁主任，这些备注，不是主要内容，您如果不放心，可以在下面注明只对记录的实物确认，不包括备注内容。”

“走不了几步路呀，梁主任，您从指挥部叫个工程师过来，让他审核一下，你俩联签。”田园指了指不远处那栋作为指挥部的小楼，提出合理且可行的建议。

“签了吧，梁主任，不涉及‘三重一大’，没必要上办公会议。”我鼓动道，就想当场解决，生怕夜长梦多，节外生枝。

这张勘查表很重要吗？是的，非常重要，且有相当分量。只要签字确认事实，那就将成为审计组打造相关证据链条的一个砸不烂烧不断的铁环，而这个证据链将支持下定商业街工程违规混入棚改工程的审计结论。这个结论，非同小可，将引起多米诺骨牌效应，一系列的重大的甚至追究刑事责任的违法违规问题，由此浮出水面，原形毕露。例如违法享受国家政策给予棚改工程的低息贷款、税收优惠、免收城市规费等。由于郊区农场棚改工程投入巨大，涉及的违法资金，必将以几百万、上千万计。这些资金，难道惠及了农场职工，增加了郊区农场营业外收入，或者降低了商业街施工成本？不，依据手上的资料，不大可能！那么，究竟流向了哪里，装进谁的口袋里了呢？

“不行，不行！你们呢，梅经理，不要吃着肥肉，在这儿油腔滑调地唱——今天的报幕根本就没这出戏，我不会跟着唱的。”

梁主任一改以往的谦恭，脸上流露出一丝不易察觉的狰狞。看来是王八吃秤砣——铁了心了，他摇着头，往远处走了两步，那厌恶和警惕的神情，就像是躲瘟疫。他不再去接高陆川递给他的勘查表。

看到梁主任摆出一副死猪不怕开水烫的架势，我心里好笑，他这个人本来是个擦粉上吊——死要面子的，看来真是逼急眼了，不然他不会这么不顾面子。这样一来，倒是向我们传递了一个信号，商业街的严重问题，不是我们先入为主的猜测或臆想，而是现实存在。

上山砍柴，过河脱鞋，到哪说哪。对于可能出现的这种僵局，我们早有预料，老子曰“是以君子终日行不离辎重”，我不是老王卖瓜自卖自夸，吹捧我们信达团队多么神勇，我们确实做到了有备无患，不会因此束手无策。因为我们的手里拎着一把关羽的青龙偃月刀，正如《三国演义》里描写的，关羽与黄忠大战一百回合，眼见黄忠刀法全无破绽，只好后退十里安营扎寨。关羽晚上愁得睡不着觉，辗转反侧，突发奇想：“老将黄忠，名不虚传：斗一百合，全无破绽。来日必用拖刀计，背砍赢之。”没错，“拖刀计”，一刀砍破僵局。

铮言先发话，表面看，摆出个“诈降”的样子，帮助梁主任把绷紧的神经松弛下来，促使他放松警惕。他大大咧咧地说：“梅经理，就一张勘查表，算了，别太为难梁主任了。”

我很无奈的样子，摊摊手，冲着高陆川说：“那就把勘查表先给田园收起来吧。其实，这表也没那么重要，签不签的，没什么用，再说吧——不过啊，梁主任，您这么拒绝，彼此脸上都不好看噢，到时候，一些事儿，我们也就不好通融啦。直接上报审计局王处。”说着话，我给晴阳使了个眼色。

昨天编好了现场勘查表。吃晚饭的时候一起商量，就谈到了万一发生拒绝签字确认怎么办的问题。大家一时半会还真拿不出十拿九稳的计策。这时候，是最能突出个人本领的。而针对商业街，晴阳还真的贡献出了一把“刀”，她当时脸上虽然挂满得意，但尚未意识到，功夫不负有心人呢，她晴阳，真应了那句谚语“谷地里的高粱——冒尖儿”了。

“哎，我说过呀，‘向田园同志学习’，查它个‘祖宗八代’。怎么查呢?”晴阳思路清晰，身手敏捷，她照着自己的思路侃侃而谈：“那个商业街吧，还在改造施工当中，百度地图还没有更新，我就借鉴咱们做报表审计的时候，抽查凭证的办法，有点儿笨，但牢靠——我按图索骥，从地图查找‘凭证号’‘摘要’，凡是叫某某公司的，我就确定为‘金额大’或异常，挨个查——嘿，还真查到了一个大家伙……”

“哈哈，晴阳，你不会也查到了‘陈功退’吧?”田园笑嘻嘻地打趣。

“没，没有，个头儿没那么大，但也挺肥呢。”

“嘿，小丫头，你又在卖关子，说评书呢——到底是谁，什么大家伙，对咱们有使用价值吗?”铮言等不及了，瞪着眼珠子催道。

“没、没说评书，梅经理上次都批评我了，我没忘——古希腊哲学家赫拉克利特说的，‘人不能两次踏进同一条河流’嘛，我怎么会再犯错误呢。”晴阳看我一眼，又瞥一眼田园，似乎在等待我的鼓励和赏识。

我看在眼里，心里既觉得有点儿好笑，又觉得她的执着值得赞许，真切感到有那么一股力量在推动着你，那是受到人与人之间因拼搏和竞争形成的给予你腾飞而上的力量。嗯，没错，员工，尤其是年轻员工，是需要赏识和激励的。作为项目经理，你需要主动地而不是被动地，积极地而不消极地面对在企业管理中的那个原始的命题，那就是“如何激励员工”。这就需要善于发现员工细小的变化和进步，及时进行鼓励，发现并指出其不足，帮助其完善和纠正，促使他们与时俱进、共同成长。这个过程，你必须有所作为，但绝不是一块冷若冰霜的铁，而是一个有温度、有热情、有思想的兄长。我嘛，正在努力做这样的一个“兄长”。

“晴阳，既然你是学习田园，‘青出于蓝而胜于蓝’嘛，相信你会有新的尝试和开拓——田园是从投资关系入手的，厚生集团是已知的查证对象。而你呢，从商业街的企业入手，查证对象是未知的，不确定因素多，困难也多，这就是创新啊！你看看，大家都瞪大了眼睛，在等着你的创新品牌闪亮登场呢!”

“呵呵，梅经理，您真会说——”难道女的都喜欢争风吃醋吗？田园在一旁敲起了锣边儿：“我看您要是去北京天桥说评书，肯定场场爆满，德云社得关张了。”

“嗯，我看行。”铮言长期带队做项目，对于激励员工，同样深有感触。他赞叹道：“钮英讲的，属于管理科学的范畴，跟咱们抓‘大鱼’，两码事儿。懂吗？这是‘领袖’潜质。现在，公司加强了网络培训，就是‘说评书’嘛，就是开辟了一条捷径，方便年轻员工学到来自实践的审计技能，课本上的教条，到了外勤，屁吗不顶用。”

“好了，听晴阳说吧。”我摆摆手，阻止偏离主题的马屁精。

晴阳也是跃跃欲试，看着大家闭上嘴，都朝她投来敬慕的眼光，她忽然显得有点儿紧张，快速翻了翻笔记本，平静一下心绪。只见她挺胸抬头，像是在做报告。

“各位，听好了，一家销售农资的公司，是郊区农场的供应商。在这家公司里头，我查到了一位重量级人物，他是谁？梁百栋——郊区农场棚改指挥部主任!”

“梁百栋？他在那里干什么，哦，什么职位？”铮言不等晴阳话音落下，追问道。

“他是股东之一，职位是监事。”

“投资多少，占股比例？”我问。

“现金投资 200 万元，占股 15％。”

“那家公司的‘梁百栋’，指挥部的‘梁百栋’，是一个人？你拿什么，给他俩画等号，而不是约等于号？”这个发现，无疑是个重要的审计线索。可是，转念一想，郊区农场与商业街虽然近在咫尺，但不能绝对排除存在同名同姓的情况。

“拿身份证。”晴阳翻开的笔记本，溜了一眼，胸有成竹地说道：“我从相关资料里查到了这家公司的‘梁百栋’的身份证，跟郊区农场工资发放表里的

‘梁百栋’身份证核对了，号码信息一致。”

“好！方法得当，证据确凿。”身份证号有唯一性，只要信息一致，即可判定为同一人。我不禁为晴阳拊掌击节。

“晴阳，好样的。聚焦商业街、筛选公司、股东投资、身份信息核对、确认事实——这查得，行云流水，一气呵成，没一点拖泥带水。”铮言不失时机地给予赏识，在晴阳今后的奋发努力的翅膀上，又插了几支有力的翼羽。

作为带领团队的项目经理，你此时又要注意不要顾此失彼，让某一位落落寡合，觉得被忽视了，以前的努力被一笔勾销了。平衡关系，对于团队凝聚力，非常重要。

“我记得中共中央办公厅、国务院办公厅印发过一份26号文件，是针对国有企业领导人员廉洁从业的规定，里面说得很清楚，禁止国有企业负责人投资办企业。田园，你搜一下，给大家念一念——”这个节目，我有意安排田园来出演，不让她感到冷落。

“哦，请稍等——”田园急忙掏出笔记本电脑，打开，从中查找调取文件，她先溜一眼，微微一笑，然后也学着晴阳的样子，挺胸抬头，字正腔圆地念道：“这份文件全称叫‘国有企业领导人员廉洁从业的若干规定’，在第五条有专门规定，是这么说的，‘国有企业领导人员应当忠实履行职责。不得有利用职权谋取私利以及损害本企业利益的下列行为：（一）个人从事营利性经营活动和有偿中介活动，或者在本企业的同类经营企业、关联企业和与本企业有业务关系的企业投资入股……’”

实际上，梁百栋作为国有企业的高管，查证其违规向其他企业投资入股，这已经超出了本次安居工程跟踪审计的范围。但是，有的时候，将此类看似“无用”的证据顺手牵羊，往往能够在促进和扩大审计成果的过程中，作为旁敲侧击，或者另辟蹊径的有效工具。违法违规者，一般都有做贼心虚忐忑不安的心态，他并不清楚审计对象的具体范围，当你亮出这个证据时，他的第一反应，说是被吓得三魂出窍，可能有点夸张。但是，若对此面不改色心不跳，应对自如，真的是凤毛麟角少之又少。于是，我们就捏住这个把柄，当作万不得已时的“拖刀计”。当然，在《三国演义》里，关羽针对黄忠的“拖刀计”没有成功，那是因为黄忠马失前蹄，关羽不屑于乘人之危，没有下死手。这恰与我们借用此计的目的不谋而合，即点到为止，签字即可，压根不想“杀人”。

“商业区，是个严重问题，一旦坐实喽，郊区农场，恐怕得有人去坐牢。梁百栋肯定特别谨慎，不会痛痛快快签字。实在不行，晴阳，你演黑脸吧——你不是信达国际的会计师，是北京天桥评书名家连丽如。你就撇着京腔、拿着腔调，把第五条给他念上两遍……”

“好勒，大伙就等着看好吧——定把他手到擒来!”

晴阳清脆的嗓音在清芸雅间回荡，余音袅袅，就像春天的屋檐下闪过的燕子，那矫健的身影久久映照在亮晶晶的眸子上。

十

厚生集团办事处的这间会议室，我们又来了。这次不是兴师动众前来为了敦促提供审计资料下达“最后通牒”。而是根据《中国注册会计师审计准则》，应约前来与该集团治理层就审计发现问题依法进行沟通。

古色古香的雕花座钟已经敲响了 11 下，会议室里的空气正在渐渐地被挤压，失去水分和空隙，要将整个房间浇筑成一个密不透风的混凝土构筑物，坐在会议桌两侧的人，似乎已经意识到了临近窒息的险境。

面对窗户的一边，我和铮言、高工、晴阳、田园，一溜儿坐着，各自的电脑屏幕闪烁着光芒，似乎也在与审计组桴鼓相应；印有信达国际 LOGO 的笔记本和签字笔，摆在一旁；打印成册的审计底稿，人手一份。邸科长作为名义“主审”，一直盯着厚生集团，他或已断定，在这里一定能为他的仕途挖出一块敲门金砖，因此他执意要参与。但他比刚进场的时候更加谦虚谨慎，不再与我们正面交锋。他谦恭地坐在田园的左侧，没有按照桌牌的位置，坐到我的右侧。照他的话说，只带着耳朵听，不插话，不发表意见。背朝着窗户的，是以刘副总为首的厚生集团在本地的管理层人员。

通常情况下，为了力求审计项目完成得圆满，不出现审计报告确认书被拒绝签字、盖章的难堪和被动局面，现场审计工作接近结束，趁着审计组尚未离场的时候，一般都会安排一两次审计组与被审计单位就发现的主要问题进行的面对面沟通。某种意义上说，这是一场没有硝烟的战斗。尤其是重大审计项目实施当中，发现了重大违法违规问题的情况下，对于双方来说，既是狭路相逢勇者胜，更是足智多谋的智慧角力。任何一方，都不会轻易偃旗息鼓退避三舍。而当下的会议室，就像是硝烟弥漫的前沿阵地，刚刚经历了一场唇枪舌剑的殊死厮杀，双方处于胶着状态，鹿死谁手，尚不明朗。但是，从气势看，信达国际团队盖过了对手，他们一个个器宇轩昂斗志昂扬；而对面，一个个显出了垂头丧气六神无主的样子。

沉默了十几分钟了。空气近乎凝固，有的人呼吸急促起来。

“梅经理、高工，那份阴阳合同，你们的结论，我们认了。怎么样，我们非常配合吧?”刘副总沙哑的嗓音划破寂静。

高陆川扭头朝我看一眼，见我没有开口的意思，便接上话茬说：“那好。不过，还得请你们提供相关工程量、支付工程款的资料。”

“高工，你等等啊，我催一下监理和财务，尽快准备。”李述作看到刘副总扭头盯着自己，就先满口答应，但要了点滑头，把第一责任人推给其他部门，争取回旋余地。

我心里清楚，这是以退为进的招数，企图丢卒保车。但是，遭遇到信达国际团队，他们呢，中药店里的揩布——揩来揩去都是苦。这怪不着别人，谁叫你“坏”，还“坏透”了呢。所以，结果往往事与愿违，不但让你狗熊掰棒子，还会让你捡了芝麻丢了西瓜。

又沉默了几分钟，刘副总有意清清嗓子，扭头瞅了瞅财务总监杨总。杨总会意地一点头，按照提前布置的攻守同盟条约，继续落实他们的“退一步，进两步”的策略。

“梅经理，这样吧，除了技术咨询费，有关预收房款补税的底稿，我们签字盖章。一分一厘不少，下个月，啊，不，这个月底前，我们马上跟税务局沟通，补缴、全部补缴。”

“全部补缴?”我故意停顿一下，让对方有个过脑子的时间，“根据资料，现场勘查，我们认为贵公司混淆了保障房认定标准，上报自住房，实际是面对市场的商品房……”

“这个、这个……”杨总瞥一眼刘副总，见他表情严肃毫无反应，转头朝我诚恳地说：“这样，我们先按照保障房测算的欠缴部分，全部补缴，下来再……”

我才不会中他们的缓兵之计，给你时间，地方上的税务机关，相信他们原本也是钢筋铁骨的身子，却经不住你们糖衣炮弹的连续攻击，碎裂了，再被你们用熔化的金水掺和种种含有有毒物质的溶液不断搅和稀释，早就成了扶不上墙的烂泥啦！切，你以为我们不知道，一旦脱离审计组的视线，哪里还有“下来”啊，肯定是不了了之。因为房地产开发，有个不成文的“潜规则”，盖好了楼，销售一空，钱拿到手，物业移交，项目公司立即注销。人还在，公司没了。根据《公司法》，依法办事，很多事就成了“无头案”。这时候，“下来”等于“没了”。我怎么可能给他转圜的空间呢，于是，斩钉截铁地说：

“杨总，要是补缴呢，建议按审计结论一次性全额补缴。如果按您分次补缴的意见，我们就认为是不接受审计结论，您直接在底稿下面表示拒绝就可以了。我们把涉税问题写入报告，报告审计署，再由审计署批转当地政府落实。”

“是啊，你们‘下来’是什么意思？”铮言在一旁帮腔道：“‘下来’跟地方税务局沟通是吧？他们如果能够依法征税，还有‘补缴’的事儿吗？账面上的数字，一目了然，税务专管员、稽查大队的，不可能都是烟雾里赏花，看不清吧？”

“那、那么，这么办吧，退一步海阔天空，咱们、咱们……”杨总举棋不定。

“梅经理，我们接受审计结论，给各位专家一个痛快，一次性补缴。”刘副总一言九鼎。

“好！”我不禁为之叫好。觉得这个刘副总挺识相，有心机、有眼光、有担当。当然，与他手里的权柄比较大相关吧。有些事，撞了南墙才回头，伤不到筋骨，尚可一试；有些事，撞了南墙，头破血流，站不起来了，得不偿失，后悔莫及。现在，老老实实，补缴，利用你们的旁门左道争取少罚点儿，才是人间正道——破财免灾吧。

有关补缴税金，是我们连续作战一周时间确定下来的重大审计成果，其中预售房款未确认收入漏税一项，涉及金额近4000万元。如果再加上滞纳罚金，地方城建税、教育费附加等，恐怕得补缴一个多亿。如果引用《刑法》“纳税人采取欺骗、隐瞒手段进行虚假纳税申报或者不申报，逃避缴纳税款数额……数额巨大并且占应纳税额百分之三十以上的，处三年以上七年以下有期徒刑，并处罚金”。根据最高人民检察院、公安部《关于经济犯罪案件追诉标准的规定》，“数额巨大”的标准是一万元以上。税费因关乎维护国家利益及控制企业经营风险，通常作为审计重点。我明白，滞纳税金金额特别巨大，仅此一项，厚生集团已经触犯刑律，抓人判刑，肯定不会是“陈功退”。那又是哪个替罪羊倒霉呢?

当时我们提交给他们的底稿里，程序严谨，步骤缜密，铁证如山，结论不容置喙。

审计过程：

1. 取得房屋预售合同。检查有关房款交付方式为受买人于合同签订日支付73%，剩余房款用公积金贷款于主体结构封顶证明之日起22个工作日内，与买受人签订借款合同的银行将贷款足额支付至出卖人提供的专用账户。

2. 根据会计报表、科目余额表统计。本年度该项目实际收到预售房款……

3. 检查本年度会计报表（利润表）。本年累计营业收入0；营业税金和附加0。

4. 计算应缴纳税金……

审计认定的事实摘要及审计结论：

该公司未按照规定正确计算应缴纳税金并及时、全额缴纳，滞纳增值税（营业税）、企业所得税、土地增值税，三项共计3 917.03万元（不含城建税、教育费附加等地方税费）。

沟通的战场也是瞬息万变，波谲云诡，需要把握好进退节奏，创造战机。眼下看，显而易见，对手开始有计划、有秩序地退却。以往经验，凡是涉及重大风险和违法问题，都不可能在外勤阶段最终解决。现在，他们已经主动做出了重大让步。我思忖：他们的底线究竟在哪里，会不会婴城固守，会不会绝地反击？我准备来个打草惊蛇，试探一下。

我扭头看了看铮言，他在按照税法精确计算税金，真是闲得慌。我抬手推他一把，轻声对他说："铮言，你和晴阳在'武昌城头'拔下的那面旗子，摇一摇吧。"

"啊!"铮言惊讶得张了张嘴，但马上就心领神会，快速翻找底稿，抽出几张，然后正襟危坐，扫视一下对面，也许触及的问题过于敏感、重大，他虽久经沙场也不免有点儿紧张。他抓起杯子喝口茶，稳定心绪，照着底稿开口道："有个、有个资金池的问题。我们是从舜德公司一份报告里看到的。报告说，采取措施，规避销售资金监管和开发贷监管，截至目前已向集团回款 6.8 亿元，已超额完成集团下达的指标，力争年底向集团回款 11 亿元。厚生集团将子公司预售房款集中使用，实际发挥了财务公司'资金池'的作用。你们明确告知，无法提供相关批文，所以我们认为存在被国家相关部门金融秩序整治、查处的风险。"

"的确，我们不否认，这么做，是起到了'资金池'的作用。但是，集团制定了专门的制度，经过董事会批准，舜德公司，作为子公司，不过按章办事吧。"杨总语气虽轻松，但底气不足。

"呵，厚生集团，它是联合国下属机构吗?"晴阳心直口快，语气带有讥讽。

刘副总怔了一下，晃晃脑袋，忙解释："不、不，厚生集团，那肯定是中国的公司，纯正的中国血统，没有一分钱的海外资本。"

"那不得了，按照《企业集团财务公司管理办法》，'资金池'，要经中国银行业监督管理委员会审查批准的。"晴阳撇撇嘴，不屑地说："我还以为厚生集团的股东是联合国呢，比国务院还牛。"

刘副总与杨总面面相觑，但似乎还没有戳到痛处。我给铮言递个眼色。他猛地提高了嗓门单刀直入地问道：

“请问，杨总，舜德公司有笔股东打进来的 9 亿元款项，转给了集团，是怎么回事?”

“啊，什么 9 亿元?”这个问题，杨总万没料到，有点儿蒙，但毕竟坐到总监位置的，都不是酒囊饭袋，都得有点儿真功夫才行。稍稍一愣，他逐字逐句在脑子里捋了捋，避免出错，慢吞吞地解释道：“噢，那是一笔会计差错，误转账，打错了。都是一家人嘛，差错嘛，所以，明细账上就没记录，省得税务稽查找麻烦——他们一般是不看银行对账单的。”

听到这儿，我暗暗佩服杨总，厚生集团有真才实学的行家里手。他简直就是通幽洞灵，一刹那，似乎就洞察到了我们的内心深处。所以，直接给你亮开了讲，“老子没记账，咋地?”你没后手了吧，别追问“为什么不记账”——这至多是个会计工作规范性问题，太低级，谈不上什么成果，甭纠缠，有意思吗?

当然，这只是他的一厢情愿，所谓魔高一尺道高一丈。他想不到的是，我们真的有“后手”。但是，我不想在这里把窗户纸戳破，因为厚生集团没有能力照亮黑暗，你什么也看不清楚。于是，我示意铮言打住，言归正传：“对了，刚才的涉税问题，还没说清，那笔技术咨询费，2420 万元，既然提供不了成果文件，我们无法确认成本，需要补缴企业所得税、土地增值税，速算下来，也得几百万呢!”我是有意把注意力吸引到“税费”上来，想借此声东击西，来个火力侦察。

“梅经理，您可能不太了解，房地产开发吧，谁都想多囤地，多上项目，可是呢，哪家公司，都是那么几个人，怎么办，所以很多事儿都得外包。”李述作开腔道，语气倒是缓和许多，没有了那股“不畏死”的硬气。他诚恳地解释：“技术咨询，就是外包嘛。正常的支出，肯定要记进成本。如果不允许扣除，还得交税，我们开发商，就要喝西北风啦!”

铮言接过话茬，反驳道：“外包，没问题，那你得外包给有能力的吧? 底稿上我们写得很清楚——通过国家工商信息网站查询，君佑企业管理有限公司，注册资本 100 万元。可是，成立不到两个月就向舜德公司投资 2000 万元。李经理，你给解释一下，这家公司，哪儿来的投资资金，合同上约定的技术服务，它有能力提供吗?”

“嗨，这个，专业技术活儿，可以再转包嘛。哦，高工应该了解这些内幕。至于资金嘛，你们审计的，更清楚，哪有几家公司刚成立，股东实打实地打款啊？”李述作不摸锅底手不黑，说的话，逻辑出现了缝隙。

“合同有个附件‘备忘录’，约定双方签订的技术咨询服务合同仅作为舜德公司支付费用的依据，不作为双方工作依据；除技术咨询服务费用的支付外，合同中的其他内容不产生相应的合同责任。——李经理，你怎么解释？”晴阳乘胜追击，不让他喘气。

“这个我来解释一下，我比李经理了解——”刘副总摆摆手，阻止李述作胡编乱造，话说得乍看起来倒是能自圆其说。“各位专家应该看到了，我们出了份《技术咨询合同成果资料的说明》吧。这里头呢，有个时间差，李经理当时没在这个项目上，不大了解——就是项目从获得土地到实际交付开工，这段时间，其实君佑管理公司已经派遣人员进场，提供项目管理工作及其技术咨询服务，因此呢，项目现有的所有资料，包括但不限于设计方案、设计图纸、季度质量检查等等，都应视为成果。之所以签个‘备忘录’，就是避免双方发生纠纷，舜德公司不要否认前面的服务，君佑公司呢，不要重复收费。就是这样的，梅经理，我这么说，说清楚了吧。”

晴阳显然不满意，她就像八月八的蚊子嘴头厉害，就想一下子叮死谁，连珠炮似的追问：“再怎么，多少能拿出点技术咨询的成果吧？至少几张纸，几页记录的——合同上说，专业技术人员通过电子邮件、现场参会、现场指导对项目进行设计、策划等。对项目市场、客户和产品定位，销售推广等营销战略提出专业意见；对项目售楼处等销售设施设计、装修、蓄客运营等环节提出专业意见，等等，这么一大堆技术服务——难道一封电子邮件、一份会议纪要、一片纸都没留下来……”

李述作见晴阳这么诘问，感觉有股一竿子捅到底的劲头儿，有点儿气急败坏，忽地站起来，指着晴阳叱责道：“走，我现在就领你去施工现场，亲眼看看，什么叫技术服务！”

几点火星子，不多不少不早不晚摩擦出来，闪烁着贼亮的光。我心里可以断定，至少在技术咨询服务这个问题的刨根问底的深度方面，我们虽然两眼放光，看似把夜空照得雪亮，但是，我们只看到了眼力所及的地方，若心力不足，是无法察觉到那条阴暗的背影。厚生公司的内幕操盘手，或已因此对我们视如敝屣，暗暗骂道：一群废物、傻瓜、笨蛋！——这，却正是我们想要摆正的对手心态。

各行各业都有着由其专业性技术及其规范所决定并显现出来的特点，涉及不同的材料、规格、质量，乃至细致到每一个公式、一毫米、一根线，等等。所谓三百六十行行行出状元，从另一个角度理解，就是一个人不可能行行都懂。俗话讲，能拿一斤买十两——量力而为，都要留有余地。但是，对于CPA来说，因为其审计的对象，涉及各行各业，不但要面对堆积如山、纷乱复杂的客观审计资料，同时还要面对不同人的形形色色、人事的错节盘根。于是，形势逼迫他们不得不虚心向穿山甲学习本领，秘籍须臾不离手，日久天长练就一种许多行业或职业不具备的本事，那就是会钻的勇气和胆量。由此来看，从行业角度来审视，CPA就像有了二郎神的本领，多了一只眼。说他们八仙过海各显神通，也许还不能大含细入，因为二十一世纪中国的经济社会发生的震古烁今翻天覆地的变化与发展，远远不是蓬莱周边的“海”能与之媲美的。

火候差不多了，不能烧焦喽。这时，我装傻充愣，表现得有点不耐烦的样子，态度也有些粗暴。我冲着晴阳大声诮责：“晴阳，咱们会计师，不懂工程技术，承认这点，不丢人。跟人家死乞白赖地争，能争出个丁是丁卯是卯吗?”

“对喽，隔行如隔山，局外人就是有什么事看在眼里，也是猪八戒吃人参果——食而不知其味。——梅经理，外行不冒充内行，会计专家嘛，不懂盖房子，咋啦，有什么大惊小怪的，很正常啊。您呀，梅经理，虚怀若谷，令人钦佩!”刘副总赞不绝口。

“啊，梅经理，您呀，是诸葛亮，有真本事，但谦虚，不学司马懿破八卦阵——不懂装懂。”杨总故作矜持，一直正襟危坐免张尊口，此时也赞誉有加，还联系上了三国人物，诸葛亮的八卦阵，这倒是与我们的“坏”相仿相效。

的确，我们排兵布阵了，不过，跟我们交手，不懂装懂，钻进“八卦阵”的，不是厚生集团，而是那家商业银行。

十一

贵商业银行：

我局在对舜德房地产开发有限公司进行审计过程中，发现其关联企业君佑管理有限公司在贵行设有银行账户。现根据《中华人民共和国审计法》第三十三条的规定，由我局对该账户进行查询，请予协助、配合，并提供有关资料。

以上查询事项，请你单位及有关工作人员依法严格保密。否则，将依法提请相关部门追究法律责任。

铮言从邸科长手里接过“协助查询单位账户通知书”，双手捧着，快步走过去，递给晴阳，叮嘱道：“晴阳，你轻拿轻放，搁好喽，千万别弄丢、弄破了啊！”

“放心吧，王老师，我又不是八岁的孩子！”晴阳下意识地紧紧捏着这张重若千钧的纸，放到嘴边，对准审计局大红的印章，呼呼地吹了几口，马上又自嘲地说：“嗨，我都被王老师吓唬傻了——您瞧，这审计局的大印，最迟也是昨天下午盖的，我怕没干透，蹭脏了，还傻了吧唧地吹呢。哈哈！”

“嗯，我看你真傻了！但不是王老师吓唬的——”田园笑嘻嘻地奚落道：“一日不见如隔三秋噢，嗯，三秋，季节闹得吧……”

晴阳没理她，埋头整理电脑包，把通知书夹在笔记本里，拉上拉链，拎在手里，感觉比平日沉重了许多。她回头瞥见田园，刚才的话还袅袅于耳，再一琢磨，她才缓过闷来，反唇相讥道：“嗯，你不傻，精得跟猴似的——快成小秘了。”

“叫你胡说！”田园冲上去在晴阳胳膊上拧了一把，听到她尖叫一声，才解气地一甩手。她手上拎着两个电脑，有个是我的。这时候，她把两个电脑包左手右手地倒换，确定不了是放下一个，还是两个都放下，或者继续这么拎着，怎么好呢？她踌躇不决，脸涨得通红。

我去了趟洗手间，匆匆走回来，进门就问铮言：“拿到了吗?”

“拿到了。”铮言指了指晴阳的电脑包。

“好，走吧，赶早不赶晚。”我顺手接过自己的电脑包，田园如释重负，但又好像有点儿落落寡合。我没当回事，急匆匆走向电梯，奔下楼，陈主任帮忙安排的商务车正等着我们。我们四个人鱼贯登上车，汽车发动起来，拐向环城大道朝着市区的那家商业银行支行疾驰而去。高陆川说有点其他事情处理，没有随行。现场工作临近尾声，有关工程专业需要排查的风险点少了，我痛快地放他假。在这个项目上，他凭借扎实的专业技能，表现卓越，立下了赫赫战功。

难怪铮言那么重视这份通知书，实在是来之不易啊！CPA倘若有政府审计机关依法延伸检查的十八般兵器，我敢说，它就能摇身一变成了敢于大闹天宫的孙悟空，在CPA+孙悟空聚合而成的火眼金睛面前，这世上，恐怕没有什么妖魔鬼怪魑魅魍魉能够隐匿遁形，对于破坏经济社会秩序的蠹虫盗贼痛剿穷追，不再被一道道“围墙”阻拦，放眼一马平川，那才是横刀立马纵横驰骋的名副其实的经济警察，那该是多么豪迈、多么雄风浩荡啊！

去厚生集团办事处沟通后的第二天，我和铮言就赶到住建委，直奔4楼找王处长和邸科长。昨天晚餐时，我们团队针对当天的沟通结果，进行了内部讨论，形成共识，决定集中火力先攻克订立虚假技术咨询合同这个堡垒。据此我当晚就给王处长打电话，简要汇报了情况。她倒也不是优柔寡断，事关重大，有关问题的确牵扯的人多，影响面广，稍有不慎，万一出现误判，造成的不良后果谁也担当不起啊。为此，她让我们今天过来当面详细汇报一下。

“哈哈哈，王处长，邸科长，我们给他们来了个声东击西，咱们一定要趁此打他个措手不及呀！战机稍纵即逝，稍纵即逝呀，一分一秒，都不可拖延呀!”铮言还没坐稳，既焦急又兴奋，有点儿语无伦次。

邸科长丈二和尚摸不到头脑，瞪眼看着铮言，“什么声东击西？你们是不是看抗日神剧看多了，晕了，当真啦——做梦游击战、打鬼子呢?”

铮言心里急，不愿跟他瞎扯，摆摆手，梗着脖子，同仇敌忾的凶样，“汉奸，比鬼子更可恨！我们不是演戏，是真的、真的，没一丁点儿的文学虚构!”

“噢，我想起来了，梅经理是保定人，《敌后武工队》《小兵张嘎》《荷花淀》《野火春风斗古城》等等，这些抗日文学名著，都是写保定的。好，你们，接着写——”邸科长半嘲讽半玩笑地说。

不是吹自己，我比铮言沉稳持重。其实，我俩都已胸有成竹，急什么，车到山前必有路。我们想立功，他们公务员建功立业的欲望比我们大多了，奖励、晋升、疗养、人物采访、党校学习，等等，好处一大筐。我们的好处嘛，倒挤进牙膏皮里，都觉得咣当。现在，我就像刚进场还没去郊区农场那几天，在这个会议室填鸭式学习国家安居工程保障房政策时，按部就班，掏电脑、插电、按电钮，等待开机的空隙，拿着茶杯到门角的茶水柜，倒开水沏茶。今天，我更是拿出了一副不达目的不罢休，准备着泡蘑菇的架势。他俩斗嘴的空儿，我调出相关资料，抬眼看看王处长，她似乎内心也很急切，但表现出了极大耐心，等待我开口。我想，昨晚跟她说的，她应该已经跟邸科长交代过了，我没必要从头再说一遍。

“噢，声东击西嘛，就是说，我们把有关技术咨询合同的问题，一直往人为加大成本、偷税漏税的方向引导。而我们真实的目的，没有让他们察觉。”

“嗨，梅经理，你这么一点，我茅塞顿开。在厚生集团，你们的表演，我亲眼所见，精彩、精彩！的确，不需要文学虚构。”邸科长跷起大拇指，赞不绝口。

“你们凭什么怀疑，技术咨询合同与好处费发生联系呢?”王处长觉得不可思议。

“是啊，是啊，”邸科长一时也转不过弯来，满脸疑惑地问：“降低成本、调节损益，好理解，或者就直接下结论：不当关联交易，输送利益，偷税漏税。可是，好处费……”

“偷税漏税，是副产品，并不是他们的目的。他们真实目的是套取资金，支付好处费。”铮言一针见血地说，但没解释清楚两者的联系。

“哦，一纸合同，两千多万，好处费，就塞进了个人兜里啦!”邸科长瞠目结舌，将信将疑；扭脸盯着王处长，似乎想从她的脸上找到令他信服的判断。

王处长沉稳持重，官大一级，电线杆上挂暖壶——水平就是高；不喜形于色，厌藏于心，分寸拿捏得恰好。她不催促，也不表现出来急不可待，默默地耐心等待我们把有关情况一五一十地讲出来，捋清楚问题的来龙去脉，她自有判断和决断。

倒也不怪两位审计局官员对此就像大老粗看佛经——一脸茫然。其实，对于我俩久经沙场的CPA，也不是马上就领悟，出手就抓住了七寸，那是因为我们预先已经掌握蛇的身体结构，知道七寸在哪里。当时，我就觉得天上掉馅饼砸在我脑袋上了，老天给你立功的机会，那真的叫腿上绑大锣——走到哪里，响到哪里，想默默无闻低调都没法子喽。

那还是我和铮言看了高陆川从舜德公司要来的银行明细账，彼此默默对视许久，然后我说"英雄所见略同"的那个晚上。

我当时兴奋得，说是大惊失色，不确切，不是吓得；说是受宠若惊，也不确切，没谁宠爱我呀！但是，我完完全全怔住了、愣住了、呆住了，就像一座石雕，硬邦邦地倚在床头呆坐了很久。为什么？因为我看到了两个惊天数字——9亿元和2420万元。怎么就那么寸呢，2420万元，一分不多一分不少，就是这么个金额。几年前做京沪高铁工程的决算，我们也遇到过一个惊人的数字，那不是金额是里程，K666+666，它的意思是距离北京南站666公里零666米的地方，一米不多一米不少，多寸啊！那个地方在徐州境内，建了个动力所，里面还安装了地震仪。多吉利啊！六六大顺啊！预示着一切向好，欣欣向荣啊！果然，没过几年，复兴号就在京沪高铁实现时速350公里商业运营，成为世界上商业运营速度最快的高速铁路。记得当时部门有个喜欢舞文弄墨的文青，专门写了篇文章，在内刊发表，居然也闹出了一场洛阳纸贵的轰动。

等到猛然醒悟，跳下床去敲铮言他俩客房的门，心里头不停地念叨：踏破铁鞋无觅处得来全不费工夫，踏破铁鞋无觅处得来全不费工夫啊！

要想说清楚这个事儿，还得往回翻几页。那还是爆破那6栋保障房之后，铮言他俩，首先在城郊绿洲公司账面发现一笔9亿元转账。查阅借款合同，城郊绿洲公司按照保障房优惠利率向商业银行申请了30亿元的信用借款额度，银行按约放款第一笔9亿元，到账后一直趴着没动。而此时，我们又在舜德公司账上又看到了一笔9亿元进账，马上转到了厚生集团的“资金池”。那天晚上我俩从舜德公司的银行明细账上，聚焦在了转账9亿元和2420万元咨询费支出，而且不约而同地做出了判断，有关9亿元的优惠利率的好处，没有落在郊区农场的职工头上，而是被不法分子鲸吞了。而被鲸吞的数目究竟是多少呢？没错，这笔2420万元，就是其中一部分。为什么会有这样的判断，而且这么坚定呢？

关注到这笔9亿元借款后，有一天，我和田园在那间健身房里，对此讨论了一番，就像是剥笋，一层接一层，越来越接近中心。别看她只是一个审计助理，但她思维快捷、逻辑缜密，她的话给了我许多启发，最终促使我下决心抓住这个线索，一竿子戳到底，查它一个水落石出。

“田园，棚改项目的贷款优惠空间是10%吧？”

“是哦，国家、地方的法规文件，众口一词，都这么说，‘贷款利率按中国人民银行利率政策执行，可适当下浮，但下浮比例不得超过10%’。”

“我记得有份文件还有不同表述，好像是这么说的，‘利率下浮时其下限为基准利率的0.9倍’。”

“噢，是的，也没啥区别。银发〔2011〕193号文是这么说的，文件全称是‘关于认真做好公共租赁住房等保障性安居工程金融服务工作的通知’——但是，棚改工程不适用这个规定。”

“棚改项目的贷款期限，5年，对吧？”

“大部分文件说是5年，但根据建保〔2015〕137号，关于加大棚户区改造贷款支持力度的通知，贷款期限一般不超过20年，最长不超过25年。”

“这么长啊？”我很吃惊，心想，某个棚改工程能这么“路遥知马力”吗？有可能延续四分之一个世纪吗？我接着问：“棚改项目，除了银行贷款，金融支持，还有发行债券，贴息？——贴息利率是多少？”

“按照《城镇保障性安居工程贷款贴息办法》的规定，‘贴息利率以中国人民银行公布的同期贷款基准利率为准，原则上不超过2个百分点’。”

“他们的会议纪要，好像提到过‘贴息’，但没说过债券，对吧？”

“是的，他们考虑过贴息，但没有提过发行债券。也许，他们手上的盘子还不够大吧。发债券，不划算，不如吃优惠利息或申请贴息。”

“9 亿元在总账科目没变动，但银行存款明细科目，转到其他科目，他们说是做理财对吗?”

“他们的解释是，农场职工提前预交的拆迁回迁房的款，都从农场拨过来了，再利用‘三角债’，让施工单位先垫付材料款，盖房子的钱够用了。可是，银行不同意提前还款，就做点理财，减少一些利息损失。”

我脑际间倏地一个闪电，当时在财政局冯坤处长提到过‘理财’，就一次，后来再也没提起过。从这开始，我又立下了一个雄心壮志——弯道超车，绕个大圈，真的是“曲线救国”啊，回到财政局的原点。还喝茅台吗？这回，我定要一醉方休！但是，对于此事，我也是汲取教训，一朝被蛇咬十年怕井绳吧，始终没跟铮言提起过。

“田园，你说，棚改工程的优惠利率，有没有可能被不法开发商骗取呢?”

“当然有可能啦?”田园的口气似乎怀疑我是在大智若愚，说反话呢——怎么，梅经理，你可是咱们部门的审计大腕儿啊，为什么会提出这样的小儿科的问题呢?

“为什么‘当然’呢?”我突然想试探她这座未来审计精英金矿的开采价值，挖掘她的潜力，故意装糊涂，“我听说，改规划，增加密度，多盖一栋楼，就能多赚几千万，谁会去冒险骗利率优惠呢?”

“嗨，哪个不是吃着碗里瞧着锅里啊！改规划的，又不是办贷款的那帮人——开发商，各个部门设置齐全，各司其职，好处，一个都不能少呢!”

“那么，依你的看法，开发商如果想骗取优惠利息，最有可能从哪里入手呢?”

“嗯，这个嘛，梅经理，您甭急哦，给我几分钟，你让我想想啊——”田园自然而然，毫不惺惺作态，托起下腮，苦思冥想了起来。看她聚精会神，大眼睛眨巴眨巴，着实可爱。蓦地，她抓起笔，急匆匆在本子上写几句，恐怕脑海里的一闪念，沉到海底去。又过了会儿，她似乎吃不准，若有所思。但她一开口，就那么信心百倍：“我觉得吧，嗯，没错，开发商会从两个方面入手，第一，虚增棚改工程投资总额；第二，把不是棚改的其他工程挤进来……”

“好!”我为她叫好，“郊区农场，两方面是互相联系的。田园，你对他们的那份棚改规划书，有什么看法吗?”

“记得您说过吧，47 亿元，一个农场棚改工程，这么大的投资？——是不是，就是在虚增投资，敞开口子，准备往里面塞东西呀?”

“没错，就是预留个口子，把商业区改造塞进去。”质疑商业区，是我到农场下车伊始就常挂在嘴边的，老生常谈了，我没再扯，回头还是聚焦利息优惠：“田园，你不是统计了郊区农场职工拆迁资料了嘛，这样，直接利用相关的数据，测算一下，郊区农场如果骗取棚改优惠贷款，那么下浮 10%的利息，一个年度，大概是多少。”

“好勒!”田园清脆地答应一声，看我立等可取的样子，马上跟上一句：“梅经理，你别着急啊，我想晚上跟晴阳对照一下——她说，王老师也在让她测算呢，她跟我要了农场棚改的基础资料。”

“哦，好的，明天给我一个数就行。”

铮言也在测算优惠利息，我心里咯噔了一下，心想，他肯定也是针对那笔 9 亿元。生怕他再次让我竹篮打水一场空。但回头一想，嗯，铮言应该不会产生那样的联想，也就安抚了忐忑的心。抬头看见田园，她的两眼放出异样的光，一刹那，在她浑身四周环绕起来一团透明的云霓，就像是一个仙女。我心里不觉油然而生一股莫名的热流，对这个小丫头颇有了好感。你瞧，她生气勃勃，娇媚却不浮华，而且非常自信。她白皙的皮肤宛如刚剥壳的蛋白，淡淡桃红色的嘴唇，俊美端正的五官，炫目光亮的耳钉，给她的阳光朝气的形象里穿线一丝不羁……细密乌黑的长发，披在骨感却不柔弱的双肩，其中焗成几丝金色的发缕，没有一丝浮华，尊贵与妩媚在她身上同时绽放春花一般的美丽，更显一种别样的风采，成熟而可爱。

每次不由自主的端详她，我总觉得有些异样，仿佛能够穿过时光的隧道，追寻到从前金萱的身形样貌。我猜想，她是不是爱上谁了？恋爱的女孩都能散发这般异样的神采吧。

第二天吃早饭的时候，田园和晴阳不约而同报出了“2420”万元，这个数字，两人测算的惊人的一致，不仅是因为基础数据相同，更重要的是，共同指向了问题的症结。我和铮言互相注视了会儿，表情严肃而凝重，但还是绽出了一丝微笑。这个金额，即使由企业完全收益而没有被个人贪污私分，由于涉及金额巨大，那也是一个重大的触犯刑律的问题。

这就是那天晚上，我和铮言从舜德公司银行账上一眼看到“2420”这个数字时，为什么立即石化了，然后又兴奋地跳起来的原因。因为这已经初步断定，这笔优惠利息，很可能装进了某些人的腰包了，这非同小可，毫无疑问，一旦被抓到充分确凿证据，有人要判刑坐大牢了。而对于经济警察的CPA来说，那必定是赢得了一场维护经济秩序、惩治腐败的重大胜利。况且这只是一年的数目啊，按照政策，棚改贷款最长25年，年年吃，撑不死吗！再深入思考，若与PA银行勾结，投资基金都是银行牵头，我做过PPP项目，投资年化率6%左右，扣除银行短期理财利率1%，竟有5%左右的……脑子里不禁翻腾出来网上信息绘制的一幅画面，一个中国人在美国买房子，点头表示房子不错，买了。美国房屋中介很高兴，签合同吧，却吓了他一跳，他原本以为这位中国人买一套。可是，中国人说，NO，我买的不是一套房子，是一栋楼。我的妈呀，佣金够这个中介一辈子吃香喝辣周游世界了！

如此巧合，如此准确，不允许我们怀疑！那就确认吧。在此给某些人提个醒儿，生死攸关的大事，千万不能偷懒耍滑，一定要脑勤、手勤，变通变通，决不能这么没脑子，直来直去，据实记账，切记切记！

守卫在商业银行支行工作区大门口的保安，走上前，车窗摇下，晴阳跟他说了几句，他举起话机通报，然后按动手中遥控器，挡在车前的不锈钢伸缩门滑向一边，车子开进去，停在一个白线划出的停车位。

下了车，我们正要往里走，主管的支行副行长王晋忠，已经接到报告，忙不迭地从里面跑出来，西装的一只袖子还耷拉着没伸进胳膊。他抬眼一看又是这帮子审计的，咧着嘴，有些茫然不知所措，轻声轻语地问道：

“怎么回事，怎么又是这帮人?”

十二

“怎么，不欢迎吗？为什么不能是我们‘这帮人’啊?”

王行长匆忙把胳膊伸进袖子，拽一拽笔挺的西服，仪表堂堂。我跨前几步，握住他伸过来的手，满脸堆笑地问道。

“哪里、哪里，怎么可能‘不欢迎’呢！就是心里有点儿害怕，好像我们银行做了什么违法的事儿了，不然审计的，怎么又来啦？哈哈哈，欢迎、热烈欢迎各位审计专家莅临指导工作！梅经理，请吧——”

我们并肩走上楼梯，自然地走向二楼会议室。这里，我已经来过一次，的确是“又来”。

银行钱多，外包公司的服务质量也跟着水涨船高，这不，才几分钟啊，会议室里的接待布置就到位了，茶水杯、水果盘都已经摆好了，只是这次我们没有提前通知，名牌没有摆上。没等就座，我跟晴阳说，把审计局的“通知书”给王行长看看吧。王行长双手捧着，仔细看了两遍，确定不存在理解上的偏差，便吩咐秘书通知相关部门经理到二楼会议室来。然后，如释重负地朝我们笑了笑，语气轻松地说：

“吓了一跳，不就是查这家公司的银行账户嘛，梅经理，你派个人过来拿资料就行啦，何必这么兴师动众呢，多吓人啊——哦，稍等一下，李主任马上过来。请坐吧，喝口茶。”

“不做亏心事，不怕鬼叫门……”晴阳翻了下白眼，嘟哝道。上次来，王行长挺嚣张，她对此耿耿于怀。

铮言似乎心有余悸，告诫道：“王行长，这事儿虽然看着跟咱们银行关系不大，可不能疏忽大意，不能马虎啊，闹不好，会引火烧身啊!”

“这么严重?”王行长听了，赶忙把搁在桌子上的“通知书”拿起来又看了两遍，脸上浮现轻鄙的微笑，反驳道：“这位是王老师吧，您说的，是不是有点儿耸人听闻——不就是查个企业账户，余额多少，借贷方向嘛，这，不是什么大事儿吧？”

见铮言还想争执，我给他递个眼色，他张张口，话到嘴边又咽回去了，不满地一屁股坐在椅子上，很不耐烦。他之所以这么沉不住气，是因为第一次来的时候，相关备课工作不够周全，对自己的表现不满意，他怕再生枝节，那样可能功亏一篑前功尽弃。

第一次拿着审计局的“通知书”造访这家商业银行，是在现场勘查六郎村之后。

那天实施“拖刀计”，顺利签好勘查表，我心里头痛快。晚上在客房优哉游哉地喝茶，不觉灵机一动，或者说是有一种鬼使神差的感觉。心想，六郎村，牤牛阵，大胜仗。1000多年后的今天，我能不能在这块土地上再打个大胜仗呢？铮言、晴阳他俩在万庄开发区不但发现了PA这个银行通过子公司投资房地产，还有一个重大的巨额资金转账问题，涉及9个亿。我脑子里倏地一个闪光，眼前霎时一片耀眼的明亮——在郊区农场的账面上，会不会也有与之对应的9个亿？如果有，我是不是能够由此一举扭转乾坤反败为胜？我的脑细胞迅速建造了一艘022型导弹快艇，闪电般在脑海里划出一条浪花飞舞的资金线路——财政局假借公租房回购资金名义以0利率将9亿元打进郊区农场账户，然后以1%左右的利率理财名义抽走，再以保障房优惠利率借给城郊绿洲公司，最终注入厚生集团“资金池”，然后由商业银行建立不低于6%收益率的基金投资房地产或PPP项目，转来转去，掩人耳目，孳息越来越高……

显而易见，我这种思维习惯或会落入“先入为主”的巢窠，会不会因此误入歧途？NO！我有个执念，对审计而言，这恰恰是一条由山脚登上顶峰，天地豁然开朗的必由之路。

说我吹牛，随便你。我把“联系”这个哲学观点，运用在审计查证的过程中，说炉火纯青吧，夸张点；说得心应手，没问题。在部门培训时，我专门讲过相关要领呢。那还是2014年在长沙，面对工程财务事业部近两百号人，我的授课课件标题就是《用联系的眼光剖析审计资料》，开明宗义地讲道：联系的眼光须有针对性，审计资料一大堆，如果缺少针对性，盲目，就无法提高工作效率，也很难取得预想的效果。为了事半功倍，达到预期目的，对审计资料剖析就须有针对性。这就需要进场后，通过对审计环境、审计对象的基本了解，尽快提出自己的“质疑”，即通过职业判断确定抽查范围。很多工作是反对“先入为主”的，但对于审计来说，我认为，必须先入为主。

当然，我的“先入为主”是有事实作为基础的。那天快凌晨了，我突然想起来，当时落实财政局专款审计程序，第一次去时，我关注到了他们明细账上有一笔9亿元的贷方记账，当时我交代田园记下凭证号，提请财政局提供原始凭证。这一刻突然想起来，这是“女娲补天”的节奏嘛，神啊，给我“补天”来啦！我兴奋异常，没多想，抓起手机就给田园打电话，响了半天也没人接听，我才注意到这是深更半夜了啊，你这涉嫌骚扰啊！我的手哆嗦着挂断电话。但没过多一会儿，田园拨回来了，迷迷瞪瞪地问：“梅经理，是您打电话啦？有、有事儿吗？”

“噢，没、没啥事——”我不忍心大半夜把她叫起来，虽然心里迫不及待。

田园似乎察觉到了我的犹豫，这时候也大醒了，提高声音问：“怎么了，梅经理？没啥事，到底是有事，还是真没事啊？您说呀，啥事！”

“哦，田园，真的对不起，这么晚了打扰你休息！”

“您说吧，我已经醒了，一时半会睡不着了。”

“好吧，你辛苦一下，看看你提交给财政局的……”我突然一个激灵，紧紧闭上嘴不出声了。

“您、您怎么了，快说呀，我听着呢——”

“噢，田园，你确定一下，晴阳醒着，还是做梦呢？”

“哎呀，真有意思，您管她干吗——她呀，睡得跟死猪一样，打呼噜呢，做梦跟高工约会呢——哦，我胡说呢，掌嘴——您快说呀，啥事？”

“好，我问你，还记得不记得财政局有笔9亿元的贷方记账？我让你记下凭证号，跟他们要原始凭证。”

“记得，他们不肯给，搪塞说那只是一笔专项拨款，跟保障房专项资金没关系。”

“你马上查一下，你的笔记本、电子版清单，确定存在这笔转账。明天吃早饭的时候告诉我就行——记住喽，不要让晴阳知道你今天晚上做的这件事。”

“好嘞，梅经理，您赶紧休息吧。”

我心里一股暖流涌动，这丫头不但没有对我的“半夜打扰”抱怨，还催着我休息，而她，此时还得打开电脑寻找相关资料，翻开笔记本，往前查找当时的记录。我真的对她产生了一种莫名的好感，因为有金萱在，我不敢、也不愿确认这种喜欢是否归于情感的范畴。

次日，我本打算再去趟开发区，利用现有的资料，跟铮言他们策划如何突破 PA 这个固若金汤的堡垒。但吃早饭的时候，田园在我耳边悄悄告诉我，确定财政局存在 9 亿元的转账拨款。一刹那，我就把财政局、城郊绿洲的 9 亿元，与郊区农场联系起来了。目前，最紧要的，就是确定郊区农场是否存在这笔 9 亿元的借方到账。

于是，吃好早饭，我若无其事地跟铮言说：“我今天先不过去了，你们利用手头的资料，完善一下程序，找找旁证，商量商量对策，先拿出个意见。我今天在农场这边收拾一下。”

看着铮言他们三个登车去了开发区，我和田园溜达到郊区农场办公楼，半路上接到王处长电话，说刘局长上午过来，让我们过去汇报一下近段的工作进展。我跟她说，铮言他们去开发区了，往回赶恐怕来不及。王处长说，你跟田园过来吧，简单说说就行，人到，面对面，先别说什么成果，对待领导的态度端正了，起码的前提就有了，工作嘛，也才能说得上认真、到位。

虽然心里揣着一把火，我也只能先熄灭掉，叫上田园直奔那边商业街把角的地方，那边经常停着几辆黑出租。我们坐上前面的那辆，驶向住建委。

几家事务所轮流汇报，荒废了半天，太可惜了。午饭就在住建委食堂扒拉了几口。下午两点多了，我和田园赶回郊区农场办公楼。刚一迈进到那间健身房，我转身掩上门，忙不迭地问：

“田园，农场完整的银行明细账，你跟他们要过没有?”

“没有啊。怎么啦?”田园瞪着大眼睛，疑惑地问，直勾勾地盯着我，“我们进场时候，给农场的清单，只要了跟棚改有关的拆迁款收支明细，其他明细，咱用不上呀。”

“用得上，用得上——现在，我满脑子，都是这个银行明细账，怎么才能要出来呢——最好是银行打出来的对账单。”

“哦，现在要，有点难，人家知道咱们审计棚改，不是报表审计，账册没必要全部提供给咱们——这，跟棚改没关系的，咱们突然要，人家如果提出疑问，怎么解释呢?”

“是啊，半路杀出个程咬金——我在想，程咬金三板斧，造出点儿声势，吓他一跳，脑袋发蒙，稀里糊涂就相信了——审计今天要的明细账，跟棚改有关系。”

“哈哈，梅经理，您快成北京天桥‘说评书’的了——不过呢，我想啊，动作大了，容易引起警觉，下来就更难了，最好还是静悄悄的……”

“嗯，好主意!”我欣喜地看着田园，一瞬间的感觉，哦，樊总没看走眼，她的确具有潜力，已然成为自己的左膀右臂了。我不禁在心里夸赞：小姑娘，你真棒!

“梅经理，您别着急，我过去先看看，看有没有其他的机会——”田园说着，把电脑包搁在乒乓球台上，轻手轻脚地开门走向斜对面的农场财务部。这段时间，主要是她跟财务的打交道、要资料。这丫头嘴甜有人缘，也会来事儿。每次从北京回来，总想着带些北京的果脯、茯苓饼等特产，送给财务的胡清雅和刘旻，彼此混得亲热；尤其跟比她大不了几岁的出纳刘旻，俩人跟亲姐妹似的。

几分钟，田园兴冲冲地回来，一伸手，爽朗地说：“梅经理，您看，呵呵!”

“钥匙，哪儿的?”

“财务档案室的。您瞧呀，多寸啊，不早不晚的，财务要搬到二楼去，忙着收拾呢，伍总让他们把资料都放到档案室了。”田园兴奋得说话都有点儿气短，坐下来喘口气，“我跟他们说，想抽几张凭证，他们说忙死了，没空儿，刘旻姐把钥匙给我了，让我自己去找。”

“哈哈，天助我也!”我一拍台面，砰的一声，压低嗓音交代：“太好了！赶紧，田园，你要抓紧时间，从银行明细账和对账单入手，搞清楚两点：一、农场是不是进账了 9 个亿，谁打过来的；二、是不是又转走了，转给谁了?”

“好嘞！梅经理，您就听好吧。”田园的嗓门有点儿大，她赶紧捂住嘴，伸手从电脑包里麻利地掏出笔和本子，抓起手机塞进外套的兜里，转身走到门口，回头向我微微一笑，摆摆手，然后下意识地蹑手蹑脚地朝楼道西头的财务档案室走去。

我从门缝里目送她的背影，看她打开了第一道保险门，又打开了第二道门，迈步进去，回手拉上了保险门。虽然从财务部办公室里不时传来噼里啪啦的响动，但在我的意识当中，这三四十米长的楼道，静悄悄的，似乎是一片森林里的一潭清水，没有一丝涟漪泛起，不见一只小鸟飞过，寂静得如同一切沉入了梦乡。

我把门碰上，不留一丝空隙，好像是我自己亲自动手在翻找那笔 9 亿元的凭证，生怕被别人偷窥。我机械地操作，电脑打开了，点击进入公司钉钉办公系统，却没有找到田园的头像，我有些不安，但转念一想，也正常。我们借用财务部的无线路由器，信号够不到档案室那边，田园现在没在网上。

心里一直惴惴的，没办法干活儿，不知道过去了多久。突然钉钉上，铮言给我留言：钮英，我们这边又发现了一些重要线索，吃不准，你能不能过来一下，一起商量商量啊？我看在眼里，神思却在楼道那头的档案室里，一时没反应过来。不过一两分钟，铮言那边等不及了，电话打了过来。

“钮英，干嘛呢？我看你在钉钉上呢，怎么不回话？”

“噢，铮言，我看到了，还没来得及回……”

“还是过来一趟吧，钮英——你说我们登上了‘武昌城头’，我怎么总觉得还在汀泗桥上胶着呢——嗯，这条鱼，不但个大，还贼滑溜……”

“好吧，我马上就过去。”我不假思索地答应了，相信田园就是档案室里的孤胆英雄，一定能圆满完成任务。与其在这里坐立不安，无法干活儿浪费时间，还不如跟铮言他们面对那一堆原始资料，商量商量下一步的对策和具体步骤。

我把电脑包重新收拾起来，关了房间的电源，检查窗户是否关好——平日都是田园来做。然后坐下来掏出手机，想给田园打个电话，但马上又停下手，脑子里浮现出田园在档案室里挥汗如雨地寻找证据资料的情景，电话铃声猛然响起来的，会吓她一跳的。于是，我给她发了条短信，告诉她我去趟开发区，很可能要在那边加会儿班，晚饭就在那边吃了，你自己点碗牛肉面吃吧。刘旻她们财务下班，把钥匙还给她，你也早点儿回客房吧，别引起他们怀疑。今天实在找不到，不要急，明天再说。

打上黑出租驶向开发区。此时，夕阳已经在商业街上留下了一道亮闪闪的橙红色光影。

十三

“田园，她、她没在房间里，你、你今天安排她干什么活儿啦，她能去哪儿呢?”

我们从开发区回到郊区宾馆快凌晨了。虽然内心急切地想从田园那里得到大获成功的消息，但不好意思打扰，心想，这时候，她也许已经睡着了，就忍住没打电话询问，劝自己，明天早晨抬头见喜吧。可是，我刚接上水没来得及烧上呢，晴阳急匆匆跑过来砸门，慌慌张张地冲着我嚷。

“什么，田园不在?”我也一时蒙住了。晃了晃脑袋，寻思，她会不会一个人还在档案室里头埋头苦干呢。于是，我披上外套，过去叫上铮言和高陆川，嘱咐晴阳老老实实在屋里待着，哪儿都别去。我们仨连跑带颠地奔向农场办公楼。

走得急，心里也急，到了办公楼，我们身上汗涔涔的。但抬眼看看办公楼，不禁又出了一身冷汗。办公楼前面一片狼藉，拉起了一道警戒线，保安守护在那里，不许闲人靠近。一楼靠西头的窗户被烟雾熏得黑黢黢的，显然，这里不久前发生了火灾。

“啊，田园！——田园在里面啊!”

我就像从梦里猛地惊醒过来——发生火灾的西头正是财务档案室啊，今天下午两点多开始，田园就在那里查找证据资料啊！田园，你，你还在里面吗?我的心蹦出了嗓子眼，悬在了空中，我冲上去一把拽掉警戒线，奋不顾身往里面闯，两个保安想拦住我，我一下子就撞开了他们的手臂。铮言、高工也跟着我往里面冲，保安吓傻了，他们认得我们，知道是审计的，也不敢硬来，摸出手机赶紧给上头报告。我们趁此冲进了楼道。楼道里残留着灭火的水迹，我们小心翼翼地走到档案室的保险门前，这里也拉着一道警戒线。瞪圆了眼睛往里察看，黑魆魆的，我们不约而同打开手机电筒，里面乱七八糟，地面上还有灭火器喷出的泡沫的痕迹。

我们站在档案室门口，不敢轻举妄动往里闯。这不是楼门口，是档案重地，而且还需要保护案发现场。这些，我们做审计的，当然懂。

“田园、田园——”

我们冲着里面轻轻地呼唤，虽然嗓门越来越高，却只有墙壁的回音。此时此刻，我们的脑子里一片空白……

我，田园，当我走进档案室的那一刻，心心念念的就是在吃晚饭之前找到梅经理交代的那笔 9 亿元的银行明细账和对账单。可是，财务资料搬过来，临时放一放，都是随手一搁，没有一点规律。当然，谁放的，谁肯定清楚，可是，我不清楚呀。那简直就是盲人摸象，海底捞针。好几次险些被误导，以为大功告成却空喜一场。哇塞，我找到了！我在心里惊喜地呼喊，可是，再定睛一看对账单，哦，这个，怎么是 900 万元，比 9 亿元，少两个 0 啊！嗨，眼花了。从头再来，重新寻找。来来往往地搬移账本、凭证等资料，又心急火燎的，我就感到身上冒汗，头上冒火，热。我就把外套脱了，搁在一个铁皮矮柜上。而昨天我接了梅经理的电话后，怕他冷不丁再打过来，不是我怕，是我怕电话铃吵醒了晴阳，也不是怕晴阳醒了，而是怕她知道了我在干吗，于是就把手机设置成了震动。这样一来，梅经理发给我的短信，我就没有及时收到，不知道他早就离开这里去了开发区，还以为他一直坐镇在健身房，作为我的坚强后盾，坐等我捷报频传呢。

一门心思扑在完成梅经理交代的光荣而艰巨的任务上，我失去了累的感觉、失去了饿的感觉、失去了时间的感觉。天黑了，我不去考虑这时候是几点了，是不是该吃饭了，而是直接打开灯，继续寻找，那是真正的废寝忘食啊。所谓功夫不负有心人。今天，这个“有心人”就是我，必须的，就是我！

找到了，这次是真的！我是先顺着银行对账单去找，确定了年月日，回头再从明细账找凭证号，最后从一本本、一堆堆的装订好的或散乱放着的凭证中找到相关原始附件，这一步耗费的时间最多，也最累。现在，一份银行对账单，两份原始凭证，搁在眼前，触手可及。我在琢磨，怎么取证。拿到财务部去复印一份，肯定不行，人家一看就跟棚改没关系。揣在兜里带出去复印，不行，那样就越界了有悖职业道德。虽然这么瞒着人家找证据，有点不地道，打了个擦边球吧，不能说违规。

我心里想着，手没闲着，原原本本地把原始证据的信息摘录在笔记本上。再一想，复印不了，先拍下来吧。一时忘了手机搁哪儿了，脑子累，没吃饭，没营养滋润，轴了，转不动了。翻腾老半天，才想起来搁在外套的口袋里了。掏出手机发现收到了两条短信，一条是梅经理的，一条是刘旻的。后来才听她说，那天下午快下班的时候，伍总过来，说这几天忙着搬家，大家辛苦，今天他坐东请大家，走吧，早点过去，新开的餐馆，挺火的，晚了怕没位置了。到了餐馆，刘旻才想起来档案室的钥匙还在我手上呢，她也不敢当着伍总的面给我打电话说呀，就给我发个短信，让我明天上午把钥匙交给她，叮嘱我千万别让其他人看见。那样她就死定啦。

几点了？难怪呢，这么没力气，肚子一个劲儿叫唤呢。我嘴里念叨着，一下子就瘫倒了。毕竟是个女孩，内心还是不够强大。我感觉有点儿委屈，饥渴交攻，周围没别人，没必要逞强给谁看，任由眼泪扑簌簌的掉落下来——我一个人在这儿拼死拼活，也没人叫我吃饭，也没人给我倒杯水，我这是图个啥呢？梅钮英！这时候，我不知道怎么回事，突然脱口而出直接叫唤梅经理的名字来。嗯，我无法否定，否定自己的心思，真的，我喜欢上他了！可是，一想到金萱，我会立马把喜欢的梅钮英屏蔽掉，只剩下项目经理、我的老师梅经理。我是个有道德、有底线的好女孩！哦，他如果不去开发区，一定会给我送来一杯水，还有一碗牛肉面。想着，扑鼻的浓烈的香味，就像朝霞一样的云彩，萦绕在身旁。哦，大块的牛肉，酥烂鲜美，我情不自禁地追寻着那股诱人的香气，展开翅膀飞腾起来……我困乏得眯瞪了会儿，不知道过了多久，我闻到一股味，绝不是牛肉面的香味，焦煳味刺鼻，还有点灼烤的感觉，我猛地睁开眼睛，不得了，哪里着火了，烟雾弥漫，一闪一闪的火光，越来越旺，我一骨碌爬起来，幸亏我受过消防训练，立即把证据资料塞进外套兜里放到门口，一眼瞄见门口的灭火器，迅速拎在手里，每一根神经都绷紧如弦，环视档案室寻找火源。我发现了，就在最里头的那排文件柜后面，是不是线路短路了？我无暇思索，拉开保险栓，对准火源喷射，火苗一下子就熄灭了。我如释重负，重重地把灭火器扔在地上，咣当一声，这么一声，却引起了报警器反应，刺耳警报声骤然响起，急促、刺耳、循环、反复的警报声，传遍了整栋办公楼。也奇怪了，火灾没有引起报警。我当然知道，一般情况下，公司的财务部门不但要配备保险柜，现金、支票等重要文件存放在保险柜中。而且还要安装报警系统，财务资料在未经授权情况下遭到搬运、破坏时会发出警报。

我惊魂未定呢，又发现有两处火源冒起了火苗，周边的财务资料忽的窜出火焰，我赶紧拾起灭火器对准火焰喷射。可是，这次，我真的寡不敌众了，火情失控，着火面越来越大。我应该是得益于事务所的锻炼，成了女汉子，面对火情，没有被吓得魂不守舍六神无主，我嘛，镇定自若，虽然满目火光，皮肤被灼烤得生疼。但是，我很清醒，我知道，如果靠我一个人无法扑灭火灾时，拼命无济于事，你就不能逞能，必须尽快逃命。于是，我趁着火情尚未蔓延开来，还没有堵死逃生道路时，一个箭步来到门前，用力打开门，弯腰拎起外套，不顾一切，一头冲了出去。

梅经理平常喜欢念叨几句之乎者也，我听着就那么与众不同，文绉绉的，有文化。不像好多CPA，因为肚子里塞满了数字，硌手，研磨不出来墨水，毫无情趣，像根稻草没嚼头。所以呀，我也想附庸风雅，多一些共同语言嘛。可是，总听人说起老庄，谁知道是两个老家伙呀，我给弄错了，读了庄子，没读老子。今儿，我真的是贻笑大方了，这个词出自庄子《秋水》“吾长见笑于大方之家”。为什么这么说呢？因为我一头撞进了法网。我从档案室冲出去，没跑几步，就被几个钢铁般的手臂给架住了，只听“咔嚓”一声，我的双手被冰冷的手铐给箍得紧紧的，生疼。我敢肯定，孙悟空脑袋上的紧箍咒都没这么硬棒、这么紧巴。

原来保安从监控屏幕上发现了火情，立即打了119报警，后来财务档案室的报警器又发出尖利的警报，农场片区派出所的警察如临大敌倾巢而出。一时间，办公楼前面挤满了红色的消防车，闪烁灯光的警车。我从档案室里冲出来，黑黢黢的脸上，没有一丁点儿往日美女的娇艳，人家警察哪里分得清好歹人啊，管他青红皂白，先铐起来再说。也别说，此时此刻，从这间发生火灾的档案室里跑出来的，给人的第一印象是什么？纵火、盗窃嫌疑人，没跑啊。人赃俱获，往哪儿跑！对此，我坐在风驰电掣的警车里喃喃自语，自嘲吧，刚上班那会儿，我有过一个比较远大的理想，就是等攒够了一笔钱，就去买条粗一点的手链，24K 金的哦。戴在手腕上，光彩夺目，闪了那些帅哥的眼睛。有首歌叫《对面的女孩看过来》，为什么让女孩看过来，男孩就不能"看过来"？我要把歌词改成——对面的男孩看过来/看过来看过来/这里的表演很精彩/请不要假装不理不睬……

你说可笑不可笑，现在，戴在自己腕子上的手铐，纯钢的吧，1K 也没有啊。亏大了！

没搞错吧？——我是名副其实的救火女英雄啊！

这一刻，你跟警察讲道理，白费唇舌，百口莫辩。算了，跟你们走还不行吗？嘿，你这个警察帅哥手脚轻点，甭推推搡搡的。本小姐来自非洲吗？凑近点儿，仔细瞧瞧，看清没，我是个弱女子大美女嘢！

十四

田园与火灾邂逅，歪打正着成了救火英雄，却被拘留，天理不容！后来经多方作证、作保，放了，虚惊一场。但她手腕上留下了一道疤痕，她几次忍着没让眼眶里的泪水流到脸颊上。后来见她，拿着黄色彩笔顺着那道疤痕描画一圈，然后扬起脸强颜欢笑地喊叫：看呀，我的金手链，多粗多亮啊，24K 纯金的哟！

从拘留所里放出来的那天，郊区农场派出了最豪华的车队，我们审计团队、农场和城郊绿洲公司财务部，倾巢出动去迎接她。当她迈出铁门的那一刻，她哇地号啕大哭，拔脚跑过来，我们急忙迎上去。到了跟前，晴阳抱着一大把鲜花，递给她，可是，她没有去接，一挫身，直朝我走过来，我当时也非常激动，眼睛也湿润了，向她热情地张开臂膀，给她一个温馨的拥抱，轻轻拍打她的后背，劝她："不哭，你是救火的花木兰，巾帼英雄，哭鼻子，让人笑话呢。"

听我夸她是花木兰，她破涕为笑，不好意思地转身从晴阳手里接过花束，搂着晴阳的肩膀，姐妹俩互相亲吻对方的脸颊。一个星期后，郊区农场在郊区宾馆的会议厅，特意为田园召开了一次隆重的表彰大会，不管台上的几位领导是不是口是心非，田园毕竟赢得了应有的荣誉。那段时间，本地的新闻媒体纷至沓来，干扰了正常工作，不胜其烦。

她一个人躲在农场财务部档案室里查找，拿到手的证据可谓重大，令人喜出望外。据此，财政局、郊区农场、绿洲公司、舜德公司及其母公司厚生集团，商业银行，还有那家躲藏在民居里的联鑫公司，一眨眼工夫，成了拴在一根绳上的蚂蚱，在CPA和工程师手中终于打造成一条完整的违法违规证据链。俗话说，秋后的蚂蚱蹦跶不了几天。我们这个信达团队即将卷起的强劲的审计秋风，寒意飕飕。

现在，摆在我们面前的，已经可谓硕果累累。就看我们怎么采摘，才能留下个头最大、品相最好的果实。结合那天我去开发区与铮言他们商议决定采取的行动步骤，我们采用诸葛亮的八卦阵，先敲打敲打商业银行。

《三国演义》中，司马懿率四十万大军与诸葛亮在渭河之滨对阵。双方斗阵法，诸葛亮摆了一个八卦阵，该阵用奇门遁甲创设的阵法，开八门，变化万端。他问司马懿认不认识，司马懿虽然不认识，却不想认输，硬着头皮说认识。司马懿让三个将领从生门杀入，从休门杀出，再从开门杀入，结果三个将领被活捉。司马懿恼羞成怒，下令攻阵。诸葛亮趁机从两侧偷袭，魏军被打得落花流水。司马懿不懂装懂，差点儿兵败丧命。

第一次申请审计局向这家商业银行发出"通知书"比较痛快，主要是我们列出的都是一般性违规事项，主要是与该商业银行沟通加强预收房款等资金监管问题，强调遵守国家房地产政策，规避经营风险。他们认为误判风险小。而且邸科长煞有其事地向在银行任职的同学咨询，他对于我们揪住预收款，不以为然。由此看来，国家有关管控房地产开发商资金的政策及法规，在这家商业银行的操作层面，实际上已名存实亡。我们提前发出了通知。开始的时候，商业银行还是比较重视的，后来见我们纠缠着预收款不放手，非要说出个丁一卯二，就表现出了不耐烦，就想敷衍了事。我们对其态度置若罔闻，坚持一丝不苟，双方闹得有些不愉快，但也没有撕破脸。彼此都憋着劲儿，等着“下回分解”的一天。

就是在这间会议室，会议桌上摆放着参加沟通的双方人员名牌。商业银行这边，有王行长、李主任等几位。几句客套话之后，话归正题，我们有备而来，多少有点儿兴师问罪的意味。所以，说的话，不可能顺耳。竖的好吃，横的难咽，逆耳忠言，主要还得看你怎么去理解。我们也是想给他们提个醒，即风险提示——不要以为多年以来如此明目张胆地违反国家有关法规，逍遥法外就是一种常态。老子《道德经》曰：“勇于敢则杀，勇于不敢则活。此两者，或利或害。天之所恶，孰知其故？天之道，不争而善胜，不言而善应，不召而自来，繟然而善谋。天网恢恢，疏而不失。”

“舜德公司自住房项目，预售房款未全部存入监管账户，并且存在从监管账户提取资金存入一般账户，没有用于支付工程进度款的情况；同时，专项用于本项目的借款到账后，马上被全部转走。贵银行作为监管银行，存在工作不到位情况。”晴阳照本宣科先开口道。

“这个嘛，”李主任强词夺理：“按照建房〔2010〕53 号文规定，确实要求‘商品住房预售资金要全部纳入监管账户’，可是，舜德公司开发项目属于保障房，这，好像不属于商品房吧？同时，该文件也明确了‘预售资金可按建设进度进行核拨’。”

“李主任，您能提供一下保障房预售房款不必监管的法律文件吗？”

“哦，这个嘛，我没法提供。不过，反过来说，我要是请您这位审计专家，哦，常晴阳老师，请您提供有关保障房的预收房款必须监管的法规，请问您能提供吗？”

“我……”晴阳呆住了，哑口无言，的确，填鸭式学了好几天的国家保障房政策、法规，一时还真想不起来哪份文件对此有明确规定，都是笼统地说“商品房”。晴阳吭哧了会儿，突然想起来那天现场勘查发现的秘密，猛地甩出一句："舜德公司开发的项目，说是自住房，实际就是投放市场的商品房，还有两排别墅呢——不信的话，您可以到现场核实一下。"

"核实?"李主任看来是捡着柿子软的捏，想给审计组一个下马威，心想，姑奶奶在商业银行兢兢业业这么多年，还没遇到过敢掐捏咱的。你们是吃了熊心豹子胆啦?她咄咄逼人："请问，哪条法规要求银行核实了?我觉得，商业银行没有'核实'的权力，也没有那份义务吧。呵呵，除非您认为，舜德公司提供给银行的文件都是假的，那么地方主管部门，都是违法者吗?"

"李主任，你……"晴阳被噎得说不出话来了。

会议室里很安静，正襟危坐在两侧的男男女女，都沉默了。

没想到第一个问题就卡了壳。必须打下他们的气焰，不然，信达团队怎么跟这家商业银行接着"玩"下去啊?

我看铮言沉默不语，好像也没有做好准备。只好我来反击了。我也感觉有点儿仓促，尴尬地清清嗓子，慢条斯理地说：

"李主任，按照《城市房地产管理法》，房地产开发，是在取得国有土地使用权的土地上进行基础设施、房屋建设的行为。自住房完全符合这种'房屋建设行为'定义。自住房也是'商品'，这是不言自明的事实。所以，不能因为归于'保障房'，而否定其'商品房'的属性，那当然要遵守有关'商品房'的规定。您说呢?"

"还有呢，他们在贵行开立了监管账户。这说明什么呢?那就是需要贵行对其进行'监管'。您说呢，李主任?"田园帮腔道。

"哦，这么说嘛，听起来有些道理、有些道理。"李主任理屈词穷，不想穿着蓑衣救火引火烧身，退一步再说。

"还有，舜德公司以'分配回款资金'名义，将 4 亿元资金拨付股东。也是通过贵行支付的。根据《城市房地产管理法》，商品房预售所得款项，必须用于工程建设；财综〔2014〕11 号文的要求，进一步明确，'严格资金使用管理，各级财政部门要督促有关部门严格按照规定用途使用保障性安居工程资金，确保资金专款专用，不得滞留、挤占和挪作他用'——监管银行如果能负起责任，开发商就是想'挤占'和'挪用'，也拿不出钱来。"晴阳不给对手喘息时间，说起话来跟连珠炮似的。

“这么说，我们银行，没有负起责任，是吧?”王行长嗅出一股兴师问罪的味道，有点儿呛鼻子，难受。平日听客户、下属恭维殷勤的话多了，耳朵根就像飘零的秋叶，沉不下来，随风摇曳。

“如果负起了责任，还能这么拨付资金吗？收款方异常情况，一目了然吧。”铮言有点不服气了，怎么，做了违规的事，你还这么理直气壮。但他还是缓和语气，耐心地说：“按照规定，支付这么大额的资金，至少得向贵行提供施工、监理单位签章的施工进度材料、质量验收记录等证明材料；如果是支付设备材料，还得提供购销合同。这些，必须经主管部门批准。贵行如果严格按照规定查收了支付资料，拿出来看看，总可以吧。”

“好吧，假设，我说的是假设，我们没有负起责任——”对本行这么刨根问底地究问，大年五更出月亮——头一回，王行长真的感觉不太适应，有点上头。他轻轻一拍桌面，端出个其奈我何的架子，撇撇嘴，眼睛盯着桌面，不看对方，轻轻地问道：“请问，各位审计专家，你们准备怎么法办我们呢?”

我不想把关系搞僵，还得往下推进呢。我知道这家银行竹笋冒尖顶翻石头——腰杆子硬。相比其他，最难搞定。但是，我需要它给我做配角，不然，我们的戏演不下去。于是冒充泥瓦匠出身——和稀泥。我不像王行长把脸绷成牛皮那么僵硬，而是笑容可掬、语气轻松地说：“‘法办’，从何说起啊？王行长，您言重了——这次是保障性安居工程审计，重点对象是参建的开发商，银行只是辅助性的延伸。您呢，放宽心，不要多想。我们提出一些问题，也只是供贵行参考，毕竟，经营过程中出现不符合国家法规的情形，风险是客观存在的。”

李主任是个精明人，赶紧借坡下驴，接上我的话头：“感谢审计组的好意，的确，必须把控经营风险，不然的话，有个风吹草动，许多努力都会付之东流。”

“把控风险，专业，这话中听。银行业，在房地产开发当中，的确承担了太大的风险。”王行长摸不透审计的深浅，也不想闹僵找麻烦，便赶紧顺着李主任搭的梯子落地。飘着逍遥的感觉虽好，却像银行从房地产开发中分一杯羹，危险系数太大，一旦摔下来，就有可能粉身碎骨。对于房地产业日新月异的发展中，银行在某种程度上扮演了一个供在神龛里的“冤大头”，作为业内人士，他看得更清楚更透彻，掩饰不住其内心的愤愤不平，不满地说：“噢，开发商吃肉，我们啃骨头——责权利，不对称。这种经济形态，不公平，很难持续。”

我在心里抢白道，你们吃的肉也不少啊，特别是那些胆大妄为的，利用银行功能和渠道，再润上权力的斩骨刀，暗度陈仓，嘁哩喀喳，那肉，堆积如山，吃不过来——撑死你丫的！但嘴里说出来的话还得委婉、柔和、绵软，不能直接戳到他的气管子。

“贵行在预售房款方面，有点像老子的‘无为而治’，放任了。这样，开发商自由了，天马行空，却增大了贵行的潜在风险。一旦闹出事儿来，贵行得陪绑啊，这个风险值得关注——晴阳，你给领导们说几点具体的。”

“哦，梅经理，让我说？好吧——”晴阳有点儿不情愿，就想从口气里呼出一根锯齿，恨不得把李主任的舌头锯下一截来。“按照规定，除了定金，开发商不能直接收取预收房款。可是，舜德公司的预收房款，都是它自己收的，也没有如数存入监管账户。比如，12 月 95 号凭证，收到预售房款 3000 万元，存入了在贵行开立的一般账户；12 月 97 号凭证存入监管账户预售房款 1.6 亿元、可是第二天 98 号凭证，就转到了一般账户，然后转到其母公司在贵行北京支行的账户上去了。”

“风险大得很呢，看似风平浪静，一旦起了波澜，谁能力挽狂澜？——多少开发商卷款逃之夭夭，业主到政府门前静坐示威，最后由政府填坑，抓几个替罪羊。其实，国家法规说得多明白啊——监管银行应通过智能 POS 机或线上预售资金交存平台等方式，做到监管账户出入账等账务清分不超过 1 个工作日。”铮言有点儿恨铁不成钢，苦口婆心地念了段法规。其实，他不是不明白，黑心开发商和这类银行早就成一窝“老鼠会”了，谁还顾得上风险，都是趁着手上有权，先捞够了油水再说。

李主任无疑是个识时务者，听出来话里话外有余音，她也把握不住对面这几个实施审计署保障房审计项目的年轻人，究竟有没有掌握住他们银行的违法线索，想怎么整治他们。所以，她想尽快结束这次沟通会，免得节外生枝。我猜测，李主任在这家银行的从业年头，甚至比王行长还长。至少李主任是个实际操作人，那些汗牛充栋的内幕卷册，抬头三尺有神灵，好像阎王爷的生死簿，勾勾画画的细节，在她的脑子里刻得更深、记得更牢。

“感谢各位专家，指出我行在预收房款方面存在的风险，我们一定给予关注，抓紧整改。这不，王行长就在这儿呢，我表个态，下来我准备写份专题报告，建议作为正式议题，上行长办公会，出个决议，必须规范相关经营行为，不能再拖了。”

“李主任，你这个意见，我同意。你抓紧写报告吧，我去北京开会，带过去……”

这时候，我给铮言递个眼色，要给这家商业银行扔炸弹了。铮言心领神会，装模作样地端起茶杯喝一口，开始给王行长他们摆八卦阵。他慢悠悠地说：

“其实，贵行不仅在预收房款方面存在风险，我想请李主任下来，抽空查一下，有一笔 9 个亿的款项，在贵行几个客户的账户之间进行没有实质业务的资金转账。”

“如果不清楚具体客户，我们可以提供企业名单。”晴阳当仁不让，她就想目睹李主任的狼狈样子。

李主任是负责运作的高手，心里跟明镜儿似的，虽然惊异，但面对事实，她无法鼓起勇气反击。王行长却不一样，他听出来话音里夹带着威胁的荆棘，扎在脸皮上有点儿疼，表情里就显露出暴躁不安。他转脸冲着李主任，咬着后槽牙下达命令：“李主任，亮出你精湛的专业水平，给各位审计专家一个有力的回答嘛。”

“哦，有力的回答?”李主任朝王行长苦笑一下，然后面向铮言，语气虽硬生，但能察觉其中有一种曹操华容道上放一马的暗昧，“这位王老师，9 亿元，我记下了，不止一个客户，是吧。待我回头查对一下，再给你个回复。你看这样——”

我不失时机地击其不意，让这家在房地产业务经营中存在诸多重大违法违规行为的商业银行，从此对我们这个信达国际审计组畏天知命，不要再趾高气扬目中无人了。

“噢，王行长、李主任，这些客户中，有个‘联鑫投资公司’，提请贵行特别关注一下。”

这把盐撒的，恰到火候，量腹而食。我很自信地说，这道菜肴，类似川菜的三元牛头，不辣，但汁浓味厚，糯而不粘，诱人非常。当然，听起来也十分唬人。

十五

田园与火灾不期而遇，乍听起来是一件偶然事件，没人报以怀疑。但是，世上的事儿就怕认真。秫秸秆儿做门闩——经不住推敲。静下心来思考，我觉得这场火灾蹊跷。结合我 2013 年夏天在山东做过的一个项目，几乎就认定了这是一场人为操纵的火灾，目的就是毁灭证据资料。——山东那家私营火力发电厂，连年亏损，找了一家急于战略布局的央企接手，为了让该央企高价收购，一场不大不小、不早不晚的火灾，把资料室里真实的工程基建的资料化为灰烬，然后假造了一堆工程资料，企图以此与该央企谈判。哪个央企是傻子啊！于是委托信达国际实施决算审计。

我已经很确定，郊区农场财务档案室的火灾，就是有人企图毁灭证据资料。这些资料，与棚改工程相关吗？那天，田园幸亏有惊无险，而她在里面查找的资料，与棚改工程，看似无关，但也存在关联。那么，到底是谁放的这把火呢？

事不宜迟，无疑有人已经开始动手了，再犹豫不决，有可能错过一次建功立业的大好时机啊。下雪的那天，我们去采摘草莓，往回走等车的时候遇见了那两位农场职工。铮言一直想为他们主持公道，跟他们接触谈谈。但我一直拖着，心想安居工程审计离场后，谁认识谁啊，我们 CPA 说是经济警察，可是手上连根警棍都没有，为民做主“该出手时就出手”这类的侠肝义胆，只能心怀梦想，真的是心有余而力不足啊。

而此刻，事态发生了变化，这把火点燃了我心中正义的灯塔。老子在《道德经》里说：“道可道，非常道。名可名，非常名。无名，天地之始；有名，万物之母。故常无，欲以观其妙；常有，欲以观其徼。此两者同出而异名，同谓之玄，玄之又玄，众妙之门。”——正义既深奥又神秘，解决好正义这个问题就会让我们走进幸福的大门。我决心走进这扇幸福之门，勇敢地拿起CPA利剑，为农场职工主持公道，讨回被攫夺的原本属于他们的权益！

现场工作已接近尾声，我可以抽时间谋划后续项目了，于是就跟铮言交代，你跟那两位农场职工联系一下吧，看他们方便的时候，约个地方坐坐，聊聊他们的冤屈和诉求。铮言一听，高兴得手舞足蹈。这不但有望实现他伸张正义的诉求，而且，一旦此事做成了就必然增加其业绩，给他晋升项目总监加分呢。没有分秒的耽搁，他立马就联系妥当了。没过多久，铮言、我，还有那两位农场职工，在市区的一家餐馆相约碰面喝酒。其实，商业街也有几家坚持营业的餐馆，但我们为了避免碰上农场的熟人，万无一失，我们舍近求远选定了这家位于市中心的餐馆。

餐馆门面不大，但据说风味独具特色。我们赶到时，已经华灯初上，招牌上霓虹灯闪烁，木质的古色古香的门窗，过道的青砖雕饰的当地的历史典故，都让食客感到颇具清音幽韵的文雅。

我叮嘱铮言，人家农场职工现在住无定所，农场不景气，手头不宽裕，咱们请客，别让人家破费。所以我们提前半小时就到了，点好了菜，直接买了单。泡壶茉莉花茶，边喝边等。

两位农场职工没想到我们反客为主早早来了，一个劲儿作揖道歉。

喝掉第一杯感情酒。铮言一抹嘴，冲着两位大大咧咧地说：“今天是来谈事的，不是来喝酒的。说吧，甭磨叽，一五一十地说吧——心里有苦水，都倒出来——我俩，CPA，虽然手无寸铁，他妈的，放心，我们总能找到门路，一定给你们主持公道！”

两位一听，耳朵里轰轰隆隆，就像春雷炸响。他俩不约而同绷紧了腿脚筋骨，噌地跳了起来，给我俩深深鞠躬，嘴里念叨着感谢的话。铮言伸手拽他们坐下，心里嘟囔，别价，咱们都是打工仔，没啥区别，都是“土里刨食儿”的苦命人；我们连个窝都没有。你们，再穷再苦再冤屈，总有两间属于自家的房子；我们呢，连个窝棚都没有。再说了，没干成啥事儿，承受大礼，折寿哟。

“我来先说，说不到的，老胡，你下来补充——”年纪轻点儿的栾文杰先开口，他为了这次“坐坐”做了准备，从口袋里掏出一个小本子，边看边说：“我们农场，早先时候，挺兴旺的，你们瞧啊——大首都北京，大码头天津；前后左右，保定石家庄郑州德州，报纸上宣传的，环渤海城市群，扎堆的农产品消费大市场，就在眼跟前，多好的风水宝地啊，没得说。地也肥，种啥啥丰收，收多少卖多少，卖得动，从小到大，没听说仓库里因为卖不出去霉烂过什么。可是呢，前些年，从南方来了个什么战略投资的，合作搞‘有机农业’，专门种植出口美国的新鲜玩意。后来七搞八搞，把农场搞破产了，被南方的老板收购了，我们两三辈儿，都在农场给国家建设吃苦卖力，啥叫‘一夜回到解放前’，就是说我们呢！咋的，堂堂国营农场的正式工，一转眼，成了资本家的打工仔啦!”

“那个南方的老板，他的名字，是不是叫‘陈功退’?”我突然想起这个疾恶如仇的名字，急迫地想知道这个所谓的“南方老板”是不是就那个大言不惭“不畏死”的。我相信自己的猜测八九不离十。

“对，就叫这个什么‘功’、什么‘退’。”那个叫胡俊伟的职工接上话茬，眯缝着眼睛说：“马场长给我们开动员会，与时俱进，引进战略投资，跟美国佬接轨，干高科技农业——那会儿，我就说了，别的咱不说三道四，就冲这老板的名字，不吉利！啥叫‘退’啊？我他妈就想不明白，他马耕耘场长喝了人家的什么迷魂汤，照死儿要跟他合作。得，热汤泼老鼠，一窝完蛋!”

“到处叫嚷改革，与时俱进，他马场长不‘改动’，场长的位置就得换人喽。他呀，料理农场一大摊子，也难啊!”栾文杰应该跟马场长都是“农二代”，两辈子交情，不想埋怨马场长，他做不到马皇后赔情——不护短。“听说马场长儿子，马壮，在美国读博士，也得给人家刷盘子挣学费呢，都难呀。”

铮言脑筋没转过弯来，拧着脖子问：“陈功退，不就是厚生集团的大老板吗?”

“没错，就是他——咱们先听师傅说。”迷魂汤？我心想，肯定不是什么大红袍或者铁观音。但我迫切想从两位职工嘴里多了解一些从农场提供的资料里看不到的信息，于是扭头示意铮言支棱耳朵听，甭多嘴。

栾文杰见我俩盯着他，继续往下说："一转眼，农场上千号人，跟旧社会那样，给地主当了长工。工友们思想上转不过弯来。聚齐一琢磨，不对账啊！农场家业积累了几十年，万亩良田，瘦死的骆驼比马肥，怎么说没了就没了？大伙觉得这里头说不定有什么不可告人的勾当。就上访告状，要求给职工们一个说法。可是，咱们老百姓，没人撑腰，脱把的锄头没用处，闹腾多少回都不顶用。"

"他妈的，狗仗人势，吓唬俺们，再闹就抓进局子，往死里招呼。——哦，有几个刺儿头，被他们收拾得够呛。"胡俊伟咬牙切齿，接上话头狠狠地说："其实吧，谁是傻子啊，大伙心里头都明白，他陈老板的那个新科公司，就是个'托'，卖野药的，马场长他偏偏就上了当受了骗。找谁说理去呀，嗨！"

"他们弄垮了农场不算，这次棚改还想榨取农场职工的血汗钱，忒歹毒了……"栾文杰说着说着，抹开了眼泪，之后抱头痛哭，一肚子委屈，说不下去了。

胡俊伟怒火胸烧，猛地一拍桌子，大骂："他奶奶的，这帮狗娘养的，农场土地都成了他们的了，农场职工沾不上一滴油水，还连哄带骗，加上吓唬，把我们赶到了荒郊野外的开发区。原来安置职工的好地段，给盖了商品房……"

听着两位职工的诉苦，我和铮言心里为农场职工打抱不平，胸中的怒火也在熊熊燃烧。随着越来越深入，我俩开始紧锁的眉头，渐渐舒展开来，这个郊区农场，很确定，即将给我们一次建功立业的良机，这必将是一次创造审计生涯辉煌业绩的机会。作为审计人，时刻关注国家的大政方针。十八大以来，国务院国资委三令五申，严肃查处国企改制重组中的腐败案件，以零容忍的态度惩治腐败。要严肃查处国企改革中发生在企业改制重组、产权交易、投资决策、物资采购、招标投标等重点领域、关键环节的腐败案件，重点查处不收敛不收手、问题线索反映集中、群众反映强烈的案件，形成惩治腐败的高压态势。

毫无疑问，郊区农场已经给我们这个信达国际团队准备了一场非洲草原食肉动物的饕餮大餐。我们，即将装备成一支虎狼之师，扑向郊区农场破产改制过程中滋生的腐败蠹虫，生吞活剥，一扫而光！

我起身去卫生间，铮言追上来，急切地问：

“钮英，你有什么想法?”

我朝他会心地微笑，掩饰内心的喜悦和跃跃欲试，故作高深地扬了扬眉，所答非所问：“嫂子的名字取自《诗经》，你不陌生。《诗经》里有首诗，上学的时候，都念过，有句‘硕鼠硕鼠，无食我黍’……”

“对呀，让背诵呢。还有‘无食我苗’，忘了，就记着这么一两句——噢，我明白了，你的意思是——‘抓老鼠’。”

“英雄所见略同。”我点点头。

“好，干他!”铮言高高抬起手来，手掌比作砍刀的样子，狠狠地劈下去。

十六

老子在《道德经》里说：“治人事天，莫若啬。”意思是治人事天，比如郊区农场种庄稼、种植蔬菜瓜果，要顺应自然时令，才能有所收成。现在，虽然发生了塑料大棚的“白色革命”，但顺应大自然规律的道理并未改变。

跟那两位农场职工喝完酒回到宾馆，我和铮言又商量了一下，达成初步共识，就是郊区农场破产当中，很有可能存在违法操作造成国有资产重大流失的情况，我俩内心有那么一股热情怂恿着，激励我们针对其“大干一场”。我们的决心顺应天时，仿佛就听到了花蕾绽放的声响，嗅到淡淡的花香，追寻着气候，在这个春暖花开的季节，奔跑而来。

我俩合计，事不宜迟，必须立即行动，那场火灾或许就是冲着有关农场破产的财务档案去的，耽误一天，就多一份证据被销毁的风险。目前，首先要抓紧做的工作，是先利用棚改工程审计问题沟通的机会，做一次打探，但绝不能打草惊蛇。其次，就是如何与审计局洽商签订委托合同，依法对郊区农场破产案实施相关审计程序。信达国际《项目总监管理试行办法》将“承办业务收入”作为一项专业技术之外的硬性指标，如果能订立这份合同，就一定能给我俩评定项目总监加分呢。

说来也巧，春天的脚步就像燕子，一个闪电，就到了跟前。没多久，邸科长就向各审计组发出电子邮件，要求本周完成与被审计单位的初步沟通，计划下周会师住建委，审计报告雏形就要勾勒出来一个轮廓了。好啊，趁热打铁，在乒乓球台前，铮言大概讲了一下，说咱们这个团队，有可能还得摽着劲儿干一场恶仗，除了高陆川这些日子请假没照面，晴阳、田园一听，都摩拳擦掌，跃跃欲试。

跟郊区农场沟通，安排在了二楼的大会议室。这里比健身房敞亮多了，地面铺着考究的木地板；一张七八米长的会议桌，围着摆放着皮面的转椅，坐在上面很舒服。挨着窗户有个茶台，茶叶、茶杯、开水壶，应有尽有。朝南一面墙玻璃窗，挂着沉甸甸的墨绿色法兰绒窗帘，显得典雅华贵。

我们走进会议室的时候，胡清雅、刘雯正在和行政部的人，安排茶水杯等。明显没有商业银行那么有排场，但也是应有尽有。待了一会，以马耕耘场长为首，郊区农场的几位领导陆续走进来，铮言一眼看到舜德公司的李述作，疑惑地盯着他看。李述作笑眯眯地没搭茬，找到自己的桌牌坐下来，冲着我说一声"梅经理好啊"，向我摆摆手，我才注意到他。我也是一脸狐疑。此时，总会计师伍鲜颢走过来，发觉我们脸上的诧异，便介绍道："哦，这位李述作先生，各位老师不陌生吧，也是刚刚上任，城郊绿洲公司的总经理，棚改工程的沟通，他嘛，责无旁贷，必须参加。"

我愣了一下，但很快反应过来，城郊绿洲公司也是厚生集团的子公司，从舜德公司过来，不过就是一家人串串门嘛，没什么大惊小怪的。我笑着跟他打招呼：

"恭喜李总高升啊，哪天喝酒庆祝一下吧。"

"好啊，梅经理，你说话得算数呀——我怕请不动各位老师呢。"

铮言笑呵呵地接上话头，"李总请客，咱敢去，不像马场长，国有企业，得遵守'八项规定'，喝顿酒，丢了乌纱帽，那酒，咱真不敢喝。"

马场长打开自己手上的茶杯，喝口茶，润润嗓子，此时一摆手，自嘲地说："嗨，空架子喽，好汉不提当年勇啦，现在谁要是指着我鼻子问：稻田里的稗子你算哪棵苗？我还真说不上自己是哪棵'苗'。外人看吧，电线杆上插土豆——好歹是个头。也就这样啦，梅经理，这段时间，看了不少资料，整明白了吧。"

“是啊，是啊，这不——”梁百栋主任自从上次在勘查表上签字后，整个人好像矬了一截，遇见我们，话不多。这时他指了指李述作，不无献媚地说：“幸亏遇到他们陈大老板，我们呢，兔子跟着月亮走——沾光不浅。不然，棚改，国家重大民生工程，我们几辈子种庄稼的，擀面杖吹火——一窍不通嘛。”

我听出来梁百栋的话里夹杂着某种余音，但目前还不好分辨是不是甩锅的节奏。

“哪里哪里，梁主任过奖了，要不是马场长力排众议，各位领导鼎力相助，没有郊区农场这块风水宝地，我们也是巧妇难为无米之炊嘛。”李述作升了官，有点儿拿腔拿调了。我想，他的年薪蹿得猛吧，至少比房价涨得快。

马场长清清嗓子，大伙都自觉闭嘴。他习惯地喝口茶，向我点点头，“梅经理，各位专家，这段辛苦了。我们也接到了通知，要求积极配合审计组沟通。咱们言归正传，抓紧时间说正事儿吧。”

“好，审计底稿提前已经发给领导了。先紧着比较重要的，细节问题，我们跟具体部门去交换意见，不必事无巨细劳驾领导，领导忙嘛。”

根据预先的安排，主要由田园对照底稿，对于重点问题逐一沟通。我和铮言见机行事，结合相关问题打探下一步审计的关节。

“首先，说一下，郊区农场棚改工程资金投入情况吧。”田园点开相关资料，底气十足，“根据《郊区农场棚户区改造项目实施方案》。项目总投资约 29.84 亿元。经查，实施主体城郊绿洲公司投入资本金 3.21 亿元，比例为 10.77%。这不符合住建部〔2009〕295 号文，城市和国有工矿棚户区改造项目执行廉租住房建设项目资本金占 20%的规定。”

伍总马上解释：“郊区农场的棚改工程，还没有竣工嘛，等交付使用的时候，投资肯定能到位啦。”

“银发〔2008〕13 号、355 号文件都明确要求，建设项目资本金在贷款使用前投入项目建设；先使用项目资本金，后使用贷款。农场的棚改项目，目前已经占用了农场职工安置房预售款。”

“还有，那笔 9 亿元借款，为什么就转出去了呢?”晴阳快人快语，追问道。

“这、这个问题，我们下来专门交换意见。好吧。”李述作截住话头，不想在今天的场合把话敞开了说。

“那么，混淆了棚改工程界线，农场原来的商业区改造工程，挤进棚改工程……”

“不能这么讲啊，商业区改造，写进了实施方案，我们拿到政府批复了。”梁主任对自己在勘查表上签字，还是有点儿心有余悸，恐怕被卷进某个深渊里去，慌不择路想拿政府批文来堵住我们的嘴。

“批复时间超出本次审计范围，我们不对实施方案发表意见。”田园面无表情，话说得斩钉截铁：“但是，国务院国发〔2013〕25号文，明确要求合理界定城市棚户区具体改造范围。禁止将因城市道路拓展、历史街区保护、文物修缮等带来的房屋拆迁改造项目纳入城市棚户区改造范围。——我们的意见，商业区改造应当从棚改工程中剔除。”

“剔除？”伍总不可思议的样子，觉得我们一帮子乳臭未干的小青年，懂个屁，就知道死扣文件的字眼儿，笨狗撵兔子——不沾边。他以教训的口气问：“开发商不就是看重了商业区的后期升值潜力吗，才愿意跟我们合作。你剔除了，人家还愿意投资吗？农场，都快成乞丐了，拿什么棚改，你忍心让农场广大职工祖祖辈辈住低矮的窝棚吗？”

“根据国务院国发〔2015〕37号文，要求市、县人民政府要公开择优选择棚改实施主体，并与实施主体签订购买棚改服务协议。”晴阳针尖对麦芒，驳斥道：“郊区农场未经公开选择，确定城郊绿洲公司为实施主体，至今也没有签订服务协议——您怎么知道，除了城郊绿洲公司，全市、全省、全国，就没有一家企业有投资意向呢？”

伍总一下子被问住了，吭哧着不说话了。我借此来个穷追猛打，来个拱卒过河：

“伍总刚才说的话，为了职工着想，令人感动。但是，我们从拆迁安置协议上看，价格上好像没有优惠。根据财政部等三部委建保〔2016〕156号文，明确要求棚改腾空土地出让收入，优先用于棚改。请问，农场拆迁的大片建设用地，出让金用在了棚改工程了吗？职工从中得到实惠了吗？”

“还有，”铮言紧追不舍，冒充厨师，添油加醋，“听说棚改回迁房被重新安排到了开发区，现在还有一些职工拒绝签订协议，这不符合国务院国发〔2013〕25号、国办发〔2014〕36号文‘优先考虑就近安置……尽可能安排在交通便利、配套设施齐全地段’以及‘鼓励国有农场棚户区改造在场部集中安置’的精神。”

晴阳也紧着敲锣边，“我看了原先签订的协议，回迁安置房，就是盖在那个颐景园小区的地块上，不知道为什么后来改到了开发区。”

对面的几位面面相觑，不约而同把脸转向马场长，那表情好像在众口一词，马场长，您是一把手啊，这个问题只有您回答，一言出口驷马难追，有效有力。被好几双眼睛盯着自己，马场长有点儿不自在，抬手挠了挠头皮，习惯性地喝口茶，满脑子飞转了会儿也没找到合适的词语。他显出几分急躁，不由自主地又摆出往昔一手遮天的豪气，斜睨着李述作，轻蔑，却又有些畏惧，两人目光有几丝交缠在一起，像是电线短路，啪啪地激发出几星火花，他一拍桌面，尽量压低嗓音，有些恼羞成怒地问道：

“李述作，李总，你不是新来乍到吧，棚改工程的事儿，你们的陈董事长比我这个场长更清楚，你怎么，牛栏里伸进马嘴来——免开尊口啊?”

“噢，马场长，我虽然一直在这里负责保障房项目，但对于农场的棚改，知道的还真不够全面。”李述作转脸看着我，有几分尴尬，也有几分舍我其谁的高傲，试探地问：“梅经理，刚才谈到农场土地出让——这个，多年前的事儿，应该不算这次的审计内容吧。至于职工回迁安置的问题，等等，我再了解一下，三四天，哦，一两天，我给你们一个准话，您看这样行吗?”

“李经理，哦，李总，”铮言抢上一句：“你在舜德公司的时候，我们给过你一份审计通知书，上面有句话，你不记得了?”

李述作有点儿蒙，皮笑肉不笑地望着铮言，问：“哪句话，真记不得了，请王老师指教。”

“我来说吧。——那句话是这么说的：必要时将追溯到相关年度，并延伸……”提到审计通知书，晴阳至今还有些愤懑。因为这次审计署统一部署的审计，审计通知书只发到市级住房保障和住房制度改革工作领导小组，并不是下达到每一个被审计单位。而当时，李述作蛮狠地要求必须看到审计通知书才

“咱们自家人，不带唱戏过门了，直接说吧——”刘局挺了挺腰杆，似乎有一种力量压迫着，挺不直腰，佝偻着背实在难受。“两个事，都是喜欢《F大调浪漫曲》的那个、那个梅经理啊，他们那个信达审计组搞出来的，咱们得想想办法。一个呢，是那笔9个亿，具体情况，你们也不要多嘴多舌地问，说实在的，我也说不清，话递过来了，停，别往下再查了；另一个，PA银行，甭说咱们市局，搁到省里，恐怕也惹不起，它那个子公司暗度陈仓，投资房地产业，坐实了，严重违法。但是，打住，也不能往下查了——其实，说起来也简单，针对两个事，喊两声‘住手’。”

“啊，这可是我们的重大成果啊!”邸科长满心指望因此嘉奖坐火箭升官呢，听刘局这么一说，心里头就像灌进雪山上的冰水——透心儿的凉，急痛攻心，一时忽略了场合，争执道：“‘住手’，不查了，怎么评先进啊?”

王处长拿肘顶了他一下，他才如梦方醒，咽下到了嘴边的话，如果说出来，有可能被刘局长指着鼻子训斥：你，邸攸然同志，还是个堂堂科长，为什么没有全局观念?!

刘局长面无表情地瞥一眼邸科长，深虑远议道：“往下查，评上的，是先进、还是后进，你我，都不做主喽……”

“哦，那么，怎么才能说服那个梅钮英，他跟头倔驴似的。”邸科长转弯快，马上就跟刘局长穿上一条裤子步调一致了。

“我想，首先尽快结束现场审计，夜长梦多，不要再给他们时间了。结束现场工作，越快越好——目前已经上报的成果，咱们足以赢得喝彩了。见好就收、见好就收吧。谨记，贪多嚼不烂啊。”

“好，我今天就发通知，这周吧，哦，太紧了——那就，最晚下周，结束现场工作。”邸科长话出口，才觉察到自己越俎代庖了，冲着王处长傻呵呵乐着，低眉顺眼地问：“王处长，您看，这么着，行不行?”

“行，邸科长。你就按照刘局的意思，安排吧。”王处长从善如流，作为本次监督审计实施的负责人，把握大方向，细节方面，特别是专业性强的方面，交给各审计组，发挥其主观能动性，也正由于她卓越的管理运筹，才促成本次审计摘得累累硕果，以至于在即将曝光某些攫取不法利益的盗贼藏匿角落的一刻，不得不大喊一声“住手”，鸣金收兵。而她对争权夺利实在没有兴趣，她是靠真才实学和脚踏实地干出来的业绩夯实职位晋升的基石，而不是靠溜须拍马、奔走钻营。

刘局长喝口茶，试探的口气，问道：“前几天，你俩跟我提起的，郊区农场破产案，建议列入年度审计计划……”

“这个嘛，”邸科长抢先接过话题，朗朗地说：“王处长说过，郊区农场破产，本来就有审计的打算，当时因为有人作梗就暂时搁置了。这次信达国际的梅钮英经理，正式提出来，他想拓展一下本市的审计业务。跟咱们原有的打算不谋而合，所以……”

刘局长深谋远虑，点点头，微笑着说：“我看啊，得给他们一点甜头，不然总是拽着人家的手不让摘果子，这人呢，不就是动物吗，你不让他吃点儿，他有饥饿感，心里不痛快，就会变着法儿跟你作对啊。这么缺乏互信，‘经济警察’的眼睛逮空盯着你看一眼，给人的感觉，深不可测，险象环生，总觉得有颗炸弹悬在头顶上，日子过得忒不踏实。”

“刘局，您的意思是——”王处长听出了话音，但拿不准，想再敲定一下。

“王处长，刘局的意思多明白呀，就是跟梅钮英签合同，审计郊区农场，看他们为什么破产，里头裹的那些个杂七杂八，有没有违法违规的猫儿腻啊！”邸科长急赤白脸地喊道。

“哎，小声点儿！”刘局长没有理会邸科长的引领以望，他对王处长压低声音，但吐字清晰地说：“我看呢，信达国际，哦，梅钮英他们几个，的确有真本事，为了落实局里年度审计计划，避免走过场，真抓实干，得拿出真金白银的成果来。信达国际，是个不错的借助力量。”

“本次审计，梅经理他们确实表现出了精湛的专业能力，一扫过去有些事务所胜任能力低下的萎靡，振奋精神呢。他们的成果远高于其他事务所。您说，考虑把信达国际正式纳入咱们局的中介机构备选库，我举双手赞成。”王处长从工作的实际出发，给予信达国际团队充分肯定。

“好，”刘局长如释重负，一拍大腿站起来，“总书记做出重要批示，要求认真学习毛主席的《党委会的工作方法》；前天局党委会，传达了新来的市委书记给予我局的殷切希望。——你们，都学习了吧?”

“学习了，读了好几遍呢，还写了心得。”王处长眼眸上闪动着光彩，激动地说：“有市委支持，咱们局这次一定能弹好‘钢琴’，弹出好音乐！不要再出现有的手指动，有的手指不动，互相掣肘的情况。”

“弹出好音乐！嗯，王处长，你说得好！——你们去落实吧，要脚踏实地，争取来个开门红——郊区农场的破产，究竟有没有造成国有资产流失，农场职工上访，始终不消停，需要在实事求是的基础上给他们一个交代。阻力嘛，肯定有，我们一起努力吧!”

“好啊!”邸科长忘乎所以，大嗓门儿叫起来，突然又捂住嘴，压低嗓音神秘兮兮地说：“这就是堤内损失，堤外补吧——呵呵，梅钮英，他的‘迂回战术’，一战定乾坤啊!”

王处长和邸科长，两位领导，虽说只是芝麻官，但毕竟是政府部门公务员，素质就是高，一开始可能就识破了我的“迂回战术”。给个面子，没有捅破那层窗户纸吧。为了促使审计局与信达国际签订这份以审计郊区农场破产合法性为目的的合同，我跟铮言煞费苦心。

春节刚过，信达国际会计师事务所请来国务院审计署的一位副局长，做工程审计专项培训。我们就用心琢磨啦，怎么才能激发他俩建功立业进而彪炳史册的雄心壮志呢。我们通过电话、微信，给他俩不厌其烦地絮叨、渗透——来听听这位局长的培训吧，她传授的要领，对于当官的，就等于《九阴真经》，照着去查贪腐，小菜一碟，到时候不升官都难。生拉活拽，把他俩接到北京总所，在 12 号楼的大会议室，参加了一天培训。那位审计署的副局长，讲得也通晓直白，当然了，她不知道下面听课的有两位地方审计局的官员。她说了，这几年，很多审计干部，在查处违法乱纪贪污腐败的工作中做出突出成绩，得到了破格提拔晋升，有的已经担任相当重要的领导职务。这点，特别对付邸科长的胃口，王处长嘛，又何尝不想有所建树呢。趁热打铁，我提前跟樊总、北京分部的贾主任打好招呼，她们两位领导出面，在旁边的正院大宅门宴请，给足面子，多管齐下，首先拿下这两位芝麻官!

宴请之后，无论我的两位领导，还是审计局的两位领导都很高兴，相见恨晚，握着手又聊了十几分钟，旁边等着的出租车司机都烦了，一个劲儿按喇叭。我陪着王处长、邸科长去火车站乘高铁回去。当天晚上，我掐算好分秒，恰逢其会，给他俩发去美国老电影《西线无战事》。可谓绞尽脑汁、机关算尽。

也许内心的那层薄薄的地幔，被我们成功撬动，建功立业铲除毒瘤的激情和勇气犹如火山爆发，难以压抑。仅仅过了两个工作日，那天晚上，王处长就给我打来了电话。

“梅经理，你这是用的‘春秋笔法’？”

“哈哈，王处长，邸科长说是‘迂回战术’——反正，都差不多吧，有点儿绕，怎么说，咱也没住在愚公的房子里，哪儿能开门见山呢——曲径通幽嘛，多看看风景。”

“可是，《西线无战事》是反战的，隐喻审计，是不是有点儿‘窝里斗’的意味——我们呢，政府审计；你们呢，社会审计，是不是可以类比电影里的那位‘将军’？对‘将军’来说，只有战争，才能实现自身‘利益最大化’。”

“问题是，战争也好，审计也好，都有一个‘为什么’吧？如果目的是好的，自身‘利益最大化’，有什么可以指责的呢？”

“可是，网上有人说，很多时候，战争不过是野心家用来政治博弈的手段，他们发起的任何一场战役，都会戴上为国为民这顶冠冕堂皇的帽子。可是，战争对任何一个‘个体’而言，都是一场灾难。”

“没错，我也看到不少评论，比如，面对战争，人类的绝大多数，都不是后方运筹帷幄的幕僚将相，也不是驰骋疆场军功赫赫的英雄，而是一个个‘保罗’，没有姓名，满布泥泞的军牌，统计为冰冷的伤亡数字的一员。”

“那你为什么还要费这么大的努力，去审计郊区农场的破产呢？”

“因为一手操纵郊区农场破产的人，可能是我们的敌人，因为他们的存在，我买不起房子，不把他们绳之以法，任由他们逍遥法外，我买房子的梦想可能永远无法实现！我就是要‘报仇’，不是去无原则地诅咒‘战争’。我一门心思想的就是把他们送进地狱。我就是‘保罗’，我愿意为此牺牲，不怕刺刀穿透我的胸膛。当然了，这里的‘我’，不仅仅指‘梅钮英’一个人，是千千万万买不起房子，身处社会底层，流汗、流泪又流血，却因为那些‘敌人’的存在，无法改变命运的打工仔们——王处长，您听明白了吗?”

“哦，明白，又不甚明白。但把战争与审计联系起来，总觉得不太合适吧。你听着，网上有人这么说——凡是把战争当作英雄主义进行大肆宣扬的，凡是不分青红皂白把人送上战场的，凡是鼓吹战争精神的人，都应该下地狱。”

“‘下地狱’！我记得有本佛经里说过，有位菩萨原可以成佛，但他看到地狱里有无数受苦的魂灵，不忍离去，于是留下来，立誓说‘我不入地狱，谁入地狱，地狱不空，誓不成佛!’——这不就是‘舍己为人’吗？眼下，我就是一个买不起房子的‘受苦人’，就在‘地狱’，还有什么可怕的呢?”说出这些话，脑海里突然浮现出一块漆黑坚硬的礁石，晃晃悠悠，看不清高矮胖瘦，丑陋俊秀，哦，这就是那个厚颜无耻色厉内荏“不畏死”的陈功退吧。我的牙关咬紧了，听到了咯嘣嘣的声响。的确，我不否认，之所以铆足了劲儿要把郊区农场破产的黑暗内幕揭开，就是向他挑战，斩断他祸害人的魔爪，送他下地狱。

“这么说，太复杂了，绕来绕去的，其实，就是两个词，‘正义’‘公平’。可是，我们极力去维护，总是有些不食人间烟火的，不分青红皂白，指指戳戳……”

“王处长，您可能不知道，这部电影，是1930年拍摄的，在民国那会儿引起过轰动呢，挺有意思，也许能帮您解开内心纠结的绳索，没准儿啊，还能拉下脸面，去楚国摆地摊，卖它几个集装箱的矛和盾，攒钱买房子啊。哈哈，等等，我这儿下载了一篇资料，发给您参考啊——”

“好，你发给我吧，学习学习，看看是汲取教训，还是汲取力量。哈哈。”

《西线无战事》写的是有关第一次世界大战的故事。1916年11月，索姆河战役结束，双方伤亡惨重，亟须补充新兵。18岁的德国小伙雷马克在老师的鼓动下，自愿参军，奔赴西线战场。雷马克九死一生，战后根据亲身经历完成了描写战争记忆和创伤的小说《西线无战事》。小说以德国小兵保罗和七个战友的经历为主线，描写了战争的疯狂与残酷，以及战争中狂热理想主义和英雄主义的破灭，具有鲜明的反战色彩。

1930 年 4 月，美国环球公司将《西线无战事》搬上荧幕，影片风靡全球，斩获奥斯卡奖。同年 9 月，该影片在上海首映，卖座极盛。这部电影震撼着中国人的心啊！当时，中原鏖战，蒋介石与阎锡山、冯玉祥、李宗仁四大军阀一百多万大军厮杀数月，国家陷入前所未有的战乱漩涡。自 1917 年张勋复辟以来，直皖奉北洋军阀混战，北洋军阀与西南军阀混战，国民党内部新军阀混战，等等，烽烟四起，生灵涂炭，国无宁日。人心厌战，人心思定，此时的中国拥有深厚的反战土壤。而《西线无战事》宣扬战争无意义，士兵命如蝼蚁，“死者的遗言不是要报仇，而是永远不再有战争”，这些反战思想，契合了饱受战争之苦的中国人的心理。

德国纳粹分子认为《西线无战事》宣扬德国负面形象，在柏林首映时，戈培尔率纳粹党徒冲进剧院捣乱，迫使停演。在中国，也有人不赞成上映，理由是中日关系日渐恶化，这种反战电影会动摇抗日士气，对抗战不利。自 1928 年济南惨案以来，中国民众对日本的憎恶与日俱增，中日必有一战，已成共识。这时候如果天天宣传战争残酷、战争无意义、军人是炮灰，任由反战思想在国内弥漫，会动摇国人抗日的决心和勇气。

九·一八事变、一·二八事变相继爆发，淞沪抗战打响。日本步步紧逼，战火燃起，禁映《西线无战事》的呼声越来越高。1933 年 11 月，国民政府通令禁止摄制、进口和放映任何反战性质的电影，以免麻醉国民、消解民众抗敌御辱的军心士气。《西线无战事》从此成了禁片。全面抗战爆发后，除了汉奸之外，几乎没有人再提反战了。

找到这篇网文发过去，才发现王处长已经挂断了电话。人家是公务员，不像我们 996，工作之外的时间，也不好意思回拨再去打扰，于是就在后面附上了一段话：“战争也好，贪污腐败也好，细算起来，其结局都是妻离子散家破人亡，身败名裂血流成河，都应验了黑格尔那句名言——人类唯一能从历史中吸取的教训就是，人类从来都不会从历史中吸取教训。”

也许王处长跟我想的一样吧，不想打扰我。半个多小时后，她才回复我：“梅经理，方便的时候，请把你们事务所专项审计的合同文本发我一份，我先看看。”

这，绝对有戏！我们成功啦！我兴奋得蹦了起来。

十八

这个星期比较烦。

邸科长一次次更改提前结束现场工作的时间，迫使我们不得不放弃一些触手可及的成果，因为时间不允许我们去收集完整的证据资料了。而且他要求每一份底稿都要通过他的复核后，才能确定是不是问题，能不能写进报告。

最后的冲刺终于到来了，今天是二月二十八日，早春的阳光洒在楼宇和草坪上，亮晶晶的，一扫冬日的荒芜与寒冷，春暖花开的日子就要回来了。

审计局不要电子版底稿，电脑里相关资料都得打印出来，交给邸科长一份份地复核，几乎没有哪一份底稿不需要修改，我们被折腾得经常一溜小跑着去打印、复印。开始我们有点儿恼怒，后来感觉到他并不是鸡蛋里挑骨头，的确是严谨的工作作风，反而对他产生些敬意。另外，政府审计和社会审计对于底稿及其所附证据资料的要求，存在较大差异，比如，审计局不论有没有问题，只要审计方案里列出的事项，即使不存在违法违规问题，也必须将审计过程完整记录下来并取得相关原始证据资料。而我们，只针对存在问题的事项。毕竟，我们不是吃铁杆庄稼的，得提高效率多做项目多挣钱啊。但不可否认，这样可能造成某些隐患或漏洞，一旦风险暴发，会被动，甚至导致丢了西瓜捡芝麻。所以说，审计局的工作流程更为科学合理。为此，我还特意写了份建议发给了樊总和贾主任，希望能够有助于克服某些审计证据资料及其归档存在的痼弊。我写道：

我们按照信达业规程序落实，造成许多返工。故建议今后若遇类似项目，须明确按审计局程序落实。首先根据现场工作，撰写取证单，一事一单；取证单只对关注的问题做客观描述，不引述法规，不做判断或结论性表述。其次，凡取证单提到的资料，不论多少，须全部取得纸质资料。此外，凡是审计方案所列事项，须全部实施审计程序，无论是否存在问题。

对于本部门审计底稿归档的几点建议：

审计局对于审计程序及证据资料的要求很严格，而我们相对较宽，这不利于信达国际品牌的打造，也不利于年轻员工的健康成长。为此，提出几点改进建议：

1. 对于比较重要的问题，凡是可以现场取得的证据资料，全部取得（樊总曾明确要求取得纸质资料，照片打印不清晰，也费墨）。现场结束时，应完成审计签证单附件资料的整理（谁写的单子谁最清楚，过后其他人帮助整理，可能张冠李戴）。

2. 底稿归档时限。建议在结束现场工作后2—4周内根据业规交付全部资料（包括纸质、电子版）……明确项目档案提交的及时性、完整性纳入员工考核……

前几天晚上经历的那场风暴，今天身上仍然像压着一棵被风刮倒的树，脊梁骨几乎就要被压断了。我的心情，怎么会好呢？我面色枯槁，脾气也因此有些暴躁。下午就跟邸科长爆发了一场激烈争吵，要不是王处长出面降温，我恨不得甩手走人，去你妈的，什么狗屁大问题、小问题，老子不伺候了！

郊区农场棚改工程的那份关于瞒报拆迁清退完工率的问题，李述作当面答应整改，挺痛快，却是吕布叛荆州——出尔反尔，没了后话，我们哪儿有时间等你啊，直接作为问题上报。可是邸科长直接就把田园怼回来了，说什么，这种超额完成任务的事，不叫问题，要求撤销。田园不敢硬杠，看我脸色难看，怕惹我癞蛤蟆上蒸笼——气鼓气胀。她拿着那份审计底稿转悠了半天，决定不了是不是一撤了之。我见她诡异，一问，才知原委，气儿就不打一处来，接过审计底稿，转过大会议桌，来到邸科长跟前。这几天，他整天坐在那儿复核底稿，看得眼冒金花，头昏脑涨，肝火旺盛，脾气暴躁。我俩就此来了一场激烈的唇枪舌剑，屋子里的空气好像都被点燃了。

“邸科长，郊区农场，这个完工比例，少报了36.5%，数据不准确吧？超额完成计划，按计划上报；未完成计划，按计划上报，都是问题吧？不管少报、多报，数据不准确，都会影响决策。”

“哦，刚才跟田园说了呀——这百十来户，影响上面啥决策啊，你以为都是开‘两会’，影响国家大政方针呢！梅经理，你、你神经过敏了吧！”

“没错，郊区农场，百十来户，不多，可是如果全市、全省、全国，百十来户的数据，都瞒报，积累起来，那就可能几万户、几十万户，你说，会不会影响决策？”

“可是，咱们这儿，不就是个小城市里的小农场，别把萤火虫看成月亮，大惊小怪好不好！上来就是全国，你咋不说，全世界、联合国呢！”

王处长就坐在旁边，邸科长复核过的底稿，她抽查审阅，但很少发表意见。这时她抬头，扭脸对邸科长说：“梅经理的意见没错，我们可以理解市里留有余地的考虑，但不能否认事务所的正确意见。扯什么联合国，邸科长，你这话，说得有点儿没边了。”

“哦，就是嘛。”田园不失时机添点柴火，恨不得眼瞅着就把邸科长烧个焦头烂额。她话里带着讽刺的沙粒：“审计法第 47 条明确说了，提供的资料不真实、不完整的，审计机关责令改正，可以通报批评，给予警告。这是常识哟。——邸科长，您可是审计局堂堂大科长哟。怎么，您不但不要求‘改正’，还要‘如实上报’，您这是‘助纣为虐’的节奏吗？”

“得，田园，背法条，我认输，好了吧！——你们 CPA，见多识广，紧揪个小问题，不放手，有意思吗？”邸科长牙齿咬铁钉，逞嘴硬。

我一听差点儿跳起来，我把手上的审计底稿甩在桌上，喊道：“紧揪个小问题，好，9 个亿的问题，大不大，你为什么一直拖着——好，现在，你马上给我复核‘9 个亿’的底稿！”

铮言的脸就像六月里的梨疙瘩，不但酸，还难看，他嘱咐晴阳：“赶紧，把那些涉及 9 个亿的底稿全找出来，邸科长，眼睛睁不开，需要‘大问题’给他撑开呢！”

王处长蓦地站起来，朝我摆摆手，压低嗓门，好言好语道：“梅经理、王老师，别急、别急嘛，9 个亿的事，下来再说，下来再说——”她转脸瞪了瞪邸科长，命令的口气说道："农场的瞒报，必须上报，别惯着他们，总想留有余地，欺上瞒下，这个顽症必须治一治！"

"哦，好的、好的——"邸科长嗅到了硝烟味道，他可不敢引起爆炸，那样别说嘉奖没戏，科长的位置恐怕都得让出来"虚位以待"喽。"田园啊，来，快把那份底稿给我——噢，就在这儿呢，我脑袋都蒙了。"

这时，李述作乐呵呵地走进来，屁股后头跟着个五六岁的男孩，虎头虎脑的，挺可爱。他进来跟王处长打个招呼，对坐在王处长对面的我，视而不见。我埋头工作，就当耳目失聪，也没搭理他。这孩子是谁呀，听着田园在问。李述作说：这是我儿子，怎么样，帅吧，随我。大家嘻嘻哈哈逗了几句。李述作说他得去找陈主任说点事，出门前回头意味深长地看了我一眼。我浑身刺痒难受，心想，真是冤家路窄啊！不过，他带进来一股屋外的风，冲销了刚才因争吵紧张的气氛，会议室里的空气渐渐冷却，混凝土瓦解，一切又归于平静。大家按部就班，每个人全神贯注自己手上需要了结的事情，聚精会神，各忙各的了。

过了零点，总算复核了一遍，桌子中间堆满了归整好的证据资料。有的底稿还没来得及改。邸科长说明天再改吧。我们这才长长出口气，收拾好电脑，懒懒散散地往楼下走。

高悬在夜空的月亮格外耀眼，清凉的空气中，已经涌进了春天的气息，吸入肺腑感觉特别的舒适而爽快。

王处长和邸科长就住在附近的宾馆，溜达回去。我们登车回郊区宾馆。刚上车，还没坐稳呢，手机铃声响起来，心想，这么晚了，谁打电话啊？凑近耳朵，听出来是李述作，他几乎是撕破了嗓子喊，能想象出他惊慌失措的神情。

"梅经理，你快看看，田园，田园她在不在你那里？"

"田园，啊，田园——田园在哪里啊？"我眯缝起眼睛四下踅摸，不见田园的身影。这才意识到，吃晚饭的时候，好像就没见她人影。我急忙问刚上车的晴阳："晴阳，你看见田园了吗，是不是去厕所啦？"

"啊，没啊，我下楼的时候，就没见她！"

我站起来下车，准备喊她几声，心想，这丫头也许躲在旮旯打电话，或者去厕所了。我把手机贴近耳朵，语气平和地问：“李经理，哦，李总，你、你找田园干吗?”

“她，她绑架了我儿子!”

“啊?!”

第三部
好雨知时节

好雨知时节，当春乃发生。杜甫这首著名的诗，念小学时，老师要求背诵，其意境可谓情景交融，目酣神醉。这春天，这春雨，这里的一切，多么美好啊！

站在这座直入云霄的写字楼的金碧辉煌的大厅中央，我遥望挑梁的大玻璃窗外的天空，淅淅沥沥飘下的春雨，那星星点点剔透若水晶的雨滴，撒播在自己春天般萌芽的心里。我发自内心地赞美！我断定，这必定是神赐的力量，再一次降临，就像那天我挥刀骟了那个王八蛋一样。神啊，你在激励我吗？——向前冲，不要踟蹰不前，迈开你的双腿，跑起来吧，勇敢地冲向心爱的人、冲向幸福！

一

“呵，好雨知时节！钮英，你看呢，这麦子多高兴，就要跳起来啦！——今年，又是个丰收年啊！”铮言举起双手，接住雨滴，兴奋地说。

不知道什么时候天上落起了细雨，万物复苏的大地，无论是高山河流，还是庄稼花草、飞禽猛兽，一切都在吸吮上天赐予的乳汁，要在这个物竞天择的世界里拼出生存的空间，繁衍后代，茁壮成长。

郊区农场一望无边的麦地，据说被人承包了。绿油油的麦苗已经开始往上蹿了，不由得联想起自己小时候，听到放学铃声，甩开脚丫子，就想几步飞奔到操场上去踢足球。而此时的麦苗呢，应该是想着几步迈到天上去，吸吮云天的雨露，灌满沉甸甸的麦穗吧。

春天是四季当中最具生机的季节，柳树长出了嫩黄浅绿的萌芽，垂如发丝的柳枝，犹如一条条朦胧的丝带，微风一吹，就像小姑娘那柔柔的、顺顺的青丝，随风摇曳，拢起月色里的甜梦，美丽而生动。只要你凝视片刻，真的会把你的思绪拽进仙境里面去。不仅是花园，整个大地，花草长高，挣脱大地的怀抱，换上了翠绿的春装，随着蝴蝶的翅膀快乐舞蹈。花朵绽开，白色的、粉色的、黄色的……一阵阵馨香袭来，让人心旷神怡。身扑春天的怀抱，忘记所有的烦恼，神思与几只蝴蝶牵手，在花丛中翩翩起舞，飞来飞去……

我俩站在田埂边，不远处就是我们曾经采摘草莓的大棚，原来那座伪装成热带雨林的玻璃棚，已经拆除了，甘蔗林也已无影无踪。听到铮言这么说，我颇感慨，一语双关地说：

“是啊，好雨知时节，希望是个丰收年吧。只是，那片甘蔗林不见了，没了玻璃房这个保护伞，它经受不了北方的雨雪天气，没有生存的空间喽。”

“是啊，我在想，马公子的采摘农场，如果能带着老婆一起去，那该多好啊！”

“哪个马公子？”铮言的话让我怔了一下，但立即就想起了那位“壮仔”，接着说："是啊，要是能跟金萱一起去波士顿多好啊。嗯，咱们还年轻呢，以后总有机会的。"我在心里安慰自己。

那天我和铮言来郊区农场送审计通知书，马场长没有出面，而是由李述作总经理负责接待的。看来，郊区农场的确是名存实亡，厚生集团鸠占鹊巢，早已喧宾夺主了。李述作显然提前知悉即将实施的本次审计，毫不惊讶，更没有手足无措。看得出来，相对棚改工程的审计，他们更加重视这次专项审计。现场办公的地方安排在了二楼会议室。我逗他一句，说还是那间健身房好，累了可以抻一抻筋骨，在这里就不方便了。他马上拦住了，嘴里抱歉道，那次不是我安排的，都是伍总、梁主任他们套马杆子逮兔子——瞎胡闹，失敬失敬，大人不记小人过啊，甭往心里去。这次，就在这儿啦，哪儿都甭去。他翻了翻眼睛，忽地笑起来，说道：

"倒是有个地方，可以去。我建议二位专家过去走一走、看一看，肯定有利于这次审计。"

李述作说出这话，看似随口一说，但是他那口气神态，就像是六月间做棉袄，早做了准备。哪个地方呢？惹得我俩心痒难挠。铮言迫不及待地问：

"哪儿啊，李总，快说啊，你怎么，也被北京天桥说评书的洗脑啦——且听下回分解。搞悬念呢！"

"哈哈，二位听好啦，甭觉得意外啊！这个地方啊——美国……"

"啊，美国？"铮言真的感觉到了意外，惊喊道。

我多少也有些意外，但没有铮言那么惊讶，因为我已有隐约的感觉——美国，也许是这次郊区农场专项审计的现场勘查地之一。为什么呢？因为通过此前的资料，了解到农场破产的主要原因，就是种植出口美国的有机农产品被扣押，造成不可挽回的巨大损失。去年，国际部有个在美国爱荷华州的电源项目专项审计，因为自己正在西藏雅鲁藏布江峡谷的一座水电站的跟踪审计项目上，脱不开身，遗憾与之错失交臂。美国，这个自我标榜为全世界"灯塔"的超级大国，从小耳闻目睹都是它的强大、先进和繁荣，几乎一切美好的代名词，都被它一网打尽。俗话说百闻不如一见嘛，谁不想亲眼去看看呢。

我惊喜，但没有惊喊。我明白，这是他们实施的拖延战术和"糖衣炮弹"，我不由得又想起了王处长的那句“不吃白不吃”口头禅。美国，好啊，不去白不去！我心里说，老子是百毒不侵，才不怕你们像蚊蝇一样千方百计叮咬。于是，懒汉出工，我不慌不忙地问：

“美国，哪里？为什么要去美国呢?”

“梅经理，实在说，这次审计的事儿，我们早就知道了，董事长指示，好好接待审计组专家老师。这不是嘛，农场破产，跟美国接轨，上马高科技农业，多少有点儿盲目——所以呢，就想让专家对农业高科技有些了解，有助于深入分析农场破产的原因。”

“那么，去哪儿呢?”铮言的手里好像已经拿着登机牌了。

“波士顿。这座美国东北部新英格兰地区的最大城市，对于高科技农业来说，可是誉满全球啊。比如基因编辑技术，为培育抗旱、抗虫、抗病等作物品种开辟了广阔前景。它的兴起之地就是位于波士顿的麻省理工和哈佛大学。他们的博德研究所的基因编辑技术，世界领先呢。”

“可惜啦，晴阳、田园她俩，被临时借调到北京大兴新机场项目上，暂时回不来。”我不无遗憾地说。

“那正好啊！女孩子跟着，看个脱衣舞，多不方便啊——哦，去美国办签证，挺麻烦，也得通过关系，就咱们仨吧。”李述作说着，长长出口气，好像还有点心有余悸。

二

从北京首都国际机场飞到波士顿洛根国际机场，在纽约中转，路上的时间总共不到20个小时，比我们去南美洲做项目快多了。此前去委内瑞拉、巴西、玻利维亚、智利做央企“一带一路”工程项目的专项审计，不管去哪个国家，一路都得熬上30多个小时，到了目的地，两三天都缓不过劲儿来。

“李总，听说纽约的豪华公寓，哦，曼哈顿上城中央公园东侧五大道，与公园大道之间，那个地段的，有三成没人住，闲置着，业主几乎都是中国人。这里面，你们陈老板，至少有一套吧。”在纽约肯尼迪国际机场候机，我们坐在那里闲聊。

“这个嘛，算个人隐私吧，不打听，也没听说过，真不清楚。如果说财富实力，在纽约购置几套房产，陈董事长手头肯定不会拮据吧，哈哈。”

“中国人在美国买房子，花钱如流水。这事儿，我还真关注过。”铮言四下瞅瞅，好像怕美国 CIA 特工窃听。

我接过他的话头，逗他一句：“你关注过，你准备在美国买房子？——那你在北京上班，通勤是最大问题——发改委得立项，专门在太平洋上给你建一条高铁，还得用中国航天集团每小时 4000 公里的磁悬浮。”

“甭瞎扯。”铮言给我翻个白眼，压低嗓音说：“根据全美房地产经纪人协会最近发布的《美国住宅房产外国买家报告》，中国人呢，连续几年了，是美国海外购房群体中的第一大买家。近一年，中国人在美国买房子花了多少银子？——220 多亿美元，我的妈呀，折合人民币 1500 多亿啊，差不多能修一条京沪高铁啦！风景优美、气候宜人的旧金山湾区，华人扎堆，是中国人在美国买房子的首选地儿。洛杉矶、纽约、波士顿、大华盛顿地区，也不少，那些地方，想不碰见中国购房者，都难。”

“是吗?”李述作将信将疑，“我这个做房地产的，还没有王老师您灵通呢。——那好吧，到了波士顿，看看能不能碰上中国的购房者。”

从纽约飞波士顿，感觉就像是一个起降的过程，很快就到了。一个二十六七岁的小伙子，开着辆黑色林肯领航员“巨无霸”来接站。这辆车的确漂亮，有几分威慑力，毕竟 5 米多的车身就是一道亮丽的风景线；车前脸采用了林肯家族式样的星辉中网，配合高耸的车头让整个车体显得霸气无比。坐进车舱后，你会瞬间被这台车的奢华所震撼，包括门板、仪表台等区域全部是用一层真皮进行包裹的。

见我俩把脸贴在车窗玻璃上，对窗外的景致目不暇接如饥似渴的样子，李述作没有打扰。

约莫行驶了一个小时，车子离开高速公路拐向一条双车道的柏油公路，两旁茂密的绿色植物一望无际，直通到天边，蓝绿相间的天地，瞬间开阔了人的心胸，一切都感觉那么敞亮和舒坦。

车速慢下来，排成长队的车流就像国内北方城市里应景的水系，不紧不慢地流淌着。

李述作跟开车的小伙子很熟悉，他俩聊："壮仔，你那个农场，干得怎么样?"

"还行吧，不过跟你们陈老板比，差远啦。"小伙子扭头看看我俩，改用英语，"都说学美国先进经验，哈哈，我把老爸农场的休闲观光农业引进来，你知道吗？日进斗金，真不费劲儿，一年进账几百万美金，跟玩儿似的。"

"哈哈，是吗？美国人也喜欢来农场采摘，放松精神、放飞心情啦!"

"是啊，你看，这些车，都是去采摘的，特烦呢，堵车，跟北京差不多了——李哥，你跟陈老板说说，投点儿钱，把这条路拓宽一下吧。"

"好，没问题，我回去就给你申请——只要路边的土地归你，就好办。"

车开到一座四层的别墅前停下来。小伙子跳下车关上车门，指了指花园栅栏旁停着的一辆蓝色保时捷帕拉梅拉，笑着跟李述作说："李哥，这还是你帮我提的，你说开这种车，撩妹的成功率高——真棒，给油就能带你飞起来，最骚的还是这个大尾翼，高逼格尾翼就是个鸡肋。——哈哈，你看，保养得不错吧。——甭发愁，我不让你给我换新车。"

"哦，不错，不错——"李述作快步走向小伙子，摆摆手，示意他岔开话题。到了跟前，他压低嗓门问："壮仔，我让桑切斯去接机，怎么是你呢!"

"他呀，又喝多了。对付'寄生虫'，真没办法吗？李哥，你们的公司律师……"

"壮仔，有客人呢，今天先不说这些，下来再说。"

其实，他们之间的对话，无论中文，还是英语，我都听在了耳朵里，记在了心里。

帕拉梅拉这台车的造型是很像旅行车，这也和很多美国人喜欢"实用"相契合，再加上这台车帅气的外观和后座可以放很多东西，所以很多美国人对这款车也是爱不释手。全新帕拉梅拉的外观造型依旧延续了保时捷品牌独特的设计元素，并且造型比例、车身设计有明显改进，溜背的整体造型、横贯式的尾灯以及颇具力量感的后轮拱造型，都让它与众不同。

卸下行李，李述作才想起来什么，赶紧跑几步过来拽住我的手，走到小伙子跟前。

“梅经理，来，给你们介绍一下，这位是郊区农场马场长的公子，马壮。”

“呵，兵强马壮！”我伸手跟小伙子握手。但我们彼此不卷裤腿不过河，似乎都加些小心，昼警暮巡。只是握了握手，说一句“你好”，没有谈论眼前的农场，或者他的学业。

我心里想，兵强马壮啊。跟他老爸的农场，那种“兵”不“强”的状况，有点儿格格不入，满拧啊。他看起来，确实很“壮”，一米八的个头，五官端正，挺帅气，一身合体的大嘴猴休闲装；眼神里闪烁一丝狡黠，身上散发着一股玩世不恭的气息。

按照预先的行程安排，一路紧锣密鼓，石火光阴。

我们漫步在自由之路，这是市政当局为方便游人观光而设计的路线，地上铺着红砖或者用红油漆刷得醒目。这条路串联了波士顿古老的建筑，是展示该市历史发展的重要地标。起点为波士顿公园，终点在邦克山纪念碑。纪念碑是为了纪念著名的邦克山战役用花岗岩修建的，高 67 米，外观类似方尖碑。

我之所以选定这里作为必到的景点，是因为邦克山是美国独立史上最著名的一个古战场。1775 年 6 月，为了围攻驻守波士顿的英军，普雷斯科特上校率大陆军抢占查尔斯顿半岛上的邦克山。英军企图夺回，两次猛攻都被击退。后因弹尽粮绝，在英军第三次攻击下，大陆军撤退。

“邦克山战役打响，大陆军总司令华盛顿，还没到任。他在前往波士顿的路上。”我给各位讲解：“他在纽约听到了战斗消息，受到鼓舞，增强了战胜英军的信心。——这有点像辛亥革命的武昌起义，孙中山压根儿不知起义的事儿，更别提运筹帷幄了。后来去武汉前线的，也是黄兴。”

“1775 年 6 月，噢，距离现在，200 多年呢——”铮言看着牌子上的介绍，若有所思地说：“都是英国殖民者，1982 年 9 月，英国首相撒切尔夫人访华，跟咱们谈香港回归，她在人民大会堂台阶上摔了一跤。”

“邦克山战役，英国人死伤 1000 多，撒切尔夫人嘛，咱们是刀不血刃。”我转头问李述作："哎，李总，这条自由之路上，有个纪念南北战争的'54团纪念碑'，咱们好像没看见吧？"

"54团纪念碑'？没印象。"李述作一脸的惘然。

"咱们往回走，找找看——"我边走边介绍："'54团'是第一个由黑人组成的军团，为解放南方黑奴、捍卫南北统一，从波士顿出征奔赴战场，在攻打南卡罗来纳的战役中，全团有一半战士，牺牲了。"

我们终于在绿地北侧找到了这面浮雕，纪念波士顿黑人兵团的勇士们。不过浮雕上的人物形象虽是黑人，但没有一个真正参加了战斗。因为雕塑家罗伯特·肖在纽约创作这件作品的时候，没用参战黑人士兵的照片，而是满大街寻找他想要的黑人面孔。"

"美国这个超级大国，崛起的速度很快啊。"李述作感慨地说："南北战争，遍地狼烟，整个北美大陆都陷入战火之中，战争虽然造成很大破坏，摧毁了美好，但是如果不是南北战争将美国统一，美国也不会有今天的强大和辉煌。"

"是啊，所以美国那些政客，千方百计，不让咱们统一台湾。"铮言气哼哼地大声说，好像故意想让美国CIA特工听见。

"历史潮流浩浩汤汤，顺之者昌逆之者亡！"我回眸"54团"英雄的浮雕，坚定地说："真到了武统那天，战火燃起，那些胆小如鼠的美国政客，看哪个胆敢阻挠！到时候，绝不会再有'54团'，'24团'倒有可能层出不穷呢。"

"啥意思？"铮言贴近我耳根，追问："怎么又冒出来一个'24团'？"

"哈哈！"我放眼蓝天、白云和草坪，多么美好的景色啊！我油然而生发自肺腑的自豪和高傲，"那是抗美援朝，第二次战役的时候——"

1950年11月，中国人民志愿军发动第二次战役，将敌人诱至预设战场之后，发动突然反击，成功扭转了朝鲜战局。美国陆军第25步兵师24团C连被志愿军包围，该连队90%的士兵都是黑人。经劝降，同时受到我军优待俘虏政策感召，该黑人连全体投降，是整个朝鲜战争中向中国军队投降的唯一一个完整的美军连队。此件事震动了美军高层，后来解散了第24步兵团，从此美军中全由黑人组成的军事单位不复存在。

也许脑子里有关房子的细胞占比太高，以至于在波士顿，给我留下最深刻印象的，并不是什么高科技的基因农业，不是哈佛大学和麻省理工，不是查尔斯河、灯塔山，更不是龙虾、红袜棒球队，反而是一套中国的老房子。那天，李述作别出心裁，临时安排了一个参观项目。他说："走，我带二位专家去看一套房子——咱们仨，凑钱也买不起哟。"

我们来到了迪美博物馆。这是美国最早的私立博物馆，创建于1799年。波士顿港是美国东部与中国贸易之间的最大港口，因此迪美博物馆很早就收藏有大量中国艺术品，它也成为美国推广宣传中国文化的一座博物馆。

博物馆里面，有一座来自中国的老房子"荫余堂"。其名寓意荫求祖荫，余祈富余。始建于清朝嘉庆年间，是一座典型的徽州建筑，外围是东西两面高过屋脊的马头墙，墙壁设计层层仆落，檐角青瓦飞扬。其特色是四水归堂。商人怕财源流失，建造天井，将雨水导入天井中，防止屋脊的雨水流向屋外，寓意财不外流。其内部更为讲究，天井院落中建有假山、鱼池、园林。门窗、梁柱、门槛上用木雕装饰着云涛松鹤、山川日月，雕工繁复精美，工艺精巧，徽派建筑中著名的三雕——木雕、砖雕、石雕，在此表现得淋漓尽致。其双檐设计更是独一无二。

1996年，这座经历了二百年风雨的老宅由于村镇改造，即将拆除。恰在此时，现任博物馆中国馆的负责人南希来到这里。她毕业于哈佛大学，热爱中国文化，早在1970年就来中国学习中国艺术史，对中国建筑颇有研究，尤其是徽派建筑的碧瓦白墙，给她留下了深刻印象。南希对"荫余堂"一见倾心，萌生了要把这座宅院整体搬到美国的想法。最终作为中美文化交流计划的一部分，世界最大投资公司富达公司给予1.25亿美元支持。1998年，装载着"荫余堂"拆分构件的19个40英尺的集装箱，漂洋过海抵达波士顿。

2003年6月，历时7年，这座中国徽州老宅"荫余堂"，在地球的另一端经过异国工人的双手，焕发新生，在迪美博物馆中矗立起来并正式对外开放。正如南希所说，许多参观者见过中国的书画、瓷器、文物等，但没有见过中国的建筑。现在，他们通过"荫余堂"，进一步探讨和认识中国艺术、人文和建筑，体会世界上不同居住形态中丰富的生活内涵。

参观了"荫余堂"，对于我这个买不起房子的人来说，内心的感受，真的不知道是悲哀，还是讽刺，抑或兼而有之。残酷的现实摆在面前，中国富人一年花掉 1500 多亿人民币在美国买房，而这家博物馆，花了七八亿人民币把中国一座老房子搬到了美国。

走出博物馆，见我闷闷不乐，李述作脸上露出不自然的笑意，鞭炮两头点——响到一块。他劝慰道："梅经理，怎么，看了老房子，心里不痛快？是哦，中国年轻人，买不起房子，这座旧房子，人家美国人，土豪吧，买回来，花了一个多亿美金，给整得像朵花。"

"谈不上痛快不痛快。就是感觉很惭愧、很悲哀啊！自己拼命工作这么多年，连个房子都买不起。"

"嗨，这么自责，干吗，没必要。放眼中国，年轻人，有几个不啃老、不借钱，完全靠自己挣钱，买了房子？"

铮言心里肯定也是五味杂陈，但毕竟他的房子到手了，诚心诚意地宽解："钮英，看了个老房子，表面冠冕堂皇，我鼻子里头，一股酸腐臭气，有啥好感慨的呀！"

"是啊，是啊，"李述作瞥了一眼铮言，凑近我耳根子小声说："房子嘛，等回国，梅经理，北京周边的，只要是厚生集团开发的，您随便挑一套，赶紧结婚生子，过上幸福生活——房款嘛，慢慢还，十年八年不短，百八十年不长，不急——噢，王老师，听说，您在颐景园小区……您有房子了，是吧？"

铮言本想往前凑，听着李述作话里有话，恨不得从空气里扯下一块变戏法的手上的布头，掩掩盖盖，赶紧往远了迈开一步，嘴里诺诺道："房子？哦，房子，有了、有了——"

李述作点到为止，回国的事儿回国再说。他脸皮抖了抖，笑眯眯地说："二位老师，看了这老房子，睹物兴情，心里头不舒坦是吧——走，咱们去看脱衣舞，调剂一下心情。"

"啊，脱衣舞，金发美女，特刺激吧？"铮言看来有心思去开开眼。

李述作见我不吭气，就劝解道："也没啥，找点乐子呗——其实，你们呀，做审计，压力大，就得隔三岔五地调剂一下，不然身体要出毛病——梅经理，您别不信，给比尔·盖茨写传记的詹姆斯·华莱士爆料，比尔·盖茨在哈佛上学的时候，就经常光顾波士顿的一些有名的脱衣舞秀、情色表演场所。”

“这么伟大的人物，都这么不堪？何况，我们这些小人物啦。”铮言似乎在为自己找一个偶尔堕落的合法合规的台阶。

“就是啊，比尔·盖茨疯狂工作的模式众所周知，他年轻的时候经常跟微软员工连续好几天编写代码，完成之后，就会参加一些‘狂野派对’，和朋友在豪宅泳池里裸泳。特别是在出差的时候，经常和一些报道微软的女记者调情——压力大，太累嘛，需要解压，调剂一下，不然会出毛病的。你们审计，一样嘛，调剂调剂……”

“荫余堂”的飞檐，与一座欧式建筑的尖塔，在波士顿的蓝天之下交汇，绘制一幅妙趣横生的应时对景，我久久凝视，欣赏着天人作美的画卷，心里颇不平静。耳朵里回荡着听李述作几番乐事劝功，自然不会客气碰着老实，虚情当成真意。

我在心里诘问：这种温水煮青蛙的伎俩，渐渐腐蚀，你们应该是屡试不爽吧。马耘耕场长，是不是就是这么被你们拉下水的？

三

没错，他马耘耕场长，就是这么被我们拉下水，呛了个半死，我们瞅准了生死交臂的一刹那果断出手拉了他一把，那就是救命之恩啊！他马场长不对我们俯首帖耳、死心塌地，天理不容！

几年前，我李述作，还是个小马仔，马场长下水还轮不上我，是刘明式刘副总。他可比我厉害多了，别看他五短身材，搂着美女跳起舞来，那真的不输亚洲舞王。直到今天，我还得甘拜下风。

噢，我的爱，我的爱人
我渴望你的爱抚
漫长的孤独时光

时间流逝如此缓慢
时光荏苒物换星移
你是否依然属于我
我需要你的爱
我需要你的爱
上帝赐我你的爱
孤独的河流流入大海，流入大海
奔向大海的怀抱……

美国电影《人鬼情未了》的主题歌曾经风靡一时，我很喜欢，因此也喜欢上了影星黛米·摩尔。她读书时是个清纯的女孩，剪着短发，冰清玉洁。若干年后，她出演《脱衣舞娘》，走上了妖媚的路线，电影里竟然有长达二十分钟的性感表演。不过，我还能接受她，因为当时她为女儿的监护权打官司，急需钱，只有这样才能来钱快。但她毕竟是有演技真功夫，不同于舞厅酒吧里的那些卖笑的。黛米一跳上台，斗艳争辉，热血沸腾。在她脸上没有半点儿被迫脱衣的强颜欢笑，笑靥灿烂，技压群芳，光芒四射。

我见过最棒的脱衣舞，就是在波士顿。当时刘副总带着，我知道火候掌控得恰到好处，要给马场长喂食下药了。但我特别激动，是冲着黛米去的，其实他们被中介给骗了，那种场合，她怎么可能去呢！那是唐人街附近的一家酒吧，在那里跳舞的有不少艺术系学生——波士顿大学的艺术系名冠全球。为什么会在唐人街附近？因为华人被认为没有宗教信仰，好赌又好色，做这路生意的人，就像百川归海，自然而然奔流而来。有个不到二十岁的靓女，体格健壮，骨骼柔韧，出场时裹着一条虎皮斑纹的大毛巾。前半段并不亮眼，无非是把毛巾掀来掀去，晃眼眸，逗咳嗽。到音乐最后一章，美女把毛巾潇洒地甩向观众，就势躺倒在地，靠背力将腰部以下及大腿高高翘起来，背部贴着舞台快速旋转，灯光照射雪白的双腿，在空中做出各种高难度绞剪动作。美艳极了！一刹那的感觉，黛米都无法与她同台争锋。

这是第几次了？我亲眼看到马场长酒壮怂人胆，居然拿着百元美钞，挤到前面拉开美女的裤腰把纸钞掖了进去，就好像投递了一封初恋的情书，他双手合十向美女躬了躬腰。

下来的节目，马场长就像过去农场里套大车驾辕的牡马，激情澎湃，雷腾云奔。那些美女穿着丁字裤，紧紧拉着他、拉着刘副总，一起跳舞。开始，我还是有点儿腼腆。美女拽住我的手说，来吧，你爱怎么动手动脚都行。有一段舞蹈是按着粗犷的节奏撞屁股。我屁股小，肉薄，美女们屁股肉厚富有弹性，我被撞得激情四射勾魂摄魄。待我定定神，四下张望，只见马场长、刘副总被几个丰腴的美女围着，撞得起劲。

……撞吧、撞吧，转换了方向，颠倒了乾坤，竭尽全力，撞得山崩地裂。

日转星移，马场长终于下水了，过了腰部，下沉的速度就会加快，但目前喘气还顺畅，呛不着，还没有体验到一个人濒临死亡时的恐惧和无助的感受。

来这家脱衣舞歌厅，因为黛米，我特别兴奋。就把壮仔也拽上了，我想他也一定会喜欢的。壮仔驾驶着我刚刚给他提出来的那辆保时捷帕拉梅拉，风光无限。

“马壮，你怎么在这里——谁的车?”马场长身上干干净净，没有被水溅湿之前，还是一身的正气凛然，有曾子杀彘的威严。但我对他的方式不以为然，觉得严厉有余，关爱不足。我就是从他身上找到了突破口，把他打造成冰冷沉重的镣铐锁住了他老爸的腿脚。

“哦，老爸，是、是这位李哥……”马壮支支吾吾，不敢直对父亲的目光。

我赶紧打圆场，给壮仔解围。“马场长，这是我的车，马壮新鲜两天，放心吧，没啥事儿!”

“你的车？小李，陈老板一个月给你发多少薪水？——这辆车，至少也得150万吧。”

马场长狠狠瞪了壮仔一眼，又看了看我，脸上的表情复杂而意味深长。他没有再深究。我断定，经过我们锲而不舍的努力，他内心最后一道防线已经出现溃堤蚁穴。作为拥有万亩良田千余号职工的国有农场场长，那也是出类拔萃的精英啊。当他关注到这辆车的一刹那，他应该就意识到了，自己的顽抗已经毫无意义。投降吧，皆大欢喜，也是利益最大化的最佳结局。因为，儿子，他最亲爱的儿子，已经不知不觉中为老爸挖好了埋葬其一生廉洁奉公的坟墓。或许，他在心里咆哮、呻吟、呜咽……那一刻，他主观上已经不再畏惧，甚至迫不及待地要“下水”了。

我承认，马场长的儿子马壮，是被我早于他老爸拉下水的。所以，我俩的关系特铁，也很微妙。的确，这就是我做的“好事”，用北京话讲，有点儿缺德下三烂。

或许是报应吧。我老婆死了，她是个舞蹈演员——嘿，她可不跳脱衣舞啊——患上了艾滋病，谁也不知道她是怎么得上这种怪病的。所幸，我和儿子做了 HIV1/2 抗体检测，都没事。现在，儿子就是我的命根子！

可能我在落实搞定马场长父子的筹谋中，表现出色，当然，也少不了刘副总的鼎力推荐。董事长垂涎郊区农场上万亩的土地，做梦都想搞到手。我这次不辱使命，出手不凡，他对我青睐有加，认为我可堪大任，不久就提拔我做了新设立的新科现代农业公司的业务经理，参与了诱导郊区农场走上有机农业的不归路，直至破产的一系列操作。

新科现代农业公司是为郊区农场量身定制的，它的成立，绝没有《公司法》说的“公司的经营方针和投资计划”，啥也没有经营，它做的一切，都奔着陈功退董事长的既定目标，那就是：兼并郊区农场，然后代替它完成破产程序，让厚生集团顺利接盘。

说实在的，他们开始的操作有些粗糙，并未做到无懈可击，留下不少隐患漏洞。当时薛仁礼还没有出任财政局局长，但恰是国资委副主任，正是在其位谋其政。而他呢，已经是董事长的座上宾了。正是有他从中斡旋，鼎力相助，新科现代农业公司才得以有的放矢，箭无虚发。然而，利令智昏的公司高层，被巨大的成功冲昏了头脑。刚破产的时候，农场职工上访不断，市里应景也好，认真也好，总之，向郊区农场派驻了各种名目的联合检查组，但是，已经坐在财政局局长位置上的薛仁礼十里高山观景，站得高，看得远，让你盲人摸象，检查组也好、审计组也好，蚩蚩蠢蠢，屁吗查不出来，总能化险为夷。这么一来，好像重温了一回烽火戏诸侯，高层就觉得高枕无忧了，松懈了警惕，没谁费神受累去弥补疏漏了。直到这次审计棚改项目，捎带脚在郊区农场的那个乒乓球台上打了个擦边球，他们才如梦方醒，亡羊补牢，为时已晚。那个秃驴伍鲜颢，在董事长眼里那可是运作农场兼并、破产的大功臣。他真是丧尽天良啊，就想着一把火把郊区农场的财务档案烧成一堆灰烬。谁也没想到，阴差阳错的，却成就了田园这个“救火英雄”。说实在的，即使烧掉了，谁敢保证留不下一丁点儿的蛛丝马迹呢。

这不，回国后不久，梅钮英带着他的审计团队，就顺着那些蛛丝马迹追查过来了。那天他跟我貌似闲聊，其实是在探听虚实，敲山震虎，做火力侦察。

“李总，原来还以为郊区农场自己经营不善，搞破产的，看了一些资料，才知道，是你们这家新科现代农业公司，没有经过可行性研究，盲目上马有机农业，越俎代庖啦。”梅经理话说得轻松，但我明白，他盯准蛇的七寸了。

“市场经济嘛，市场配置资源，谁能干谁上——当时，都是依法走了程序，政府批文谁也不敢造假，手续合法合规哟。”

“可是，新科现代农业公司，一是空壳，二是胎教超前。”

“哦，什么意思，梅经理，你这么打哑谜，搞得我心里头七上八下，坐立不安啊。”

“呵呵，李总，你不必这么敏感。其实，这次审计郊区农场，就是发现一些问题，不论大小，跟你本人应该也没太大的瓜葛吧。”

“梅经理，不能这么说，坐在总经理的位置上，一定要尽职尽责。你们做审计讲究个严谨，结论都得有理有据，不能空口无凭。《公司法》里写得明明白白——我对公司负有忠实义务和勤勉义务啊。”我虽说是城郊绿洲公司的总经理，但是，目前郊区农场的空架子，是由我支撑着。梅经理当然明白。否则，他干吗跟我打交道呢。

“那么，咱们直截了当地说。先说空壳，新科现代农业公司注册资本 50 万元，拿什么兼并郊区农场?”

“新科，它有母公司厚生集团做坚强后盾啊，要钱有钱，要人有人啊。”

“从目前资料看，厚生集团好像也没有打钱，哦，派人了，其中就有李总你呢。”

“呵呵，我嘛，当时还是个跟班打杂的——钱嘛，郊区农场欠的债务，我们兜底了，职工如数接收，不需要支付。打钱，多此一举嘛。”

“好。再说胎教超前，我们看到一份文件，关于新科公司兼并郊区农场有关人事问题的协议书，签订的时候，新科公司还没有成立。就好比十月怀胎的孩子，在娘胎里就念大学啦？胎教忒早了吧，对孩子有益吗？——这是怎么回事？”

“嗨，梅经理，你们做审计多了，见多识广吧。前些年，地方政府甩包袱，大批国有企业被兼并、走破产，程序上，哪个没点儿瑕疵呢？这个时间嘛，说不定，是笔误。哦，笔误，可能性比较大。”

“噢，笔误——李总，你认为，这只是瑕疵吗？”

当然不是“瑕疵”！不过我也只能毛驴啃磨盘——嘴硬啊。梅经理还算给面子，肚子里打灯笼，心里明白，但没戳破。我不知道最终能不能蒙混过关，但多少宽限了时日，董事长他们运作起来也好从容些，不至于忙乱中出错。

现在，我手上有一份权威文件，衙门口威武，审计局也得绕着走。

这是一份市中级人民法院做出的民事裁定书，白纸黑字写得清清楚楚：

> ……由于管理不善，亏损严重、资不抵债……宣告申请人新科现代农业有限公司（原郊区农场）进入破产程序。

实际上，我手上还有一个寒光闪闪的撒手锏——郊区农场的“亏损严重”。因为这是农场种植的农产品在美国港口因质量问题被扣押，造成不可挽回且不可承受的巨大的损失，才无奈走上了破产的道路。这里涉及美国农产品进口市场及其相关法律。你审计局也好，事务所也好，总不能远渡重洋去美国查证吧。请求国际司法协助，得了吧，有人搭理你吗？

可是，谁也没料到，半路杀出个三板斧的程咬金。

四

这个“程咬金”不是别人，正是我们信达国际团队的造价工程师高陆川。

对于他的辞职，我，梅钮英，作为项目经理，当时感到十分蹊跷。为什么辞职呢？我百思不得其解。你呀，高工，你干得多棒啊，旗开得胜、马到成功，多么威风凛凛啊！咱们信达国际团队，在本次审计署统一部署的安居工程跟踪审计中，在几家事务所里独占鳌头，战果赫赫啊。

那天与李述作闲聊了几句，其实，我没有把萦绕在脑际的疑问和盘托出。最让我苦恼的是，郊区农场被兼并后，由于推动外向型高科技有机农业的发展战略决策失败，造成严重亏损，被逼无奈走上破产的绝路。可是，如何取证郊区农场出口美国农产品的损失金额，及其被美国口岸海关处以巨额罚款的事实证据呢？仅凭那几份英文文书吗？其真伪如何鉴证？申请延伸？这不是审计局心里哆嗦，前怕狼后怕虎的问题，涉外鉴证，李白诗里怎么说的？哦，“蜀道难，难于上青天”。

对此，我查阅了一些资料。有研究指出，未来十年，中国有机农业生产面积以及产品生产年均增长20％至30％，在农产品生产面积中占有1％至1.5％的份额，达到1800万至2300万亩，显示出广阔的发展前景和深厚的潜力。然而根据媒体揭示：中国90％的有机农场都处于亏损状态。

《三国演义》里，汉献帝在李傕与郭汜火拼时侥幸脱离险境，然而李郭二人合兵后继续追拿汉献帝，有人推荐曹操救驾，然而信使还没有出发李郭就杀到了，眼看走投无路，千钧一发，夏侯惇奉曹操之命“保驾”赶到，击退李郭。从此有了“说曹操，曹操到”这句谚语。今天，我要说，高工啊，高陆川，你就是我的那个“曹操”啊！

就在我愁眉不展，张天师下跪——没咒念了，鬼使神差地奇迹出现了——这天晚上，我无意中发现高陆川给我发来一封邮件——

钮英，给你写这份邮件，心里很不安，我不知道你们注册会计师职业道德准则是否允许这么做。对我来说，我不认为这是采用非法手段获取审计证据线索。我也没空儿仔细考虑了，我马上要去做一件大事（建议你抽空儿看看《维多利亚一号》，我就要成为何超仪了，但是，我的目标是罪有应得的人，不是无辜者）。不知道我们以后还有没有机会见面。现在，我一想起在郊区农场的时光，心里就特别温暖，我们一起工作、生活，在清芸吃饭，也许是我此生最美好的回忆了。哦，钮英，你不要笑话我，我心里乱七八糟，说话语无伦次，但是，我还是鼓足了勇气。虽然我仍不敢打电话听到你的声音，即使我非常想听听老兄的声音。

长话短说吧，我是从常晴阳那里听说你们受审计局委托，再次进场去审计郊区农场破产的事。虽然我不能说了解内幕，但是，这几十年，国有企业被兼并、破产的何止千万，咱们干审计的，可以通过企业所谓的商业机密，窥视其黑暗内幕，比其他人了解得多一些。说实在的，哪个合法，哪个干净？真的找不出几个来。对于这些蛀虫，我是深恶痛绝！要不是他们肆无忌惮地侵吞大众财富，房价怎么会涨得这么高，咱们拼命工作的报酬，怎么会连个厕所也买不起！我恨不能把这些王八蛋全部送上断头台！

这件事，我是无意中碰见的，你不要问我为什么这么凑巧，你只需判断有没有用。如果有用，你跟晴阳说。我已经把专家的地址、电话、单位等信息加密发给了她。但她也看不到。密码是你手机号的倒序六位数字。

情况是这样的，一次偶然的机会，我负责接待几位专家，其中有一位农业专家，聊起了郊区农场，可能时过境迁，也不知道我的底细，吹嘘自己的非凡成就，他嘴上不把门，向我透露郊区农场的破产完全是一场有预谋的暗箱操作，他参与了，负责技术方面。据他讲，美国对中国农产品严格实行“自动扣留”制度。当我国农产品到达美国港口，就会被进行抽样调查，检查达标，货物才会进入美国境内，否则将拒之门外。还有相当的一部分会被美国食品药管局认定为是必须进行检验的产品，那么这些产品将要面临的是美方逐一检查。我国同时也是遭遇美国绿色贸易壁垒最多的国家。美国的严格检查，反而给他们提供了做手脚的暗箱。这位专家沾沾自喜地夸耀自己的技术多么精湛，选择突破口多么精准——他是通过美国食品药管局从我国出口美国的农产品里检测出一种违禁成分，全部扣押并处以巨额罚款的案例中找到的灵感。他们在郊区农场推广有机农业种植，宣扬出口美国赚外汇。暗地里，施用了一种由他主持研发的化学生长剂，收获的产品违禁成分超标——当年轰动一时的“红心鸭蛋”的苏丹红、镉污染大米事件，与之异曲同工——出口美国自然被扣押，他们对此不“遮丑”，反而通过媒体大肆宣传报道，给人留下既成事实的深刻印象，绝无疑问。然后再拿出提前准备好的技术资料，把损失扩大到足以引燃农场破产的导火索。专家说，实际上，违禁成分含量很低，美方处罚也谈不上巨大……

五

我，高陆川，行不改名坐不改姓，“侠之小者，锄强扶弱；侠之大者，为国为民”，我要去做金庸笔下的乔峰，成为一个为民除害的大侠，去做一件大事。

一件什么大事？杀陈功退！

我之所以不敢给梅钮英打电话，是因为我对他心存愧疚。那还是在郊区农场审计那会儿，有一次，他临时和田园去住建委办件要紧事，没带电脑。回来晚了，铮言他俩从开发区回来直接回了客房，健身房这边只有我在。他就让我帮他关上电脑，带回客房。当我关机的时候，扫一眼电脑桌面，忽然我怔住了，眼睛死死盯住桌面上那个标注为“程晓钰”的文件。我拿鼠标的手也颤抖起来。不过，我很快镇静下来，下意识地瞅了瞅四下没人，就拿自己的 U 盘拷下来那个文件。文件加密了，我找海淀中关村的朋友给解密打开了。从中我惊闻心爱的程晓钰，被那个叫“陈功退”的地产老板强暴了，我怒不可遏，这口恶气我实在咽不下去，决不能让这个王八蛋逍遥法外，我要寻机报复。

晓钰她家跟我家住在一个街区，算是邻居吧。我们一起长大，一起上学；

我俩这算是纯正的、没有丝毫杂质的青梅竹马，也算是两小无猜吧。到了初中，青春期，我俩就有意互相躲着对方，但是，彼此一天不见面，那望眼欲穿的折磨，特别难受。有一天，我躲藏在她放学的必经之路上，等到她走近了，我突然跳出来，把她吓哭了，我赶紧变着花样哄她高兴，直到她破涕为笑。那天，晚霞是那么明亮而多彩，就感觉整个世界都在为我们喝彩——我俩就那么自然而然地依偎在了一起。

可是，晓钰家是干部家庭，我家是工人家庭，两家的社会地位、经济条件，天壤之别。即将升高中的时候，我俩恋爱的事，让她妈妈知道了，她妈找到我家里，跟我妈挑明坚决反对两个孩子谈恋爱，强调说早恋不利于学业。其实她是嫌我家穷。现在城里结婚，男方有房有车那是最起码的条件啊。她妈觉得照我家的经济条件，根本买不起娶媳妇的房子。我妈跟我一说，我就没上高中，一赌气考了个工程建筑的中专。就想快快离开家、离开晓钰，逃避现实。

后来，晓钰考上了北京的大学，我已经在一家监理公司找到一份工作，派驻到穷乡僻壤的施工工地，我俩很少见面了。她大二下半年回家过暑假，当时我也从山里出来了，应聘了信达国际的工程咨询公司。临走那天晚上，晓钰闯进家门，硬拽着我去旁边的公园，要跟我说说掏心窝子的话。坐在长椅上，她哭了。我麻木地远眺天边的一片云，沉默着。最后还是熬到她先开口。

“陆川，都过了几年啦，你就别跟我妈怄气了。咱俩都好好努力，我等着你买了房，回来娶我。咋样?”

我很激动，但不犯糊涂，心里清楚，一个中专毕业生，靠工资买房子，比登天还难。我虽然舍不得晓钰，但我不能太自私，就反过来劝她：“晓钰，我不生气，我就是想多挣点钱，补贴家里。你也知道，我爸去世的早，我妈身体又不好，现在我参加工作了，得让我妈松点儿心了。”

“嗯，我知道，你不生我妈的气就好。——其实，你不上高中，没考大学，就是跟我妈赌气，是不是?”

“是，怎么样，不是，又能怎么样? ——晓钰，咱们两个，还是各走各的路吧。你妈看不上我，嫌我家穷，这个观念，根深蒂固，年纪越大越顽固。不能因为我，让你们娘俩闹矛盾、闹掰啊。所以，咱俩不可能有结果。”

“为什么？你、你不是说不生气了吗？为什么还要分开……”

“我家的境况，你也清楚，现在，靠打工挣钱、买房，得猴年马月了——我家那两间破房子，你愿意跟我挤在里头过日子吗？”

“我愿意！——再说了，你为什么这么没自信呢？我就不信了，我俩一块拼命挣钱，要求不高，两室一厅，买不起？!”

“自信？对，咱们年轻，有时间，应该有自信。可是，话又说回来，自信不能脱离实际，不能当饭吃啊。”

“得，你这头倔驴，我不跟你磨嘴皮子——咱们说好了，不许说‘分开’，咱俩一块儿努力，好不好？”

我就是一头倔驴，我不想耽误晓钰，不想不负责地说模棱两可的话，那不是男人应有的做派，不是真心爱自己的心上人。我沉默了会儿，仍没有爽快地答应她，坚持己见：“买房娶媳妇，天经地义。可是，对我来说，对我家来说，房子这道坎儿，就像前面的小河，别说迈过去，跳都跳不过去。如果我对你虚与委蛇，不说真心话，答应了你，我一辈子都觉得对不起你。”

“嗨，说你倔驴，你还真尥蹶子啦!”晓钰从小虽然说不上娇生惯养，但有脾气，犟脾气上来，不撞南墙不回头。她猛地撩起裙子，语气坚定地说：“陆川，我跟你说，我这辈子，非你不嫁，你要是不信——要不，现在，我就给你……”

“嘿，晓钰，你干吗？不怕别人看见——”我赶紧抱住她，阻止她脱衣服。

她爽朗地笑起来，“看你那熊样，天都大黑了，这黑灯瞎火，谁看得清楚啊。”

我们紧紧地拥抱，我感觉到她笑的时候，那两座发育起来的乳峰弹击我的胸膛，柔软而服帖，仿佛在跟我窃窃私语，温软绵绵。我的心怦怦急跳，似乎也能听到她的心跳，伴随夏虫欢乐的翅鸣，这个夏之夜，奏响了一支爱情欢乐曲。

想象中，电影电视剧里的情景，我真的想转身把她放倒在长椅上，或者勇敢地抱起她走向一旁的灌木丛。但是，我没有丧失理智，我不能，我要留住她的贞操，倘若命运之神眷顾我，选定我做她的伴侣，我也要等到新婚之夜，彼此奉献。

“好，晓钰，我答应你，咱们一起努力吧！”

“嗯，这才是我心目中的白马王子！我等着你，我只属于你！”

“等着，你等着我，我会用最短的时间，攒够买房子的钱……”

然而，物欲横流的激烈竞争社会，一切虚无的、没有根基的，都会在残酷的现实面前撞得支离破碎，所剩无几的自信，偃旗息鼓，蛰伏待机。若有贵人相助，或者把握政策良机，比如说，梅钮英那位房东炒房暴富，倒也不排除卷土重来。此时此刻，任何安慰都是无力的、无奈的，甚至是无聊的。我跟晓钰的联系越来越少，不是她，而是我，很少主动联系。有一段时间，她似乎也不大联系我了，我以为她开始渐渐淡忘那个两小无猜的青葱少年了。我感到心伤的沉重，同时也感到一种解脱的无拘无束。在热火朝天尘土飞扬的工地上，跟那些流大汗的脸膛黑黢黢的工友们，工余时分，今朝有酒今朝醉，放浪形骸，自由自在，好不快活。

我的报复计划是周密的。你想啊，我一个中专毕业生，买了个本科文凭考下来造价工程师资格，在全国著名的信达国际靠专业实力技压群雄，没两下子真功夫，做得到吗？我首先从信达国际辞职，与之撇清关系，避免对其产生不良影响；同时，为了避免脸熟节外生枝，我跑到厚生集团南方总部应聘。我在信达国际工程公司任职的履历就像是工地上的钢筋混凝土，坚不可摧，光彩夺目，立即引起了总部 HR 首席执行官的注意，不拘一格降人才，竟然直接任命我为区域二级工程总监，年薪 30 万元。我也不是吃素的，几个项目巡视下来，提交了一份报告，马上报呈到董事会。没过多久，我闪进了陈功退的法眼。我就是要接近他，得到他的信任，寻找机会，趁着他喝酒，或者玩女人心醉神迷的时候，神不知鬼不觉，一刀结果了他。

中央美术学院教授王澍获得过普利兹克建筑奖。我读过他的《造房子》。他在书中写道，1992 年春，建造师的好日子到了，他却选择了退隐，因为他不想做很多东西来祸害这个世界。对我而言，我在厚生集团受到器重和礼遇，“好日子”来了，用不了几年，我就有财力买套好房子了。但是，我毅然决然地舍弃了，不单是因为我使命在身，我还以为发挥自己的才智效力于陈功退，无异于助纣为虐。我这么做，算不算“退隐”？

机会终于来了。总部行政部通知，陪董事长参加一个在广州召开的行业技术会议。按照行程，我倒排时间给梅钮英发出了邮件，不知道这是否与他诀别，反正我是抱着置生死于度外的决心去广州的。

会议即将结束的那天晚上，当地的企业举办了晚宴，非常热闹而繁华，我第一次目睹了行业大佬的钟鸣鼎食、穷奢极侈。回到酒店，已近凌晨。广州的朋友尽地主之谊，给陈功退安排了风情万种的外国女人。

我提前编造理由向前台要了两张房卡，去旁边的超市买了一把锋利的德国剔骨刀。此刻，我掐算着时间，蹑手蹑脚地打开了陈功退豪华套间客房的房门。里面灯火通明，我从兜里掏出深色内裤套在头上蒙住面孔。往里走几步，听见房内淫乐缠绵的粗重喘息和尖细喊叫声。我心里暗暗叫好，这个时候，目迷五色，耳目失聪，是最佳的下手时机。

主卧室的门虚掩着，我小心翼翼地往前挪步。此刻，我真后悔上学的时候，为什么不去打架斗殴，练练拳脚壮壮胆。都说“秀才造反三年不成”，千真万确。关键时刻，我手脚冰凉，浑身颤抖。我睁目张须，内心激发着勇气，想象晓钰被这个畜生强暴蹂躏的凄惨情景，怒火腾地从胸口燃烧起来，我猛地撞开门，直向大床上陈功退的背影扑去。床上赤身裸体的男女吓傻了，没有喊叫，没有逃跑。陈功退翻身呆望着我，彼此打愣了十几秒钟，他朝我作揖，哆哆嗦嗦地说：“大爷，好汉，要多少钱，说个数吧，不要杀我啊!”听他说出“杀”字，提醒了我。我打了一个激灵，对呀，你干吗来了？杀！我在心里恶狠狠地吼叫。可是，恰在此刻，母亲那慈祥孤苦的面容倏地闪现在眼前，脑子闪电般一个转念，我杀了他，法官判我死刑，一颗子弹送我去见了阎王，谁给我妈养老送终啊？就这么几秒钟的踌躇，我再无法一鼓作气。但我不甘心，一眼看到陈功退胯下的祸根直挺挺地翘着。操你妈的，还给老子炫耀！一刹那，血往脑袋顶上涌上来，神赐的勇烈，我毫不犹豫，一个箭步，紧握刀柄对准祸根，铆足气力，手臂在空中划出一个弧线，刀光一闪，眼瞅着被削掉的半截子祸根，在空中飘旋。立即，鲜血飞溅，惊恐万状的哀号，在房间里回荡。

我脑子里一片空白，转身冲了出去。

六

好雨知时节，当春乃发生。杜甫这首著名的诗，念小学时，老师要求背诵，其意境可谓情景交融，目酣神醉。这春天，这春雨，这里的一切，多么美好啊！

站在这座直入云霄的写字楼的金碧辉煌的大厅中央，我遥望挑梁的大玻璃窗外的天空，淅淅沥沥飘下的春雨，那星星点点剔透若水晶的雨滴，撒播在自己春天般萌芽的心里。我发自内心地赞美！我断定，这必定是神赐的力量，再一次降临，就像那天我挥刀骗了那个王八蛋一样。神啊，你在激励我吗？——向前冲，不要踟蹰不前，迈开你的双腿，跑起来吧，勇敢地冲向心爱的人、冲向幸福！

厚生集团北京分公司，以及程晓钰的那家房地产销售公司的办公地，就在这座写字楼里。

我手里捧着一大把玫瑰花，红艳艳的花朵，映照在大理石的地面，宛如一片火红的朝霞。我急切地等待晓钰，想象着她面对我献花求婚的情景，她会不会手足无措，会不会喜极而泣，会不会断然拒绝？

过春节回家休假，她来找过我。站在面前的她，气度不凡，珠光宝气，的确是个名副其实的女企业家。只不过，在我心目中，她已经不是过去的那个白璧无瑕的晓钰了。我心里一阵绞痛，涌动酸楚。那时候，我刚刚从梅钮英那段录音里了解了内情。对于晓钰，我内心一池清潭，就像十五个吊桶打水——七上八下，我真的不知道应该如何处理与她的关系。我还能接受她，还热爱她吗？我屡次三番地问自己，却又无法回答，总觉得无论如何也回不到过去了。况且，我至今也没有攒够买房子的钱。我横三竖四瞎琢磨，狠狠心，决定跟她分手。

“陆川，咱们结婚吧！”她倒是直来直去。

“啥，结婚？猪八戒投胎，晓钰，你走错门了吧！”

“什么意思？——你别跟我说还没攒够钱，买不起房子。房子，我买，北京的，还是咱们这里的，你说——”

她竟然在我面前吹牛拍马，我却像个王八钻灶坑——又憋气，又窝火，我禁不住火冒三丈。但是，我心疼她呀，得顾及她的感受，不忍戳痛她的心。只能在心里斥责道：你哪里来的钱，干净吗？

“北京的房子，你也买得起？你的钱——哪里、哪里来的？”

“你甭问那么多。你就说，愿意不愿意跟我结婚？”

“我——”我无法否认自己仍然深深热爱晓钰，但是，世俗观念的沟坎重重地压在心头，让我喘不过气来，阻止我做出本心向往的决断。

“我，我什么我，你说呀！”

“我——我、我不愿意！”

“为什么？你，高陆川，你必须给我一个解释……”

那天我俩不欢而散，彼此的心头都留下一道难以愈合的疤痕。晓钰眼里流着泪，心里流着血走了。我没有阻拦她，也无法给她一个解释。

这已是暮春时节，天气渐渐热起来，即使在北京，爱美的女孩子们，已经穿起了裙装，一展窈窕淑女的魅力。

经历了羊城喋血的生死淬炼，我似乎有了一种醍醐灌顶的哲思飞跃，人生几十年，最难抛却的是什么？就是两小无猜的情感，那是最纯洁的、最刻骨铭心的情感，任何力量都不能摧毁和湮灭。你，高陆川，你既然可以为其舍生忘死，那么，还有什么世俗的糟粕，不能抛弃呢？难道，糟粕还要置于骏马的槽头吗？去吧，奔腾向前，你是驰骋雪原的骏马，不是畏惧风雨的懦夫，勇敢地去追求，去接受吧！天地神明，你没有理由退怯和拒绝。

今天，我就要在这里，在众目睽睽大庭广众之下，郑重地向我最心爱的人——程晓钰——行跪礼，正式求婚！

像是《诗经》般君临天下：“天监在下，有命既集。文王初载，天作之合。”春雨，敲响空灵，犹如唱诗班的触动心扉的稚嫩童音，在天空吟唱。突然，大厅里回荡起来世界现代钢琴王子理查德·克莱德曼演奏的钢琴曲《童年的回忆》，音色华丽、旋律优雅，仿佛整个大厅的空间洒满闪烁金光的红玫瑰，香气袭人。乐曲宛如浪漫的钢丝书写的诗行，激发出人们对生活的爱，唤醒那些沉睡在心中的浪漫情怀，琴键间流淌出的爱与浪漫，感动了世界。我明白，这一定是晓钰匠心独具的安排。《童年的回忆》，那是我俩真真切切的回忆，也必然是我俩最美好的生命归宿。

晓钰穿着一身洁白的婚纱礼服，在同事们的簇拥下，从二楼的楼梯款款走下来。我抱紧花束快步迎上去。她微笑着盯住我看，眼眶里含着泪花，我坚信那是春雨的结晶，饱含快乐、甜蜜，没有一丝苦涩。她伸手接过玫瑰花，凑到鼻尖聆听花香的问候，然后笑容可掬地注视着我，我勇气倍增，我已经一次次演练过了，现在娴熟地单膝跪地，扬起头，深情地仰视着我最心爱的女人，我那具有钢筋般柔韧而坚脆的嗓音，伴随着理查德·克莱德曼的琴键，在大厅的空中回旋荡漾。

“程晓钰，晓钰，你愿意嫁给我吗?”

“陆川，高陆川，我愿意!”

大厅里掌声雷动。呵，这么多的人啊，他们都在衷心地祝福我们呢！我们紧紧拥抱在一起，此时此地，我们就是这个世界上最幸福的人啊!

一阵刺耳的警笛声传了进来，乐曲声戛然而止。好几个警察直奔我而来，到了跟前，其中一个严厉地问道：“你是高陆川吗?”我点点头，轻轻答道：“是。”“你被捕了。”旁边一名警察，手里拿着逮捕证在我眼前晃了一下，“咔嚓”两声，我的双手戴上了手铐，被推搡着往外走。

晓钰怔了一下，她好像跟我一样，对此有预感，这戏剧性的一幕并非出乎所料。似乎这是迟早要来的。她紧追了几步，厉声问道：“警察同志，为什么抓他，他犯了什么罪?”

“这位女士，请你不要妨碍我们执行公务。你的问题，我无可奉告。”

春雨下得更欢了，细密的雨丝打在头发上、脸上，一丝丝浸透肌肤的冰凉。就在我迈腿登上警车的一刻，我回头凝视着晓钰。此时，她不顾一切地追过来，手上的玫瑰花洒落一地。

车门被重重地关闭，徐徐开动，渐渐加速。我转头从车窗的雨丝间隙里寻觅晓钰的身影，只听到她声嘶力竭的叫喊：

“陆川，别怕，不管你坐多少年的牢，我都等着你!”

晓钰呆呆地站立在雨天里，雨水顺着长发滴落，渗透进洁白的裙纱。同事们被这个场景惊骇了，呆若木鸡，不知所措。

“程总，咱们回办公室吧。淋着雨，会着凉的。”

“李述作，哦，李总啊，你、你怎么来北京了。”

“来抓嫌疑犯啊——噢，刚才抓走的那个，他是个杀人未遂的罪犯啊……”

“什么！是你叫来的警察？”

“有人向我通风报信，咱打工的，腿脚勤快点儿，邀功求赏嘛——哦，对了，他是你什么人？刚才的场面，看着有点儿奇怪。”

“他呀，高陆川，他、他是我老公！”

“啥？你说什么，晓钰——他、他差点儿杀了董事长！他这辈子完蛋啦！判个十年八年，出来了，陈老板也不会给他好日子过！”

“你说什么，李述作，你敢再给我复述一遍吗？”

“哎，晓钰总，甭动大气，伤身子！我、我也是为你着想嘛。”

“李述作，你刚才说的，如果是他陈功退的意思，烦劳你给他捎个话——他两个儿子在美国，叫什么、住哪儿、干啥的，老娘我摸得门儿清。他高陆川犯了法，怎么判，法官说了算。如果他陈功退敢在法外伤他一根毫毛——呵呵，《这个杀手不太冷》，一颗人头5000美金，姑奶奶我给他50万美金，叫他冷点、冷点、再冷点，用什么剔骨刀，一枪爆头。没什么狗屁的‘好日子’‘赖日子’！”

“嗨，晓钰总，您消消气儿、消消气儿……”

常言道，狗急了跳墙，兔子急了咬人。做事做人，不可欺人太甚，不可步步紧逼。那真的是要出人命的。

程晓钰咬牙切齿说出口的话，在李述作耳朵里嗡嗡作响，人被逼急了，都有可能成为铤而走险的亡命之徒啊！对此，他有切身体会啊，他不禁想起来儿子被绑架的惊心动魄……

七

给李述作通风报信的，是我，梅钮英。我后悔当时没有对高陆川邮件中提到的“成为何超仪”引起警觉，未能事先劝阻他以暴制暴的冒险。现在，我之所以这么做，是怕他得知陈功退没死，心中的怒火熄灭不了，脑袋膨胀，返身再去杀其家人，把生路堵死喽。当然了，相隔千里，我不可能透视他的内心，所以只能奔着一个目标，就是阻止他再次孤注一掷，必须想办法把他“抓进去”，切断他杀人犯罪的道路，保住他的性命，即所谓留得青山在不怕没柴烧。

那天在郊区农场二楼会议室，铮言突然问我，“钮英，高工发现质量问题的那几栋楼，爆破拆除了 6 栋，我看了新闻报道，后来也没听说谁给判了，不了了之啦？”

“混凝土公司的，法人、总经理，判了好几个，从哪里看到的，我忘了——审计局自己查办的，咱就甭瞎操心啦。”

“不对。我印象里，那家出具混凝土检测报告的公司，总在脑子转悠，有点熟——哎，跟厚生集团，好像有关系。”

“那好吧，老马识途，按图索骥——”我扭头吩咐田园，“田园，你把那张《清明上河图》找出来，对照一下，看里面有没有检测公司。让王老师悬着的心落下来，甭飞喽。今年还得吃他喜糖呢。”

“好嘞。”田园爽快地答应一声，过了会儿，她小声跟铮言说：“王老师，您甭急啊，那张粘起来的大图，归档了，没在手上，电子版的有点儿乱，我得找找。”过了十几分钟，她见我全神贯注地盯着电脑，就没打扰我，端着电脑凑到铮言跟前，“王老师，确实有一家检测公司，您看——”

当时我们将有关质量问题报告给了审计局，他们以迅雷不及掩耳的雷霆手段查处了这起严重的安居工程质量案件。因为当时头绪太多，必须抓大放小，这件事既然审计局抓了，我们没必要再费精力揪着。铮言这么一问，引起我好问决疑的思绪。忽然我脑子一闪念，会不会真的跟厚生集团陈功退有牵扯啊？

我随手在网上搜索，首先映入眼帘的是一条相关新闻：

这起“问题混凝土”案还牵出案中案：混凝土公司责任人被判刑，为涉事楼盘提供检测服务的巫峡工程检测有限公司及相关负责人，用铁块替代混凝土试块进行强度检测，并出具虚假检测报告，致6栋保障房楼盘混凝土构件强度未达设计要求，最终爆破拆除……

再往下搜，在中国裁判文书网公布的本市开发区法院一审判决书显示，巫峡公司法定代表人、总经理黄嗣业，总经理助理赵岩，检测员陈豪杰均犯提供虚假证明文件罪，分别被判处有期徒刑1年2个月、11个月。他们居然用铁块代替混凝土试块检测，出具虚假检测报告。

据法院查明，巫峡公司经营范围为建筑工程检测、经济信息咨询，于2016年取得建设工程见证取样检测资质，具有向社会出具具有证明作用的检测数据和结果的资格。黄嗣业系公司法定代表人，负责对检测报告签字授权；赵岩系公司总经理助理、主管公司的全面工作和检测业务工作，负责对检测报告进行审核并签名确认。陈豪杰于2016年8月被聘为公司职员，受公司指派从事负责混凝土试块强度检测工作。

巫峡公司及直接主管人员黄嗣业、赵岩明知万庄开发区保障房项目B、C区8栋住宅工程出现混凝土试块强度检测活动应当由取得检测资质的检测员实施，故意违背相关规定，先后安排没有取得检测资质的赵某、张某、陈豪杰上岗从事检测工作。

法院查明，为了确保委托单位送检的试块获得检测合格的数值，赵岩示意赵某、张某等人利用铁块代替混凝土试块进行强度检测，出具虚假的检测报告。期间，为遮掩虚假检测行为，赵岩又示意赵某等人故意用铁架遮挡监控摄像头，以躲避市建筑工程质量安全监督站的监管。

听见田园说话，我插进嘴问道：“是不是巫峡检测公司?”

“是呀。”田园感觉我有点儿神了，惊喜地喊起来。“梅经理，您怎么知道的?”

“哦，我从网上搜到了，这家公司出假报告，判了三个人——才判了一年多，再搞个缓期，跟回了趟姥姥家差不多，犯罪成本低，没有威慑力，遏制不了此类犯罪啊。铮言，我给你发过去链接，你看看。”

“为什么叫‘巫峡’啊?”田园自问自答：“哦，神女峰，就在巫峡嘢，他们是不是吹牛啊，跟神一样，检测技术水平最高、最棒。”

我看她一眼，眼神里流露出一丝爱恋。随口说“不见得”，没往下说。我心里怀疑这个名字也是陈功退起的，他是借用《道德经》里的“善言无瑕”的“无瑕”谐音，当然，也不排除意欲摄取“巫峡”大自然鬼斧神工的魂魄灵气。

“严重、太严重了，这事!”铮言嚯地站起来，惶恐不安的样子，眼珠子就要瞪出眼眶。他急迫地大声嚷嚷：“这事大啦，不堪设想呀！钮英，你看啊，判决书只针对那6栋楼说事，这家巫峡检测公司，如此胆大妄为，谁能保证，其他房地产项目，它出具的报告，都是真的，没一点儿假?”

“哦，这个嘛，超出了这次审计范围，铮言，你先坐下，甭急。”

我确实不想扩大审计范围，那样拖延现场工作时间，不符合事务所的利益，会影响团队每一位成员的绩效考核。当然，我心里对此是有把握的，但一时半会儿说不清楚，就想压一压，下来再说。不过，被铮言神经质地一刺激，我倒是恍然醒悟——这家检测公司的法定代表人很可能是陈功退，虽说一年短暂，如果是他，关在牢房里头，不也挺解气嘛，杀杀他威风。我摆摆手，示意铮言坐下。

眼下，我就想着马上跟高陆川通话，跟他确定当时的一些细节。他提供的那个“农业专家”的线索，非常有用。审计局这次从上到下雷厉风行，那位专家已经被监视居住。我从晴阳那里得到高陆川新的电话号码，此前，已通过话，他向我交代了和程晓钰的关系，以及未经同意偷拷文件，真诚向我道歉；同时跟我讲述了杀伤陈功退的作案经过。从广州案发现场逃走后，他躲在一位亲戚家，还没有遭到追杀和警方通缉。他猜想，可能是陈功退不想透露被“骗”的丑闻，还想手术接上吧。“接个狗鸡巴，操他妈去吧!”高工愤愤地咒骂。我从他的语气里，感觉他心中的怒火燃烧正旺，似乎不杀了陈功退，誓不罢休。

他还向我透露，如果这两天，不出意外的话，他准备去向程晓钰正式求婚，已经跟晓钰约定好了，高铁票、玫瑰花，都订好了。我真心为他高兴啊，想象那浪漫时刻，多么令人欣喜和难忘啊！但是，所谓无毒不丈夫，我还是狠下心，把相关情况透露给了李述作，想借他的手，把高陆川“抓进去”，阻断他继续犯罪的路径。

令人啼笑皆非的是，后来才知道，陈功退的确像高工猜测的那样，不想公开被伤害的情况，虽然在厚生集团内部小道消息，添枝加叶，飞快传播。但公司总部拧紧的瓶盖嘴严，始终守口如瓶，各种文件对董事长受伤的情况只字未提。只是说因故其职权暂由刘明式副总经理代理，调李述作坐镇北京分公司，暂代行刘副总职权。李述作从我这里获悉高陆川行踪，喜出望外，认为这是知恩图报的天赐良机。不成想，经他这么一折腾，适得其反，陈功退的“太监”身份原形毕露广而告之了。

我拨通了高陆川的电话，“高工，你说话方便吗？”

“梅经理，方便，在高铁上呢，快到北京了。啥事？您说——”

“哦，有这么个事，想跟你核实一下——当时你在开发区，发现那几栋楼的质量问题，那家开发商质检部的经理，叫黄嗣业，他跟你打交道多，你想想，是不是有这么个人。”

“是啊，梅经理，就是黄嗣业，他做事挺认真的，出现这么严重的质量问题，我一直想不通。”

“可是他，这个黄嗣业被判刑了，说他是巫峡工程检测公司的法定代表人。”

“有这事儿？——张冠李戴，顶包了吧。我猜，检测公司的法人，是不是陈功退。”

“没错，应该是他。黄嗣业是个替罪羊。——哎，你刚才说他认真，这是杀一儆百吗？那就复杂了，这里头，还有故事啊。”

挂了电话，我长长出口气，久久堵在胸口的块垒仿佛在渐渐松散剥落，自己天马行空地想象，坐在大牢里的，不是黄嗣业，而是陈功退。我喜不自禁，假惺惺地鼓动他：陈老板，您不是“民不畏死”吗，把脑袋当作鹤嘴锄吧，照死儿撞南墙，撞出一个洞来，争取写一本中国版的《肖申克的救赎》吧。

拜伦·哈德利，你一定要经常拿陈功退练练手啊，我们CPA，帮你，比安迪还专业呢，肯定不让你缴纳一分钱的税……哈哈，真他妈解气！不仅仅飞驰的汽车水缸沸腾，飞转的人的脑筋，血管里的水蒸发得也快呀。口渴，我伸手抓茶杯喝口水，这才注意到，铮言立在身旁，一身的正气凛然，好像他就是监狱长塞缪尔·诺顿。

“钮英，你总是强调‘审计范围’——”铮言见我不再沉浸在冥思里，眼睛睁开了，便开口跟我说话。虽然貌似循循善诱，但听得出来，更多的是谆谆教导。“《中国注册会计师职业道德基本准则》，你也许忘得差不多了，我给你复习一下，念两条：第十八条　注册会计师应当在维护社会公共利益的前提下，竭诚为客户服务。第十九条　注册会计师应当按照业务约定履行对客户的责任。”

“铮言兄，部门培训，过了五一在成都，然后去九寨沟——你现在培训我一个人，大材小用，不符合成本效益原则。”我被他一本正经的样子逗乐了，心里痛快，不在意他好为人师的居高临下，向田园、晴阳招招手，“你俩，快过来，王老师，王孔子‘杏坛讲学’，‘礼崩乐坏’‘有教无类’——嘿，那棵杏树栽哪儿啦？”

“钮英，甭瞎扯，我跟你说正经事儿呢！”铮言有点儿恼怒，拍了拍桌子，提醒我严肃点儿，见我脸上挂着的笑意噼里啪啦掉光了，他才语重心长地说：“你看嘛，‘维护社会公共利益’是前提，搁在前面，然后才是‘按照业务约定履行’——什么意思？这就是说‘社会公共利益’重要嘛。你呢，却拿审计范围做挡箭牌，放任‘公共利益’被损害！”

“铮言，你这是拿着草帽当锅盖——乱扣帽子哟！我怎么放任啦，哪里的‘公共利益’被损害啦？”

“巫峡公司的检测报告，真真假假，你不去查证，这不就是‘放任’吗？”

“我去查证，谁给我们那份钱？——铮言，你别阴天露太阳……”

“什么？你、你说我‘假晴’——哎哟喂，我的兄弟，我只能跟你嫂子动‘真情’！”铮言怫然不悦，一甩手，一屁股坐下，气呼呼地喘粗气。

我皱了皱眉，心里不是滋味，我的话生硬了些。其实，我心里挺佩服铮言的，他在检测公司的问题上，一根头发分八瓣，细得很。也的确是为了“公众利益”着想，没有一丝虚情假意。可是，我心里的疙瘩，总是掐准了时间、踩准了点儿，就在思绪的前面蹲守着，给你打转向灯，拐弯，直奔着他的那套“房子”去了。完蛋，一切美好和阳光，瞬间暗淡而阴鸷。

这倒是引起我许多感慨，感慨万千呢。学生时代，我很喜欢数学，中学时就对《模糊数学》产生了浓厚兴趣。所谓模糊，约等于不确定性。从自然界进化而来的人类及其社会，就是这么个德行，模糊，不确定。好，好不到天上去；坏，坏不到地里头，芸芸众生，竞争得死去活来，折腾得颠三倒四，男男女女，无非为了讨口吃食，生存繁衍下去，如同余华的小说《活着》。有钱有势了，你也成不了神仙，仍然是凡夫俗子沙尘一粒。区别嘛，有，也不过是——脸上的，多嚼几口美味；胯下的，男的多上几个美女，女的石榴裙下多钻进几个帅哥。人生几十年，忙忙碌碌，匆匆忙忙，莫过于此吧。房子、房子，大大小小，蜗居也好、豪宅也好，也只能装载这么些个东西，多一片纸屑，也装不下。一篮草莓？那是童话！

对铮言紧追不舍的检测报告，我不以为然，是因为手上有底牌。但是，因为牵扯到审计局，亮出来，恐怕不合时宜；另外，还伤着点儿自尊心。所以，我对此一直秘而不宣。

那次在湘水韵餐馆，与铮言、杜志相老杜一起喝酒，回到住处跟老杜谈《红楼梦》，谈荆轲，结束的时候，似乎有点儿意犹未尽。果然，过了春节，我俩在沙发上，不约而同坐下来，又聊了起来。那天他喝多了，酒后吐真言，所谓的“底牌”，就是那天拿到的。我当时有墙头上睡觉——不敢翻身的感觉，真有点恐惧——心想，他，一个靠炒房起家的准“财神”，加上他的未婚妻，荆珂卿，靠美色和心机组合而成的“妖精”。两人金钱当笔，肉研墨，写了多少剧本，演绎了多少故事？他老杜的肚皮下面的泥沙里，埋葬着多少条海盗沉船?!

“钮英啊，老弟，那天说到你们老乡，荆轲刺秦王，真勇士啊!”

“老杜，哪天百忙中抽出一天时间，带上嫂子，荆科长。我陪你们去游览荆轲塔、易水湖、清西陵，真的，太美了!”

“嗨，做梦吧！他妈的薛仁礼，据说又要升官，市长，正副，不清楚——我老婆，彻底被他拐跑喽！”

“谁都不免一时糊涂，嫂子会醒悟的，会回到你身边的。”

“巴菲特曾经告诫，‘在发现自己掉进坑里的时候，最重要的事情就是停止挖掘’，我没听，继续挖。现在看，恐怕是爬不上来喽。不过，你背的台词不错——那个苏联老电影，‘面包会有的’——小时候，我老爹经常抄袭，来安慰我，哈哈哈！”

“坑，没那么深，抬抬腿脚就上来了。”我安慰他，其实并不明白他话中的深意。“我都而立之年啦，也需要安慰，‘房子会有的’——是不是有点儿滑稽。”

“房子会有的，不滑稽！不同时期，不同年龄，总有那么一些，供不应求。有时，是因为生产；有时，是因为市场；有时，是因为消费。”

对于我这种买不起房子的人，提到买房子，而不是炒房子，老杜就表现得特别小心，唯恐我会夺走他怀里抱着的一大摞房本中的某一个；或者准确地讲，不是用来住的房子中的某一间。往常，他总是马上跟你扯电影、天气、《红楼梦》等，岔开有关买房子的话题。但今天，他却不打奔儿，照直往下捋。

“当下，主要是因为市场，对不对？”

“对，也不全对。你看，你们 CPA 多厉害啊，居然把保障房存在的质量问题都给查出来了——不是你跟我吹的，是报纸上登出来了，爆破拆除了 6 栋。轰隆隆，几声震天响，多少套房子，没啦！——这就不仅仅是市场问题了，旁观者清嘛，叫我说，这是‘市场+官场’的问题。”

“是啊，如果行政执法的，能负起责任，也不至于封了顶，都开始内装修了才发现问题。轰隆几声，多少钢筋混凝土啊，都成了建筑垃圾，太浪费，太可惜啦！”

“你们呢，也就是从账面、合同资料上，看出那么一点点，找几个倒霉蛋，当替罪羊；更深层的，你们根本碰不到。”

“哦，老杜，那你给透露点儿呗。反正已经结案，影响不到谁了。”

“哈哈，透露，可是有点儿泄密的嫌疑啊！——好，明人不做暗事，告诉你吧，那个地块重新规划了，引进一家外资企业，还没正式批。开发商消息灵通呢，早一天晚一天，反正都得拆。谁还傻乎乎‘质量第一’啊？偷工减料，照价补偿，成本降多少就白拿多少。”

“啊，有这种事！修改规划，那是政府机密吧？开发商也能探听到？”

“哈哈，老弟，你们审计，能看到点儿企业的商业机密，签一堆保密协议，形式主义，屁吗不顶用。泄密的事，也不必大惊小怪——网上一搜，一大堆，央视经常播，敲警钟。”

“敢情我们白忙乎半天，做了无用功，没起到实际作用啊！”

“哪儿能说‘无用功’呢？有用！至少你们为国家挽回了潜在的损失——你想啊，如果，你们没揪出这个问题，国家照价补偿，冤大头是谁？还不是政府吗！还有，改规、申报、审批，引进外资，那流程手续，没三年五年，搞不定。住户肯定搬进去啦，质量有问题，那就是天天躺在火山口睡觉，多危险啊！”

“嗯，谢谢老杜！听君一席话胜读十年书。看来，我们不是‘白忙乎’，有点儿用，是吧。我心里头，好受点儿了。”

“这才到哪儿啊——再给你透露点儿，上次你说甲骨文的‘卿’，象形字，两个人一起吃饭，是吧。你跟我吹乎呢，郊区宾馆专门给你们留了雅间，吃大餐。告诉你吧，那个宾馆，是他陈老板的‘镪水池’，相当于赖昌星的‘红楼’吧——别说肉体凡胎，就是钢筋铁骨，扔进去，都得化成水，渣都不剩；人呢，进进出出，两三回，克隆了，就不是原来的那个人喽。你们走的是大门，西头有个侧门，门楼修得比大门还漂亮，专门留给他的贵客走的。你要小心，别走错了门哟；还有，前台的美女，有的是公关小姐，你得提防哟——哈哈。”

“怪不得，有时我往西边多走几步，就有保安过来阻拦呢；还有那个游泳池，没见过，肯定是围在‘红楼’那边了。”

“对喽。——嗨，说来话长，荆珂卿啊，你认识的荆科长，吃里爬外的东西！郊区宾馆原来坐落在地铁站上面，荆科长打听到修地铁站的内部消息，我拿定主意把宾馆整租下来，到时候狠狠赚它一大笔拆迁补偿费。她呢，非跟陈老板合作，也没法，土地使用权是人家的，账面十万的破楼，补偿了一个亿。她呀，女人心软，大头让陈老板吃了，就像巴菲特说的‘你无法和一个坏人做成一个好交易’。后来，陈老板添了点钱，盖了现在这个四星宾馆。话说回来，相对炒房，咱真没费劲儿，翻下手，白拿两千万，这钱，有点儿烫手，攥在她荆珂卿手里先晾晾。”

我的天呐！如果他老杜今天没喝多，没有酒后吐真言，咱平头百姓，怎么可能知道这里头黑咕隆咚藏着这么多这么深的猫儿腻啊。这“市场+官场”，挣钱，忒容易啦！都说财源滚滚，这钱呢，就像江河流水，敢情，他们挖了那么多坑，老百姓的钱都流到他们的坑里了！敢情，老百姓的口袋鼓不起来，攒够买房子的钱忒难呢！

脑子里转悠到这儿，我突然想起进场安排工作时，田园负责郊区宾馆搬迁改造这块，还没复核底稿，不知道进展到哪儿了，便脱口问道：“田园，商业街那边，建地铁站，郊区宾馆拆迁，补偿了多少？”

“补偿？没影儿的事啊。”田园啪啪敲击键盘，调出相关资料，脑袋上画问号，一脸疑惑，“哪有补偿，镚子儿没进账。他们倒是提供了一份清产核资报告，国资委有批复文件，账面余额十万三千多，营业外支出，一笔核销掉了。”

“哦，好吧。”我轻声说道，不再追问，也没要那份报告看一看。

那些“市场+官场”既得利益集团的贪婪，正常人已经无法想象和理解。大清朝和珅所匿藏的财产相等于当时清政府十五年收入。时人称“和珅跌倒，嘉庆吃饱”。谁能想象、谁能理解？中国的富人一年花 1500 多亿人民币在美国买房子，钱从哪儿来的？谁能想象、谁能理解？

回过头再想想，我有点儿后悔，老杜向我透露的郊区宾馆“红楼”的信息，我当时没有引起足够的警惕，未能防患未然，自己因此吃了大亏，还差一点儿连累了田园。

八

那天晚上，信达团队和王处长、邸科长一起，复核底稿，干到了凌晨。当我们登车返回郊区宾馆时，李述作打来电话，疯了似的，说田园绑架了他儿子。我能信他吗？胡说八道嘛。可是，我给田园拨打电话，却是关机。我的心不由得蹦到了嗓子眼，紧张起来。

“晴阳，你知道田园在北京的住处吗？”

“知道，挺远的，五环边上。怎么了——”

“认识路就好。咱们马上回北京，去找她！”我请司机直奔高铁站，马上又给李述作回电话：“李总，别急，她可能是开玩笑，你千万不要报警。我马上回北京去找她。”

“什么开玩笑，她给我发了短信，威胁我，就是绑架！”李述作带着哭腔喊道：“梅经理呀，我在这儿给你磕头了，求求您，一定要找到田园，救出我儿子啊！——他如果有个三长两短，我没法儿活啦！”

“李总，你放心，我们已经往高铁站赶了。你也一定要答应我，在我找到田园之前，绝对不要报警。”

“我答应你！你们赶紧呀！千万千万，我等着，等着你的电话。”

这个夜晚，我们仨，披星戴月赶回北京，出了站打出租直奔田园租住的小区。天蒙蒙亮了，不堵车，真的很远，开了足有一个多小时才到。晴阳的记性不错，只来过两次，直接就找到门牌号码。敲门，开始没有一点儿动静。继续敲，有人嘟嘟囔囔走过来。“这么早，干吗的，敲错门啦？”“我们找田园，她在里面吗？”“在是在，好像还没醒呢。你们声音轻点啊，她昨天把外甥带回来了。”

我们一听喜出望外，悬着的心咯嘣摞进心窝里。得，孩子在，什么都好说。

开门的是一位大姐，跟田园合租房子的。

我们蹑手蹑脚地走到田园的房间，轻轻敲门，晴阳压低嗓音叫她开门。里面发出窸窸窣窣的声音，我们耐心等了会儿。门终于开了，田园头发散乱，像个魔女，眼睛里隐约带有一丝凶光，直愣愣地盯着我们，一言不发。

晴阳一把抱住她，哭着问：“田园，为什么干这种傻事？你这是犯法啊！”

我扫视屋里，一眼看见躺在床上的孩子。我一挫身大步走到床前，被子盖得严实，孩子睡熟了。观察孩子鼻息平稳，可爱的脸蛋粉扑扑的，确定安然无恙。

我掏出手机给李述作打电话。“喂，李总，孩子没事，你放心吧——啊，就在田园这里呢，什么，你问具体位置……”

“给我，我跟他说！”田园突然转身扑过来，不由分说抢过手机，贴近耳朵，咬着牙，一字一板地说：“李述作，你听好了。你必须把那个录像彻底销毁，不然的话，你儿子活不过今天，我给他吃药了……”

“什么录像？”一直呆立在门口的铮言，踱进来，茫惑不解地问道。

“吃了什么药，田园，你千万不能犯傻啊——赶紧，咱们去医院吧！”晴阳紧张得抱住田园的胳膊，眼泪顺着脸颊流淌到腮，滴落下来。

“呵呵，屁药，啥都没吃，我吓唬他呢。”田园轻松地说道，扭脸看着孩子，眼光里露出亲热和慈祥，几秒钟，她突然身子一软瘫倒在地。

晴阳慌忙蹲下身子扶住田园，让她依靠在自己的身上，焦急地问：“田园，你、你没事吧？”不见回话，晴阳抬头朝铮言喊：“王老师，您快去倒杯水来。”

我站在床头，手足无措，刚才听到田园提到“录像”，我恍然大悟——这丫头差点儿闯了大祸，都是为了我呀！

就在前几天的晚上，从健身房回来，在清芸雅间吃了晚饭回到客房。我烧上开水，准备沏茶，李述作接踵而至。他故作深沉，不说来这儿有何贵干。我也不问，总归有事，常言道，夜猫子进宅无事不来嘛。他不说话，我也懒得搭理他，翻看手机，等烧开水，沏上茶，给他端过去一杯，自己也坐到沙发上，盯着他略显阴郁的面孔，发觉他眼神里闪烁异样的光，躲闪着，不敢与我对视。我半开玩笑地问道：

“李总，你不会是晚饭吃撑了，到我这儿喝茶消食吧？”

他皮笑肉不笑，干咳了两声，说：“梅经理，你的电脑呢，给我，我这儿有份文件，拷给你看看——”

“哦，什么文件？还要跑到我客房里头来看。”

我起身从电脑包里拽出电脑，递给他。他把电脑搁在茶几上，翻开屏幕，按动电源按钮。让我输入密码进入桌面。然后他从兜里掏出一个精巧的U盘，插进电脑USB接口。我发觉他的手在颤抖，心里不禁暗暗叫苦，他这是饿狼窜进羊厩，没好事啊。刚才就应该把他拒之门外，现在悔之晚矣。

这是个视频文件，他示意我把沙发椅拉出来，身子坐正喽，看得清楚些。

显然，视频是由隐藏在一间酒店客房里的摄像仪拍的，吸顶灯照射出雪白的光芒，白色床单被褥反光，很扎眼。床上一对男女拥抱一处，卿卿我我缠绵悱恻。过了会儿，女的开始宽衣解带，雪白的胴体婀娜柔美，被灯光映照，就像是一座汉白玉雕像。她麻利地给男的脱衣服，一件一件，不紧不慢，两人赤身裸体拥抱亲吻。过了会儿，女的翻身坐起来，脸凑在男的耳边，莺声燕语了一番，然后骑到男的身上，上上下下，颠动起来，越来越快，近似疯狂，不断喊叫着，长发垂落犹如春风里的柳枝。我一时被屏幕上这幅表现赤裸裸的人性之美的画面吸引了，屏气凝神地看着，没感觉有半点儿淫秽。但两三分钟过去，我忽然觉察到不对劲，从沙发上跳起来。直眉瞪眼地责问：

“李述作，你、你这是，给我放三级片录像，想干什么？腐蚀老干部!”

“你往下看看，瞅仔细，看看那个‘老干部’是谁。”

“是谁？哦，这个女的，好像是前台那个叫文琴的姑娘。”我躬腰凑近点看，心里颤抖起来，此时那个男的翻身把女的压在了身下，啊，没错，这个男的，他、他怎么是我梅钮英啊！怎么回事？我扭脸直勾勾地盯着李述作，本想压低嗓音，却压不住嗓子，怒吼道：“这、这，男的，怎么会是我……”

“给您提示一下，那天，也是这间客房，我来给您送银行卡，您拒收了，不贪心，令人敬佩。然后，咱俩去喝酒……”

哦，我竭尽全力在大脑记忆的房子里翻箱倒柜，寻找记录那天的只言片语。没错，是啊，那天，你李述作拿出银行卡，硬要塞给我，被我一甩手打掉在地上。陈功退给我回话说“民不畏死，奈何以死惧之”，李述作忠心耿耿，极力为董事长辩护，脸丑怪镜歪——强词夺理。我俩为此吵闹一通。惹得我脑瓜顶蹿火苗，跟他放狠话“大战一百回合”。

本来，李述作是来送礼“和亲”的，却闹成了兵戎相见。他毕竟身经百战，也机灵，一转眼改头换面，要跟我握手言和，好言好语说了一筐，又拉着我去三楼包房喝酒、听曲儿，开始我哪肯去啊，他摆出个下跪的姿势。嗨，都是打工仔，何必呢！我经不住他泡蘑菇，给铮言发了个短信，说晚饭别等我，你们吃吧。就跟他李述作去了三楼。谁想到，几盅美酒下肚，上头，晕，有点儿找不到北的感觉——这段往事，后来每次在脑海里闪现，总觉得是梦境——迷迷糊糊被架到一间客房里，过了会儿有个女的进来，我越看越像是金萱，哦，就是她呀，没错。我昏昏沉沉，嘟嘟哝哝：“金萱，你，你什么时候出院啦——你是来摘草莓吗?”女的说：“嗯，来摘草莓，好甜呢!”她给我倒了杯水，温柔地抱起我的头，喂我喝了几口，不一会儿，我每一块肌肉每一块骨头，激情迸发，就像火山喷发，一飞冲天，不能遏制。我心爱的萱，是神派遣你来的吗?我特别想你啊!我们热烈拥抱、深深地亲吻……金萱，你原来那么害羞腼腆，这次好主动啊，还来了个颠鸾倒凤。我浑身就像森林大火里的那棵参天大树，照亮了天空，与你紧密结合成一体，我们一起燃烧，化作星球、太阳，遨游太空。激情的浪，排山倒海，席卷而来，我们紧紧抱在一起沉向海底，就在礁岩的缝隙里，搭窝筑巢，哈哈，我们有房子啦，就在这里，我们孕育生命，我全身的力量一股脑倾泻给你，给你……一切的一切，都那么美好，郁郁葱葱，红红彤彤，我的眼睛里五光十色……心爱的萱，我，酣畅淋漓，谢谢你的爱啊，谢谢你的爱!你快乐吗?你快乐地叫喊，充盈我的耳朵，比《F大调浪漫曲》更加美妙动听。心爱的萱，你的快乐，是我最大的幸福，爱你呀，爱你……

画面越来越不堪入目，我伸手直接关掉了电脑电源。房间里一片死寂。

几分钟过去，我猛地拔下那个罪恶的U盘，朝卫生间快步走去，想着扔进马桶一冲了之。走得急，一头撞在了玻璃门上，清醒了；心想，他们肯定备份了。便转身回来，把沙发椅拽回原位，坐下来。心里七上八下，表面竭力装出若无其事，似乎这是最后一搏，也不去顾及会不会隔墙有耳，我俩都扯开了嗓子。

“李总，怎么，不来‘三英战吕布’，玩起‘蒋干盗书’啦?”

“呵呵，梅经理，被迫无奈。您呢，大人大量——其实，‘蒋干盗书’看起来平安无事，实际上，长江上，伏尸百万流血漂橹啊!”

“也许吧，也许是一种预兆!”我端起茶杯喝口水，凉了，过去烧上水。转身强作镇静地问：“说吧，你们的交易，标的是什么?”

“听说这次审计快结束了，你们，拍屁股一走了之。可是，留下一堆问题，虽说不一定都写进报告里，可是，你们那些审计底稿里，留下的线索就是一根根导火索，埋着雷啊。说不定哪天，有关部门检查时，轰隆一声，给引爆了，忒危险。所以呢，想请梅经理，高抬贵手，都撤了吧，别归档。”

“我们是遵守《中国注册会计师法》的审计团队，不是践踏联合国宪章的美军《拆弹部队》。再说了，也没人给我们颁发奥斯卡金像奖啊。说来滑稽，奥斯卡奖是美国最重要的电影奖，小金人的原型却是墨西哥人。”

“世上的事情，就这么滑稽可笑，不可思议——实话说，小金人，真没有；奖金可以有，说吧，梅经理，您报个数。”

“李总，老生常谈的话，不必再说了，按方子吃药总是老一套，了无新意。”

“梅经理，老生常谈，听听没坏处——知道您喜欢《三国演义》，陈寿的《三国志》里说的，曹操侄孙曹爽的心腹邓飏、何晏请管辂算卦，管辂劝两人发善心、行善事。却被责怪老生常谈，不久两人因谋反被砍了头。管辂知道后说他俩‘老生常谈的话，他们却置之不理，难怪有此下场’。”

“李总，你觉得，如果我不听你的‘老生常谈’，会被谁‘砍头’?”

“什么‘砍头’，扯不上！我只是说没坏处，反过来说，就是有好处。——好处嘛，也不都是赤裸裸的金钱。比如说，您的恋人金萱，急需一笔整容费用，我们可以提供。您手里拿不到一分钱，拿到的，只是韩国最顶尖美容机构的VIP卡，保证您的金萱再次容光焕发，可以与金喜善媲美。”

“什么?”我腾地从沙发上跳起来，指着李述作大吼：“你们、你们打起了金萱的主意，太无耻、太没底线了吧?”

“梅经理，您呢，少安毋躁，坐下来、坐下来，好说好商量嘛!”李述作见我反应如此强烈，脸上露出一丝笑意，觉得自己拿捏住了坚固堡垒的最薄弱之处。

“哼!”我瞋目切齿，但内心很惊慌，一筹莫展。但嘴上还不能服软，“李总，你们这么做，如果不住手，我保留用法律手段维护权益。”

“嗨，说什么法律手段，伤和气。况且，那么一来，两败俱伤，谁也得不到好处。金萱老家的那个山村，网络不好，不过顺丰能送，用不了一周——您想啊，金萱她要是……”

“金萱，她会怎么样？你们，会怎么样?”其实，我心里很清楚，无非就是拿这个录像挑拨要挟。问题是，金萱目前的健康状况，尤其是心理承受能力正处于低谷。她一旦看到这个录像，精神上会崩溃的。所以，我说话听起来硬气，其实，底气不足。

“梅经理，咱们都是实在人，痛快说吧，二选一，您来决定……”

“什么、什么‘二选一’?”我无奈准备退避三舍了，硬来，如果金萱因此有个三长两短，我一辈子都要后悔莫及。

“好，咱们君子一言驷马难追。第一，您答应我刚才‘排雷’的请求；第二，请金萱小姐看看这段录像——二选一，建议您选一个对您最有利的，选吧——据说CPA资格证书，是最难考的，您一路过关斩将。这个，难不倒您。”

此时，我像是孙悟空被压在五指山下五百年，叫天天不应，叫地地不灵，脑子里一团乱麻。但我记得《三国演义》的情节，多么、多么想啊，自己是枭雄曹操！宛城之战，曹操强行收纳张绣族叔张济的遗孀邹夫人为姬妾，张绣造反，长子曹昂、大将典韦等被杀。其原配丁夫人因曹昂之死而痛恨曹操。官渡大战前夕，张绣率部投诚。面对杀子仇人，曹操宽大处理、既往不咎。过了很久，曹操去看望丁夫人，她在纺线，不理他。曹操在门外默默凝望，没进屋。此刻，曹操大戚，却不能大泣。

可是，我不是曹操，眼前的审计决战，也不是1800多年前的官渡大战。我咬咬牙，横下心，为了金萱，我宁愿上刀山下火海，我不顾一切地扑倒在李述作跟前，乞求道：

“李述作、李总，千万千万，不能、不能让金萱看到录像啊!”

九

我，田园，好汉做事好汉当！那天晚上，客房的吹风机坏了，给前台打电话，没人接，我只好跑一趟。走过梅经理房间，听到他跟李述作吵得很凶，出于好奇，也想在梅经理需要的时候，帮他一把。虽然自己身单力薄，但是，为了梅经理，我舍得豁出命去。于是我蹑手蹑脚站到门口，静静地听。气死我了，他们太坏了！他们头顶上长疮，脚底下流脓啊！梅经理被他们无耻地胁迫，遭受折磨。我心里头疼啊，就想帮他脱离险境。同时在心里咬牙切齿地说：“以其人之道，还治其人之身”，甭急，看姑奶奶我怎么收拾你！

那个小兔崽子，忒可爱，当时真有点儿舍不得放他走呢。

转眼又到了星期五，看梅经理的意思，周末又要加班整理归档资料。我跟晴阳摽一块，去请假。

“梅经理，我俩——”话到嘴边，我却觉得咽喉被什么噎住了，编排好的托词，说不出来。一门心思想的，不是请假，却是不忍心让他为难。

请假不为自己，是舍己为人，本该理直气壮。晴阳在旁边看着我磨磨叽叽，急眼了，把我扒拉到一边去，为了提高请假成功率，她应该是写好了一份腹稿，倘若梅经理不准假，她预备给他一番口诛笔伐。现在情急之下脱口而出，口不择言，愣头愣脑地说：

“梅经理，这个周末，老娘不加班了……”

“啥，你说什么？”梅钮英目瞪神呆，也不敢正视我俩。过了差不离一分钟，他才扭脸偷偷地瞟了我俩一眼，喃喃自语：哦，小丫头，自称“老娘”，心急火燎的，想当老娘想老公想疯啦；不加班，谈恋爱去，是吧。他应该是大彻大悟，想明白了。是啊，总加班，年轻人没时间处对象，就不能结婚生娃，人口老龄化灾难，不堪设想，人类就要灭亡了啊！我们，审计，996，还有意义吗？于是，他一个劲儿地点头，跟捣蒜似的。

我俩憋着，扭头跑出健身房，还没出门就忍不住了，“扑哧”笑出声，差点儿把屁崩出来。然后放开了嗓子，抱着肚子前仰后合，笑了个痛快。

今天是星期六，我和晴阳相约去看望金萱姐。我心里还是撂不下，即使李述作跟我交了底。

“田园，我跟你保证，那个录像已经在世界上彻底消失了！不然，天打五雷轰！”

“你不是要快递给金萱吗？到底寄没寄啊？”

“那个山旮旯，幸亏没网络，要是发邮件，多快啊。上头逼得紧，不寄，没法交代，我不找死吗？你放心，咱是猴子吃薄荷——好良心！我寄了张空白光盘。”

“谁信？你怎么给我证明？”

“天地良心，我骗你干吗？谁愿意干那种缺八辈子德的事，善恶到头终有报，要遭报应的——我可不想‘不得好死’。”

虽然李述作信誓旦旦，我还是不放心。金萱姐，她怎么样啦？心里头挂念着，于是就跟晴阳唧唧喳喳，商定了周末一起去看看她。上次一起摘草莓，就记下了她家那个山村的地址了，我们相约，要去山里摘野果子、逮蝈蝈呢。

我们从北京六里桥坐上最早一班长途汽车。国家“村村通公路”的政策就是好，全国各地，无论哪里，即使深山老林穷乡僻壤，你也能买张车票乘汽车抵达，再也不用翻山越岭，长途跋涉了。我们下车的时候，太阳已经转向西边了。山谷之间，光影投下金色的、墨绿的、深灰的、浅绿的色彩，把这一带自然风光展现得淋漓尽致，美轮美奂，若仙境一般。

往村里走的那段路，虽然看着用水泥铺筑过，但没有维护，早就残缺不全坑坑洼洼的，基本上又恢复到过去的土路了，不过现在不是雨季，没有泥泞，走起来还算通畅。

村里没有城里的门牌号码，嘴甜点，碰见老乡，奶奶大娘大嫂一路喊着，人家乐意给你指路，虽然他们看我俩，眼神有点儿怪异。我们脚上不知不觉走出泡来了，整天坐在桌前盯着电脑，真成了温室里的花朵了。现在就想马上找到金萱的家，躺在她的闺房里舒展一下筋骨，喘喘气儿。总算找到了，刚迈进大院门，吓了我俩一跳。一个戴着黑纱面罩的人正在院子里的菜园采摘。我们心里嘀咕，走错了？赶紧退出来。我俩面面相觑，呆了会儿，晴阳胆子大，她故意蹭着鞋底子走进去，闹出点儿响动。那个人转头朝门口看过来，她快步往里走进去，甜甜地问：“你好！请问，这儿是金萱的家吗？”

“是啊。你、你是——哦，你是晴阳吧？”

“啊，是我，你、你就是金萱！——田园，快进来呀，金萱姐，她就在这儿呢！”

我闻声小跑着，进了院子，只见她俩呆立在那儿，都没有往跟前靠。

“哦，这是田园吧，越来越水灵了。”

“你是，你是金萱？为什么——”我走到晴阳身旁，注视着站在菜园里的人，一时想不明白，为什么戴着黑纱面罩。还那么厚实，只能隐约看到闪亮的眼眸，其他的，眉毛、鼻子、嘴巴、脸庞，一点儿也看不清。

我想，金萱内心悲喜交加，身心被一块巨大的石头压迫着，她是那么疲惫，身心交瘁。她应该是经过了短时间的心理挣扎，强颜欢笑——我是从她说话的声音里判断的。

她走过来了，把手上的蔬菜放到篮子里，拍拍手，一手拉一个，拽着我俩往屋里走，嘴上解释："你俩，见我这样子，挺奇怪，是吧？不戴这个面罩，我的模样，会吓得你们晚上做噩梦。嗨，命不好，赶上了呢，火灾，毁了容——现在，你们面前的'金萱'，可不是一起摘草莓的'金萱'喽。嗨，这日子，太难熬了！"

"哦，金萱姐，你一定要有信心！现在，科技发达，整容技术可高了呢。"晴阳鼓励她。

"是啊，金萱姐，你没看报道，有的韩国女明星，长得跟丑八怪似的，都整成了林志玲呢……"我也跟上附和一句，见晴阳瞪我，赶紧闭嘴，哦，"丑八怪"，这个词，也许会刺激金萱。我脑袋简单了。

进屋西头摆着一张长条木椅，上面铺着几块海绵垫，算是沙发吧，前面摆着两个塑料方凳，当作茶几；东面有个矮条桌，有台电视机。这个客厅，也就没有其他的家具陈设了。往里，东西两个门，挂着半截子花布帘，没有安装门扇。

坐下来，互相都有点儿拘束。我俩感觉来得仓促，应该捎个信儿过来，虽然村里信号不好，总能接收到短信吧。聊了几句，金萱突然想起来："哎，你俩，奔波了大半天，还没吃饭吧。"她没等我俩回话，起身去院子里的一间小房子里忙乎。感觉她不愿让我们靠近，我们就坐在那儿闲聊，没去添乱。

不大功夫，她进来，把方凳挪开，从墙根搬过来折叠小桌子，在长椅前面支开，抱歉地说："没准备，也没啥招待，烙饼还是剩的。蔬菜，倒是绿色食品，没打农药，也不用化肥，放心吃吧。多吃点——"

她端过来几个大碗，都是自家菜园里刚采摘的蔬菜，深深浅浅的绿色，新鲜，沾着甜面酱，别有风味。一盘炒柴鸡蛋，特香。烙饼烤得热乎乎，有点儿硬；棒子渣粥，飘摇在碗边的蒸气，散发沁人心脾的玉米香。

“金萱姐，你爸妈呢？怎么没见他们呢？”

“在地里忙农活儿呢，这季节，地里活儿干不完。得天黑了才能回呢，年纪大了，手脚没力气，干活慢腾。嗨，我也帮不上。——哎，你们姐俩，吃好吃赖，得吃饱，一路辛苦啦。”

“你爸妈，也真不容易，供出你们姐弟两个大学生！”晴阳感慨道。

从眼前几乎家徒四壁的状况，可以看出，为了供姐弟俩上学，这个家早已竭泽而渔，杀鸡取卵了。这三间砖瓦房子，看起来比较新，不用说，也是受益于国家保障性安居工程政策，拿了危旧房改造补贴翻盖的。

“可不是嘛。爸妈受苦受累了！我、我这个样子，又让他们背上包袱了，嗨，对不起父母啊——活着，就是个累赘啊！怎么办呢？”

金萱抬手隔着面纱轻轻按着眼睛。她一定是流泪了。自己心里也一阵酸楚，眼眶里滚动泪水，我拧过脖子，抬胳膊用袖角抹了一把眼睛，没让泪水淌到脸颊上。

晴阳放下筷子，抹抹嘴，郑重地说：“金萱姐，可不能这么说啊，什么叫‘累赘’啊。只是暂时遇到点儿困难嘛，又不是克服不了。你呀，金萱姐，千万不要瞎想啊！”

“就是啊，金萱姐，”我也郑重其事地劝导：“梅经理，正在想办法呢，在联系国内最好的整容医院。好几次，我听到梅经理打电话咨询呢。”

“嗨，连累钮英了，我对不起他！”提起梅经理，触动了金萱内心更脆弱的情感神经，她扭过身低着头，沉默了会儿，才转过身来，吞吞吐吐地问：“前几天，收到一个快递，里面只有一张空白光盘，奇怪，会不会是钮英他……”

金萱这么问，让我吃下一颗定心丸，心搁到肚里了。我眉开眼笑道：“哦，可能是哪个马大哈寄错了吧。金萱姐你甭瞎想，肯定不是梅经理寄的。——梅经理，他才不会干这种吃饱饭闲嗑牙的事呢，他就是太忙，哪像我俩自由人，不然他早就来看你了。我们几个，都看在眼里呢，梅经理，他特别特别爱你！”

还是晴阳会说话，斑马的脑袋——头头是道。“是啊，金萱姐，梅经理他肩上的担子重，脱不开身。另外，他在筹措资金，我猜，他是想带给你一个惊喜。

嗯，甭担心，他有办法。你呢，放宽心，安心养身体，耐心等着，哪天他来，一定会给你带来好消息。”

“嗯，我知道，他做项目经理，压力大，还得操心我的事，够他呛的。”金萱的语气感觉轻松些了，似乎能察觉到她脸上露出了一丝笑容，“拜托二位好妹妹，在审计项目上，还请多关照钮英，他性子直，有时候说话不中听，甭往心里去。”

“金萱姐，你说这话，见外了。梅经理是谁呀，我师傅啊。北京俗话说得好——‘要想学得会，就跟师傅睡’……”晴阳推我一把，我猛然醒悟，闹个大红脸，急忙接着往下说：“哦，这是一句老话，以前，学徒太苦，晚上师傅睡床，徒弟打地铺，还得给师傅端茶、叠被，甚至倒夜壶。这么诚心诚意，师傅才肯教你。——我倒是想着鞍前马后呢，可是，梅经理都不让我给他倒水。猫教徒弟留一手，梅经理才不是猫呢，他是 CPA 老虎！这段时间跟着梅经理做项目，我进步可快啦，樊总看过我的底稿，夸我呢——哈哈，晴阳，你甭吃醋哟。”

“嘁，我才不稀罕！”晴阳脸上浮现一丝失落的神色，嘴头倔强：“王老师，也教了我不老少呢。等着瞧，看谁晋升得快！”

“好好，你们姐妹俩都快快进步，成为审计巾帼，独立带队，挑起大梁来！”金萱的语气里终于带出几分喜悦。她见我俩不住地打哈欠，赶早车，一路颠簸，困乏了，便招呼我俩去她屋里躺会儿歇一歇。西头这间是她的“闺房”，靠窗这边通长的火炕，靠墙一个衣柜和一张三屉桌，油漆斑驳，桌子上有台电脑和几本书。

本来想跟金萱姐唠叨个大半夜的，可是身子沾到炕，没过多大工夫，我俩争先恐后步入了梦乡。

不枉此行，金萱没看到“录像”，OK！亲眼看到她的身体在渐渐恢复，OK！至于烧伤整容，不涉及生命危险，慢慢来吧。星期一，在健身房，我们把情况跟梅经理简单说了说，他神情严肃认真地听着，但没有再问什么。

“给你，这是金萱姐捎给你的亲笔信，我俩可没偷看哟。”我从贴身口袋里掏出信封。

梅经理伸手接过信封，我俩手指触碰的一刹那，我能感觉到他的手在颤抖。这封信，对他来说，是不是重若千钧。他从信封里抽出折叠得精巧的信纸，强颜欢笑，回递给我。

“有啥秘密啊，还‘偷看’，要不，你先看看——”

“拉倒吧，个人隐私，受法律保护。您呢，慢慢瞧，我俩，该干啥干啥吧。”

等我插上电源，打开电脑，坐稳了，瞥一眼梅经理，他正紧锁眉头读那封信——

钮英：山里信号不好，咱俩也说不上几句整句话。其实，心里有好多话想跟你说啊。晴阳、田园两个妹妹，不速之客，今天突然来家里看望我，我好高兴。你别误会啊，我可没怪你不来看我。她俩累了，睡着了，我给你写封信，想拜托一个事。我弟弟的对象，催他买房，不然就要吹了。我弟弟手上攒了点钱，非要留给我做整容，他跟我说吹就吹，准备去南方，帮人家做果品网络营销，说市场前景挺好的，还说要做果农的上门女婿。我不放心，请你找他谈谈，千万不要因为我跟女朋友分手。这个女孩我见过，人不错。跟咱俩一样，都遇到房子这个瓶颈。我想让他尽快成家，了却父母的心愿，我也少一分牵挂。你呢，也不要总为了我整容的事煞费苦心，走到哪算哪吧。

还有件事，必须跟你讲明白。钮英，你是我心里最爱的人。也正因如此，我真的不想连累你。咱们辛辛苦苦攒钱买房，现在又冒出一个为我整容的费用，搁谁身上都不堪重负。你千万不要因此压力太大。我父母打算卖了宅基地给我整容。那怎么行呢？那样，我在家乡都没有栖身之地了！我决定了，不整容了，就守着家乡的大山过一辈子！

钮英，听我的话，再去找个好女孩，凭你的条件，不难。其实，田园这姑娘就挺好，我能感觉到她心里有你。女人心细，也敏感。每次提到你，她的眼睛就放光。希望你能认真考虑一下……

十

揽辔收回信马由缰的思绪，定睛一看，铮言还气哼哼地坐在那里，有一股不达目的不罢休的劲头儿。

我也是感慨百端，在郊区农场，经历了这么多的事，其中，有的事情本可以处理得更妥帖些。我不想再让铮言蒙在鼓里，内心煎熬。于是，就想把那几栋保障房地块重新规划的内幕给他撩开一角，只看一眼，他多敏锐啊，心里立马就踏实了。但又觉得时过境迁，会不会发生意料不到的变化呢？把稳起见，我给老杜打电话，想跟他确定后，再跟铮言摊开了讲，也不迟嘛。

可是，拨打了几次，都是关机。我就给一起租住的室友小秦打电话。

“小秦，不好意思，打扰啊，请问你这两天见到老杜了吗？他怎么，不接电话呢。”

“啊，钮英，你还不知道啊？”

“怎么了，出什么事了吗？小秦，你、你，别哭啊——”

“钮英，老杜、老杜，他、他跳楼自杀啦！人，没啦！”

“啊！”我的右手抖得厉害，把手机换到左手，“怎么回事？真的吗，你亲眼见的？”

“千真万确啊，我出差刚回来，就碰上了这事——是我帮着送走的。嗨！”

“原因呢，到底是什么原因，逼得他跳楼，走上不归路呀！”

“后来，有几个他的朋友、同事赶过来，听他们说，是因为老婆被别人拐跑了，还卷走了他一大笔钱，房产又持续疲软跌价。他万念俱灰，觉得活着没意思了吧，就、就走上了绝路。”

“他‘老婆’？——是不是荆科长……”

“听他们念叨，好像是个姓荆的，拐跑她的那个，是个当官的。具体是哪里的？说不清楚。市长、还是区长，我搞不清官衔。”

我整个身子瘫软在椅子上，脸色蜡黄。悲伤的情绪刺激泪腺，想哭一场，但我还是忍住了。在心里呼喊，老杜啊，我的老兄，咱俩的关系从此一切归零，我再也见不到你了呀！我的老兄啊！黄泉路上，你一路走好吧！看清了路，别去日本那个“自杀森林”啊，白骨太多，阴森森的，冷啊。我再转念一想，那天他向我“泄密”，现在看，应该不仅仅是酒后吐真言，有些秘密，他不想烂在肚子里带走。那可能就是内心的一种预兆，他早就为了跳楼这一天做准备了。我缺少这方面的生活经验，对此无动于衷，没有引起丝毫警觉。

铮言看到我面带悲戚，魂不守舍的样子，诧异地问：“钮英，你怎么了，刚才你跟谁打电话？我坚持查检测公司，但是，没逼你呀，你是项目经理，你拍板——还有，你好像提到了荆科长……”

我内心平静了些，向铮言有气无力地摊摊手，说：“铮言，你呢，要冷静啊——老杜他，老杜，他、他跳楼自杀了！”

“谁、谁自杀啦?!”田园一个蹦高跳起来，她耳朵里听见“自杀”两个字，立即做出了巴甫洛夫式的条件反射。

晴阳一把拽她坐下来，轻声说：“你别一惊一乍的。老杜，梅经理的房东，自杀了。”

田园喜极而泣，趴在晴阳肩头悄悄地说：“吓死我了，我以为是金萱姐呢！”

“乌鸦嘴！——不许胡思乱想！”晴阳皱了皱眉，正言厉色道。

见铮言呆呆地看着我，我又重复说了一遍。铮言听清了，打了个冷战，浑身不停地颤抖。过了会儿，他抬手拿袖口抹了抹眼泪，默默地站起来，朝着北京方向深深地鞠了四个躬，哽咽道：“老杜啊，老兄，你有什么想不开的，钱，两三辈子也花不完吧，怎么就想不开，非得去死呢？你呀，对我王铮言有再造之功啊，是你妙手回春，帮我解决了房子问题啊！咱哥儿俩，说好了，今年喝我喜酒呢！”说着他一屁股重重地坐到椅子上，转身趴在桌子上呜呜地痛哭起来。会议室里笼罩着一片悲伤气氛。

有人留言，田园低头看，惊叫道：“啊！又一个！”她扭脸看了看铮言，马上捂住嘴，两眼盯着我。

我一脸惘然，怎么回事？田园呆了几秒钟，抓住鼠标，点击键盘，给我发过来一张截图。这是郊区农场出纳刘旻给她发来的，绝对是一条爆炸性的消息——伍总，国有郊区农场总会计师兼任城郊绿洲公司财务总监伍鲜颢，于今晨在家中自缢身亡。

当时我对于这则消息，还将信将疑。晚饭回客房不久，李述作发来了“情况通报”，舌头是肉长的，事实是铁打的。

情况通报

今日6时30分，家住我市曼顿畴墅花园别墅区的伍某，被家人发现在其居室内自缢，经抢救无效死亡。经公安部门查明，系自杀，排除刑事案件及其他因素。事件发生后，伍某所在单位高度重视，迅速对伍某亲属展开心理疏导及善后等工作。目前后续相关工作有序进行中。望广大群众，不信谣不传谣。

对于伍鲜颢的自杀，我心里无法涌起一丝悲伤。所谓天作孽犹可恕，自作孽不可活。但多少还是有些惋惜，毕竟是一位资深的业务精湛的财会专家。值得思考的是，究竟是什么原因或力量，使得他痛下决心亲手结束自己宝贵的生命呢？

忽然，我的心揪紧了——“李述作”！我轻轻喊了一声。《道德经》曰“天网恢恢，疏而不失”。他，会不会也是一网打尽中的鱼虾呢？他会不会也要走上自绝之路？他虽然被裹挟干了些见不得人的勾当，但说不上罪孽深重。他这个人本质上不坏，工作能力很强。不行，我必须劝阻他，开导他走上光明正大的路！事不宜迟，马上——

“李、李述作，李总吗？——在北京呢，好啊，带着儿子玩玩吧，多可爱的孩子啊！”

“梅经理，您甭跟我瞎扯，我猜您肯定给我打电话。呵呵，果真如此。”

“你李总学会装神弄鬼了，还是能掐会算。为什么啊，我肯定给你打电话？”

“哈哈，老弟，通过这段审计，跟您接触，您的为人、人品，咱俩啊，心有灵犀一点通。”

“逗吧，我嘛，打工仔一枚，没啥特殊的。如果非说有，讨饭的本事稍微强一点儿，也不过，多个 CPA 资格罢了。”

“放心吧！我呀，虾兵蟹将的角色，干点灰色边缘的活儿，拿个红包，没到死的份儿上。”

“那就好！千万别钻牛角尖，人生坎坷，路，总有；绝路，不可走啊！好，我放心了！”

“嗨，人算不如天算，多米诺骨牌效应吧——董事长计划去美国治伤，到了机场，被截留，才知道被‘限制出境’了。赶紧报告薛仁礼，他副市长的交椅，还没坐热乎呢，一天都不敢耽搁，带着姘头逃到美国去了；伍总呢，一见大事不好，心理太脆弱，就想一死百了。”

“原来如此啊，这个‘民不畏死’的，这么畏惧‘没鸡巴’——还想继续作孽啊！哈哈，这下好了，鸡巴断了，逃路也断了。”

“嗨，梅经理，咱们不在这儿幸灾乐祸了，好吧。我心里不好受。”

“好，难得你这么忠心耿耿！知恩图报，到什么时候，都是做人的基本素质。”

“对了，梅经理，告诉你一个好消息，集团国际客户部通知我了，给您的恋人金萱小姐办好了韩国整容 VIP 卡，这是全球最顶尖的服务品牌。”

“什么？李总，那天，我们的交易并没有谈成啊，为什么，还办卡啦?”

“梅经理，不是奉承您，真的是发自内心。通过这段审计，与您相识，三生有幸！您能为了心上人给别人下跪，金钱、人格、名誉，在所不惜。但是，坚守职业道德，寸步不让。您给我的印象太深了，您值得我一辈子尊敬。真的，不带一点儿幌。”

“CPA，被誉为‘经济警察’，那是我们应该做的，没什么特别的。”

“梅经理，我见过的场面不少。不唱高调的，少之又少；同时呢，真正能以身作则的，也是少之又少。您呢，是凤毛麟角。不多扯了，VIP 卡到手，我马上给您送去。卡里的服务项目，不仅包括整容，还包括全部往返机票和食宿费用，您正常消费就行。甭担心后续服务，厚生集团嘛，瘦死的骆驼比马大，倒不了，即使行政强制注销，也有接盘的，有人兜着；韩国还是 TISA 的缔约国呢。”

“可是，那天，你们指定的交易标的物，我没有答应履行义务，没说给付啊。”

“自欺欺人的把戏，不必太认真。审计局王处长有个‘口头禅’，叫作‘不吃白不吃’。呵呵，这张 VIP 卡，您呢，就来他一个‘不拿白不拿’。”

“确实，风险隐患还是挺大的。《道德经》里说：‘民之从事，常于几成而败之。慎终如始，则无败事。是以圣人欲不欲，不贵难得之货……’”

“您说的‘之乎者也’，太深奥，一句也听不懂。嗨，管那么多干吗。盖子眼瞅着就要揭开喽——纸包不住火，马上就要火光冲天啦。”

“是啊，不知这道火光会让多少薛仁礼、陈功退原形毕露！哈哈，李总，你还记得不，那天咱俩吵得厉害，我发狠说，谁‘退’谁是王八蛋。现在看，他‘陈功退’，必须‘退’了！”

“静观其变吧，咱们，毕竟都是小人物。哦，对了，梅经理，今天，我完成了一项任务——您交给我的。”

“什么任务？李总，我哪儿来的权力，给你安排任务。你，确定没搞错？”

“你们那位挺牛逼的工程师，高陆川，今天被警察抓进去了，你可以放心了，他走不上‘死路一条’了。伤害罪，判个三五年，到头了，眨眼就过去。到时候，咱俩去监狱看看他吧——他要是知道，是我叫来的警察，肯定对我恨之入骨。哈哈，‘借刀杀人’之计，您用得好、用得妙，就是太‘坏’了——让我替你背黑锅！”

十一

回头看，最美好的春天，犹如燕子在房檐下闪电般地掠过，一瞬间，如此短暂。春夏之交的雨，再也感觉不到一丝寒意。

过了五一小长假，工程财务事业部全国十几个分部，近 200 人，齐聚成都参加一年一度的培训，然后去九寨沟旅游一趟。之后，我又带着山东分部的团队，去海阳核电站实施专项审计。

眺望大海，波澜壮阔，一望无际，十分惬意。

在这里，发生了一些令人深思的事情，有的是锦上添花，有的却是雪上加霜。

来海阳核电站的第二天，部门秘书来电话，说有我一个住房保障部门的快件。我回京得月底了，等不及，就请她撕开给我念了一遍。我听后，大喜过望。这是一份《北京市城市公共租赁住房资格审核及配租通知书》：

> 根据北京市城市公租房管理规定，经审核，你家庭符合北京市申请配租公租房实物住房条件，现准予备案。……对符合承租公租房实物住房条件的家庭实行轮候配租制度。轮候期间，申请家庭收入、人口、住房、资产等情况发生变化，申请人应及时向街道住房保障管理部门申报。……住房保障管理部门根据房源组织摇号配租活动，活动日期另行通知。

也算是双喜临门吧。那天，我高高兴兴从档案馆走回行政楼 413 会议室，刚坐下，看到有新邮件，打开一看，是审计局王宁处长发来的。她说了两个事，一个是跟我核实有关舜德公司补缴所得税、增值税的问题。看来无论是个人还是政府，哪个都是见钱眼开啊，也许地方财政吃紧吧，急急忙忙地要增加财政收入，补窟窿。另一个是跟我预先打个招呼。说薛仁礼在美国东躲西藏，每天提心吊胆，不思茶饭，还让姘头给甩了，活受罪的凄惨。家人劝他回国自首，争取坦白从宽，那样还有一线生机。如果在美国继续负隅顽抗，这种生存状态，用不了一年半载，可能就得到阎王殿报到了。他思前想后，没有伍鲜颢那种视死如归的勇气，好死不如赖活，灰溜溜地回国了。由于他在职时，岗位关键而重要，因此涉及的问题特别重大，牵扯人员众多，金额巨大，市委市政府决定成立专案组，彻底查清。这就需要委托中介机构助之一臂。她说，你们几个轻车熟路，希望到时候还是我带队过来。她还向我保证，这次审计资料完全敞开，包括财政局，一查到底。我发了条短信，故意逗她：那 PA 银行呢，查不查？我能想象，她被噎得喘不过气儿的样子。隔了半天她才回复，说：PA 银行，甭说我们市局，恐怕省厅都得绕道走。你梅经理走到它跟前儿，知点儿趣，“闲人止步”吧。得，她扇了自己一个嘴巴。我没再让她难堪，就让她仰望信达团队器宇轩昂的威武与自信吧，拍着胸脯说：瞧好吧，力争百尺竿头更进一步。但也提了个小小要求，说如果查出重大违法问题，得给我们拿瓶茅台酒喝。她毫不犹豫地回复，我可以想象她一脸的开心尬笑。她说：行，“茅”“猫”谐音，500年前，一家子，喝猫尿吧，你！

时间一晃，半个月过去了，就像李述作说的，这世界上，就是由滑稽构成的，可是这两件互相联系的事儿，细细琢磨，这个世界，不但滑稽，还诡异。也许，冥冥之中，的确有个被我们称之为“神”的未知物，左右着我们有关生死的某些，乃至一切。

事情是这样的，前些日子，铮言的那位名字取自《诗经》的未婚妻，隋艺芳嫂子给我转来一封邮件，是老杜的那位被薛副市长拐走的未婚妻荆珂卿写的。芳姐给我留言说，荆科长跟薛仁礼逃到美国后，举目无亲，薛大官人在国内没受过屈啊，四体不勤五谷不分，啥都不会干。这下苦了荆科长，成了使唤丫头。她天大的委屈，眼看着过去高高在上，能给她谋得荣华富贵的大官人，一点不中用了，分文不值了，就觉得薛是朽木棺材坑死人。她就要开了心机，琢磨怎么甩了这个老棺材瓤子，另寻下家。有一天，她去超市采购，跟一个白人帅哥邂逅，两人一见钟情，就厮混到一起。她误以为这样就能拿到绿卡，安安稳稳地在美国生活下去了。她心一横，给薛仁礼来了个不辞而别，住进白人帅哥的豪华公寓里，享受异国他乡的两人世界。她万万没想到，那帅哥是盯上她的钱包了，根本不是真心爱她。把钱骗到手，眨眼工夫无影无踪，把她一个人丢在公寓。她无依无靠，找谁帮忙呀！她后悔莫及，开始回心转意，想着回国跟老杜重归于好，过平平淡淡的小日子。但她不敢直面老杜，就写了这封邮件，拜托转交给我，让我瞅着老杜心情好的时候给他看，并请我多开导老杜，促使他接纳她回去。

志相：我不想跟你说“对不起”，也不想请你原谅。但是，这些日子，我眼前不停地浮现当年你在深圳歌舞厅里，一脚踹飞了那个流氓，救我于万劫不复的危险境地。你是真英雄！多么想，你现在，再次朝我飞驰而来，我俩紧紧拥抱在一起，重新回到我俩相识不久的那种生活轨道上去。不贪婪，不奢望，与世无争，安安静静，过着那种只属于我俩的生活。

回想起来，多么滑稽，这个世界，为什么让人的脑子萌发永不满足的欲望呢？你也好，我也好，如果在深圳来北方的那段时间，我们都收手，你手上的房子，足可以让我俩过上富足的、体面的生活。那样的话，我俩的爱情结晶，小宝贝，都该上幼儿园，不，该上小学了。哦，我现在算不清时间了。

钱多，当然好了，官大，更好。但是，现在我算明白了，钱也好，官也好，是你的，你尽管拿；不是你的，千方百计拿到手了，到头来还得还回去，而且还得搭上你的身体、名誉，甚至是生命、健康的代价。

我累了，怕了，不想继续在异国他乡住无定所地漂泊，这里险象环生，欺骗和暴力，随处可见。志相，你还能接受我吗？我真的希望，回到你的身旁，依偎着你，就像小鸟依人那么浪漫，那么温馨而自然。允许我回到你的身边吧，哪怕给你当牛做马！志相，你是个好人，心地善良，你一定会答应我的，对吗？

这封邮件没有注明日期，应该是被白人帅哥甩了之后不久写的。而今天，从网上看到的一则消息《华裔美女荆珂卿，因物业费持刀与美国警察对峙被乱枪打死》，读后令我惊骇，心潮波澜，不能平静。毋庸置喙，灯塔照亮的终究是海面，照不到人的内心！我向苍天呼喊：为什么，为什么啊，你是如此美丽，但是，你的生命，却如此低贱！

近日，在美国的一栋高档公寓内传来令人惊恐的密集枪声，伴随着枪声，来自中国大陆的荆珂卿女士中弹身亡。她之所以丧命在美国警察的枪下，是因为她拒绝缴纳物业费。

荆女士居住在一处高档小区内，这里地理环境好，交通便利。据称荆女士欠了三年近 4 万美元的物业费。但是荆女士坚称自己今年才入住，没有义务替前男友支付拖欠的费用。可是，由于租赁协议已变更，缴纳物业费是她必须履行的义务。

在美国拖欠物业费，经警告后仍不交的话，就会被驱逐出去，房屋被抵押用于归还物业费。但是，荆女士坚持自己的观点，漠视警告。

当地警方来了，目的是将荆女士驱逐。当她听到敲门声，内心很惶恐。警察希望她能打开门交流。但荆女士不敢开门。于是，警察破门而入。荆女士手里挥舞着水果刀，试图给自己打造一个安全屏障。但是，这在警察眼里是抗拒执法，甚至有袭警的嫌疑。警察严正警告荆女士，让她把刀放下，荆女士没有听从，反而持刀将警察撵出门，把门反锁上。

警察因此将荆女士视作恐怖分子，打电话请求支援。不久，几名警察带着警犬赶了过来。力量增强的警察二话不说粗暴地破门而入。恐惧令荆女士失去理智，她挥刀冲向警察，警察开枪射击，荆女士身中十余枪倒地，当即毙命。

我把那份邮件和这条网上媒体消息，用A4纸打印出来，叠好放在电脑包里。下午特意乘早一班的通勤大巴回到核电站专家村接待处，放下电脑。拿出那两张A4纸，紧紧捏在手里。先到门口的超市买了个打火机，然后走向前面的金沙滩。这是烟台海阳独一无二的沙滩，沙白水清，有万米长，沙细得像粉，纯得像面，匀得像过了箩，国内少有。开发旅游的投资者把前面一片沙滩精心梳妆了一番。木楼、帆阁、小桥曲径、女神雕塑。沙滩上竖立的一排遮阳的茅草小亭，远看去，像是守卫海滩的士兵警惕地站立在哨位，也像是顽皮的儿童正在嬉闹地列队。

踩在松软的沙滩上走向大海。夕阳映照在海面，海湾犹如一盆火焰，也像是一炉冶炼的金砂。一波接一波的海水冲击着海滩，传来有节奏的波浪声，仿佛是舔犊的唇舌爱怜之语，温馨得闭塞了耳郭，恰似转身给了远去的春天背影一个拥抱。

还不到旅游的季节，见不到其他的人影。我找到一块礁石，坐在上面，眺望海浪一波接一波地涌来，聆听那呼呼啦啦的浪涛声，荡漾在胸怀。若在过去，此时此地，我肯定要播放《F大调浪漫曲》，与海浪共鸣，让神思伴随乐曲飞翔在辽阔的大海。可是，很长时间，我都不放了。我记得老杜说过，真实社会，从来都不会像音乐那么美妙。从去年年底以来，自己以及团队，所经历的，无疑给予了颠扑不破的验证。

海风吹过来，带着一丝咸。我收回目光，盯着手里的纸，过了会儿，我展开那两张纸，溜了一眼，但没有再仔细读一遍。我把纸张轻轻搁在脚下，似乎这纸张也会沉入梦乡，不忍惊扰。我掏出打火机点燃纸张，红光闪烁，微风吹拂，纸张就要飘飞，我赶紧捡起来用手指捏紧。纸张随着火光翻卷着，两张纸若即若离，时而抱合一处，时而散离各方。我想，这是不是老杜和荆科长正在诉说彼此的悲欢离合呢。

我扬起手臂，把手中紧捏着的一角纸屑，带着火星和烟缕抛向天空。

我已泪流满面，竭尽全力地叫喊："去吧，但愿你们在天上重逢，不再分离!"

十二

"好热闹啊!"我羡慕不已，不由惊叹道。

长途汽车还在华北大平原上奔驰，一带远山横亘在前方，俗话讲望山跑死马，一时半会儿的还进不了山，所以这时的通讯信号还正常。邸科长发过来的年度表彰大会的视频，看起来还比较流畅。

"下面请二等功获得者，邸副处长发表感言——"

好家伙，才几天啊，这就提拔了，副处长啦！哈哈，这小子，真能吹、真敢吹啊，把我们信达国际团队的功劳全揽到自己身上去啦！也不怕风大闪了舌头啊。人呢，吹可以，别狂。《三国演义》里的邢道荣，狂妄自大，竟责问诸葛亮"赤壁鏖兵，乃周郎之谋也，干汝何事，敢来诳语"，被赵云一枪刺死。哈哈，你邸副处长，不许跟我说郊区农场的审计成果，"干汝何事"哟。成人之美吧，高兴就好，升官发财就好。成绩嘛，实实在在，不是吹出来的。反正我们CPA做出天大的成绩，也没人给我们开表彰大会。若不允许人家借用一下，成绩也就成了一堆建筑垃圾了。好，吹吧！毕竟邸科长、哦，他邸副处长口若悬河讲的，都是亲身经历的，触景生情，我真的入戏了，禁不住拍手叫起好来。惹得邻座的侧侧身子，躲我远一点儿。看他那眼神，我被他诊断为精神病患者了。

随他怎么看，“干汝何事”。我兴致盎然继续看视频，好开心——哦，这是啥节目？这几位登台的，看着不像干部，有点土气，莫非是郊区农场职工？哎，还真是，那不是胡俊伟、栾文杰两位师傅嘛，他俩竭尽全力，踮起脚尖，高高举起一面红彤彤的锦旗，上面书写着两行金光闪闪的大字：维护农场职工权益，铸就和谐社会正义。奇怪，锦旗的落款是郊区农场全体职工，抬头却被一条红布给遮挡住了。这应该是赠给我们信达团队的吧？关你邸副处长屁事！前不久，欣悉经多方努力，农场职工回迁房，最终确定在颐景园小区，原来企图强行安置到万庄开发区的恶行被紧急叫停。

手机震动了一下，是邸副处长发来留言。他应该不是邢道荣之流，语气比较谦虚。他说：“梅经理，不好意思，锦旗是送给各位老师的，安排送到表彰大会，晃晃领导的大眼睛，增加印象。哪天给你们快递过去。本来，郊区农场审计的成果，不该现在讲，市里头大换班，局领导想给新来的主管市长表表功，振奋精神，就提前讲啦。反正今年郊区农场肯定还得挖出爆雷，明年的表彰大会更火爆。我把你们简报上的成果复制粘贴了些，给领导吹乎吹乎，有掠美之嫌，多谢多谢!”

放眼窗外，我会心地微微一笑。汽车已经开进了大山，山路蜿蜒，两侧的山体，裸露的山石嶙峋，青灰色或深褐色，宛若天地之枕，能让人无形中感受到一种力量。覆盖葱郁草木的山坡巉岩，俊朗秀美。我收回眼光在手机屏幕上一扫，准备揣兜里，手指滑到了一则他人留言，我注意到头像，定睛一看，哦，程晓钰。这是她五一前就发来的。她说：“金萱整容资金筹措得怎么样了？你别发愁，我先给你打30万过去。我猫了一笔救命钱，一旦发现陈功退想灭我，专门用来雇杀手让他消失的。现在，这笔钱闲置了，你们拿去先用，整容、买房都行……这些日子，跟金萱很难联系上，感觉她情绪不好，我想等陆川的辩护律师定下来，去看看她……”

哦，我现在就在去看望金萱的路上，已经下车了，行走在弯弯曲曲的山间小路上，雨水淋湿了残破的水泥路面，亮晶晶地反射天光，山影倒映，宛若仙境一般。金萱，是你在欢迎我吗，还是跟我发泄怨气？山雨缠缠绵绵地从山顶上飘落下来，细密而急促，就像群山抛撒的一张大网，将我捕获。

我不觉放慢了脚步，内心矛盾重重。自从金萱没跟我商量自作主张办理出院后，我俩闹点别扭赌点气。至今，几个月过去了，也没见面。倒不是我不想来看她，首先是因为她极力阻拦，我怕莽撞前来，惹她不高兴；其次是因为我心里有一道恐惧的门槛，一时迈不过去。我恐惧见到她的那一刻，因为金萱的美丽已经深深铭刻在脑海里，每一个脑细胞都能够绽放她春天般的花容。然而，自从她火灾受伤后，每次去医院看望她，她都不让目睹她的容颜，当时隔着玻璃窗，如今，她出院了，面对面，我不敢想象她真实的面貌。我想，等整容落实后，双方应该就能坦然面对了，因为那时都有一个可期待、可眺望的美好前景。可是，李述作跟我说厚生集团账户已经被限制支付，国外支付临时冻结，韩国整容 VIP 卡得等等再给我。也好，我还在踌躇是否收下这份馈赠。

事务所的工作就像钟表秒针，只要不出故障，它就日夜不停地转。我们 CPA 也一样，审计项目一个接一个，时间就像流水。

许多天联系不上金萱了，心里不安，今天我来看她了。我觉得，现在我可以带给她一些希望了，一来整容的资金差不多有眉目了，我俩馒头做枕头，不愁吃了。二来我还带着一份家乡创业的计划。金萱的脾性我了解，她认准的，不会轻易放弃。常言道，条条大路通罗马，为什么一条路走到黑呢。房子，金萱家有宅基地，那就等于有房子啊，为什么非要在城里买房子呢？她说守着大山一辈子，那我就去陪她一辈子。那么多清华北大的毕业生，都能割舍北上广的诱惑，回到农村闯出一片天地。我，一个 CPA，我的智商难道就学不会种庄稼种蔬菜，学不会养鸡养猪吗？这样一来，我势必放弃已可眺望到的那一片 CPA 锦绣天地，为了金萱，我什么都可放弃，做什么都值得。于是，我顺着金萱的思路，从网络上搜集了许多资料，晚上抽空制订了一个在山沟沟里的创业计划。我想，金萱一定会在惊讶的同时，为我拍手叫好的。

至于金茂买房子的事，我跟他谈过，不免有点敷衍。因为他跟姐姐沆瀣一气，瞒着我办理出院。对此，我特别生气。不过，把事儿想透彻了，凭他的学历和人脉资源，在北京的确只能做一个匆匆过客，在京立足并拥有自己的房子，可能性为零。所以，他既然决定去南方发展，说明他有头脑，不宜阻拦。况且，我对于拿房子来要挟的行径，也十分反感。

快到了吧，不远处一片村舍，在烟雨蒙蒙中隐约闪现，仿佛走进了陶渊明的桃花源。挨着村边的那座不高的山，很像人的脸庞，我驻步端详。哦，可不是嘛，像金萱那张椭圆的脸，山脚下有一片树林，若画笔一勾，恰似她的下巴，饱满而圆润。

金萱，心爱的金萱，你怎么在这里等我，下雨呢，你不要淋湿了衣服呀！你身体还弱，不能着凉感冒啊。快，赶紧回家吧。我不由得加快了脚步。

手机在兜里震动。哦，我想，肯定是金萱猜到我今天来，怕我迷路，打电话给我指路呢。

“喂，金萱，我到村口了，马上到。”

“啥呀？钮英，你在哪儿呢——做梦说胡话呢！”

“嗨，铮言你呀，我来看金萱，快进村了。信号不好，听不清，啥事，快说——”

“告诉你老弟，新房装修开工了，婚宴的日子也定了。你带队做项目，忒忙，提前跟你打声招呼，把时间错开喽。你一定要来，来喝我和你嫂子的喜酒啊！”

“啊，什么，喝喜酒。好啊，喝，必须喝！”

二〇二一年春、二〇二三年春夏　于保定